朴景利

パク・キョンニ

完全版

土地

18巻

（全20巻）

金正出＝監修

吉川凪＝訳

CUON

토지

完全版 土地 18巻

◉目次

第五部　第三篇　底なし沼

第五部　第四篇　純潔と膏血《こうけつ》

【凡例】

◉訳注について

短いものは本文中に〈 〉で示し、*をつけた語の訳注は巻末にまとめた。

◉訳語について

原書では農民や使用人などの会話は方言で書かれているが、日本の特定地方の方言で訳すと、その地方のイメージが強く浮き出てしまうことから避けた。訳文は標準語に近いものとし、時代背景、登場人物の年齢や職業などに即して、原文のニュアンスを伝えられるようにした。

原書には、現在はあまり使われない「東学党」などの歴史用語や、不適切とされる表現もあるが、描かれている時代および原文の雰囲気を損ねないために、あえて活かした部分がある。

◉登場人物の人名表記について

人名は原書で漢字表記されているものは、基本的にその表記を踏襲した。また、朴景利が自ら日本語訳を試みた第一巻前半の手書き原稿が残されており、この原稿から採用した漢字表記もある。なお、漢字表記が日本語の一般名詞と重なり読者に混乱を招くものはカタカナ表記とし、翻訳者が漢字を当てたものも一部ある。

◉女性の呼称について

農家の女性の多くは子供の名前に「ネ（네）〈母〉」をつけた「〇〇の母」という呼び方をされている。子供のいない女性などは、実家のある地名に「宅《テク》」をつけて呼ばれる。たとえば「江清宅《カンチョンテク》」は、江清から嫁いできた女性である。「宅」は「誰それの妻」を意味する場合もあり、「金書房宅《キムソバンテク》」は「金書房」と呼ばれる男性の妻であることを表す。また、朝鮮では女性の姓は結婚後も変わらない。

第五部　第三篇　底なし沼

一章　消息

二月中旬に入ると冷え込んでソウル*の街に風が吹いた。背を丸め両手を外套のポケットに突っ込んで歩く通行人の姿も、凍てついた道やまばらな建物も殺伐として、ブリキの断面のように鋭い風が吹きつけてはぐるぐる回って吹き抜けてゆく。春はまだ遠いようだ。

清涼里《チョンニャンニ》発の路面電車が止まり、黒い外套を着た明姫《ミョンヒ》が降りてきた。敦岩洞《トナムドン》行きに乗り換えるのだ。しばらく電車を待っていた明姫は、やがて向きを変えて歩き始めた。背後で電車の鐘の音が聞こえる。振り返ると、敦岩洞行きが来ていた。引き返しても間に合わない。何かの目的があって歩きだしたのでも、行くべき場所があったのでもないのに。ぼんやり立っていると電車は鐘を鳴らしながら鍾路《チョンノ》四丁目を回って昌慶苑《チャンギョンウォン》*の方へ出ていった。

(もう少し待ったら家に帰れたのに……)

再び歩き始める。明姫は自分の人生もこんなふうに迂回していたと、改めて気づく。

鍾路の入口とは違い、東大門《トンデムン》市場に近い鍾路四丁目から五丁目に至る道の端にある店は古くてひしゃげたように背の低い建物が多く、みすぼらしいうえに品物も少ない。ショーウインドーの内側に真っ黒な棺と白木の棺が積み重ねられているのが目に付いた。麻布や香炉、燭台もあり、葬儀用品の店らしい。明姫はその前を足早に通り過ぎた。胸がどきどきする。市場をぐるりと回ったけれど何かを買うつもりもなく、買いたいものもない。市場はざわめいているように思えた。それは夢の中のようでもあり、実際には音は聞こえていなかった。人々は鯉のように口をぱくぱくしているみたいだ。実のところ明姫は何も見たり聞いたりできていなかったのかもしれない。市場を抜けようとした時、「うどん」と書かれた小さな食堂があった。中に入ると、数人の男がストーブを囲んで暖を取っていた。

「今日はもう終わりました」

女が言った。

「……?」

「閉店時間です」

女がまた言った。明姫は夢遊病者のようにそこを出る。しばらく歩くと、別の食堂が現れたので中に入った。店の女は終わったとは言わなかったけれど、明姫をじっと見つめた。食堂の中では三、四人の客が日本式のうどんを食べている。明姫は隅の席に着いた。女が黙ってうどんと、たくあんが三、四切れ載った小皿を置いてゆく。空腹でもなく、食べたいとも思っていなかったうどんをせっせと食べる。食堂の女がちらちら見ている。うどんを食べている男たちも明姫を盗み見る。いくら食糧が配給制になったとはいえ、庶民的な食堂には似つかわしくない客なのだ。

外に出た明姫はさっきの道に戻った。鍾路四丁目の、路面電車の停留所に。そして敦岩洞行きの電車に乗った。電車が止まった。昌慶苑の背の高い門が目の前にあった。ぼうっとしていた明姫が慌てて降りる。明姫は切符売り場で入場券を買うと、吸い込まれるように昌慶苑の中に入った。木の枝が音を立てて風に揺れている。隔離された世界の真ん中に放りだされたように立ちつくし、やがて外套の襟を立ててベンチにうずくまる。一握りの温かさのような日差しが蒼白な顔を照らした。寒気が骨の髄までしみる。木の枝には明姫と同じような姿勢で一羽の鳥が止まっていた。

明姫はハンカチで口を覆ってすすり泣く。

「うちに行こう。私と一緒に暮らそう」

そう言った時、麗玉《ヨオク》は微笑して首を横に振った。

「麗玉、私と暮らそう」

「大丈夫。あたしは平気」

麗玉は骸骨のように痩せていた。明姫は清涼里にある麗玉の実家で麗玉に会った帰りだ。

麗玉は一昨年九月、反戦工作運動をしているという名目でキリスト教徒が一斉に検挙された時に逮捕され、昨日、病気で保釈されてソウルに戻った。一年四カ月刑務所で暮らした。明姫はそれまで二度も木浦《モッポ》の刑務所に行って面会を申し込んだけれど許可されなかった。今朝、麗玉が帰ってきたという連絡を受けて駆けつけると、麗玉の兄嫁が泣きながら明姫を出迎えた。実家の両親は亡くなり、家も没落して清涼里に引っ越したというものの、家はそれなりの体面を維持できる規模だった。

「助かりそうにないわ。可哀想に」

麗玉の兄嫁辛《シン》氏は明姫の手を握って涙を流した。明姫が部屋に入った時、麗玉は仰向けに寝ていた。明姫を見て微笑んだが、起きて座る力はなかった。信じられない。明姫は残酷な光景を受け入れることができなかった。

「入院させましょう」

明姫は震える声で言った。

「私たちもそうしようと言ったんだけど、本人が絶対いやだと言うの。それに、一緒に来た崔《チェ》先生も反対して」

「崔先生？」

「崔翔吉《サンギル》さん、知ってるでしょ？　麗水《ヨス》で」

話すのもやっとの様子で麗玉が言った。

「……？」

「力を貸してくれて、とてもありがたかった。うちの人だけでは家まで連れて帰ることもできなかったと思うわ。崔先生が一緒に来てくれて、昨夜、夜汽車で帰っていったの」

明姫はやっと思い出した。統営《トンヨン》に行く時、麗水で同じ船に乗った男。兄が中学校*の校長だった時、その学校で音楽の先生をしていた人。

「それだけじゃない。崔先生が腕のいい漢方医を木浦に連れていって診察してもらって、薬をもらってきたの。出所が決まった時も崔先生が連絡してくれた」

彼は麗水の大金持ちの次男で、妻の不貞で挫折して美貌の妓生《キーセン》を後妻に迎えた人だと聞いたのを思い出した。明姫はつらかった頃の記憶を一つ一つ取り戻していた。

「こんな時代に、そこまでしてくれる人はいませんよ」

「お義姉さん、もうよして。あたし大丈夫だから」

麗玉が力なく手を振った。

「人をこんな目に遭わせるなんて、ひどい奴らだ」

明姫は低い声でうなった。

麗玉の姿に、明姫は理性を失った。とてつもない衝撃だ。

「麗玉、死なないで。死んじゃ駄目よ」

明姫はすすり泣きながら叫んだ。

ガラス窓の中の、黒い漆塗りの棺と白木の棺が見えた時、明姫が恐怖に襲われたのは麗玉のせいだけではなかった。孝子洞《ヒョジャ》に住む兄の任明彬《イムミョンビン》も病床にいた。はっきりした病名もつかないまま明彬の生命は燃え尽きようとしていた。麗玉が骸骨だとすれば、明彬はむくんだ生けるしかばねだ。徐義敦《ソウィドン》、柳仁性《ユインソン》、金吉祥《キムキルサン》と鮮于信《ソヌシン》〈鮮于は二字姓〉が予防拘禁令によって収監されたのは、つい数日前のことだ。昨年〈一九四一年〉十二月八日、日本はついに真珠湾を奇襲し、米英に宣戦布告した。それで不穏な思想を持つとされる柳仁性らが収監されることは予想されていたし、明彬とて安全地帯にいたわけではない。警察は病人を連れていってあれこれ取り調べ、苦しめた。ようやく起き上がれるようになっていた明彬は、そのせいで寝ついてしまった。もともと小心ではあったが、病状が極度に悪化したのは自分の身が危うくなったことに衝撃を受けたからではない。それは敗北感のせいだ。ひょっとすると彼は刑務所の中で死にたかったのではないか。いつか、明姫にこんなことを言った。

「俺は役立たずだ。若い頃から今日まで、俺は自分の思うとおりにできたことがほとんどない」

「思うとおりに生きてきた人なんか、めったにいませんよ」

明姫は兄の言葉を遮ろうとした。

「いや、そういう意味ではない。他人によって自分の意思を曲げられたということではなく、俺は自分で自分を裏切った。俺の意思には能力が伴わなかったから、自分を裏切ったのは当然の成り行きだ」

「お兄様、どうして自分を責めるの。私たちには居場所がないんだから、自分で自分を裏切るのは、お兄様だけじゃないでしょ」

しかし明彬は首を激しく横に振った。

「柳仁性、徐義敦、還国《ファングク》のお父さん〈吉祥〉は自分を裏切ってはいない。彼らは信念を持って進んでいる。俺の人生はゴミだ」

「私はお兄様が卑怯な人ではないと信じてるわ」

明彬は無理に笑顔を見せた。

「卑怯でなかったかどうかはわからんが、俺の存在は無意味だった。若い頃、詩人になろうと決心したけれど、なれなかった。作家や評論家になろうと思ったこともある。後には文芸復興のために雑誌を発行した。しかし無残に失敗した。どうしてだかわかるか。俺が俺を裏切るほかはなかったのは、意思に能力がついていかなかったからだ。思想や、独立闘争についても同じだ。意思に能力が伴っていなかった。一つだけ使い道があるとすれば、使い捨ての爆弾。それだけだ」

「いったいいくつになったのよ。まさに永遠の文学青年ね」

明姫はいら立ってしまった。言われなくても、明姫は兄の気持ちがわかる。明姫は兄について、兄自身が考えているのと同じようなことを思っていた。口に出したことはないけれど、兄は恵まれた環境にいるのに能力が不足していると昔から思っていた。だから慰めようとしたのにいら立ってしまったのかもしれない。人は明彬のことを、人が良くて純粋だと評していた。それには鈍いという意味も含まれていたが、明姫は、彼が非常に鋭敏でささいなことにも傷つくことを知っていた。

「そんなこと言うなよ」

明彬の顔が苦痛にゆがんだ。

「いや、お前の言葉は正しいな。俺はいつも諸文植《チェムンシク》や徐義敦が羨ましかった」

「……」

「傷ついても、さっと拭ってしまって何ともなかった顔ができる。お前を趙容夏《チョヨンハ》に嫁がせたおかげで校長になっていた頃、俺はずっとさまよっていたような気がする。ひょっとすると俺の病気はその時に始まったのかもしれんな。名誉と金の奴隷。ああ、俺はそんなものが欲しかったのではないのに、それを捨てもしなかった。今もそうだ。今も」

「やめてよ。私だって同じでしょう？　お兄様がそんなふうでは、私はどうすればいいの」

明姫は泣きだしてしまった。骸骨と、生けるしかばね。

（本当に、私はどうすればいいの。麗玉はどうしてあんなに平穏な顔をしていたのだろう。麗玉、助かって。死なないで。私のためにも）

家に帰った明姫は外套を脱ぎながら、待っていた保母の廉敬順《ヨムギョンスン》に言った。

「満身創痍だわ」

敬順は驚いて明姫の顔を見た。

「で、どうして私を待ってたの？」

「あの……」

ためらっている。

「言ってごらん」

敬順は目が赤くなった明姫の顔を見て、なかなか言い出せないらしい。満身創痍という言葉も気になるし、泣きはらしたような顔を見て、話をしていいものかどうか迷っているようだ。

「私の様子が変だから言い出せないの？」

「はい」

「悪くするとお葬式が二つ出そうで、ちょっと泣いたのよ」

敬順がまた驚く。葬式が出そうだということより、そんな言葉を無造作に吐く明姫の態度が、まるで別人のように見えた。

「一昨年、キリスト教徒がたくさん捕まった時に刑務所に入れられた友達が、昨日ソウルに戻ってきたの。目だけが生きていて、ほとんど死人みたいだった」

敬順が青ざめる。

「まるで殉教者だわ。どうして殉教者にならないといけないのかな。それが神様の思し召しなんだろうか。いや、それは日本人、日本の意思だ。日本は神様を差し置いて神様の上に立ってるのね」

「園長先生、それは違います」

「違うって？」

敬順は自分が言ったことを忘れたかのように返答ができない。しばらく沈黙が続いた。

「廉先生、結婚するんでしょ」

明姫が言った。

「ど、どうしてご存じなんですか」

「そんな話が出てたもの。それで、幼稚園は辞めるの？」

「あの、はい」

「仕事を続けることに反対されるから？」

「そうではなくて、田舎に行かないといけないので」

「まあ、幼稚園もそのうちやめないといけなくなりそうだからね」

ない。

「……」

敬順が去ると、明姫はたんすの引き出しから預金通帳を出した。だがいくら探してもはんこが見つからない。

「あれ、どこだろう」

あちこち探しても、やはり見つからなかった。

「変だな。どこに行ったのかな」

明姫はぼんやりと部屋の真ん中に座った。どこに置いたのか思い出そうとしても頭が混乱して何も考えられず、麗玉のやつれた顔が思い浮かんだ。

「園長先生」

洪川宅《ホンチョンテク》が戸を開けて部屋をのぞいた。

「お昼は召し上がりましたか」

東大門近くの市場で食べたうどんがまだ胃の中に溜まっているような気がした。あんなふうに食事をしたことが今更ながら妙に思えたけれど、三時をかなり過ぎているのに昼食は済んだかと聞くのも、ちょっと変だ。

「食べたわ」

「どこで召し上がったんです」

「どこでって」

明姫は、部屋の戸を開けたまま立っている洪川宅を、不思議そうな目で見る。温かそうな青いウールのジャケットを着て、いつもは固い表情なのに、無神経に思えるほど穏やかな顔をしていた。

「お顔の色が良くありませんね」

明姫が答えないので、今度はいつになく親しげに言った。

「ちょっといやなことがあったの」

「何があったんです」

しつこく聞かれて、明姫は洪川宅の顔を見た。やはり穏やかな顔だ。いくら聞いても構わないが、以前はそんなことを言わなかった人だから変な気がする。そういえば、洪川宅は最近、妙に明るくなった。夫との仲も良くなったらしい。洪川宅の夫、車書房《チャソバン》*は幼稚園で用務員をしている。つまり夫婦ともに明姫の下で働いていて、明姫の家の裏にある、幼稚園に向かい合った小さな家に住んでいた。

「それより、私のはんこ、見なかった？」

明姫に聞かれて、洪川宅が慌てた。

「あ、そうだ！　台所の棚に置いたまま忘れてました」

「台所の棚？　はんこがどうしてそんな所にあるのよ」

「前に寧越《ヨンウォル》から書留が来たでしょう」

「それで」

「郵便配達の人がはんこをくれと言うから私が押して、はんこを置き忘れたまま郵便だけお渡ししたんです」

思い出した。寧越にいる姜善恵《カンソネ》から手紙を受け取った。

「あれ、書留だったの」

「はい。じゃあ、はんこを持ってきますね」

洪川宅は急いではんこを取ってきた。

洪川宅が出ていくと、明姫は気分が良くなかった。洪川宅が勝手に引き出しを開けたのが気に入らない。書留にはんこが必要なのはわかるが、自分のはんこか車書房のはんこを押してもよかったはずだ。

銀行で現金三百円を下ろした明姫は孝子洞に向かった。

「お義姉様」

凍ってばりばり音を立てる洗濯物を取りこんでいた兄嫁が振り返った。

「まあ、寒いのにどうしたの。入ってちょうだい」

「希在《ヒジェ》は帰ってないの？」

希在は明彬の末っ子だ。

「もう少ししたら戻るわ。部屋に入ってよ」

そう言ってから、

「希在に何か用？」

と聞いた。

「ちょっとお使いを頼もうと思って」

「私は洗濯物を片付けるから先に入っててちょうだい。ひどく寒いね」

「お兄様は？」

「いつもと同じだけど今日はちょっと気分がいいみたいで、起きてる」

兄嫁は夫がもう何年も病みついているせいか、希望でも絶望でもない淡々とした表情だった。

「じゃあ、先にお兄様の所に行ってみる」

明姫は舎廊《サラン》〈主人の居室兼応接間〉に入った。

「今日は気分が良さそうね」

「いつもと変わらんよ」

明彬は座っていた。

「ちょっとむくみが取れたみたい」

「取れたり、またむくんだりだ」

「この前の薬はのんでるんでしょ？」

「ああ。もう薬もうんざりだな」

「有名な漢方医だそうよ。先生も言ってたじゃない。薬より気持ちを楽に持つのが大切だって」

「言うことはいつも同じだ。ところで、何か用か」

「幼稚園もまだ休んでるのに、実家に来ちゃ駄目なの？　お兄様は私のことを重荷に感じているのかしら」

「座れ」

明姫が座る。

「俺がどうというより、お前が大変だろう。ところで、いい話ではなさそうだな」

明彬が明姫の顔を見る。

「いい話なんかあるもんですか。悪い話がなければ幸いだと思わなきゃ」

「ああ、いい話などないさ。昨夜、夢を見た」

「……」

「徐義敦が出てきた」

「……」

「黒い服を着て、風呂敷包みを脇に抱えて、俺に手を振った。目を覚ましてまた眠ると、その夢が続くんだ。あいつが俺より先に逝くんじゃないかと心配だ」

「体が弱っているからそんな夢を見るのよ」

「さあ、そうかもな」

「あの人はもともと丈夫だからそんな心配はいらないわ。お兄様もそう。希望を持たなきゃ。私より弱くてどうするの」

私より弱くてどうするのという明姫の言葉が明彬の胸を刺した。明姫としては麗玉に会ったショックが大きく、日ごとに深まってゆく孤立感と、たった一人の兄まで、頼りにならないどころか命すら危ぶまれていることに業を煮やして言ったことだったけれど、明彬はそんなふうには受け取らなかった。

（そのとおりだ。俺はお前より弱い。お前は満身創痍になって追われるように遠い海辺の町に行き、死のうとして海に飛び込んだり、田舎の子供たちに手芸を教えたりしながら数年間耐え忍び、自分に打ち勝って戻ってきた。うちの家族は、そんなお前の苦しみと犠牲のおかげで暮らせたんだ。子供たちを学校に通わせ、結婚させ、無能な俺は瓦工場を潰したのに臆面もなく背広を着て歩いていた。図々しい。面の皮が厚いにも程がある。明姫、お前が血を流している時に、この兄は何もできなかった。お前を海から引き揚げてくれた漁師ほどの働きすらできなかった。そのくせ、病気になった。徐義敦や柳仁性も病気にかからないのに、どうして俺が？　刑務所にいる人々ですら強靭な精神を保っている。それなのに、任明彬が、どうして病名すらわからない病気にかかるのだ。薬だの医者だの、ぜいたくなことだ。はは、ははは……）

「……」

「元気出してよ」

「お兄様、病気って、気の持ちようじゃない？　つらいから病気にかかるというなら、病気にかからない人なんかいないわ。避けられないことなら正面から向き合うほかないでしょう」

思わずきつい言い方をしてしまったが、実のところそれは、麗玉が骸骨のような姿になった現実に向き合わなければいけないと、自分自身に言い聞かせていたのだ。

（すまない。本当にすまない。愚痴をこぼして恥ずかしいよ。つらいからといって病気になるなら、病気

にかからない人はいない。そのとおりだ)

「何日か前に、寧越にいる善恵姉さんから手紙が来たの」

「元気なのか」

「ええ。見たくないものを見ず、聞きたくないことを聞かずに過ごすから気楽だって」

「なるほど」

「ただ、逃避主義者だという非難の手紙が来ると、権《クオン》先生がひどく苦しむとも書いてありました。今度、徐義敦先生が収監されたと聞いて、権先生は夜も眠れなくなったそうです」

「そうだろうなあ」

「敵も味方も権先生を非難するんですって。一人で生き延びようとして逃げた、卑怯だ、みんながそう言ってるらしいの」

「前からいろいろ言われてたからな」

「これは別の話だけど、お兄様もしばらく権先生のいる村で過ごしたらどうかしら」

「俺が? どうして?」

明彬が激しく反応するから明姫が苦笑する。

「逃げろって言うんじゃないわよ。ひょっとしたら、そんな所にいたら元気になるんじゃないかと思ったの」

「……」

「どうしてもっと早く思いつかなかったのかしら。そこがいやなら、智異山《チリサン》*でもいいし。還国のお父様がよく行くお寺があるじゃない。そこの住職さんはお兄様の知り合いなんでしょ？」

明彬は何も言わずにうつむいていた。目の周りが黒ずみ顔の筋肉もたるんで、年齢に比べてずいぶん老けていた。明姫は、敵であれ苦難であれ対決する対象がないというのは、対決する以上に不幸だということに気づいた。人生の意欲をすっかりなくしてしまった人、生の意思がすり減ってしまった人。それは針がなくなった時計のようなものだ。明姫は兄の時間が停止していることを確認した。時間が過ぎて悲しいというより、時間が止まっている。それは生ではない。永遠の生命に対する希望こそは生そのものだが、永遠の生命は既に奈落の底だ。明姫は海辺の学校にいた若い日本人教師の顔を思い出した。虚しくてたまらないというのが彼の口癖で、宿直室で自炊していたけれど、夜になると娼婦を求めて飲み屋に行くというわさだった。ある日、彼は出席簿で机をたたいて言った。

「時間は恐怖です。何もせずに時間に向かい合っていると、恐ろしいのです。そんな時には賭博でも泥棒でもしたい気になります。堕落というのは、時間という悪魔のせいでしょう。愛というのも、時間の悪魔のせいです。人の欲はどうして尽きないのでしょう。それも時間の悪魔のせいです。悪魔を忘れたい。そう思いませんか、任先生！」

明姫は笑ってしまった。

（日本人の自殺は彼らの国民性である深い虚無主義と関係がありそうだ。彼らは救いを望むのではなくけりをつけようとする。ひょっとすると彼らは救いなど信じていないのかもしれない。神も宗教も合理的に導入するだけで、神秘的なものとして帰依したりはしない。現実にそれは強みではあるけれど、そのせいであんなどうしようもない虚無主義者も出てきてしまうんだわ）

その時明姫はそんなことを思ったが、時間に対する恐怖については共感するところもあった。

明姫は明彬から目をそらして軽くため息をつき、さっき昌慶苑のベンチですすり泣いたことを思い出した。兄の様子を見て、明姫はまだ自分自身に悲しみ、怒り、絶望が残っていることに気づいた。麗玉の姿、東大門市場をさまよったこと、うどんを食べたこと、昌慶苑で泣いたこと。その数時間がひどく遠い昔のことのように回想される。ひょっとすると麗玉は仲の良い友人でありながら、最もつらかった記憶、振り返りたくない記憶の現場を呼び起こす存在だったのかもしれない。麗玉は凄惨な姿で、明姫が忘れたい過去を伴って戻ってきた。明姫が麗玉に面会しに木浦を訪れた時もそうだ。木浦に着くまで、いや着いた後も南の海辺で過ごした頃の記憶に苛まれた。麗玉の存在と明姫が脱ぎ捨てた過去の殻は、いつも一つになって明姫に迫ってきた。昌慶苑ですすり泣いたこと、我を忘れて市場を歩き、うつけたようにうどんを食べたのも麗玉のせいだけではない。

「実は、麗玉が出てきたの」

麗玉のことは言わないでおこうと思っていたけれど、甥の希在にお使いを頼むなら、どうせ知れる。ちょっときつい言い方で兄の気分を損ねたようなので弁明したい気もして、そんな話題を持ち出した。だが聞き取れなかったのか、明彬は明姫の顔を見ただけだ。

「お兄様、麗玉が昨日出てきたのよ」

「麗玉が？」

「ええ」

「どうだった」

「ずいぶん弱ってたわ」

「それでも出てこられてよかった」

「朝、行ってきて、とても気持ちが落ち着かないの。私たちが生きているのか死んでいるのかわからなくなって。とてもつらかった」

「……」

「ところでお兄様、崔翔吉という人、知ってるでしょ？」

「崔翔吉？　さあ」

「以前は音楽の先生だったって。家に来たこともあるって言ってたけど」

「ああ、あの麗水の金持ちの息子か」

「そう」

「学校にいたな」

「その人が麗玉のために骨を折ってくれたらしいの。昨日、ソウルまで連れてきてくれて、そのまま帰ったんですって」

「どうして麗玉を知ってるんだ」

「麗玉が麗水の教会にいた時、そこの信者だったの。麗玉の別れたご主人の友達だったと思う。私も麗水で崔さんに会ったことがあるわ」

「ありがたい人だな。なかなかそこまではできないものなのに。崔先生がどうして学校を辞めたのかは思い出せない」

明姫はその理由を知っていたけれど、言わなかった。

「麗玉の実家はどんな様子だ」

「大変そうよ」

「それでは安心して静養もできないな」

「ご両親が亡くなって生活が苦しいみたい。だから清涼里に引っ越したんでしょう。お兄様、ずっと座ってて大丈夫？」

「お前が久しぶりに来たんだ。大丈夫だ。今日はちょっと体が軽い気がする」

「考えてみて。寧越でも智異山でも、行く気があるなら私が手配するから」

明姫は立ち上がりながら言った。

「考えておくよ」

その時、兄嫁が夕食のお膳を運んできた。

「お義姉様、私帰る」

「そんなこと言わないで。ご飯ぐらい食べてって」

「じゃあ、奥の部屋でいただきます」

お膳を置いた兄嫁は腰を伸ばした。

「一緒に食べてもらおうと、一つのお膳にしたの」

今まで兄と同じお膳で食べたことがないから、明姫は当惑する。趙容夏の生前、夫婦仲が険悪でなかった頃は何人もの人を食事に招待し、その中に明彬もいたから一緒に食事をしたけれど。

「話をしながら、食べるように勧めてね」

兄嫁が頼むように言った。

夕食の後、舎廊に現れた希在に、明姫は家の住所と行く道を書いたメモを渡した。

「すぐに行ってちょうだい」

「清涼里だね」

希在は紙を開いて言った。彼はY専門学校の学生だ。

「見つけやすい家よ」

「家ぐらい探せるさ」

明姫は封筒を一つ渡した。

「明日、私が行くと言ってね」

「明日行くのなら、叔母さんが自分で持っていけばいいじゃないか」

「訳があるのよ。私、そういうのをうまく渡せないから」

そう言うと、明彬が口添えをした。

「つべこべ言わずにさっさと行ってこい」

明姫は顔にマフラーを巻きつけて実家を出た。外は暗かった。風はやんだものの、気温がぐっと下がったようだ。路地を抜けた明姫は広い道をしばらく歩き、もっと広い総督府庁舎前の道に出た。枯れ葉すらすべて落としてしまった街路樹が街灯の間にまばらに立っていた。木の枝は余命を暗示するように、わずかに明るさが残る空に向けて伸びている。明姫は凍った地面に靴音を刻みつけるように歩く。口から入った冷気が胸を通り、足先に抜ける。

(一刻一刻が絶望だ。一刻一刻が無意味だ。だけど慰め、言い聞かせなければ。私たちはこんなふうに生きるしかないし、みんなそんなふうに生きている。仕事が宝? 世話をして、見守って。そう、仕事は宝だ。だけど、麗玉はどうしてあんなに平和な笑顔を見せられるのだろう。それは何を意味しているのか。今まで見たことのない……凄惨な姿なのに)

巨大な総督府庁舎。威容を誇る建物を背にして歩き、明姫は西大門《ソデムン》方面から来た路面電車に乗った。明るい電気がついていたが、車内にはわずかな乗客がうずくまるようにして座っている。空席はあったけれど明姫はつり革を持って立ち、窓からソウルの冬景色を見た。

(あんな、生きているのが不思議みたいな姿で、平和な明るい笑顔だなんて、変だ。変だ)

建物から漏れる光に照らされて、歩道がオレンジ色になったり薄茶色になったり濃い灰色になったりした。しかし妙なことに光は闇のようで、闇は光のようだった。そして、灯《ともしび》が一つ、谷を通り過ぎていた。

明姫は混沌とした意識を立て直すように、つり革を顔の真ん中に持ってきて、背伸びをするようにしてバランスを取ってみた。それでも目の前には谷があり、灯が動いていた。

通りにも人影は少なく、和信《ファシン》百貨店の前にも人はあまりいなかった。持ち主が親日派だとはいえ、和信百貨店は朝鮮の小市民にとって自尊心の象徴だ。その百貨店からは煌々《こうこう》と明かりが漏れているのに、ある種の静けさが漂っていた。ていた。気候のせいでもあろうが、今は戦時だから購買力も衰え、何より品物が不足していた。人々は品物が買えると聞くと押し寄せ、全部売れてしまえばその店は静かになる。補充できないからだ。富裕層は闇市場に行くが貧乏人は飢えるしかない。権力のある日本の官吏には魚、バター、チーズに至るまで貴重な食料品が配給されていた。高価ではあっても、闇市場ではたいていの物が買えた。

（麗玉に何を食べさせればいいかな）

降りる客に押されて、明姫はつり革を手放した。ふらついて立ち位置を変えると、またつり革をつかむ。

（少しでも元気になるなら、何でも食べさせたい）

ぴちぴち跳ねる鯉、いや、牛の尾はどうだろう。もちろん漢方医に相談しなければならないが。明姫は市場の雑踏が近づいているのを感じた。しかし市場の活気を感じると、麗玉が消えゆく灯のように思えて、明姫は思わずため息をつく。助かりそうにないと言って泣いていた麗玉の兄嫁と同じく、明姫も希望が持てなかった。麗玉の微笑までが不吉に思えてくる。逝く人の心の準備のようなものではないだろうか。

電車は鍾路三丁目で止まった。数人の客が降り、歩道で電車を待っていた数人が電車に向かって歩いてくる。

「……？」

若いカップルだ。男は少しぐらつきながら歩いているように見える。二人は何か話しながら電車に乗った。良絃《ヤンヒョン》と栄光《ヨングァン》だ。明姫は緊張のあまり、振り返ることができない。二人は明姫がいるのとは反対側の入口の近くで、明姫に背を向けるように立ってつり革を握った。

（誰だろう）

明姫はひどく気になった。完全に日が暮れたわけではないけれど、こんな時間に若い男女が一緒にいるのは尋常なことではない。西姫《ソヒ》が承諾していたら明姫の養女になったはずの子、李相鉉《イサンヒョン》に頼まれなくても面倒を見たかった、可愛がっていた子。もう大人になったけれど、良絃のことは何でも知っていると思っていた自分が馬鹿だったと思う。寂しく、裏切られたような感じでもあった。

明姫は盗み見るようにそっと振り返る。良絃は黒とグレーのチェックの外套を着ていた。茶色のマフラーで頬を包むようにして、その結び目の上に丸い顎が乗っている横顔が見えた。男はオリーブ色の短い外套に黒い毛糸の帽子をかぶっていた。頬骨近くにある、かすかな傷痕が偶然目に付いた。しばらくすると、彫りの深い横顔の鼻筋が彫刻のように美しく、眉毛が爽やかなカーブを描いているのがわかった。洗練された知的な顔なのに、頬の傷痕のような、明姫にとって受け入れがたい雰囲気があった。それが何であるのかはわからなかったけれど。二人とも暗い顔だ。良絃が憂鬱なのは吉祥が収監されたせいだろうが、他の理由もありそうに思えた。良絃は冬休みに晋州《チンジュ》に行ったこともあって、ひと月以上、明姫の家に遊びに来ていなかった。

(どういう間柄だろう)

明姫は不安になり、危機感を覚えた。良絃の幸福を妨げる何かがあるような気がした。

明姫は恵化洞《ヘファ》で降りた。歩道で振り返ると、明姫の後から電車を降りて後ろを歩いていた良絃も振り返っていた。電車に残った男を見るために。しかし男は身じろぎもせず後ろ姿だけを見せているようだ。電車は出ていった。良絃は道を横切って明姫のそばを通ったのに、何か考えこんでいて明姫に気づかないまま、恵化洞の入口に入った。

「良絃」

良絃は驚いて振り向いた。

「おばさま!」

「気づかないまま通り過ぎるなんて、何を考えてたの」

良絃は少し戸惑った。

「どこかに行ってたんですか」

「孝子洞に」

良絃はしばらく何か考えた後に言った。

「校長先生の具合はいかがですか」

「いつもと同じよ。寒いね」

「ええ。すごく」

「ちょっと待ってて」

明姫は栗を焼いている屋台に行き、焼き栗を一袋抱えて戻ってきた。

「家に寄ってくれるでしょ？」

「はい。それでなくとも、校長先生のお見舞いもできないで申し訳ないと兄が言ってました」

「そんな余裕なんかないでしょうに。お母様はどうなさってる？」

「晋州にいます。前から覚悟はしていましたから」

「とんでもない世の中だわ」

「どうしてこんなふうに暮らさなければいけないんでしょう」

「……」

「私にできることは何もありませんね」

「もう少しだから、卒業しなきゃ」

「卒業してどうするんです。目の前が真っ暗なのに」
一、二年の間に良絃がずいぶん変わってしまったと、明姫は改めて気づいた。家に心配事ができる前から良絃は明るい笑顔を失っていた。
家に着いて暖かい部屋に入った途端、良絃は床にしゃがんだ。

「ああ、寒い。顔の感覚がなくて、自分の顔じゃないみたい」

手袋を脱ぎ、両手で顔をこする。明姫は外套を脱いで壁にかけ、やかんを七輪に載せる。

「熱いお茶を飲めば温まるわよ」

しかし寒いのは心なのだ。しばらくすると良紘の顔は赤くほてってきた。今度は冷たい手を頬に当てて顔の熱を冷ます。

「お茶を飲みましょう。焼き栗も食べて」

明姫は木の器に焼き栗を入れながら言った。

「おばさま、私、泊まってもいい？」

「もちろんよ」

良紘は以前にも何度か泊まったことがある。良紘は外套を脱いで楽な姿勢で座った。

「晩ご飯は食べたの」

「食べました」

「外で？」

「外で食べました」

あの人と一緒に食べたのかとうっかり聞きそうになって、明姫は自分で驚いた。気にし過ぎているのではないか。

「私、どうして生まれたんでしょう」

「何のこと？」

「一人の女と一人の男が愛し合って私が生まれた。それだけのことですよね」

「親としての責任を果たさなかったということ？」

「非難したいんじゃなくて、自分がどうして生まれたのか、ふと、気になることがあるんです」

「どんな時に？」

「さあ……」

「何かあったのね」

「いえ、何も」

良紘は強く否定する。

「おばさま、この部屋、暖かいですね」

「良紘の部屋は寒いの？」

「寒くはないけれど」

良紘は背を丸めて膝の上に顔を乗せる。明姫は、その傷ついたような姿をじっと見た。

（この子は不幸な恋愛をしているのではないだろうか）

「おばさま」

「うん」

「こんなこと、聞いてもいいのかな」

「言ってごらん。何の話？」

「私の実の父親である李相鉉って、どんな人でしたか」

予想もしていなかった問いに、明姫の表情が揺らいだ。

「どうしてそんなことを聞くの」

「誰も教えてくれないから」

「……」

「申し訳なくて、母や父には聞くこともできないし」

「私には申し訳なくないのね」

「申し訳ないけど……でも知りたいの。私はその人を愛したり尊敬したりはしていないじゃないですか。ただ、知らないだけで」

「私に聞けばわかると思ったの？　どうして？」

「いつだったか、姜善恵おばさまが、何かのついでに言ったことが記憶に残ってて」

明姫は何か考えるように湯飲みをのぞき込んでから聞いた。

「何て言った？」

「私に言ったんじゃなくて、おばさまに冗談を言っている時、ふと、恋人って言ったんです」

明姫はかすかに笑った。

「あなたの口からそんなことを聞かされると妙な気分ね。自分の年を考えさせられるし。でも、それは誤解なの。李先生は孝子洞の家によく来ていたけれど、兄の後輩、いや、日本語を習っていたから教え子かな。だから自然に顔を合わせてた。徐義敦さんや黄台洙《ファンテス》さんたちも一緒に来ていたわ」

「とにかく、知ってはいるんですね」

良絃は顔を上げて明姫を見た。顔は涙にぬれていた。

「それは、まあ」

明姫は良絃の顔から目をそらした。

「それなのに、どうして今まで教えてくれなかったんですか」

「秘密にしようとしたのではないけれど、そんなことを言える立場でもない。それに、あなたの言うように、あなたのご両親に申し訳ないし、礼儀にはずれることじゃない？」

「でも崔良絃は戸籍を移して李良絃になりましたよ」

「それは知ってる。でも李先生を一番よく知っているのはあなたのお父様だから、話す必要があればお父様が話したはずよ。私は直接関係ない人間だし」

「教えて下さい」

良絃がせがんだ。

「お母様が知ったら、『カモの子が水に帰る』と言って寂しがるわね」

「カモの子は、もう水に帰されてしまいました」

明姫と良絃は、互いの顔を見つめる。

（良絃は、実の父親のことで悩んでいるのではないのだろう。何か他の原因があるようだ。何だろう。さっきの人？　良絃はなぜ泣いたのか。どうして？　何かに傷ついたのか）

明姫は唇が乾く気がして、空いた湯飲みにお茶を入れて飲む。誰も手を出さない焼き栗が、ぽつねんと明姫を眺めている。

「誰も教えてくれなかったって？　まあ、良絃が両家の人たちに尋ねたりするのはなかなか難しいことだったでしょうね」

両家とは崔参判《チャムパン》家と李府使《プサ》家のことだ。

「李先生は早婚したと聞いたことがある。あなたのお母様が間島《カンド》*に行った時、李先生が同行したのは、その当時沿海州*に亡命していたお父様の消息を調べるためだったそうよ。その後、朝鮮に戻った李先生は、さっき言ったように徐義敦さんや黄台洙さんたちと付き合い、うちの兄から日本語を教わって日本に留学したんだけど」

話しづらいのか、明姫はまたお茶を飲む。

「日本から戻ってからは新聞記者になり、小説を発表してかなりの評判だった。あの人が挫折したのは三・一《サミル》運動*の後じゃないかな。家庭の事情、国の状況、お父様という大きな存在、そんなものに押しつぶされて葛藤し、迷った。もともと革命家や行動家というよりは芸術家気質の人だったし……。何もかも大変だったんでしょう」

良絃は明姫をずっと見ていた。聞きたいのはそんなことではない、とその目が語っていた。

「もっとも良絃ももう大人だから、理解できないことはないわね。李先生と私は……そんな仲ではなかった。正直言うと、私が李先生のことを思っていたの。ある日、李先生の下宿に押しかけた。あり得ないでしょう？　若い娘が男の下宿に行くなんて。その時、李先生はひどく腹を立てた。だって、妻子のある人なのよ。とうていかなわないことだった」

「妻子のある身だったから、責任を持たなくてもいい妓生と恋愛をしたのね。それで私が生まれた」

「そんなふうに言っちゃ駄目」

「……」

「そんなふうに言うもんじゃない。女をおもちゃにするような人ではなかった。鋭敏でシニカルだったけれど、絶対に好色ではなかったわ。言ってみれば……あの人は不幸になる運命だったのね。日本の侵略で、ああいう階層の人たちの大部分がそうだったけれど」

　明姫は話しながら、西姫のことを考えずにはいられない。李相鉉と崔西姫は、結ばれてもおかしくなかった。それがかなわなかったせいで李相鉉の行く道が狂ったことを、明姫はわびしい気持ちで思い返した。

「もちろん、私は李先生のことを全部知っているわけではないわ。ただ、あの人も時代の犠牲者だとは言える。話のついでに言っておくけど、あの人が再び満州に行った理由はいろいろ推測できても、結局は本人にしかわからないことよ」

　明姫は話をいったん切った。妓生紀花《キファ》〈鳳順《ポンスン》〉が子供を産んだと知って恐くなって逃げたなどとはとても口に出せなかったし、出してもいけなかった。その時の心情は本人にしかわからないというのも事実だ。

「李先生は満州で、あるお坊さんから、あなたの実のお母様が亡くなったと聞いたの。私に小説の原稿と手紙を送ってきたのはその後だった。作品は発表され、原稿料ももらった。その時、李先生は作品を発表したいというより、原稿料が良絃のために使われることを望んでいて、できるだけたくさん作品を書いて送ると書いてあった。それはあなたの実のお母様に対する恨《ハン》*だったのかもしれない。私はその時、そう思った。いろいろな事情で私は子供がいなかったからあなたを養女にしようと思ったけれど、お母様〈西姫〉は私よりもっと深くあなたを愛していたんでしょうね。原稿はその後一度来ただけで、消息も途絶えてしまった。原稿料は貯金したまま私が持ってるわ。あなたがまだ赤ちゃんだった頃の話よ」

　良絃は淡々とした表情で聞いていた。

「今でもその人のことを愛していますか？」

　奇襲のような問いかけに、明姫はひどく当惑した。質問されたからというより、その質問によって見つめ直した自分の感情に戸惑ったようだ。

「答えにくい質問ね。ああいうことはなかなか忘れられないけど、だからといって今も変わらないとも言えないみたい。正直なところ」

　良絃は焼き栗を手に取り、皮をむいて食べ始めた。そしてもう一つ食べる。まるで、考えるために食べているように見えた。

「良絃」

「はい」

「何を考えてるの」

「いろいろ」

「李先生に会いたい？」

「いえ」

「どうして？」

「実感がないんです」

「それなのに、どうして知りたいの」

「それは、さあ。自分自身が卑賤に思えるからかな」

それは理にかなった答えではない
「おやまあ、お母様が聞いたら、どう思うかしら」

ようやく良紘が表情を取り戻した。

「駄目！　こんなことを言ったと知れたら大変。私のために母を悲しませることはできないわ」

「私に何か隠してるでしょ」

「……」

「言いなさい。一人で苦しんでないで。私もあなたぐらいの年頃の時があった。今考えてみれば、胸に秘めてしまうのは良くないことだったわ」

良紘はなかなか話しだそうとはしなかった。明姫はこの子にこんな一面があったのだろうかと考えていた。意固地になっている。

「男性に関すること?」

「いいえ。おばさま、違うの」

良紘は飛び跳ねるように否定した。男のことでないのは確からしい。

(では、さっきの人は?)

疑惑は残る。

「言ってごらん。何なの」

「……」

「あなたが何かに苦しんでいるのは確かかね」

「私がつらいことぐらい、何でもないんです」

「……?」

「今日みたいな寒い日に刑務所で過ごしている父のことを考えれば、私がつらいだなんて、図々しいでしょう?」

「つまり、つらいことがあるにはあるのね」

「……」

「言いたくないなら言わないでいい」

明姫は断念した。しかし妙なことに、良紘の顔に怨みと寂しさ、孤独の影が差した。

「誰にも言わないと約束するなら話します」

「それは簡単なことだわ」

「今日も誰かに慰めてほしくて出かけたのに……慰めてもらえなかった。いえ、口に出せなかった」

良紘は髪を後ろにかき上げた。

「おばさま、私、家を出たいの」

「何ですって」

明姫は目を丸くした。

「我慢すべきなのはわかってます。死んでもそんなことをしてはいけないことはわかってるの」

良紘は泣きだした。

「それぐらい我慢できます。家族のためだと思えば。でも、私がいる限り兄嫁の気持ちが楽にならない。でも家を出たら母が黙っているはずはないし。どうしたらいいんでしょう。ううっ……」

明姫は近づいて良紘の肩を揺さぶった。

「もっと詳しく話して」

「兄嫁が、私のことを気に入らないみたいなの」

「どういうこと」

「兄嫁と、うまくいかないんです」

「そうなのね」

明姫は退いて腕組みをした。思いがけないことだ。想像したことすらなかった。良紘は泣き、明姫は腕組みをしたまま黙って座っていた。

美しく、家族の愛を一身に集め、女子医学専門学校に通う良紘がねたまれるのは当然だ。妓生の娘として生まれ崔家の血筋とは何の関係もないのに宝物のように扱われているのだから、崔家の長男の嫁であり、自身も大切に育てられてきた徳姫《トキ》の立場からすれば、良紘が気に食わなくても不思議ではない。それ以上聞かずとも明姫は事態を把握した。良紘の苦痛を家族が知ってはならず、自分一人のために家庭がぎくしゃくしてはならないと思うからだろうが、良紘の苦痛は我慢しているからでも、徳姫の悪意に耐えられないからでもなく、自分が西姫や還国を欺いていることから来ているようだ。明姫は考えただけで息が詰まる気がした。

良紘は泣きやんだ。秘密を告白したことに後悔がなくもなかったものの、すっきりしたらしく、落ち着いた口調で話し始めた。

「一昨日は父の面会日でした。母はソウルに来られないし、私が面会の日をどれだけ待っていたか、おばさまにはわからないでしょう」

良紘は話し続けた。その日、還国は人に会うために先に出かけ、良紘は面会に行くための準備をしていた。徳姫は下女に命じて在永《チェヨン》を実家に預け、他の人たちもすべて外に出した。

「お義姉様、誰が留守番するの」

「良紘さんがしなきゃ」

徳姫は、家族がいない時にはアガシ*とは言わず良紘さんと言った。お前はこの家の家族ではないという

意味だ。面会を終えて戻ってきた還国は少し怒ったような顔で、

「ちょっと具合が悪いぐらいで面会に行かないのか」

と言った。

「お父さんは、どうして良絃が来ないんだと聞いたぞ。無駄に心配させたりして」

その時、徳姫は背を向けていたという。

「兄嫁の気持ちはわかります。問題は、私が何もできないでいることなんです」

良絃はようやく、明姫を見て微笑した。明姫が立ち上がった。

「良絃、ちょっと待ってて」

良絃は何をするのだろうというような目で明姫を見た。

「ちょっと出かけてくるから」

セーターを着て外に出た明姫は、垣根についた小さな戸を開けた。一瞬、幼稚園の遊び場の滑り台が見張り台のように見え、その上で兵隊が銃を構えて立っているような錯覚に陥った。ぽっかりと月が出ていて、木の小枝が網のような影を地面に落としている。幼稚園に向かい合っている洪川宅の家に行き、低い声で呼んだ。

「洪川宅」

部屋の戸に映った影が揺れた。

「はい、園長先生」

洪川宅が戸を開けて出てきた。外をのぞいていた車書房がスッポンのように顔を引っ込め、洪川宅の後についいて出てきた。

「こんな時間に、どうなさったんです」

腰をかがめて言う。

「あのね、洪川宅」

「はい」

「崔参判家に行って、良絃さんが今晩ここに泊まると伝えてちょうだい」

「わかりました」

「すぐ行ってこい。園長先生、寒いから早くおうちにお戻り下さい」

へつらうように車書房が言った。

家に戻った明姫は台所に向かった。電気をつけてかまどの中をのぞき込むと、オンドルを焚いた時の火種が残っていた。明姫は十能〈炭火を持ち運ぶ道具〉で火種を七輪に移し、炭をいくつか載せて火をつけた。鍋に水を注ぎ、煮干しをひとつかみ入れて火にかける。オンドルの焚き口に置いてあった釜の中の水は温かかった。明姫はかまどに腰かけて小麦粉をこねる。統営の海辺の学校で教えていた時、最初は下宿だったが、後に部屋を一つ借りて自炊した。その頃、明姫はよく、スジェビ〈すいとん〉を作った。麗玉が訪ねてきた時も作った。夜中の海鳴りが恐ろしく、孤独だった。

「もうソウルに帰ろう。ずっとここにいたら、頭がおかしくなってしまうよ」

麗玉が言った。麗玉が来ていると知って挨拶に来た厳起燮《オムギソプ》は、

「でも、立派にやってらっしゃいますよ」

明姫に出ていかれるのを恐れるみたいに言った。

「あたしが余計なまねをしたね。厳先生に頼まなかったら、明姫は今頃ソウルにいたかもしれないのに」

麗玉は厳起燮に頼んで明姫に嘱託教師の職を紹介してもらったことを後悔していた。その時、明姫は心の中でつぶやいた。

（ソウルにいたかもしれないって？　死んでたかもしれないわよ）

苦しむ厳起燮の顔が浮かんだ。麗玉はその時、厳起燮が明姫に抱いている気持ちに気づいていたようだ。燦夏《チャンハ》とのうわさで傷ついた明姫は、誰かが自分に関心を持つことに対して恐怖心を抱いていたから、厳起燮に対しても警戒する以外に何の感情もなかった。

明姫は煮立った鍋から煮干しをすくい取り、しょうゆを入れると、こねた小麦粉をちぎり入れる。

「女子大まで出た人が、田舎の子供相手に手芸や裁縫を教えるなんて。晋州にでも行けば女学校の先生にはなれるのに。頼りになる家もあるし。いったい、何を考えてるんだか」

麗玉は来るたびにそんなことを言った。金歯を入れ、口ひげを生やした顔が浮かんだ。網元で、村では金持ちだと言って偉そうに歩いていた男。子供が世話になっているから挨拶したいと言ってやってきては、女房とはうまくいっていないだの、漁船を二隻持っているが、これからはもっと手を広げてやっていくつもりだとか、まるで自分の妾になればぜいたくができるぞとでも言わんばかりにまくしたてていた。明姫

はこねた粉を荒っぽくちぎって鍋に入れる。どうしてそんなことが脈絡もなく思い出されるのだろう。スジェビのせいかもしれない。

二杯のスジェビを小さなお膳に載せて部屋の戸を開けると、良絃が驚いて顔を上げた。

「おばさま」

「あなた、晩ご飯食べたって、嘘でしょ」

「その……」

「最近はまともな食事ができる店もろくにないのに」

「……」

「さあ、食べなさい。私も孝子洞でちょっと食べただけだからおなかがすいてるの。このスジェビは、田舎で暮らしている時によく作ったのよ。ひどく落ち込んでいた時に覚えて、私がいちばん自信を持って作れる料理なの」

良絃がさじを持った。二人は黙って食べる。

「おいしいでしょ?」

「ええ、おいしい」

良絃はお世辞ではなく、本当においしいと思う。そして明姫の愛情に感謝するように、少しうつむいていた。

「晩ご飯食べてないのね」

「実は、そうなんです」

「こんなに寒い日に。じゃあ、歩いていただけ？」

良紘はスジェビをすくったさじを持ったまま、質問の意味を図りかねたように明姫の顔を見る。

「あの人、誰？」

明姫は間髪をいれずに言った。その瞬間、良紘の体がぐらついたように見えた。

「見てたんですか」

「うん、電車で」

「それなのに、どうして声をかけてくれなかったの」

動揺を悟られまいとしているのがわかった。

「相手が誰だか知らないし、実際、びっくりしたし」

今度は明姫が慌てる。良紘はスジェビを口に入れて噛み、もうひとさじ食べてから言った。

「おばさまったら。栄光お兄様のことはちょっと説明しづらいな」

「栄光お兄様って？」

「上の兄のお友達なんです」

「お兄様のお友達なら、みんなお兄様って呼ぶの？」

「そうではないけど」

「まさか、恋人じゃないでしょうね」

「違います」

きっぱり答えながらも、良絃はうなだれる。

「兄のお友達をみんなお兄様と呼ぶのではないけれど、あの人、つまりあのお兄様は、父とも、うちの家とも、特別な関係みたい。私も詳しくは知らないけれど、あのお兄様のことは、うちが面倒を見ることになってるようなの」

「じゃあ、ずっと前から知り合いだったのね」

良絃は首を横に振った。

「そうではないの。私は全然知らなかったけど、去年、いや一昨年、平沙里《ピョンサリ》で偶然会ったんです。その時、あの人はお父様の遺骨を満州から持って帰って智異山で供養して、その後、平沙里のうちに立ち寄った時に初めて会いました」

明姫はすぐに気づいた。満州から遺骨を持ち帰った時に崔家を訪れたなら、崔家とその父子は並の間柄ではない。崔家がその青年の面倒を見るというのも十分にうなずける。そうしたことに関しては、むしろ良絃の方が少し鈍感なようだ。

「上の兄とは東京で親しくしていたというけど、それまで一度もうちに来たことがなかったの。とてもプライドの高い人で、援助されることを屈辱だと思ってるみたい」

「ちょっと見ただけでも、我が強そうだった」

「兄がとても大事にしているお友達なんです。東京で、日本人の労働者に殴られて死にかけたことがあったらしいんだけど、それで顔に傷が残って、片方の足がちょっと不自由なの。あの時、兄がいなければ助からなかったんですって」

良絃は、栄光が白丁《ペクチョン》*の子孫であること、自分の実母と彼の父が同じ村で育ったこと、今は楽劇団でサクソフォンを吹いており、流行歌の作曲もしているということは口に出さなかった。

「憂鬱でつらいから、あのお兄様に会って、ちょっと泣きたかったの」

その口調には、妙に感情がこもっていた。良絃は明姫の前では正直であろうと努力しているようだ。

「私じゃ駄目だったの？　何だか寂しいわ」

「結局はおばさまに話したじゃないですか。泣いたし」

「あの人に会って泣きたかったんでしょ」

「兄嫁のことだから身近な人には話せなかったんです。それに、あのお兄様と私は境遇が似ていて……」

「……」

「泣くことも、話すこともできませんでした。会うまでは気兼ねせずに話せるような気がしたし、理解してもらえるような気がしたけれど、いざ会ったら壁を感じるの。冷たくて、私に対しては感情を見せないようにしているみたい」

（感情を見せないようにしているって？　この子はわかっていないのだろうか。それは愛しているということだ。気づいていないのだろうか）

「とても不遇で、傷ついた人なんです」

だが、二人は知らなかった。恵化洞の片隅で洋裁店をやっていた康恵淑《カンヘスク》と栄光が、一時期同棲していたことを。二人は恵淑が還国の亡くなった友人の妻だと信じていたし、彼女の再婚を祝いもした。死んだという男が、実は栄光であるとは知らなかった。

夜が更けたので布団を敷き電気を消して床についたものの、二人とも寝つけなかった。良絃は何度も寝返りを打った。外では音もなく雪が降っていた。明姫の作ったスジェビが良絃の凍えた心を優しく温めてくれた夜から、数日が過ぎた。

還国は西姫から緊急に相談ごとがあるとの知らせを受けて晋州に行ったまま戻っていない。久しぶりに暖かく風のない日で、目にしみるような青空に細い雲がかかっている。大地は春を迎えるために忙しく、カササギの声がいつもより大きく響いた。徳姫は在永と一緒に内房《アンバン》〈主婦の居室〉にいるらしい。家の中は寺のように静かだ。自分の部屋で勉強をしていた良絃は、一息つくように新聞を開いた。今年だけ我慢して学校に通えば来年春には卒業だ。そしてどんな道を選ぶにしても、良絃は崔家の垣根を自然に越えられる。自由な天地を夢見ているわけではないが、とにかく独立しなければならない。

(一年だけ我慢すればいい。一年だけ)

良絃は刑務所にいる父が恋しかった。長い間会っていないのは母も同じだが、会おうと思えば会えるのと、会いたくても会えないのは違う。だからよけいに恋しいのだろう。その恋しさのせいで、徳姫の言葉にいっそう深く傷ついたのかもしれない。ともかく徳姫は自分でもやり過ぎたと思ったのか、最近はずいぶん穏やかな態度を見せていた。良絃が明姫の家に泊まるという伝言を受けた時、徳姫は実のところぎょっとした。明姫が真相を知ってそれが両家の親や夫の耳に入れば、ひどく面倒なことになる。

新聞は戦争の記事一色だ。もちろんこれまでもそうだったけれど、前線が移り敵国が変わって一種のヒステリーを起こしている。食糧増産、貯蓄奨励、国防献金、真鍮《しんちゅう》など金属類の献納、志願兵奨励もあれば戦況に関する宣伝もあった。各種団体は連日、米英を非難し、各界各層の人士は尽忠報国と聖戦完遂を叫んでいた。特に知識階級、中でも文人や文学団体は真っ先に、より過激に天皇への忠誠を誓い決死報国を誓った。まるで銃を持って後ろから狙っているみたいに。今日の新聞にも、著名な女性詩人の詩「戦勝賦」が載っていた。

「大丈夫かな」

良絃がつぶやいた。田舎にいる姜善恵とその夫権五松《オソン》のことを思ったのだ。良絃は権に会ったことはないが、明姫から話を聞いたり、明姫の家に姜善恵が来ると同席してあれこれと話を聞いたりしたので、彼らが置かれている状況や、やっていることについてはよく知っていた。理性を失って敵に忠誠を誓う人々の悲惨な姿を新聞で見るたび、良絃は田舎に行った権夫妻のことが何となく心配になった。

(栄光お兄様はどうなるんだろう。慰問公演をしに前線を回ることになると言っていたけど、避けられないのかな。東京にいるお兄様はどうなるの。今、何を考えているんだろうか。お父様は?)

暗澹《あんたん》とした。

(小さいお兄様は、どうして以前みたいに朝鮮に帰ってこないのかしら。人が変わってしまった。何か危

険な計画をしてるんじゃないだろうな)

吉祥が収監されてから、允国《ユングク》は一度帰国した。彼は黙って西姫の肩を抱き、涙をこらえているように見えた。允国はずっと東京にいて、休みになってもあまり帰国せず、戻ってきても数日過ごすとすぐに東京に行ってしまう。勉強があるからだと言った。

「勉強は進んでるか」

允国が聞いた。

「進むわけないでしょ。お兄様、日本に帰らないでここにいちゃ駄目なの?」

「ここにいてどうする。お前も気を引き締めて勉強しろ。こんな時ほど落ち着かないといけないんだ。明日地球が終わるとしても今日、一本のリンゴの木を植えるって言葉を知らないのか」

そう話す允国が、良絃には悲しげに見えた。

新聞を脇に押しやり、額に入れて机に飾ってある家族写真を手に持って眺める。

(お父様、お母様、二人のお兄様、そして私)

還国が結婚する前、良絃が崔家の戸籍から除籍される前に撮ったものだ。良絃はおかっぱ頭で、允国は大学の制服を着慣れていない感じがする。

(お母様はどうしているだろう。大きいお兄様と一緒に私も晋州に帰ればよかったのかな)

晋州に帰らないで勉強に専念しろと西姫に言われてはいたのだが。死ぬ気で勉強しようと決心したことが、ふと嘘のような気がした。

（勉強して、医者になって何をするの。人生が変わるわけではない。すべてが大変で、ただつらいだけだ）

「お嬢様」

下女がしわがれた声で部屋の外から声をかけた。

「何？」

「若奥様がお呼びです」

「わかった」

良絃はしばらく考えた。

（思っていることを言わなきゃ。おばさまの言葉は正しい。沈黙は相手を不安にし、怒りを呼ぶ。多少の言い争いをすることになっても、率直に話そう……）

あの晩、寝つけなくて寝返りを打っていると、明姫が闇の中で忠告した。良絃は立ち上がり、徳姫の部屋の前に行った。

「お義姉様、お呼びですか」

「入って」

戸を開けて入る。徳姫の膝に座っていた在永が、

「おばちゃま」

と言って立ち上がろうとするのを、徳姫が引き留めて座らせる。

「おばちゃまのところにいく」

子供がごねる。

「いい子だから、おとなしくしなさい」

徳姫は子供を放そうとしない。

「おばちゃま、おべんきょうしないの？」

「ううん、するよ」

徳姫は下女を呼んだ。

「在永を連れてって」

しかし在永は良紘の腕をつかむ。

「おばちゃまもいっしょにあそぼう」

「叔母さんはお母様とお話があるの」

「ちぇっ」

口をとがらせて出ていく。在永はもう四歳だ。

「座って」

明るい声ではないが、いらいらしている感じでもない。良紘は不満そうな顔で向かい合って座る。部屋の中は明るく暖かかった。最高級のたんすに付いている白銅の蝶番《ちょうつがい》が美しく輝いている。

「良紘さんはまだご機嫌斜めなの」

徳姫が聞いた。しばらくしてから良紘が返事をした。

「気分のいいことではないでしょう」

「まあそうね」

「反発したいのではありません。いつまでお義姉様の前で自分をごまかさないといけないんですか？」

「これまで私に嘘をついてきたというの？」

徳姫は少し押され気味だ。

「我慢も、感情をごまかすことじゃありませんか」

「もう我慢しない、立ち向かう、家庭の不和が生じても構わないってこと？」

「誤解しないで下さい。そんな意味ではないんです。今、気分はあまり良くないのに、平気だとお義姉様に嘘をつくことはできないということです」

徳姫はしばらく黙っていた。上質の絹の黒いチマと白いチョゴリ〈チマは女性の民族服のスカート、チョゴリは上衣〉を着て、その上に派手な桃色のウールの上着を着た徳姫は相変わらず気品に満ちていた。苦労を知らずに育った彼女にとって、良紘のせいで味わう葛藤は最大の試練だったのかもしれない。きれいな顔立ちではないけれど、肌が玉《ぎょく》のように白く美しいから桃色の上着がよく似合う。

「私も自分の行動が良かったとは思わない。気分のいいことでもないし」

「……」

「だけど、これは私の権利なの。お義父様やお義母様の前では黙っているけれど、お義母様の留守中は私が家の秩序を守らなければならない。それぞれに身の程に合う振る舞いをさせる権限があるのよ」

「それは認めます。でも、認められない部分もありました」

「何のこと」

「どうしてお兄様に嘘をついたんですか。権限なら堂々と行使すればいいでしょう。お兄様に叱られても、皆が出かけるから留守番をさせたと言えばよかったのに」

「良絃さん！　私に訓戒を垂れるつもり？」

白い顔が赤くなった。

「それが通じない家だってことを知らないとでもいうの」

「……」

「私は家族以外の人に仕えるために嫁に来たんじゃないわ」

「私だって、好きでこの家に来たのではありません。育ててくれと頼んだ覚えもない」

徳姫は気絶するほど驚いた。良絃がこれほど強い態度に出たことはかつてなかった。

「今日は正直にお話しします。いつまでも自分の気持ちを隠してじっとしているわけにもいきません」

良絃の顔はこわばっていた。その態度に衝撃を受けた徳姫は、なかなか次の言葉が見つからない。

「まず第一に、家の雰囲気を壊してはならないということです。特に、お父様があんなことになったのだから……家を乱してはいけない。それは私の義務であり、恩返しであり、愛です」

「良絃さんが家のことを心配すること自体が不愉快だわ」

「でも現実としては、冷静に、より適切な方法を考えるべきです。私はお義姉様にお願いしたいの。一年だけ、私が卒業するまで、気に入らなくても我慢して下さい。誰も傷つけないで私が自然にこの家を出られるように。それはお義姉様のためでもあります」

「……」

「卒業しさえすれば、仕事を口実にして地方でも満州でも行きます。どこに行っても働き口はあるだろうから」

「じゃあ、良紘さんは結婚しないつもり？」

徳姫は疑うように尋ねた。

「しないと決心したことはありません。でも、医者になることは決まっているけれど、結婚するかどうかははっきり決まったわけではないでしょう？」

「もう婚期は過ぎたわ」

徳姫はやはり良紘の結婚にこだわっているらしい。

「わかってます。もうオールドミスです」

良紘は何日も熟考し、明姫の忠告についてもじっくり考えた。そして、徳姫と妥協しておかなければ、いつか爆発するという結論を出した。良紘は自分自身を信じることができない。結局、明姫に告白してしまったではないか。それは確かな危険信号だ。

「良紘さんがそんなに弁が立つとは知らなかった。お医者さんじゃなくて弁護士の方が似合ったかもしれないわね」

皮肉を言いながらも、良紘の提案を受け入れようという感じはした。その時、下男の「若奥様にお客様です」という声がして、徳姫の二番目の姉、旭姫《ウキ》の声が聞こえた。

「徳姫、私よ」

「お姉様！」

徳姫が立ち上がると同時に良紘も立ち上がった。

「良紘さんは座ってて」

自分を押さえる徳姫の力が、良紘には強く感じられた。

「私、ご挨拶だけして部屋に戻ります」

「そこにいなさいったら」

旭姫は板の間《マル》に上がって部屋の戸を開けた。

「何してるの？」

下男が奨忠洞《チャンチュン》の奥様と言わずにお客様と言ったのには訳がある。旭姫に連れがいたのだ。裵雪子《ベソルジャ》だ。

「こんにちは」

良紘が挨拶した。

「あら、お久しぶり」

旭姫はうれしくなさそうな声で答えた。徳姫が言った。

「裵先生、いらっしゃいませ」

徳姫と雪子は知り合いのようだ。

「お義姉様、私はこれで」

徳姫はどういう訳か、さっきと同じように良絃を強く引き留めた。

「まあ、きれいだこと。うわさには聞いていたけど。一緒にお話ししましょうよ」

雪子の長くなめらかな指に腕をつかまれた良絃は、なぜかぞっとした。初対面なのに本能的な警戒心が発動した。以前から自分のことを良く思っていない旭姫に対するよりもずっといやな気がする。

「座りなさい」

徳姫は良絃の肩を押して座らせた。良絃は三頭のオオカミに囲まれた気がした。

旭姫はキツネの襟巻を取り、トゥルマギ〈民族服のコート〉を脱ぐ。上下とも同じレンガ色のチマチョゴリだ。裵雪子も外套を脱いだ。暗緑色のツーピースを着ている。レンガ色と暗緑色。華やかな部屋の中で、どちらも死んだような色に見えた。旭姫は三十四、五歳だろうか。徳姫に似ているが、肌はやや黄色味を帯びている。

「どこで会ったの」

徳姫が聞いた。

「ここに来る途中、裵雪子先生に謝礼を持っていったの。あなたの所に行くと言ったら、一緒に行きたいとおっしゃるから」

「そう。ちょうどよかった」

なにがちょうどよいのか。旭姫の娘で国民学校*五年生の敏貞《ミンジョン》は舞踊が上手で学芸会ではいつも選ばれていたので、さらに上達させるために裵雪子舞踊講習所に通わせていた。謝礼というのは、その指導料のことだ。そんなチャンスを逃す裵雪子ではない。社交の腕を発揮して旭姫の心をつかみ、次第に旭姫の生活に入りこもうとしていた。つまり徳姫は雪子の紹介で良紘の花婿候補を見つけたのだ。

「お義姉様、私、お茶をいれてきます」

耐えられなくなった良紘が立ち上がると、徳姫がスカートのすそをぐっとつかんだ。

「恵山《ヘサン》宅が持ってくるわよ。心配せずに座ってなさい」

徳姫は命令するように言い、雪子もすかさず声をかける。

「良紘さん、そこにいてちょうだい。美しい女性は見ているだけで楽しいわ。そうじゃないこと、徳姫さん」

徳姫は黙っていた。旭姫は苦虫を噛みつぶした表情で座っていた。

「私、晋州のお宅に伺ったことがありますのよ」

良紘は不思議そうに雪子の顔を見る。

「洪成淑《ホンソンスク》女史と一緒に」

「……」

「晋州の楊校理《ヤンキョリ》家は知ってるでしょ?」

「はい」

「声楽家の洪成淑女史は知らない？」

「……」

「洪女史は楊家の奥様の妹よ」

「はい……」

「楊家で休暇を過ごせと招待されて、気晴らしに洪女史と一緒に晋州に行ったの。楊家は晋州で何代にもわたる富豪として知られていて、家柄もいいし、名望のある家だそうね。行ってみると、しきたりをきちんと守っている半面、新しい文化も採り入れていたわ」

雪子は旭姫と徳姫に聞かせるためにそんな話をする。実際は、招待どころか軽蔑されて追い出されたようなものなのに。真っ赤な嘘もそうだが、楊家で冷遇されたのにもかかわらず雪子が楊家を褒めたたえるのは、もちろん旭姫や徳姫に自分を良く見せたいからだ。存在感を得るためにそんなことをさらりとやってのける。

「お婿さんが病院をやっていることは知ってるでしょ？　晋州は小さな町だから」

「知ってます」

「院長先生のお宅にも招待されて夕食をご馳走になって、一晩泊まったの」

そう言う雪子が、突然声を上げて笑った。

「どうしたの」

旭姫が言った。

「ちょっとね」

「何なのよ」

「聞かれても困るわね」

「そう言われるとよけいに気になるわ」

旭姫がいら立ったように言う。

「楊家のお婿さんのことを思い出して」

またけらけら笑う。旭姫は何か察したようだ。

「変な人ね、一人で面白がってないで教えてよ」

「あのお医者さん、相当な人みたい」

それとなく好奇心を刺激する。

「実際、洪女史は最近いろいろなことがあって、ほとんどやけになってるんですよ。そばで見ていて可哀想なぐらい。それでちょっとお酒を飲んだんですけど」

今度は洪成淑の話を持ち出す。

「やはり評判が良くないらしいの」

旭姫と雪子は気が合うらしい。中年になった旭姫は実家が金持ちであるうえ、嫁ぎ先も相当な金持ちなのでぜいたくに暮らしていて、退屈で仕方がなかった。ずる賢いとか、たちが悪いとかいうほどではないけれど有閑マダムなので、雪子のような人物が話し相手にぴったりだったのだ。ふてぶてしい中年同士は一年あまり付き合い、旭姫は雪子の話に共感するようになっていた。話がよくわからない徳姫はただ笑い、良絃は何とかしてこの場を逃れようと思っている。ちょうど恵山宅が熱い紅茶と、最近では入手しにくい生菓子を持ってきた。一同はカップを手に取った。良絃も仕方なくカップを手にした。

「その日、夕飯の後で洪女史が姪御さんのお婿さんを相手にお酒を飲んでぐだぐだ愚痴をこぼしたの。姪御さんは、ぐずる子供を寝かしつけるために部屋に入って眠ってしまって」

「それで」

旭姫はまたいらっとしたように言った。

「あら、どうしてこんな話をしてるのかしら」

雪子は笑いながら一同の顔を見回す。

「裵先生も意地悪ね。話を途中でやめるなんて。刀を抜いてそのまま収めちゃいけないでしょ」

「あら、大した話じゃないのに。洪女史は酔っぱらってしまい、医者のお婿さんは困ってしまった。でも、男にはオオカミみたいな本性があるじゃない」

「まあ、何てこと。じゃあ、襲われたというの？」

「まさか。そんな雰囲気だったってことよ」

旭姫と雪子は声を立てて笑った。何ともはしたない。徳姫は顔を赤らめ、良絃は蒼白になった。

雪子に電話で誘われた許貞潤《ホジョンユン》はその夜、矗石楼《チョクソンヌ》*に行かなかった。そのせいで今、復讐されているのだが、この程度の復讐で済んでよかったのだ。あの晩、貞潤が矗石楼に行って雪子の誘惑に引っかかっていたらとんでもないことが起きただろう。貞潤は、それこそ身を滅ぼしたはずだ。

良絃はようやく雪子の正体を知った。どうしてぞっとしたのか、初対面なのに本能的な警戒心が呼び起こされ、普段から自分のことを嫌っている旭姫よりももっといやな感じがした理由がわかった。雪子が破廉恥漢に仕立て上げた許貞潤を、良絃は子供の時からよく知っていた。貞潤が朴孝永《パクヒョヨン》医院の助手をしていた時から家族全員が彼を知っていたし、朴医師が亡くなってからは貞潤が崔家の主治医だった。良絃は、貞潤については全く疑いを抱かなかった。雪子が不潔で恐ろしい女に見えただけだ。雪子はそうした事情を知らなかった。正道からはずれれば、いつかどこかで弱点をさらけ出してしまうものだ。良絃の憮然《ぶぜん》とした表情を横目で見て、雪子が首をすくめた。

「おや、うっかりしたわね。どうすればいいの。世間知らずの清純なお嬢さんの前でつまらないことを言っちゃって」

「構わないわ。もう大人なんだから。わかってるのよ、顔に出さないだけで」

旭姫は吐き捨てるように言った。良絃が西姫の娘だったらそんなことは口に出せなかっただろう。その言葉は、清純なふりをしたところでお前は妓生の娘じゃないかという侮蔑を含んでいた。

「そういえば、もうすぐ同業者になるのね。良絃さん、許してね。男も女も年を取ると図々しくなるものなの」

良絃さんと名前を呼ぶ様子が、実に自然だ。

「ところで、どうして話がそれたのかしら。ああ、晋州のお宅に行った話をしてたのね。実はあの時、晋州に行くと言ったから、洪女史が頼まれたみたい。私はそれも知らずについていって知ったの。つまり洪女史は、良絃さんの縁談を持っていったのよ」

良絃は初耳だった。徳姫が縁談のことを言ってはいたが、西姫からは何も聞いていない。良絃はソウルで話が持ち上がっただけだと思っていた。そうした経路で縁談が晋州にまで持ち込まれていたとは。

「お母様はもう相手が決まっていると言って断られたんだけど、本当はまだ決まってないのね。徳姫さん、そうでしょ？」

雪子は徳姫の顔を見て聞いた。

「決まってないわ。お義母さまはどうしてそんなことをおっしゃったのかしら。本当にいい話なのに、私も変だと思っていました」

「良絃さんを手放したくないんでしょ」

それはまた徳姫を刺激しようとして言ったらしい。

「お婆さんになるまで手元に置いておくおつもりかしら。今でも遅過ぎるのに」

旭姫の言葉に雪子が答えた。

「あら、ひどいことを言うのね」

「裵先生、そうじゃないこと？　みんな二十歳前に嫁に行くのに、学校に行っているからこうなったのよ。晋州のお義母様も、どうして断ったりするのかしら。またとないほどいい話なのに。うちの徳姫がこれ以上気苦労しないようにしてほしいわ」

露骨に不満を口にする。二人が来る前に良紘と話していたこともあり、徳姫は少し困った。

「お姉様、そんなこと言わないで。もっといい縁談だってあるかもしれないじゃない」

姉の言葉を打ち消すように言うから、旭姫が口を尖らせた。良紘は出ていけなくなってしまった。悪くすると、偉そうに怒って出ていったと言われるだろうし、何より、みじめな後ろ姿を三人に見せたくないから、借りてきた猫のようにじっとしていた。

（おかあさん！）心の中で叫んだ。だが呼びかける相手が西姫なのか実の母である鳳順なのか、良紘自身もわからない。

「それよりお姉様、役職に就いたんですって？」

徳姫は話題を変えてしまう。

「役職だなんて」

旭姫はにたりとする。

「お義兄様は何て言ったの？」

徳姫は雪子から顔をそらしているようだ。徳姫は雪子がいやになった。旭姫の家で何度か顔を合わせたことはあったものの、舞踊家だというから、まとわりつくような言動もそれほど変には思わなかった。徳姫が雪子に関心を向けたのは、何といっても良紘の縁談に関わっていたからだ。良紘を説得して新郎候補に接近させてくれればいいと考えていたけれど、雪子が楊家の婿について妙なことを言うから愛想が尽きた。

良絃が自分より美しく、家の人たちすべてが宝物のように思っていることに、徳姫は耐えられない。どうして卑しい身分の娘のせいで自分が輝きを失わなければならないのか。どうして血縁でもない良絃が家族の愛を独占しているのか。考えただけでも腹立たしく、憎らしく、目障りだ。しかし徳姫は精神的にはまだ幼く純情なところが残っていて、雪子の雰囲気を受け入れることができない。良絃と同様、徳姫も雪子は不潔だと思う。

「うちの人が意見なんか言うもんですか。何も聞いてないわ」

「何も言わないというのは、反対しないという意思表示でしょう」

「とにかくつまらないの。興味ないんでしょ」

「そのことに興味がないということ?」

雪子が聞いた。

「顔に小じわができ始めた女房に関心がないってことよ。ともかく引き受けはしたけれど、面倒だわ」

「そんなこと言っちゃいけません」

雪子がぴしりと言った。

「誰にでもできるものじゃないんだから」

旭姫と徳姫が、同時に雪子の顔を見た。

「槿花《クンファ》紡織会社の黄台洙社長の威光があるからこそ、そんな役職ができるんじゃないの」

「まあ……それはそうね」

役職とは、愛国婦人会会長のことだ。支部とはいえ、そうそうたる人士が多数居住する区域でそんな役職に就くのは、雪子の言うように、誰もができることではない。

「敏貞のお母様は面倒だと言うけれど、このご時世で、それほど丈夫な垣根はないわ。みんな無風地帯で暮らしていて世間のことを知らないのよ。害にはならないから一生懸命おやりなさい。そうすればお父様〈黄台洙〉のためにもなるだろうし」

「やれと言われれば仕方ないわね」

ぶすっとした顔で言ったものの、このご時世だの父のためにもなるだのと言われて旭姫は少し緊張した。徳姫も同じだ。収監された舅のことを考えた。雪子の口調は少し和らいだ。誰の家に来ているのかを思い出したらしい。

「もうどうしようもないわ。私たち朝鮮人は、悔しくても、草の葉みたいに伏せて台風が通り過ぎるのを待たなきゃ。日本が真珠湾を攻撃するなんて、誰が想像できた？　日本人だって考えられなかったはずよ。アメリカと戦えば日本が敗けると思っている人がたくさんいたもの。内心、アメリカと日本の戦争を望んでいた人も大勢いた。でも、現実は、それこそ破竹の勢いじゃない。もう日本は中国大陸だけじゃなくて東南アジア一帯を席巻している。わずか数カ月で香港が陥落し、マニラ、シンガポールも陥落した。その他も時間の問題でしょう。とにかく黄色人種が白人を追い出すんだから、いくら日本が憎くても、それだけは気分のいいことだったはずよ」

演説をぶつ。

「それはそうね」

旭姫は浮かぬ顔で相槌を打つ。

「今まで様子をうかがっていた人たちも、情勢が急変して、みんな積極的になったわ」

(日本の手先だ。間違いなくスパイだわ)

良紘は心の中でつぶやき、自分の表情を読み取られないようにうつむいた。雪子はしゃべり続ける。

「難局を賢明に突破しなきゃ。このお宅ではご主人があんなことになったけれど、その代わり奥様がとても賢く振る舞っているから、この程度で済んでいるのよ。とても賢い方だわ。姿も美しいけれど。でも、これからが問題ね。日本は反対する人たちを刑務所に入れたけど、これからは非協力的な人も狙われるんじゃない?」

その言葉は黄台洙の娘たちと良紘を強く刺激した。良紘は特にそうだ。真っ先に脳裏に浮かんだのは、権五松夫妻のことだ。権五松夫妻と雪子の関係は知らなかったものの、雪子たちが来る前にも新聞を読みながら権夫妻のことや栄光のことを考え、吉祥、還国、允国のことを思った。身近な人よりも、より大きな危険にさらされている人のことが先に思い浮かんだようだ。明姫の家に泊まった夜、布団に入っても寝つけなかった。明姫も寝られなかったので、二人は暗闇の中で話をした。その時、明姫の話が強く印象に残っている。それは木浦刑務所から出てきた麗玉のことだ。

「人間があんなふうになるなんて。神様は人に命を与えておきながら、どうしてあんなになるまで放っておくのか、納得できない。生きるって残酷なことね」

明姫は寧越にいる権五松夫妻のこともひどく心配していた。麗玉の出獄、吉祥の収監、権五松が捕まるかもしれないという不安は、すべて同一線上にある。刑務所に入れられたり、そこで死にかけたり、あるいは死んでしまうかもしれない彼らの運命は日本の手中にあるのだ。日本人は日本を神国と呼び、天皇を現人神《あらひとがみ》と呼び、富士山を霊山だと言うが、それなら神は悪なのか。神は欲望の塊なのか。神は生きるものを斬り殺す残酷さそのものなのか。良絃はそんなことを考えていた。

「非協力的って、どういうことを言うの」

徳姫が聞いた。

「それは、いろいろ考えられるでしょう。国が要求することに熱心でなければ、すべて非協力的なんじゃない？　知識人や芸術家の傍観的態度を問題にするのは、それだけ国民に影響力を持っていると思われているからだわ。文学、学問、絵画、音楽、演劇、すべては兵士や労働者を鼓舞するものでなければならず、そうでないものは無駄で、さらにはそれも抗日だとみなされる。戦争遂行の邪魔だと思われるってことよ」

「この頃新聞を見ると、学者も芸術家もずいぶん協力してるみたいだけど。名のある人はみんな進んでやってるんじゃない？」

旭姫が言った。

「もちろんよ。人間ってひどく弱いからね。でも、生きるためにはしぶとくなるのよ」

雪子は一瞬、冷笑を浮かべた。

「だけど、田舎に逃げる人もいるのよ。彼らに対しては当局が狙っているだけでなく、協力している人たちの方が憎んでるわ」

　良絃は思わず耳を傾けた。

「総督府はともかく、協力する人たちがどうして？」

　旭姫の言葉に、雪子は再び冷笑を浮かべる。

「自分だけ楽するつもりかと思うのが人間の心理なの。不細工な人は美人を憎み、体が不自由な人はそうでない人を憎むものじゃない？」

「憎むというより、羨むんでしょ」

「羨望と憎悪は紙一重よ。力がなければ羨み、力があって集団を作っていれば憎悪して、やっつけようとする」

「世の中って恐ろしいわね」

「今更何を言うの。いつだってそうだったじゃない。それは人の本性なんだから」

「それはそうだけど、みんながそうではないでしょ」

「まあ、そんな単純に言えることではないけれど、他の人も自分と同じように手を血で汚してほしいと思う人もいるだろうし、過去の怨みがある相手を日本が片付けてくれればいいと願う人もいるでしょう。それに、万一のことを考えれば、自分と同じように手を汚した人たちの数は多いほど良くて、手を汚さない人は少ないほどいい。それが社会心理ってものじゃない？　親日も反日も傍観者もそれぞれの事情があるわ。親日派にも熱狂的な人、熱狂するふりをする人、いやいややっている人がいて、みんな同じじゃないはずよ。ともかく今は非常時だから、傍観者や非協力者を放っておく余裕がないことだけは確かだわ。どんな形であれ、風は吹くはずです」

　自らの弁舌に酔った雪子は、顔の筋肉が細かく揺れていた。

　部屋の中には緊張感が漂っていた。戦慄すべき脅迫だ。日本側から話しているかと思えば、朝鮮民族の側から話しているようでもあって、派手でグロテスクな二色の布を織り出すかのようだ。雪子の弁舌は順風に帆船が進むように滑らかだった。

「検挙もするだろうけど、その他にも徴用とか、方法はいくらでもある。今、芸術界も改編されて国民文学だの国民演劇だのに転換すると言われてるじゃない。すべては地ならしの作業なのよ。東亜日報や朝鮮日報が廃刊された一方で新しい雑誌が創刊されるのは、何を意味してると思う？　場所を作ってやるから大日本帝国に忠誠を誓え、血の一滴すら聖戦のために捧げろってことでしょ」

「裵先生は、どうしてそんなに詳しいの」

　旭姫は、雪子が話上手なのは以前から知っていたけれど、目を丸くして驚いた。

「私自身が芸術界にいるから、その方面に関しては鋭敏になるのよ」

「まあ、そうね……ところで明後日《あさって》、明々後日《しあさって》だったかな？　崔承喜《スンヒ》*舞踊発表会に裵先生も行くんでしょう？　お弟子さんなんだから」

　旭姫はかろうじて話題を変えた。

「もちろん行くわよ。万難を排して行かなきゃ。先生にも挨拶して」

鉄の心臓を持っていても、さすがに動揺を隠せなかった。

「それでちょっと思い出した。『舞踊で銃後報国』という記事が出た日の新聞に、朴春琴《パクチュングム》*さんの質問に東条英機首相が答えて、朝鮮の徴兵制については実施するかどうかを検討中だと言ったと出てたわ。これから朝鮮の青年たちもみんな戦争に行くんじゃない？」

徳姫が言った。

「それは既に予想されていたことでしょ。それに、検討中という言葉は、すぐ実施するという意味じゃないの」

あれこれ話し、一緒に昼食を食べて旭姫と雪子は家を辞した。二人が帰った後、良絃が自分の部屋に戻ろうとすると、珍しく徳姫が良絃について部屋に入ってきた。座った後も、二人の間に沈黙が流れた。言わなくとも同じ危機意識と不安を持っていた。

「あの人、恐いでしょ」

徳姫が口を開いた。

「恐いですね」

良絃が答えた。

「うちに探りを入れに来たんじゃないかしら」

「まさか」

「警戒しないと。姉の家で何度か会った時には感じなかったけれど、これからは気をつけなければ」

「近づかないのが賢明でしょうね。ぞっとします」

「下品だわ」

そう言った徳姫が続ける。

「徴兵制が実施されたら、うちはどうなるんでしょう」

「……」

「うちの人や、東京にいる允国さんは」

「もう若くないから」

「だけど日本人は三十代でも兵隊に取られると言うじゃない。四十代前半の人も徴兵されると言うし、恐ろしいわ」

「そうなったら、もし、そうなったら、私たちみんな終わりですね。生き残れないでしょう」

ぼんやり顔を見合わせる。そして二人の女は同時に孤独を感じ、互いの距離が縮まるのを感じた。

「本当に親日をしないといけなくなるわね。そうでしょ？　アガシ」

「……」

「実は今度うちの人が晋州に行ったのも、国防献金のことで相談するためらしいの」

「国防献金？」

「はっきりとは言わなかったけど、お義母様はそのことで相談するために呼んだみたい」

「強要されるということ？」

「強要されなくても、毎日のように新聞に大きく載っているじゃない。私の実家も、もう大金を出したらしいし。うちも相当な額を出さないといけないでしょう。お義父様もああだし、財産の規模からしても。お金で面倒なことを避けられるならいいけれど……」

「お義姉様、私たちも覚悟しなければならないけど、希望を失ってはならないわ。悪がいつまでも続くわけはないでしょう」

「そうね、日本が敗けることを祈るしかないわね。天地神明を信じなきゃ。恐い話ばかりだわ。誰かが言ってたけど、娘たちを前線に連れていくというじゃない。アガシも気をつけて。医者として前線に連れていかれるかもしれないわ。卒業前に婚約でもしておかないと」

その言葉は、自分よりも良絃のことを心配しているように聞こえた。

夕食を終えると良絃は明姫の家に行った。明姫は、以前とは全く違う表情で迎えた。大きな問題を抱えているらしい。良絃も、この前の夜とは違う表情だった。

「清涼里のおばさまはどんな具合ですか」

「さあ。何日も持たないんじゃないかと思ったけど、ほんの少しずつ良くなってきたみたい」

「よかった。良くなってほしいですね」

「わずかな希望は見える。でも、わからない。ろうそくの火が消える前に一瞬明るくなるようなものなのかも……」

「どうして悪い方に考えるんです」

「世の中が険悪だから、どうしても不吉なことを想像してしまう。良絃」

「はい」

「あなたが医学生だから聞くけど、命に奇跡はある?」

「私にわかるもんですか。まだ学生だし、経験もないのに。でも奇跡はあると思います。ありますよ」

「そうよね、あるよね」

「あのおばさま、とても可哀想。日本は悪魔の島だわ。海に沈んでしまったらいいのに」

「可哀想よ。だけど、麗玉だけじゃない。私たちみんな可哀想」

明姫の目に、濃い憐みの色が見えた。麗玉のことだけではなさそうだ。明姫はじっと良絃を見ている。

「派手な還暦祝いとか結婚式にでも行きたいな。こんなに憂鬱では、やってられない」

「真冬に宴会?」

「寒いけど、もうすぐ春よ。ところで、今日も泊まる?」

「いえ、帰ります」

「もうすぐ最終学年なのに、遊びに来たりしていいの」

冗談めかして言ったけれど、明姫は別のことを考えているようだ。

「勉強はちゃんとしています。それより、不安なことがあって」

「どんなこと?」

「昼間に、変な女のお客さんが来たんです」

「変な女のお客さんって……良絃に縁談を持ってきた？」

「おばさまったら。違います」

「じゃあ」

「その人が来て、脅すようなことばかり話したんです」

「……」

「舞踊家だとかいう、気味悪い人でした」

「ああ」

「おばさま、ご存じなの？」

良絃が驚く。

「褒雪子って言わなかった？」

「そう、褒雪子って言ってました」

「あの人が、何しにあなたの家に行ったんだろう」

顔をしかめる。

「義姉の二番目のお姉様が」

「黄旭姫のこと？」

「ええ。その人と一緒に来たの。そのお宅の娘さんが舞踊を習ってるんですって」

「ソウルじゅうを歩いてるのね」

「おばさまはどうしてご存じなの」

　良紘は不思議そうに聞いた。

「前に、自分から幼稚園の保母たちに舞踊を教えたいと言ってきて、教えてもらったことがあった。善恵姉さんとも知り合いだったらしいけど、ひどいことをして、今は敵同士みたい。たちの悪い人だわ」

「そうなんですね。やっぱり」

「何かあったの」

「これから非協力的な人には風当たりが強くなるだろうって言ったんです。それで心配になって、ご存じかもしれないと思って来たの」

「非協力的って、どういうこと」

「日本に対してということです。善恵おばさまや権五松さんのように、田舎に逃げた人たちのことを指して言ったみたい」

「あの人が」

　明姫が緊張する。

「ええ」

「権五松夫妻について話してた？」

「誰とは言いませんでしたけど」

「わかるような気がする」

「それだけじゃなく、晋州に母を訪ねていったと言うんです」

「どうしてそんな所に」

明姫はあきれた。

「楊校理家の奥様の妹さんで声楽家とかいう人についていったんですって」

「とにかく、大した人だわね」

明姫は良絃に洪成淑のことを話すわけにはいかなかった。良絃でなくとも、洪成淑についてどうこう言う必要はない。良絃も縁談のことは話したくなかった。恥ずかしくもあったけれど、結婚することに抵抗を感じていた。

「とにかく、いい人ではないから、遠ざけているのがいいわ」

「義姉とも話しました。警戒しなければいけないと」

明姫は笑った。

「崔参判家の嫁であり黄台洙さんの娘である人の言うことだから間違いないね」

「おばさま、それより、権五松さんはどうなるんでしょう」

「さあ……あの人の言うことがすべて嘘ではないでしょう。権先生も状況を観察しているだろうし、覚悟もできているはずよ。ソウルにいた時も、とても難しい立場にいたの。汚名を着せられて田舎に引きこもるしかなかった。知識人ってこんな時代には情けないものね。学識が重荷になる世の中だ」

「うちの兄や父はどうなるんでしょうか」

「良紘」

「はい」

「お父様を愛してる？」

今更のように聞く。

「もちろん。お父様が恋しい」

「そう？　恋しい……」

良紘はいつになく早く席を立った。

「還国は家にいるの？」

部屋を出ようとする良紘に明姫が聞いた。

「晋州に行きました」

「いつ頃帰るって？」

「明日か明後日だと思います」

「帰ったら、一度うちに寄ってくれるよう伝えてちょうだい」

「はい」

良紘が出てゆくと、明姫はしばらく考え込んだ。気持ちとしては、良紘に伝えたい。

（あなたの実のお父様は無事だそうよ）

そう言いたかったけれど、それは崔家に対して失礼だ。まず還国に伝えるのが順序だろう。

明姫は昼に孝子洞に行った。呼ばれたのだ。明彬は少し興奮しているように見えた。

「昨日、南天沢《ナムチョンテク》が来たぞ」

「南天沢って?」

「知らないのか」

「知りません」

「おや……そうだったか。俺の後輩みたいな奴だが、天才だ。奇人だが、朝鮮一の博学だ」

「その人が、どうかしたの」

「まあ、聞け。去年の春だったか、ともかく行方をくらませた時、みんなはソ連に行ったんだろうとか何とか言っていた。ひどく変わった男だからそんなうわさが立ったんだろうが、実は中国にいたらしい。そいつが姿を消す前には徐義敦と意気投合して、しばらく一緒に行動していた。それで、義敦があなってしまったから、様子を見に義敦の家を訪ねたらしい。その帰りにここに寄ったんだ」

「……」

「消息を伝えに来た。わざわざ言いに来る気はなかったらしいが、義敦の家に来たついでに、伝えていこうと思ったそうだ。他でもない、李相鉉の消息だ。聞いてるか」

「はい」

「上海で会って、一杯やったそうだ。みすぼらしい姿ではあったけれど、何かやっているように見えたという。何か伝言したいことはないかと聞くと、みんな自分が死んだと思っているだろう、そのままにしておく方がいいと言うから、それではいけないと言うと、にたりとして、そんなに消息を伝えたいなら任明彬氏に会って、見たままを話せと言ったそうだ」

「……」

「李相鉉が俺に消息を伝えろというのは、明姫、お前に伝えろという意味じゃないか」

「そのようね。李先生は良紘のことを心配してるのよ」

「そうだろうか……」

明彬はきっぱり言う明姫の顔を見て、妙に残念そうな表情をする。具体的なことは何もなかったのに妹と李相鉉を痛々しく思い、理解しようとしていた任明彬は、今でもロマンチストなのかもしれない。

「相鉉が生きているとは思わなかった。生きているなら何よりだ。ところで、この消息を、どうする?」

「家族に伝えなければ」

「お前が?」

「還国に、孝子洞に来たお客さんがそう話していたと言えば、自然に李府使家にも伝わるでしょう。もう、立場が変わったじゃない」

「どういうことだ」

「息子さんが立派になって、どこから見ても李家の方が上だわ。ひょっとしたら、李先生もそんなうわさを耳にしているかもしれない」

「良紘には?」

「それは、還国が考えるでしょう」

明姫は机の前に座って、読みかけの本を開いた。父を愛しているかと聞いた時、もちろんだ、父が恋しいと言った良絃の声が耳に響き、明姫は寂しくなる。良絃が言う父は、李相鉉ではなく金吉祥だからだ。

二章　山へ

春が過ぎて初夏になり、麗玉《ヨオク》はようやく病人になった。誰が見ても病人だったけれどミイラでも骸骨でもなかったから、兄夫婦や明姫《ミョンヒ》が喜んだ。喜んだ人がもう一人いた。麗水《ヨス》の崔翔吉《チェサンギル》だ。彼は数日前、ソウルに来たついでだと言って立ち寄った。

麗玉が壁にもたれて座っていると、兄嫁が部屋の戸を開けてのぞき込んだ。スニン*のついたチマに絹のケッキチョゴリ*を着た、よそ行きの姿だ。先のとがったポソン〈民族服の靴下〉の白さが目にしみる。

「ほんとに大丈夫ね？」

兄嫁は不安そうな顔で尋ねた。

「大丈夫。行ってきて」

「土曜日だから、早く帰るようソヨンに言ってあるわ。でも、安心できないな」

「心配いらないったら。もう動けるのに」

「じゃあ、行ってきます」

兄嫁は実家の弟の家でトルチャンチ*があって出かけるところだ。数日前から、どうしようかと迷っていたのを、麗玉が行けと強く勧めた。

　麗玉が一人残った家の中は静かで時折、外をいかけ屋の呼び声が通り過ぎた。清涼里《チョンニャンニ》は以前住んでいた町とは全く違う。ずっと部屋の中にいてもその雰囲気はわかった。裸で外にいる感じとでも言おうか。もちろんどこであれ家を出れば外なのだが、恵化《ヘファ》洞や明倫《ミョンニュン》洞のように大きな家の立ち並ぶ町とは違う。そうした金持ちの多い町は季節ごとに備えをし、それぞれ家の前を常にきれいにしていて少なからずよそよそしい雰囲気なのに対し、季節に無抵抗な町は清潔でもよそよそしくもなく、縮こまっているけれど他人を拒まない。それは隠したり垣根を造ったりする必要もない貧しさが醸し出す雰囲気だった。

　麗玉は病床にありながら皮膚でそれを感じた。出入りする人たちがまとっている空気からもわかる。昔、実家は大した金持ちではなかったものの死んだ弟と兄、それに娘婿まで東京に留学させた。早く近代文明に目を開いた父は娘にも高等教育を受けさせた。それだけの財産はあり、使用人も常に二、三人はいた。兄嫁も嫁いできた当初は台所仕事などせず、きれいな服を着て部屋で針仕事だけをしていた。麗玉は実家が没落したと、改めて思う。だからどうというのではない。記憶の門が開き感覚が蘇ったのだ。肉体よりもずっと先を行く感覚が元に戻ったらしい。音、色、鼻をくすぐる匂いからもある形が現れ、内容が展開し、それが隠れている映像を呼び出し続けた。麗水でのこと、群山《クンサン》での事件、へんぴな村で伝道師をしている時の光景が現れた。刑務所生活、拷問、喉が渇いてたまらなかったこと、ある時には暗くかすかに、ある時は明るく鮮明に、その当時の現場よりもっと鮮やかに、ぼってりとした靴を履き黒いサテンのトンチマ〈筒状に縫い合わせたチマ〉とカラムシ*のチョゴリを着てソウル駅の待合室をうろつく自分の姿が浮かんだり、体の不自由な息子の世話をしながら暮らしているお婆さんを助けて草取りをしていた自分の、泥まみれの手が現れたりもした。変なのは、呉宣権《オソングオン》と結婚し、裏切られて呪いの日々を送っていた時期は、まるでフィルムが切り取られたみたいに現れなかったことだ。焼き印のように胸に刻まれたあの怒りの歳月は、どこに消えたのだろう。

麗玉は痩せた手を見る。骨と皮だけになった手の甲に走る青い静脈を見るたび、麗玉は自分が生きていると思う。取調官が首を絞める時、服を脱がせる時に叫んだ。

（主よ！　私を死なせて下さい。主よ！　私を連れていって下さい）

麗玉が骸骨のようになったのは刑務所で拷問されたからだけではなかったが、魂が死ぬ前に肉体が壊れた。何とか生きられたのは崔翔吉のおかげだ。兄の中学時代の後輩で、呉宣権の友人だった翔吉が、伝道師として麗水に来た麗玉に同情し力になろうとしても不思議ではない。初めて会った時、翔吉は呉宣権のことを許せない奴だと言った。翔吉とその妻琴紅《クムホン》が今、どうしているのかは知らない。獄中にいる時に差し入れをしてくれ、出所できるよう手を尽くし、ソウルまで連れてきてくれた翔吉のそばで、琴紅がどんな様子でいたのか、麗玉はわからない。麗水の名妓だった琴紅は、夫を疑って麗玉の家の周囲を徘徊するほどの疑夫症《ウィブチュン》*患者だった。

当時の麗玉はそんな状況を喜劇だと思っていた。髪を後ろで束ね、ぼってりとした靴を履き、一年中、黒いチマに白か黒のチョゴリを着て伝道のためにどこにでも行った、繊細さを失っていた時代。顔も洗うだけでクリームすら塗らなかった。自分に女としての魅力が残っているとは思っていなかったのに、妓生出身とはいえ目が覚めるほど美しい琴紅が夫との仲を疑うというのが理解できず、笑い飛ばすしかなかった。あの頃、麗玉を頼って麗水に来た明姫と手芸店に立ち寄り、道端で偶然、翔吉に会って家に戻る途中、麗玉はこんなことを言った。

「過ぎてみると笑い話だけど、当時は病気になりそうだった。女が一人で生きていくのは難しい。あちこちで足を引っ張ろうとするから、ほんとに頭に来る。伝道婦人という看板をかけてもね。明姫、あんたもこれからいろいろ経験するよ。顔がきれいな分だけ、よけいに。あたしだって苦労するのに」

「いったい、何があったの」

「泥棒と疑われたんだから!」

麗玉は突然、腹を立てた。

「え?」

「あたしはもともと神経質で潔癖症だったじゃない。そんな性格が、年月が過ぎるにつれて、いい意味でも悪い意味でもすり減ってきた。欠点でも長所でもある、そんな性質が……。時々あたしは、自分がそこらへんに転がっている木の切れ端か、石ころのような気がする」

そう言う麗玉は、笑顔ではあった。

「あたしも被害者の一人だけど、決して男を取られたとは思わないし、そのことで同情されたくもない。呉宣権はあたしを愛していなかった。世の中を渡るのに必要なものを手に入れるためにあたしと結婚し、さらに必要なものを手に入れるために離婚したのよ。それは人間の本質の問題で、嫉妬とはあまり関係がない。でもあたしがあの絶望の淵から立ち上がって世の中に出た時に感じたのは、自分は異邦人だってことだ。あんたもこれから、切実にそう感じるよ。田舎でも都会でも、教会の中でも外でも。ふふふっ……女たちは、あたしを侵入者だと思ってる。大げさじゃないの。農家に入っても、おかみさんたちは何かを、亭主の視線のようなものですら、盗まれないかと警戒する。もちろん、あたしが独り身だからよ。めまいがするほど衝撃を受けたことは、数えきれないほどある。だから男とは距離を置いて、下手に出て女たちと仲良くなろうとしたら、今度は軽く見られる。気ままなのよ。でなければ、偉そうに同情してくれる。人間を諦めることはできない。あたしは福音の伝道師なんだから。人間っていったい何だろう。何度も何度も尋ねた。主よ、私はどうすればよいのでしょう？　田んぼのあぜ道や山道を歩きながら尋ねた。

もうそんなことは克服できた気もするけど。自分が粘り強くなり、愚かになり、枯れ木になったような気もする。主に対する愛まで形式的になって……。とにかく、崔翔吉さんのことも、男として意識したことはない。あの人もあたしを昔の友達の妻だった人だと思っていた。呉宣権が何をしたかよく知っているし、先輩の妹だし……。呉宣権は友達がいのない奴ですと言っていた。それ以上の興味を示したことは一度もない。あの人はもともと信者だったのが、一時は教会から遠ざかっていたけれど、今の奥さんに出会ってまた教会に通うようになった。この奥さんが、あたしにひどいことをしたのよ。それこそ、他人の人生のせいでひどい目に遭った。夫が外出した時に、あたしと一緒にいるんじゃないかと疑って、うちの近くをうろついたりするから、どうしたんですか、お入り下さいと言ったら、何でもありませんと言って、ぷいと背を向ける。そんな時には、あきれて全身の力が抜けた。教会でも鋭い目であたしを見るの。訳もなく脚が震えて落ち着きを失いそうになるけど、負けるものかと気を強く持てば、あちらが弱気になる。いつまでこんなことをするのかと思うと苦笑がこみ上げてきたね。あの奥さんが弱気になると、人間って寂しいものだと感じる。あの人も、あたしと同じ異邦人かな。そうなる要素はあるね」

麗玉は琴紅のことを考え続ける。翔吉が麗玉に寄せる気持ちについて、琴紅はどう思っているのだろうかと。同じキリスト教信者なのだから、信仰のせいで困難に陥った教友に救いの手を差し伸べることに関しては義務や良心として受け入れることもできるはずだ。夫と共に教会に通うようになって琴紅の信仰が深まっていたなら。そう思いながらも、どこかすっきりしない。

（今はまだ、そんなことは考えないでいよう。こうして生きているだけでありがたくて、温かい。真実の人生が大切だ）

家の中は、子ネズミまでどこかに行ってしまったのか、針一本落ちても音が聞こえるほど静かだ。麗玉は鏡を出して自分の顔を映す。瞳が虚空のように黒く大きく見えた。突き出た頬骨、くぼんだ頬、血の気のない唇。顔は真っ白で、細い首は頭を支えることすら大変そうだ。

（ひどい顔）

鏡を置いた瞬間、麗玉は二十代の頃の姿が、ふと見えた気がした。痩せたからかもしれないし、活動し労働している時の強くしぶとそうなものがすべて抜け落ちてしまったからかもしれない。伝道師をしている間、麗玉の顔は常に赤く汗ばんでいた。夏は特にそうだ。農家に泣いている子供がいれば背負って寝かしてやったり、老人たちが草取りをしていればしゃがんで一緒に草を取ったりした。身寄りのない病人の看護や商店の力仕事もした。夜学では手芸や裁縫を教え読み書きも教えた。いつも動いていなければならなかった。日差しを浴びながら歩き続け、人一倍白かった顔は黒くならないで赤く日焼けした。どうしてあんなに東奔西走していたのだろう。それは信仰の力だっただろうが、麗玉にとっては自分が誰なのかを問い続ける修行でもあったのかもしれない。伝道師として活動し深い祈りを捧げながらも、なかなか呉宣権を許すことができなかった。考えてみれば、麗玉は彼が愛を裏切ったからではなく、人を裏切り真実を裏切ったことに怒りを感じていた。麗玉は明姫に言った。人間の本質の問題で、嫉妬とは関係ないと。愛を失い、自分の運命がめちゃめちゃになったから、浮気されたから絶望したのではなかった。愛が冷めれば別れるのはどうしようもないことであり、道徳で縛って互いに不幸なまま暮らすことは望まなかった。ただ、真実を立身出世に利用する非情さに絶望した。麗玉は自分で言ったように、若い時は神経質で、ひどい潔癖症だった。許せなかった呉宣権のことが、どうしてフィルムが切り取られたみたいに心の中から消えたのだろう。

「お留守ですか？」

明姫の声だ。

「麗玉！」

「うん、こっちにいるよ」

明姫が部屋に入ってきた。

「みんな、どこか行ったの」

「みんなって」

「あなたのお義姉さんは？」

「出かけた」

「病人を一人で置いて？」

「トルチャンチに行けとあたしが言ったの」

「びっくりした。何かあったのかと思った」

「もう少しすればソヨンが学校から帰ってくる」

ソヨンは姪の名前だ。

「大丈夫なの」

明姫は座りながら聞く。

「うん」

「ちょっとずつ回復してるみたいね。まあ、突然良くなるのも変だわね。出てきた当初は、ほんとにひどかった」

「今でもひどいよ」

なぜかぶっきらぼうに言う麗玉に、明姫が笑った。

「もう大丈夫でしょ」

「そんなにしょっちゅう来て、幼稚園は大丈夫？」

「時局のせいで幼稚園もやめないといけないかもしれない」

「どうして」

「米英との戦争が始まって政府の方針も変わったけど、人の気持ちも変わった。親たちが子供を幼稚園に通わせることに関心を持たなくなった。心理的な余裕がなくなったのね。それにいつどうなるかわからないから、子供をそばに置いておかないと不安らしいわ」

「そんなに深刻なの」

「新聞は日本が優勢だと報道しているけれど、食器まで供出させるし、田舎では国民学校の子供たちを動員して松やにを集めてる。店に品物がなくなって生活必需品も買えないなんて、それこそ非常事態よ。当局は食べ物は不足しないと発表したけれど、問題がそれだけ深刻ってことでしょ。若い人のいる家は戦々恐々としてるし」

「あたし、横になる」

麗玉は、そんな話は聞きたくないのかもしれない。

「そう、じゃあ横になりなさい」

明姫は麗玉が横たわるのを手伝う。麗玉の体は鳥の羽根のように軽く、骨と皮になった体が操り人形みたいにカタカタ音を立てそうだ。仰向けで横になった麗玉は無心に明姫を見る。青みがかった感じがするほど澄んだ大きな瞳が穏やかな湖のようで、鳥の影が映りそうな気がした。女学校の頃から随分長い間親しく付き合ってきたけれど、明姫はこれほど澄んだ霊的な目は初めて見たと思った。

「お義姉さんはいい人ね」

「心の広い人なの」

「布団がいつもきれい。病人がずっと寝ついていると、なかなかこうはいかないものなのに。来るたびに思うわ」

「明姫」

「何」

「あたし、病人？」

「そうでしょ」

「故障した機械みたいなものじゃないかな。病気って生きているものに取りつくものでしょ」

「何言ってるの」

明姫はうろたえた。

「これまでいろいろなことを経験しながら、自分が人間だという気がしなかった。自転車、荷車、七輪、石うす……そんな物みたいだった。人間だと思ってたら、たぶん自殺してた」

それ以上は何も言わなかった。明姫も沈黙し、麗玉から目をそらした。しばらくして、麗玉がまた口を開いた。

「兄嫁は、うちに嫁に来てから苦労ばかりしてる。あたしみたいな義妹の世話をしなければならないし。あたしはあんたみたいに実家を助けたこともない。恥ずかしいったらありゃしない」

「実家を助けただなんて。そんなこと言わないで。心配をかけたのはあたしも同じよ」

「お兄さんの具合はどうなの」

「おや、もう他人の心配をするほどになったのね」

麗玉が笑う。

「実は、秋頃に山に行くと約束させたの。最初は気乗りしないみたいだったけど、最近は兄の方が行きたがってる」

「山って、何しに？」

「智異山《チリサン》に立派な人たちがいるようなの。お寺の住職は兄の知り合いだし、崔《チェ》参判家との関係が深いお寺なんだって」

「お寺で静養するの？」

「まあそんなところだけど、兄の考えは違うの。だんだんそのお坊さんに会いたくなってきたみたい。もっとも徐義敦《ソウィドン》さんや、親しい人たちがみんなあんなことになってしまったから、兄としてはわらにもすがる気持ちなのかも……。そのお坊さんは出家する前、ソウルの知識人の間ではかなり有名だったんだって。ソウルの人で、東京で新しい学問を身につけたし、日本に併合された時にお父さんが自決したといううわさもある。とにかく、ちょっと特別な人みたい」

二人はその住職が麗水で会ったことのある蘇志甘《ソジガム》だとは知らない。明姫と麗玉が手芸店に行った時、道で偶然、崔翔吉と蘇志甘に会った。そして明姫が統営《トンヨン》に行く前、麗玉と船着き場に行き、ちょうど釜山《プサン》に行こうとする崔翔吉と蘇志甘、それに彼らを見送りに来た琴紅と会った。翔吉は志甘を二人に紹介してくれたけれど、その時の志甘は僧侶ではなかった。

「兄の病気は気持ちから来ているの。生きようという意思がなければ薬をのんでも意味がない。まるで死を待っているみたいにすべてを諦めて。私たちも一度は兄のことを諦めかけた」

「どうしてそんなことになったの。原因があるんでしょ？」

「原因はいろいろあった。特に、私が兄を心理的に苦しめたんだと思う。大変だった時、あの遺産で……あの時から私は目をつぶって暮らそうとしたし、兄はああなってしまった。妹のもらった遺産で食べている、自分は駄目な人間だという自虐に陥ったみたい。友達に会えば妙におしゃべりになったり、顔色をうかがったり、しょげたりして、最後には憂鬱になる。そんなことを繰り返したあげく、あんなふうになったの。時には兄嫁や子供たちにも冷たく当たる。恥ずかしい自分の一部だと思うらしいわ。だから私もなるべく実家に行かないようにしてるんだけど」

「わかる気がする。亡くなったお父さんもきちんとした人だったね。竹を割ったような。お母さんもそうだったし」

「生きるなんてうんざりだわ」

「いや、そうでもないよ」

麗玉が口を挟んだ。

「すべてに目をつぶって生きていても、ふと、生きるってどういうことかと……つらい。実際、私は兄を非難する資格もないわ」

「生きるって美しいことよ。生命は、本当に驚くべきものだ。どんな時でも生きているのは祝福で、そう感じていれば死も恨めしいものではない気がする」

「あんな目に遭っても？　死にたいとは思わなかったの？」

「思ったよ。何度も。それだから命の大切さを今、感じてるの。生きることを諦めてはいけないと」

「そんな力はどこから出てくるのかしら。信仰？」

麗玉は黙っていた。答えづらいらしい。

「それは、さあ……。おそらく人を信頼しているからじゃないかな。信頼の回復みたいなもの」

明姫は、麗玉が変なことを言うと思う。理解できないわけではなかったけれど、信頼というのが何に基づくものかがわからない。信仰から来ているのかという問いに、麗玉はなぜか答えなかった。

「叔母さん、ただいま」

姪のソヨンが部屋の戸を開けてのぞき込んだ。

「あ、明姫おばさん、いらっしゃい」

お下げ髪の少女がにっこりした。

「元気だった？」

明姫もほほ笑んだ。

「叔母さん、何かしてほしいことある？」

「勉強でもしてなさい。お母さんが遅くなるようなら晩ご飯の支度をして」

「わかりました」

ソヨンが戸を閉めた。

「明姫、あたしも山に行きたい」

「伝道師がお寺に行っていいの？」

「山に行きたいんだってば」

「元気になればそれもいいわね」

「それに、今は本を読みたい」

「そんな気力があるの？」

「ゆっくり読むよ。今度来る時は、本を適当に選んで持ってきて」

「うん、そうするわ」

明姫は麗玉と明彬に関しては、少し安心した。


冬の終わり頃に保釈されて木浦《モッポ》刑務所を出た麗玉は、ソウルで初秋を迎えた。はかりの目盛り一つ分ずつ重くなるみたいに、糸でひと針ずつ縫うみたいに、麗玉の健康はほんの少しずつ回復していた。家の中を歩けるようになり、日曜日もそうだが、平日もソヨンは登校するついでに麗玉を明姫の家まで送っていった。明姫は麗玉が来ると、帰るなと引き留めた。一人で寂しいから一緒に暮らそうと言った。

「いやだ。あんたの人生とあたしの人生がごちゃ混ぜになってどっちつかずになってしまうよ」

麗玉は首を横に振った。

「明姫、あんたが麗水に来た時、実のところあたしは大変だった」

「どうしてそんなこと言うの。あの時と今とは違うわ。切迫して何も見えなかった頃のことなんか、考えたくもない。今は優しいおばさんになったでしょ？」

「今度はあたしがあんたをつらい目に遭わせるよ。それより、独身の女二人が一緒に住むのも哀れっぽい」

「いつまで実家にいるつもりなの。あの人のいいお義姉さんばかり苦労させる気？」

「飛んでいかなきゃ」

「どこに」

「どこって、あの自由な空に」

「夢みたいなことを言って。勝手に飛び回るのが許されるとでも思うの？」

「心までは縛れないでしょ」

麗玉は恵化洞に来ると、力のいる仕事はできないけれど台所で料理をしたりして楽しみ、幼稚園で子供たちが遊ぶ姿を立ったまま眺めるのを好んだ。

この日も午前中にソヨンが麗玉を連れてきてくれた。清涼里に連れて帰るのは明姫の役目だ。

「もう秋ね」

群れを成して空高く飛んでゆく鳥を見ながら麗玉が言った。

「秋らしくなったわね。昨日まで日差しが強くて汗を流してた気がするのに」

リンゴの皮をむきながら明姫が相づちを打った。

「お兄さんはいつ山に行くの？」

「あなたも行きたい？」

「まだ無理でしょ」

「数日以内に出発すると思う。あちらでも待ってるだろうし。夏休みに還国《ファングク》が泊まる所も準備してあるはずよ」

「崔家のご主人はどうしてるだろう」

「その話はやめましょう。みんながつらいだけよ。刑務所も初めてではないから、奥様も耐えられるみたい」

「徐義敦先生のお宅は？」

「事情は似たようなものでしょう。ただ、柳仁性《ユインソン》先生のお宅は困っているみたい」

「仁実《インシル》のお兄さんね」

「うん。あの家の奥さんが、ちょっと変なの。一人息子が結核にかかって馬山《マサン》療養所にいるんだけど、母親が何もしないというんだから理解できないわ」

「じゃあ、どうなるの？　母親が無関心なら、それは死ねということじゃない」

「余裕があれば何かするでしょう。いろいろ事情があってそうなるのかもしれないけれど、ひどいうわさが立っている」

「どんな？」

「黄台洙《ファンテス》さんが療養費として相当な金額をくれたのに息子さんのためには一銭も使わなかったというの。それだけならまだいいけど、息子の病気を口実にお金を借りて使っているって。信じられないでしょ？」

「世の中にそんな母親がいるの？　まあ、娘を売った金でばくちをする父親だっているからねえ」

「柳先生は収監される前も、息子のことでひどく胸を痛めていたそうよ」

「仁実にお姉さんが一人いたよね」

「うん、その仁景《インギョン》さんが面倒を見ているらしいんだけど、簡単なことじゃないでしょう。一日や二日じゃないんだから」

そう言いながら、明姫は一瞬、迷った。

「あなたも知ってるはずよ」

「何を」

「仁実のうわさ」

「日本人とどうこうってうわさ？」

「そう」

「それがどうしたの」

「変なのは、その日本人が療養所に送金しているというの」

麗玉が驚いた。

「つまり、仁実はその人と一緒にいるってこと？」

今度は明姫がぎょっとした。

「絶対そんなことはない。あなたは知らないだろうけど、鮮于信《ソヌシン》という、柳先生にとっては大事な弟子みたいな人がいて、柳先生の家の事情もよく知ってるし、その日本人とも付き合いがあるらしいの。その人が言うには、その日本人も仁実の行方を必死で捜しているそうよ。兄の家にも時々来ていたけれど、今回は鮮于信さんも収監された」

「それなら、仁実は？」

「仁実の居場所は誰も知らないみたい。死んだとか、独立軍に加わったとかうわさされてる」

「それなら、その日本人はどうして療養所に送金するんだろう」

「去年も柳先生の家に来たらしい。刑務所に入ったことは、東京で燦夏《チャンハ》さんから聞いたんでしょう。親友だから」

そう言いながら、明姫は海辺の分校に訪ねてきた燦夏と緒方、そして仁実の姿を思い浮かべないわけにはいかなかった。思い出すたびに鋭い刃が心臓を刺すような、つらい記憶。

「それはまあ、仁実のことがなくとも柳先生の後輩だし、鶏鳴会《ケミョンフェ》事件の時も一緒に検挙された仲ではあるけれど、やっぱり普通のことではないね」

しかし真相を知らない明姫と麗玉の推測は大きくはずれていた。緒方が時々満州から療養所に送金しているのは事実だ。だが緒方の心情は、義理や同志愛、仁実に対する愛の表現といったものとは違う、もっと濃厚で切実なものだった。柳家は息子にとって母の実家であり、柳仁性は息子の伯父で、療養所にいる子は息子の従兄だ。息子の血縁に対する切実な気持ちから送金していたのだ。去年の春、山荘で燦夏と一緒に諸文植《チェムンシク》や鮮于信に会って酒を飲んだ時に柳家の状況を知り、柳仁性が収監されたことは明姫の推測どおり、燦夏から聞いた。

「ひたむきな人なんだね」

「私も一度会ったことがある」

「どこで?」

「それはまあ。とにかく兄も人から話を聞いて褒めていたし、還国もよく知ってるらしくて、その日本人はとても純粋な人だと言ってたわ」

「仁実の性格からすれば」

「え?」

「うわさだろうが事実だろうが、仁実は誰とでも付き合うような子ではないでしょ。話題になるだけのことはあったんでしょう。とにかく、美談ね。民族は違っても人はみんな同じじゃない。極悪無道な悪人がいるかと思えば、輝くような人もいる。たまにそんな人がいるからこそ、希望を失わずに生きていられるんじゃないの」

「さあ」

明姫は思わずため息をついた。燦夏に対して自分がどれほど利己的であったかを考え、春に知った相《サン》鉉《ヒョン》の消息を考えたのだ。仁実は全身全霊を傾けて後悔のない生き方をしているだろうと思うと、羨望のようなものを感じた。かわいがっていた教え子、柳仁実。

（死んだのだろうか。いや、きっと生きている）

明姫はまたため息をついた。

麗玉と明姫が昼食を済ませ、片付けさせた時、意外なことに崔翔吉が家に入ってきた。明姫はひどくうろたえる。これまで何度かソウルに来たという話は聞いていたものの、麗水で会って以来、顔を合わせていなかった。

「上がってもよろしいでしょうか？」

翔吉は中庭に立って丁重に尋ねた。

「どうぞ、お上がり下さい」

明姫は板の間の端に出て両手を組んだまま言った。

「崔先生、どうしてここに？」

唖然とした麗玉が少し身を起こした。

「この家は男子禁制ですか」

「びっくりするじゃない」

「ちょっとは驚きなさいよ。吉《キル》先生〈麗玉〉が僕を驚かせたのと同じぐらい驚くことが、これからもたびたび起こりますから」

「おや、恐ろしいこと」

「実は、清涼里で聞いたんです。夕方の汽車に乗って帰るので、図々しく来ました」

翔吉は明姫の勧めた座布団に座って言った。

「幼稚園なら探しやすいし園長先生にもお会いしたことがあるから来たんですが、失礼だったでしょうか」

翔吉は微笑しながら気さくな口調で言った。昔に比べてずいぶん痩せているように見えた。薄い灰色の背広はぶかぶかで地味だが、おしゃれだった頃の痕跡がかすかに残っている。

「失礼だなんて。よくいらっしゃいました。それでなくともお会いしてお礼を申し上げたいと思っていたんですよ」

明姫は、よく知らない男性に精いっぱい感謝を表した。

「お礼を申し上げたいのは僕の方です。骸骨みたいになっていた吉先生を、人間の姿に戻して下さったのですから」

翔吉は声を上げて笑った。

「これは困ったね。どちらがお礼を言うべきか」

麗玉の言葉に翔吉が答えた。

「恋人と友達なら、言うまでもないでしょう」

三人とも笑った。そして明姫のいれた紅茶を飲む。翔吉はカップを置いて麗玉の顔を改めて見つめる。

「吉先生、ずいぶん顔色が良くなりましたよ」

翔吉が言った。

「じれったいほど、ほんの少しずつね」

麗玉が不満そうに答えた。

「死んでてもおかしくなかったのに。そんなことを言うのは、少しずつ欲が出てきたってことだな」

「コンタシするつもり？」

「もちろん、コンタシしなきゃ」

明姫は二人が気兼ねなく話す様子がほほえましいと思った。

「コンタシって何？」

明姫が聞いた。

「コンタシは南の方言で、恩に着せるという意味なの」

麗玉が説明した。

「それはそうと、校長先生がご病気だそうですが、どんな具合ですか。一度もお見舞いに行けなくて申し訳ありません」

「ええ、ちょっと良くないんです」

明姫はあまり話そうとしなかった。

「幼稚園はうまくいっていますか」

「長く続けられそうにありません」

「そうでしょうね。地方でも幼稚園はほとんど閉鎖されました。たいていは教会が運営していたからでもありますが、結局は不要不急のものだというのです。こんな非常時には」

翔吉はたばこに火をつけた。家には灰皿がないから、明姫は急いで皿を一枚持ってきた。

「すみません」

「いえ」

「夕方には、任先生があの人きな赤ん坊を清涼里に連れていって下さるそうですね」

「誰に聞いたの」

麗玉が尋ねた。

「お義姉さんがそう言ってましたよ。明姫さんが連れてくるまで待たなければいけないと」

「一人で帰れるのにみんなに監視されて、刑務所を出たのに監獄にいるみたいだ」

麗玉はわざと大げさに言う。

「せっかく来たんだから、今日は僕が連れていきます。麗玉さん、行きましょう」

「まだ明るいのに」

「話したいこともあるし、夕方の汽車に乗るには時間がないから」

「どうして？　まだ真昼じゃないの」

「麗玉」

「何よ」

「崔先生の言うとおりにしなさい。ここは明日だって来られるじゃない」

麗玉はしばらく考えてから答えた。

「じゃあ、そうしようか」

「任先生、申し訳ありませんが、寝ても覚めても忘れられないお友達をさらっていきます」

翔吉はおどけた調子でぺこりと頭を下げた。ぎこちなさ、恥ずかしさといったことを隠そうとしているようでもあった。

「いいえ。恋人をうちに連れてきてしまって、こちらが申し訳ありませんわ」

明姫は麗玉のことを通して翔吉の人間性に全幅の信頼を置き心を開いていたから、無意識にそんな返答が口から出た。

「吉麗玉の株がどうしてこんなに上がるんだろう。あたしはもっと早く自分の値打ちに気づくべきだったな」

麗玉が言った。

「気づいてたら、どうしてましたか」

翔吉が笑いながら聞いた。

「あんなに遠い所を回ってここまで来ることはなかったと思う。とにかくあたしの生涯で、いちばん幸福であることには間違いない」

意味はよくわからなかったものの、麗玉が浮かれているのは確かだ。

「おや、誰もが高値をつけてくれるとでも思ってるんですか」

翔吉の言葉に、麗玉がわからないふりをして聞く。

「どういうこと?」

「任先生やこの崔翔吉だからこそ、吉麗玉のために涙を流すんです。うぬぼれたあげく、後でがっかりするんじゃないかと心配だ」

「あらまあ」

翔吉は笑顔のまま明姫の方に向き直る。

「任先生、麗玉さんが元気になったら、お二人で遊びに来て下さい」

「……?」

「麗水にです。至る所で非常時だと脅すけれど、萎縮することはありません。麗水の海産物は今でもおいしいし人情も変わりありませんから、一度来て下さい」

「いやです」

明姫は思わず強い態度で拒絶した。疑夫症だと麗玉が言っていた彼の妻琴紅に、埠頭で会って威圧されたことを思い出したのだ。

「急に、どうしたんです」

「麗水は行きたくありません」

「口の悪い漁夫たちにちょっと冷やかされたぐらいで、まだ怖がっているんですか。いい年をして」

翔吉はいつしか、麗玉に対するのと同じような口のきき方をしていた。

「どうしてそれを?」

明姫はふと思い当たって麗玉をにらんだ。

「あたし、そんなこと話したっけ」

麗玉がとぼけた。麗水でそんなことがあった。何かの話のついでに、麗玉が翔吉に話したのだろう。

「過ぎたことに執着せず、忘れてしまうのがいいですよ。誰にでも過去はあるんですから」

言葉遣いもそうだが、内容も昔からの友人を相手に話しているみたいだった。

「みんな、いつ死ぬかわかりません。ここが戦場になるかもしれないし、空から爆弾が降ってくるかもしれない……。世界は今、狂っています。僕たちに残された時間がどれだけ大切なのかを考えなければ。つらかったこと、考えたくないことはすべてさっぱりお忘れなさい」

「そうよ。崔先生の言うとおりだ」

麗玉が同意した。明姫は、麗玉に聞いたのか他の誰かに聞いたのかはともかく、翔吉が自分のことをよく知っていることに気づいた。それでも気分は悪くなかった。

「じゃあ、行きましょうか」

麗玉を連れて表に出た翔吉は、さっきとは打って変わって真剣に聞いた。

「疲れませんか」

「いいえ」

「本当に大丈夫ですか」

「出かけるのも、ちょっと慣れてきたみたい」

「疲れたら言って下さい。おぶっていきますから」

冗談ではないらしい。

「変なことを言うのね」

「麗玉さんは健忘症なのかな」

「……？」

「僕におぶわれて木浦刑務所を出たことを忘れたんですか」

「それ、本当？」

「そうですよ」

麗玉は何かがこみ上げたのか、唇をかんでうつむいた。

「元気になったらまた伝道するつもりですか」

その時、向かいから自転車が来るのを見た翔吉が、麗玉の両肩をつかんで脇に寄せた。自転車が二人の横を通り過ぎていった。

「邪魔されないで伝道できると思いますか？」

また歩きながら麗玉が言った。

「邪魔されるでしょうね」

「じゃあ、どうして聞くんです」

「吉先生の信仰が、今でも篤いのかと思って」

「……」

「つまらないことを聞きましたね」

「あたしの信仰は篤かったんでしょうか」

「そうでなければあんな苦労はしなかったでしょう」

「深刻な話は、後にしましょう」

麗玉はそのことについては話したくない様子だ。

「そうですね」

「いつソウルに来たんですか」

「一昨日です」

「どんな用事で？」

「ちょっと財産のことで」

二人は待っていた路面電車が来たので乗り込んだ。翔吉は麗玉を座らせ、自分はその前に立ちふさがるようにしてつり革を持った。翔吉の体臭が麗玉に伝わった。麗玉は体をひねり、顔をそむけて通りを見下ろす。街路樹がところどころ黄色く色づきかけている。夏にはいつもアイスキャンデーの箱をかついだ子供や青年がその周囲を行き来し、あるいは座って商売をしていたけれど、もうその姿はなかった。麗玉は昌慶苑《チャンギョンウォン》の石垣がぼんやり自分を見ているような気がした。

「あたし、一度も入ったことがないんです」

独り言のように言った。

「昌慶苑に？」

翔吉が聞いた。

「ええ」

「じゃあ、入りましょう」

「今？」

電車が昌慶苑の前に止まるとすぐ、翔吉は麗玉を引っ張るようにして降りさせた。麗玉を門の前で待たせておいて入場券二枚を買った。

「入りましょう」

昌慶苑の中には爽やかな初秋の風景が広がっていた。季節はすべて、色として現れていた。

「動物園に行ってみますか」

「いえ、やっぱりちょっと疲れました。ベンチにでも座って休みたいわ」

翔吉は、桜の木の下に置かれたベンチに麗玉を座らせる。

「あたし、ここ初めて」

「江原道《カンウォンド》の山奥で育ったのかな」

翔吉もベンチに座ってたばこをくわえ、火をつけた。麗玉は昔と違ってヨモギ色のチマチョゴリを着てポソンと白いコムシン〈伝統的な靴の形をしたゴム製の履物〉を履いていたから、二人は中年夫婦に見えた。

「以前、ソウルにいた時の下宿が明倫洞だったんです。だからここはよく来ました」

「恋人と?」

麗玉はいたずらっぽく言った。

東京留学から戻った翔吉は、ソウルで音楽教師をしていた。任明彬が校長を務めていた、趙容夏《チョヨンハ》、いやその父親が設立した中学校に勤務したこともある。麗玉は、その当時の彼はかなり華やかだったと聞いていた。もともと翔吉は生計のために教師になったのではない。植民地の貧弱な音楽界でソウル以外に居場所がなかった当時は、音楽家は教師をしながら活動するのが常だった。その点は還国も同じだ。とにかくその頃、彼は若く洗練された声楽家だったが、結局は注目を浴びられないまま故郷に戻った。

「恥ずかしくて、こんな所に恋人と来られるものですか」

苦笑した。

「ところで」

「……」

「どういうわけだか、あたしはこれまで崔先生の奥さんがお元気なのか聞いたことがありません。わざとではないけれど、おそらく無意識に避けていたんでしょうね」

「……」

「崔先生も奥さんのことはちっとも話さないし」

「……」

「今更だけど、奥さんはお元気ですか」

「ええ、元気です」

「これまで崔先生はいろいろとあたしのことを助けて下さったのに、奥さんが抵抗を感じなかったんでしょうか。あたしのせいで崔先生が困ったことにならなかったのかも気になる」

翔吉は黙ってたばこの灰を落とし、麗玉をまじまじと見た。

「何ですか」

麗玉が当惑する。ひょっとして言ってはいけない言葉を口にしたのだろうかと思う一方で、この人はどうしてこんな態度を取るのかとも思った。麗玉はこれまで見たことのない冷たい視線を、かろうじて受け止める。しばらくすると、翔吉は顔をそむけた。眉間にしわを寄せ、たばこを吸って煙を吐き出す。

「吉麗玉も女だな」

吐き出すように言った。

「男だと思ってたんですか」

「女の特性のことを言ったんです」

「男の特性はどうだと言うの？　侮辱しないで」

「侮辱に聞こえたなら謝ります」

「どういう特性のことだか知らないけれど、ただ心配になっただけです。どうして心配になるのか、わかるでしょうに」

「あの人のことは心配いりません。気を使うこともない。とても元気ですよ」

その声には感情がこもっていなかった。たばこを捨て、脚をひろげた翔吉は背を丸くしてうなだれ、地面を見下ろす。時折、人が前を通り過ぎた。ぴょんぴょん飛び跳ねて近づいてきたカササギが舞い上がる。

（あの子たち、冬は何を食べるのかな）

尋常ならざる翔吉の態度から気をそらすために、麗玉は飛んでゆくカササギを見て心の中でつぶやいた。体の悪い息子の世話をしながら貧しい暮らしをしていたお婆さん、一緒に草取りをしている時、仕事が宝だと言ったそのお婆さんに、鳥は冬に何を食べてるんでしょう、空を飛ぶあの渡り鳥はどうやって遠い南の国まで行くんでしょうねと聞いたことがあった。

「天が生かしているんだよ。行ったり来たりするのも、天がそうさせてるんじゃないか。人はそれがわからない」

「それならお婆さんがこんなに苦労してきたのも、息子さんの体が不自由になったのも、天のせいですか」

「それは違う。人が天に背いたからだ」

「どんなふうに」

「天は公平だろ」

「息子さんの体が不自由なのも、人間が不公平なせいですか」

「公平なら、あんな体でも生きる道があるはずだ。手足のない蛇も水の中にいる魚も食べていけるんだから。いつ死ぬかは天にかかっている。人間がどうこうできることではないよ」

(お婆さんの言うことは正しい。閉じ込める者がいなければ閉じ込められる者もいない。穀物や実も、たくさん持っている者がいなければ飢え死にする者もいないだろうし、殺す者がいなければ死ぬ者もいない。主人がいるから下人もいる。くちばしと小さな胃袋だけで数千里もの旅をして餌を探し、繁殖する鳥。冬じゅう木の根をかじって命をつなぐ動物、彼らは自由だ。解放された存在だ。人間だけが囚われている。考えに？　言葉に？　言葉、言葉とは何だ。それは救いの道具でもあったけれど、血塗られた凶器ではなかったか)

「僕たちが初めて会ったのはいつでしたかね」

翔吉の声が聞こえた。

「二十年、もっと前かな」

翔吉のつぶやきには答えず、麗玉が聞いた。

「あたしに話があると言いましたね。何の話ですか」

「話はありません」

「でも、さっき明姫の家で」

「そんなふうに言われると恥ずかしいな」

翔吉は腰を伸ばし、空を見上げてけらけらと笑った。

「実際、言葉ほど虚しいものはない。もどかしく、じれったい。いっそ何も言わない方がましだと思いませんか」

「まあ、そうね」

「考えてみれば、これまで生きてきたのも、言葉と同じように虚しく、もどかしく、じれったくて、生きていない方がましだった……はははは、ははは、若い恋人たちはいったい、こんな所に来てどんな言葉を交わしていたんでしょうね」

「愛を告白したんでしょ」

「告白？」

「永遠に変わらないと誓ったんでしょうよ」

「流行歌みたいに？　花を摘んで指輪みたいに指に巻きつけてあげて」

「馬鹿にしているの？」

「まさか、とんでもない。でも、愛という言葉は方便じゃないですか。真実そのものではなくて。永遠に変わらないなんて、そんなことがあるものですか。そんな方便を使っても真実なのは若さが美しく新鮮だからでしょう。存在することだけで真実に思える生命の神秘のような。だから実は羨ましく、ねたましいんです。馬鹿にするだなんて。こんな年になるとそんな方便を成立させる幼さも、目をくらませてくれる華やかさもなくなって情けないんです。そうじゃないですか、吉先生」

「それは、他人からはそう見えるということじゃないの。方便というのも、その内容はそれぞれ違うから、そんなことを言ったところで始まらないわ」

「こりゃ、一本取られたな」

翔吉は手のひらで額をぽんとたたいた。

「何だかあたしが偉くなったみたいね。女のくせになかなかやるな、とでも言うべきなんじゃないの？」

「あれ、またやられた。そんなふうに言わないで下さい。僕だって、実はフェミニストなんですから」

二人一緒に声を上げげて笑った。

「ああ、いい天気だ。こんな日には海がいいんだけど」

「一昨日来たばかりなのに、もう海が恋しいんですか」

「いや、そうじゃなくて」

首を何度も横に振る。

「果てしない空と果てしない海が接しているのを見ると、生きているのが童話みたいな気がして、夢もありそうで。吉先生」

麗玉が翔吉の顔を見る。

「海に行きませんか」

「元気になったら明姫と一緒に来いと言ってくれたじゃないですか」

「いや、そうじゃなくて、二人で東海岸に行くんです。あちらには日差しに溶けない海があるような気がします。白っぽくならない、真っ青な空、真っ青な海。ドーンドーンという音が聞こえそうな、そんな海に」

「恋人でもないのに、どうして二人でそんな所に行くんです」

「仮の恋人になるんですよ。ドーンドーンと岩を打つ波を見ながら身投げしてもいい」

翔吉がそう言った時、麗玉は耳の下から首まで粟立つのを覚えた。

「そんなふうに死ぬのなら、どうしておぶって連れてきたの」

「冗談ですよ。僕、昨日、呉宣権に会いました」

「どんな用事で?」

「偶然、道で会って一杯やったんです」

「……」

「今でも憎んでますか」

「とても軽くなりました」

「どんなふうに」

「信じられないでしょうけど、すべて忘れてしまったみたい。鳥みたいに軽くなりました」

「わかる気がします。あいつは気の毒なことになったみたいですね」

だが、具体的には話さない。

翔吉の話は一貫していなかった。吉先生と呼んだり麗玉さんと呼んだりしたし、敬語とぞんざいな話し方が交ざっていた。核心に近づいては遠ざかり、質問しても返答がなければそのままにした。どれ一つとして深い気持ちがこもってなさそうだ。自分で言ったように、彼は言葉を信頼しておらず、虚しいものだと思って重視していないのかもしれない。もっとも、昔からそんな話し方ではあった。翔吉は今、爽やかな秋の日に、故宮で麗玉と過ごしながら、退屈しのぎに思わせぶりなことを言っているのかもしれない。話の内容は本心と関係ないのだろう。

「あ、さっき任校長は元気かと聞いた時、園長先生が言葉を濁していたけれど、具合が悪いんでしょうか」

思い出したように聞いた。

「良くありませんでした。葬式が二つ出るところだったと明姫が言ってました。でもこの頃はだいぶ良くなって、自分から山に行こうと努力しているそうですよ」

「病気は病人の努力で治るものでもないのに」

「校長先生の病気は、ご自分の気持ちから来ているんです。気持ちさえしっかり持てば」

「山って、どの山に行くんです」

「智異山です。お寺に行くらしいんですけど、数日以内に出発するみたい。そこの住職は知り合いで、学のあるお坊さんだとか。ソウルの人ですって」

「ああ、蘇志甘兄さんのことだな」

「え、崔先生も知ってるんですか」

「吉先生は知らないんですか」

「……？」

「会ったことがあると思うけど。任先生が来ていた時、船の中で挨拶しませんでしたか」

「ああ。で、でも、お坊さんではなかったでしょ？」

「その後、出家したんです」

「そうなの」

麗玉が驚いた。

「世の中は狭いのね」

「それより、任校長は数日以内に山に行くんですね？」

「ええ、そう聞きました」

「吉先生、行きましょう。お宅に送っていきますよ」

二人は並んで昌慶苑を出て電車に乗った。そして麗玉の家まで送っていった。

「僕、今から任校長のお宅に行きます」

急いでいるように言った。

「晩ご飯も食べずに？」

兄嫁がもの足りなさそうに言った。

「心配いりません。あちらのお宅で御馳走になりますよ」

どうして突然慌てるのか、麗玉は訳がわからない。そんな翔吉は少年のような感じがした。

「兄にも会わないんですか」

板の間の端にぼんやり腰かけた麗玉が、ようやく言葉を見つけたように言った。ひどく疲れた顔をしていた。

「今度、また今度」

翔吉は門へ向かって歩きながら、振り返りもせずに片手を振った。そして、以前一度訪れたことのある孝子洞の任明彬の家に直行した。

「校長先生！」

大声で呼んだ。

「どなたかいらっしゃいませんか」

とても静かだったけれど、越房《コンノンバン》*の戸が開いて末っ子の希在《ヒジェ》が出てきた。

「どちら様ですか」

「崔翔吉と言います。校長先生はご在宅ですか」

「はい」

希在は板の間を下り、翔吉を舎廊に案内した。老眼鏡をかけて伏せたまま本を読んでいた明彬が身を起こした。

「おや！」

「校長先生、お久しぶりです」

「崔先生じゃないですか。どうしたんです」

教え子でも後輩でもなく、校長と教師の関係だったから、明彬は敬語を使った。訳がわからず、ひどく驚いたようだ。

「いったい何年ぶりですかね」

「申し訳ありません。校長先生、クンジョル*を受けて下さい」

「クンジョルなんてとんでもない」

「でも、受けて下さい」

翔吉は丁寧にクンジョルをし、明彬は姿勢を正してそれを受ける。

「学校に在職していた時に一度来たことがありますが、家は昔のまま少しも変わってませんね」

「そうですか？　まあ、人間だけが変わってしまいましたよ。はははっ……」

「ご病気だとうかがいましたが、具合はいかがですか」

「良くなったり悪くなったりして、ごらんのとおり惨めったらしく生きています」

「何をおっしゃいます。そんなことを言われたら、僕なんか恥ずかしくて穴があったら入りたいぐらいですよ」

「山に行こうと決心して、春からいろいろ頑張ってきました。絶対に山に行かなければいけない気がしましてね。山に行く計画がなかったら、おそらく葬式が出たんじゃないかな。はははっ……」

明彬の顔のむくみはかなり取れていた。手もむくんでいたのが、今では筋が浮き出ている。

「いつ行かれるんです」

「二、三日後に行くつもりですが、早く行きたい反面、心配にもなります。途中で倒れたりしたら、行き倒れるのは構わないけれど、連れていってくれる人たちに申し訳ないですからね」

「そんなことがあるものですか。気の弱いことを言わないで下さいよ」

「それはそうと、崔先生は今回、よくやってくれましたね」

「……」

「ありがとう。麗玉は妹と女学校以来の親友だからよく知っているけれど、崔先生のおかげで助かったと聞きましたよ」

「……」

「こんな世知辛い世の中で、そこまでしてくれる人はいません」

翔吉はその話題が続くのは望んでいないようだ。

「実は、吉先生の家に寄ってから、急いでこちらにうかがいました」

話を切り出した。

「……？　どういう用件で？」

「校長先生が山に行かれるという話を聞いて。蘇志甘兄さんのお寺に行かれると言うから」

「そ、それなら、蘇志甘という人を知っているんですか」

「よく知ってます」

「おや、偶然とはいえ、とにかく」

明彬は言葉に詰まったのか、大きく息を吐いてから続けた。

「私はちょっと会ったことがあるだけです。あれこれ話は聞いたけれど。友人の中にはあの人と親しい人も何人かいて、家の来歴や学歴、生涯放浪してきたことも知っています。出家したことは最近知りましたが、ともかく、私が山に行こうと思ったのも、その人がいるからです。何とも説明しにくいけれど、友人について江南に行く*気分とでもいうか……。それでこの七、八カ月の間に、この程度には気力が回復したんですよ」

明彬はとつとつと長い説明をした。

「校長先生、明日の夜汽車でソウルを出ませんか。それなら私もお供致します」

「崔先生が？」

明彬は目を丸くし、口を大きく開けて笑った。

「それはいい。実に好都合です。明日の夜汽車で？　ああ、ソウルを出よう。出ていきますとも」

とても喜んだ。旅支度は既にできていた。

孝子洞の明彬の家は、夜もそうだったが翌日の昼にはいっそう慌ただしくなった。明彬と一夜を共にした翔吉は朝食の後、用事があると言って出かけた。その時、汽車の切符は自分が買ってくると言った。知らせを受けて明姫、分家した長男成在《ソンジェ》夫妻、嫁いだ長女玉在《オクチェ》夫妻も来た。長い間水底に沈んでいた家が浮かび上がったように、明彬とその家族は愁いと無気力から抜け出して活気づいた。そして明彬は久しぶりにステッキをついてすぐ裏にある徐義敦の家に行って近況を尋ね、山に行くと告げた。

「山で病気を治してくるんだぞ」

白髪交じりの、徐義敦の老父が言った。竹のように真っすぐだった老人は、息子が獄中にいても気丈に見えた。

そもそもの計画では末っ子の希在と長男成在が明彬を山まで連れていくことになっていたが、翔吉が同行してくれるというので、仕事のある成在は行かないことにした。駅には明姫と成在夫妻、そして還国が見送りに行った。還国は明彬の家から中学校に通い、成在や希在とは兄弟のように過ごしていたから互いに再会を喜び、近況を尋ねあった。

「希在、晋州《チンジュ》で一晩泊まれよ」

「はい」

それでも還国は、一行が崔家に迷惑をかけまいと休まずに旅を続けるかもしれないと思って、もう一度念を押した。

「絶対に晋州で一晩は休んで下さい。一日では無理ですから」

明彬に言った。ステッキを立てて待合室の椅子に腰かけた明彬がうなずいた。荷物は先に送ったので、希在はかばん一つだけを持っていた。翔吉は改札口付近でうろうろしながらたばこを吸っていた。高くつるされた電灯の下で、二等の待合室は混雑してはいなかったけれど、改札の時間が近くなると出入りする人が増えて騒がしくなった。窓の外には闇が押し寄せている。

「お兄様、元気になって帰ってきてね」

明姫が言った。

「俺は帰らないつもりだ」

自分一人のために何人もの人が動員されたのが恥ずかしく、申し訳ないと思っているのか、明彬は冗談めかして言った。受け取りようによっては、山で死ぬという意味にも聞こえる。

「いいわよ」

明姫は元気にきっぱり答えた。呼び笛を吹きながら園児たちの行進を先導した時のように。

「帰らなくても構わないし、出家したっていい。とにかく元気になってよ」

いいわよ、と言った時とは違って、明姫は思わず涙声になった。山に行く明彬の病んだ姿を見て、明姫は彼らの時代が終わったと感じたのだ。刑務所に幽閉されたり、親日派に転落したり、海外に脱出したり、田舎に隠れたり、情勢をうかがいながら不安な気持ちで商売をしたりして、彼らの世代は散り散りになってしまった。若い頃は意気軒高で悲憤慷慨《ひふんこうがい》して三・一運動の中心になっていた人たちがばらばらになってしまったことを、明姫は改めて実感していた。

改札口付近でうろうろしている翔吉も、東京で音楽を学んできたのに居場所がない。普通学校を出てどこかに雑用係としてやっと就職し、事務員になった人よりも居場所を見つけにくいのが、彼のようなインテリだ。明姫は上海で南天沢《ナムチョンテク》が会ったという李相鉉のことを思わずにはいられなかった。明彬は彼をとてもかわいがっていた。妹とのロマンスを密かに期待していたほどロマンチストだった文学青年明彬の老いて病みついた姿を通じて、明姫は疲弊した相鉉の姿を想像する。上海の裏通りを彷徨《ほうこう》する相鉉。彼らの歳月はすべて無為で、もどかしいものだった。自責の念、自己嫌悪……明姫は、旅をすることによって明彬が積もり積もった敗北意識を捨ててくれることを切に願った。もっとも歳月を無為に過ごしたのは明彬だけではない。無能だったのも明彬だけではない。朝鮮の歳月そのものが無為であり無能だったのではないか。叫ぶ場所もなく主張する演壇もなかった。杭を打ち込んで縄を張り、自分のものにする権利もなかった。

明姫は、明彬が行く寺の住職が麗水で麗玉と一緒に会った人だと、ソウル駅に来てから知った。だが、明姫はその人をはっきり覚えていない。明彬が、まるで最後の希望にすがるように訪ねていくのはとても申し訳ない気がする一方、明姫自身もいつしか蘇志甘に希望をかけるようになっていた。帰ってこなくても構わないし出家したっていいから元気になってほしいというのは本心だ。

不安な人々を残して汽車はソウル駅を出た。夜行の寝台車で、明彬は希在からもらった睡眠薬をのんだので熟睡しているようだ。翔吉も寝た。希在だけが不安で眠れなかった。

三浪津《サムナンジン》で晋州行きに乗り換えてから明彬の顔にははっきりと疲れが見えた。希在は何度も大丈夫かと聞いた。翔吉は何も言わなかった。明彬はシートに頭をもたせかけて眠ったように目をつぶり、ひどい頭痛に耐えていた。顔色が悪い。翔吉は窓の外を通り過ぎる風景に見とれているように見えた。

「先生、大丈夫でしょうか」

希在はおびえたように翔吉に聞いた。

「え？」

顔を向けた翔吉が、冷たく言った。

「心配するな。元気な人でも長時間汽車に乗れば疲れるものだ」

「だけど」

「心配ないって。骸骨になって木浦刑務所を出た吉先生もソウルに帰ったんだ」

「はい」

落ち着こうとしても、希在はまだ若く、列車の中で何かあったらどうしようと心配していた。翔吉の言葉で、明彬は石を投げつけられたように、はっとさせられた。それはきつい言葉でもあった。

（あなたは余計者です。いなくても構わない人間です。あなたがいったい何をしたと言うんです。か弱い女性も刑務所生活に耐えたのに、大勢がぞろぞろとやってきて心配したり不安がったりして。元気な男二人に伴われていながら、何を甘えているのですか。どうして心の病気になるんです。そんな病気ぐらい、北満州の凍りついた地面を走って一周すれば治るんじゃありませんか？）

誰かが耳元で叱っている気がした。

（ぜいたくなんですよ。山だの寺だのに静養しに行ける人なんて、そうたくさんはいません）

明彬は目を開けた。

「お父さん」

希在が言った。

「水を飲みますか」

「ああ」

希在は準備してきた水筒の麦茶をコップについで差し出した。何口か飲んだ明彬が言う。

「崔先生」

「はい」

「晋州で一晩泊まることについてですが」

「ええ」

「午前中に晋州に到着するのに、ずっと休んで、夜も泊まるというのはちょっと」

「どういうことです」

「それより、しばらく休んで、平沙里《ピョンサリ》に行って泊まったらどうでしょう」

「さて。先生の体力が持つでしょうか」

「お父さん、それはいけません。還国兄さんも言ってたじゃないですか」

「いや。俺は行けると思う」

「どうしてそんなことを言うんです」

「俺の言うとおりにしよう」

「日にちを決めたわけではないから明日になろうが明後日になろうが構わないのに、どうして」

反対する息子には答えない。

「崔先生」

「はい」

「崔先生は晋州の崔参判家を知っていますか」

「会ったことはありません。うわさには聞いていますが」

「あのお宅とうちは三十年以上前から親しくしていたから、私があのお宅に行って何日か泊まっても何も言われないでしょう。でも今の状況では、病人が泊めてもらうのは申し訳ないんです」

「お父さん、そんなことはありませんよ」

「お前は黙ってろ」

明彬は息子を制止する。

「何かあったんですか」

「あのお宅のご主人は今、刑務所に入っているんです。鶏鳴会事件の首謀者として懲役になったのですが、今度は思想犯予防拘禁令に引っかかって」

「鶏鳴会事件なんてずっと前のことじゃありませんか」

「そうです。奥さんが一人で苦労なさっているところに、のんきに静養だなんてみっともない」

「なるほどねえ」

翔吉は少し考えてから言った。

「お父さん、それは違います。両家の関係は、そんなことを問題にするほど疎遠ではありませんよ」

希在がもどかしげに言った。

「疎遠かどうかなど問題ではない。人の道理、礼節というものがあるのだ」

「立ち寄らずに通り過ぎてしまう方が道理にはずれています」

「ではお前は、道理にはずれないために泊まろうと言うのか」

「……そういうことではないけれど」

「ほら見ろ。人は方便で生きてはいけないのだ。それは倭奴《ウェノム》〈日本人の卑称〉の考え方だ。人と人の間では信義だ。方便では長続きしない。お前まで最近の風潮に染まっているとは情けない」

希在がしょげた。

翔吉が希在の肩を持った。

「お父さんのことを思って言ってるんですから、責めちゃいけません」

晋州に到着した一行は結局、明彬の言うとおりバス停近くの旅館で朝食を取った。そして明彬は休み、希在はバスの切符を買いに出かけた。

河東《ハドン》行きのバスの中で、明彬はひどく体調を崩して苦しんだ。そのためバスを降りてからは舟の渡し場前の酒幕《チュマク》〈居酒屋を兼ねた宿屋〉でずっと寝て、日暮れ頃に舟に乗った。川風が気持ちいいからか、明彬は汽車やバスでのように苦しみはしなかったが、気力が衰えているように見えた。彼は舟のへりをつかんでゆったりと座り、山に太陽が隠れるのをいつまでも眺めていた。困難な旅程の半分ほどを終えて、希在も安堵の表情を浮かべた。しかし問題は山を登ることだ。

太陽が完全に隠れ、薄い闇が辺りを覆った。光が羽ばたきながら去っていったのだろうか。風が川の水に小さな波を立てていた。

「こんな所に来たのは生まれて初めてだ。考えてみれば、私は井の中のカワズだったな」

明彬がつぶやいた。

「志甘兄さんはソウル生まれだけど朝鮮各地を歩き回った人だから、校長先生にはいい話し相手になりますね」

「話し相手？　そんなことを言っちゃいけない。どう見ても私より偉い人じゃありませんか」

「そんなことを言って、がっかりしたらどうします。あの兄さんも穴だらけですからね」

翔吉は明彬の過度な期待にブレーキをかけた。

「しかし生涯放浪して結婚もしなかったのだから、それなりに悟るところはあったでしょう」

「それはそうです」

平沙里の崔参判家に入った一行は、ようやくここまで来たと思って緊張を解いた。張延鶴《チャンヨンハク》は、明彬や希在を以前からよく知っていた。還国が五年間ソウルで中学校に通ったし、吉祥が投獄されている間は延鶴が行き来したから、さまざまなことについて、互いに了解していた。いわば気楽な間柄だったので、初めて来た家なのに少しも窮屈ではなかった。しかし一方で父と子は、由緒のある家柄だとは聞いていたものの、想像以上に家が大きいことに驚いた。

「旅の疲れが癒えるまでいて下さい。いつでも出かけられるよう準備はできています」

日にちは決まっていなかったけれど明彬が山に行くという話は聞いていたので、延鶴は少しも慌てなかった。

夜、明彬が横になっている部屋で、翔吉と延鶴は杯を傾けた。二人は身分の違いなど気にかけず、不思議に気が合ったので心安く話し合った。明彬は酒が飲めないのが悔しかっただけでなく、気さくな翔吉が羨ましかった。それは彼らがソウル生まれの自分とは違い、南道《ナムド》*出身だからかもしれないと思った。

夜が更け、皆が寝ついた。コノハズクやカッコウが鳴き、名前のわからない夜鳥もホーホーホーと鳴いた。体は疲れて重いのに明彬は眠くならなかった。ここまでたどりついたのが夢のようだ。

(ひょっとするとソウルに戻れないかもしれない)

明姫の言葉を思い浮かべた。

(帰らなくても構わないし、出家したっていい。とにかく元気になってよ)

鳥の鳴き声はずっと聞こえた。

翌日、何日か休んでいけと延鶴が勧めるのに、顔色の良くない明彬は、出ていくと言った。彼が山の麓まで行けるように牛の引く荷車が準備され、荷車の上に担架も置かれていた。

三章　媌花《モファ》一家

泗川《サチョン》宅と呼ばれる媌花《モファ》が魚市場から遠くない所でやっていた飲み屋をやめたのは数ヵ月前のことだ。今は十二月の中旬だから、秋の始め頃だったはずだ。

「どうやって食べていくんだい？」

飲み屋を処分してひと月ほど過ぎた時、六十過ぎの老母は娘の顔色を見ながら言った。

「まさか飢え死にはしないよ」

媌花はぶっきらぼうに答えた。

「でも、もう……」

「お米がなくなったとでも言うの？」

どなるように話す娘から顔をそむけた。

「母親以外の誰があんたに意見をするのさ」

老母はぞうきんを持ち、何もない板の間を拭く。

「店を売ったお金があるから、母ちゃんは黙ってて」

「干し柿を一つずつ串から抜いて食べるみたいにお金を使って、なくなったら物乞いでもするつもりかい」

「……」

「それで言うんだけど、向こうの家に間借りしているお婆さんがいるだろ。その人が麹工場に通ってるんだ。麹を踏む仕事をしてて、一日に五十銭だか四十銭だか、ひと月に十円は稼げるそうだ」

「……」

「遊んでても仕方ないから、あたしも一緒に通おうかと思って」

「そんなことしないで、体を売って稼いでこいとでも言えばいいでしょ」

「どうしてそんなことを言うんだね。食べさせてやってるから何を言っても構わないと思ってるのかい」

「とんでもないことを言い出すからだよ。あたしにも考えがあるから責めないで」

「責めてなんかいない。一日に何度も死にたいと思うけど、可哀想な雄基《ウンギ》のことを思うと」

老母はチョゴリのひもで涙を拭った。

「あんな男、首でも折って死ねばいい」

「よしてよ。いい加減にして!」

声を荒らげるから老母は口をつぐんだ。媌花はふらりと家を飛び出すと海辺の堤防に行ってしゃがみこみ、何度もため息をついた。

媌花も生きようと必死だったけれど、飲み屋はたたむしかなかった。造り酒屋は、以前ならツケでもいいから買ってくれと言っていたのに、事情が変わった。食糧が統制されて酒造業界も自由がきかなくなったのだ。生産量は減ったのに酒を飲む人は増え、つてを頼って個人で酒を買いに来る人も多くなって飲み屋が買える酒は少なくなった。他の飲み屋は媌花の店よりましなように見えた。どうしてなのか、大体の見当はつくが、以前からきつい女だと定評のあった媌花の性格は変えられない。ともかく酒問屋から買う酒だけでは商売ができないから密造酒を買って売ったのだが、それも危険なことだ。役所にばれて警察署に呼び出され留置場に入れられることもあった。罰金を払えば商売のもうけどころか、損になる。他の飲み屋、特に若い女のやっている飲み屋も密造酒を売っていたけれど、媌花のように警察沙汰になることはあまりない。それなりの手段と方法があるらしい。だが媌花は愛嬌を振りまくどころか賄賂を使うことも知らなかった。知らないというより、そんなことができない性格なのだ。

媌花は生計を立てる方法をあれこれ考えたが、これといったことは思いつかない。軍需品の干物や缶詰を作る工場で働くことも考えたけれど収入は雀の涙で、それすらも監督と付き合ってようやくありつける仕事だという。田舎や島を回って行商することも考えた。どうにか食べていけるという話を聞いたのだ。しかし、もう先に商売を始めた人たちがお得意さんを確保しているからといって止める人がいた。市場で魚屋でもしようか。だが長年商売をしている気の荒い商売人の中に食い込むことはできそうにない。

遠くの山が色づいて秋が深まった頃、媌花は酒の密造を始めた。かめに載せた石をどかしてかめを庭に埋め、台所の床も掘ってかめを埋めた。闇取引される麹や穀物を買って酒を造り、かめには元通り石を載せ、台所の床も土で覆った。ばれさえしなければもうかるらしい。密告されない限り、民家はめったに調べられない。雄基の祖母はモヤシを栽培して市場で売った。それなりに落ち着きを取り戻したのは冬の始め頃からだ。

「泗川宅、いるか？」

いやらしい男の声がした。小さなお膳に豆をぶちまけて砂や悪い豆をよけていた媌花が顔をしかめた。

「いるのか、いないのか！」

また声が響いた。

「誰ですか」

仕方なく部屋の戸を開けて顔を出す。

「なじみ客なのに、声でわからないのか」

男は勧められもしないのに、はうようにして小さい部屋に入る。

「酒があるかどうか聞きもしないで」

媌花は小さい部屋に向かって不満げに言った。

「酒を造っている家に酒がないと言われたって、信じられるものか」

男は部屋の中から大声を出した。

「ツケがたまってるんだよ。酒代はあるの？」

板の間から媌花が言った。老母は雄基をおぶって市場に行っていた。モヤシの代金を払ってもらえないので帰れないらしい。酒の密造を始めてからは昔の常連客が時折やってきてこっそり飲んでいくのだが、今来ている男もそのうちの一人だ。

「これしきの酒代を踏み倒して逃げるものか。さっさと酒を持ってこい」

男が部屋の中で威勢よく言った。

「出せません」

媌花は板の間できっぱり言った。それを聞いた男がはって出てきた。

「何だと」

汚れたチョゴリの袖で赤らんだ鼻をこすり、男は目をむいた。

「出せないと言ったんです。酒もないし」

「言うことはそれで全部か」

「そうよ」

「肝の太い奴だ。どうしてそんな態度が取れる」

「言うまでもないでしょ。ないものはないんだから」

「商売しないつもりか。刑務所に入りたいか」

そう言うと予想していた媌花は、返答もしなければ驚きもしない。

「許可をもらって酒を造っているんだろうな」

酒浸りの男は語気を弱めて妥協しようとするかのように言った。

「うるさいね。ツケは払わないでいいから出ていって」

「おい、そんなこと言うなよ。踏み倒す気はないんだ。金ができたら返すから待ってくれ」

こんどは哀願するように言う。媌花はチマの裾をつかんだ。

「あたしの性分を知らないの？　一度駄目と言ったら、駄目なんだよ。身内でもないのに、一年中ただで飲ませてやれないよ。そんな余裕があったらこんな商売してないさ。ぐだぐだ言わずに、さっさと出ていきな。あたしももらうものをもらわなければ食べていけないんだ。甘い顔をしていたら付け上がって」

「このアマ、誰に向かって」

「このアマだと」

「奥方様とでも言ってほしいのか」

酒が出てくる可能性がないとわかった男は口汚く罵りながらオオカミのように歯をむき出しにしてうなった。

「こいつめ。橋の下の乞食だってあんたよりましだよ。このアマだと！」

「このアマ、年上の人間に向かって何を言う。天も恐くないんだろうな。酒を出し惜しみすると商売ができなくなるぞ。密告したら、ただでは済まないだろ」

それだけでは収まらなかった。飲みたくて仕方ないから怒り狂うのだろう。口にできないような言葉で罵り、媌花の胸倉をつかんで揺らしながら口に泡を吹いた。媌花も黙ってはいない。罵りながら男の顔をひっかいた。男は媌花の頬を殴った。

「殺しな！」

男は媌花が台所から包丁を持ち出すのを心配したのか、もがく媌花を片手で押さえたまま殴った。

その時、母が帰ってきて叫んだ。

「ああ、殺される。みんな、来てちょうだい」

背中の子供は地面に下りて大声で泣いた。

人が集まってきた。誰かが巡査を呼べと言った。その言葉を聞いた男は媌花を離し、媌花もそれ以上つかみかからずに乱れた服を直すと、チマの裾で唇の血を拭った。

「今日はこれぐらいにしてやるが、お前は痛い目を見なければわからないな」

「豚め！」

男はその言葉には応酬せず、ふらつきながら門を出ようとした。

「帰る途中で雷にでも打たれな。犬みたいな奴だ。あんな奴でも生まれた時には祝ったのかね」

雄基の祖母が悪態をついた。村の人たちの大半は帰ってゆき、好奇心の強い数人だけが残って事情を聞いた。おおよその見当はついていたけれど、けんかの経緯を知らない雄基の祖母は突然泣きだした。

「可哀想に」

「祖母ちゃん」

雄基がすがりついて、一緒にわんわん泣く。

「雄基」

媌花と同じ年頃の、腰回りが太くてどこかぼんやりした顔の女が近づいて引き離そうとしたが、子供は祖母のチマの裾を握って放そうとしない。

「母ちゃんのところに行きなさい」

子供はそれでも祖母の横を離れないで泣いた。

「雄基の祖母ちゃん、泣きなさんな」

地面に脚を投げ出して慟哭している雄基の祖母の肩を、女が軽く揺らした。媌花は板の間に腰かけたまま何も言わず、乱れた髪を直そうともしない。泣いている子供や老母も目に入っていないようだ。残っていた人たちも好奇心が強いとはいえ、悪意はなかった。聞かなくても互いの事情はわかっている。飲み屋を始めてから媌花はたいてい店で寝起きしたけれど、五歳の雄基と老母の住むこの家が媌花の本拠地だった。似たり寄ったりの境遇の人たちが住む、どこにでもありそうな集落に住んでいるのは、港が近いからか、たいていどこからか流れてきた、その日暮らしの人たちだ。酒を密造して暮らす家も数軒あった。それで媌花が酒の密造をしているのも秘密にする必要はなく、悪く言われることもない。

「雄基の祖母ちゃん、もうおやめなさい。昨日今日のことでもないでしょ」

女が言った。

「もともとそういう村なんだから我慢しなきゃ。あんな目に遭いたくなければ、ここを出ていくしかないでしょう」

子供を抱いて立っていた女が言った。

「あたしが死ななきゃ。あたしが。アイゴー、アイゴー、ううっ、あたしのせいで若いあの子が苦労してるんだ。うちの娘は太鼓じゃないよ。亭主がいたら、たたかれたりはしなかっただろうに」

「店ができなくなったからですよ。あの酔っ払いめ。もっとも、媌花だってただ殴られていただけではないでしょう。あんな性格だから」

子供を抱いた女の言葉を受けて、ぼんやりした女が媌花に言った。

「媌花、あんたもなかなかだね。どうしてあんな奴をひっかくの。客鬼《ケックィ》〈客死した人の霊魂〉の供養だと思って酒をやればいいじゃないか。どうしてことを荒立てるんだ。怒らせたって何もいいことはないのに」

「あたしのせいだって言うの」

媌花が叫んだ。

「もっとも、こんな状況でなければ、あんただってあんなことはしないさ。あたしたちみたいな人間は、何があっても受け流さないと暮らせないんだ。どちらが正しいなんて言ってると体があざだらけになるよ」

「あんな奴に飲ませるためにやってるんじゃないよ。あいつが何だっての。あたしの亭主じゃないのに」

「もうやめなさい。生きるためには仕方ないだろ。密告されたらどうするのさ」

ぼんやり顔の女が心配すると、わりにきれいな服を着た女が答えた。

「何日か前もあいつが春子《チュンジャ》の家に来て騒いだらしい。役所に告げ口すると叫びながら出ていったけれど、何事もなかったと言うよ。まあ、あいつがそんなことをしたら、この集落に出入りできなくなって酒も飲めなくなるさ。大丈夫だろうよ」

雄基の祖母はいつの間にか泣きやんでかめ置き場に座り、雄基の顔を洗ってやっていた。

「雄基の祖母ちゃん」

子供を抱いた女が呼んだ。

「何だい」

「雄基も大きくなったのに、どうしておぶって歩くの」

「そんなこと言わないでおくれ。大切な孫なんだから」

顔を洗ってやっていた雄基の祖母が、雄基を抱きしめた。泣き止んだのも孫のためだったらしい。

「そんなことをしてたら腰を痛めますよ」

「元気だからおぶってるんだ。腰をやられたら、おぶいたくてもできないさ」

「変わってますねえ」

女たちはみんな帰っていった。媌花は何事もなかったように酒を造るための米を洗い、雄基の祖母は台所にずらりと並んだモヤシ栽培用の素焼きの鉢に水をやった。雄基は祖母のチマの裾を握っている。

「モヤシ代はもらったの？」

媌花が米を洗いながら聞いた。

「人を待たせたあげく、明日の朝また来てくれと言うんだよ」

「モヤシの値段なんかどれほどにもならないのに」

「商売人ってそういうもんなんだよ。モヤシがたくさん入荷したら買値を下げて、代金をもらいに行っても冷たくされる」

母と娘は雑談をしながらさっきの事件を忘れようとしているようだ。あまりにも悔しいのでそうするのだろう。雄基はしゃがんで松の葉をちぎって遊んでいた。

「冬なのにどうしてこんなに暖かいんだろう」

「まだ冬の初めだからよ」

「それにしても暖かい。だけど、油断してちゃいけない。急に寒くなるかもしれないから、モヤシを部屋に入れておいた方がいいだろうね」

雄基の祖母が娘に聞いた。

「それがいいわ。新正月が来る前に移さなきゃ」

例年よりだいぶ暖かいのは確かだが、統営《トンヨン》はもともと暖かい。冬になっても雪は降らないし、地面が凍るのもわずかな期間だ。日が差して風がなければ春のように暖かいから貧しい人たちは外套やトゥルマギを持たずに冬を過ごす。

「さっき市場で聞いたんだけど、他人事とは思えなくて」

雄基の祖母は話を切り出しながら娘の顔色をうかがう。

「一人の女が、来年春に子供を学校に入れなければいけないのに戸籍がないことをひどく心配してた」

「……」

「雄基はどうすればいいんだろう」

「……」

「それを思うと胸が詰まるよ。大切な孫が読み書きできるようにしてやれないなんて……あんたもあたしも、どうしてこんなに不幸せなんだろうね」

「なるようになるよ。食べられるかどうかもわからないのに、先のことを心配してどうするの」

腹を立てる。

「あたしたちは何のために、誰のために生きてるんだ。雄基がいなければ、あたしは生きていたくもないね」

子供と媌花は、互いのことをあまり考えていないように見えた。産んだ直後から祖母が育ててきたからかもしれない。

媌花は米を蒸し器に入れてかまどに火をつけた。

「母ちゃんが騒いだってどうにもならないよ。あの子は自分の運命どおりに生きるさ。あまり心配しなさんな」

「お前はどうして雄基に愛情がないの。だから子供も他人を見るみたいな目で母親を見るんだよ」

「生まれ方を間違ったんだね。福があったなら、あたしみたいな母親から生まれなかったはずだよ」

「雄基、部屋に入りなさい」

「いやだ」

子供が答えた。

「風邪を引くよ」

「祖母ちゃんも部屋に行こう」

「祖母ちゃんは用事があるの。オンドルの焚き口にサツマイモを入れてあるから食べなさい」

それを聞いた雄基は急いで台所を出た。

かまどにまきを入れて火をつけ、母と娘はかまどに腰かけてネギを切る。酒の肴はいつも準備しておかなくてはならないからだ。昔の常連客がたまにやってきて、こっそり一杯飲んでいくのが、結構な収入になった。

「おかみさん、いるかい?」

モンチが台所をのぞき込んだ。雄基の祖母がはっと立ち上がった。

「久しぶりだね。どうして今まで来なかったんだよ」

喜びながらも怨みがましい目で見る。もう少し早く来たらあの酔っ払いを退治してくれただろうに。

「なかなか来られなかったんですよ。どうにも忙しくて。子供は大きくなったでしょうね」

「ああ、大きくなったよ」

「おかみさん」

「はい」

ネギを切りながら、媌花は上の空で答える。

「お客さんを連れてきたから、つまみを出して下さい」

「わかりました」

やはりモンチに目を向けないまま答える。

モンチは変わった。二年の歳月が、彼を磨き上げたらしい。不細工な顔はそのままでも服装がこぎれいになって、以前の漁師然とした姿ではない。言動も落ち着いて大人っぽくなった。モンチは以前と同じく漁業に携わっていたけれど、もう直接魚を獲りはしない。力が強く度胸があって漁師たちを束ねる力量もなかなかのものだったが、網元の関心を引いたのは何といっても彼の学識だ。それで漁場の監督はもちろんのこと、網元の下で一切を取り仕切ることになった。出世したのだ。

モンチは自分より年上らしい男の背を押して小さな部屋に入った。陸《おか》に上がればクッパ一杯とマッコリ一杯を頼んでいたのも昔の話になったらしい。

部屋の中には何もなく、暗かった。しかし壁紙を張り替えたらしく清潔で、床が暖かい。モンチと一緒に来た男は部屋の中を見回してそっと座った。

「俺、こんな所、初めてだ」

「どうしてです。部屋が狭くて息が詰まりますか」

「そうじゃなくて、こんな所を知らないから」

「まあ、網元の息子さんが、こんな所に来たことはないでしょうね。ばくちでもやるのにぴったりだと思いませんか」

「おや、また皮肉を言う」

男は苦笑する。背が高く首が長いくせ毛の男はひどく痩せていて、風が吹くとふらふらして飛ばされそうだ。芯がないとでも言おうか、気も弱そうに見える。名前は呂東哲《ヨドンチョル》という。モンチの言うとおり網元の一人息子で、雇い主の息子だからモンチは小さい網元と呼んでいた。東哲は普通学校を卒業し、水産学校を中退してしばらく漁業組合に勤めたこともあったけれど、それを辞めてからはぶらぶらしていた。母親は息子を叱らず、毎日、亭主を責めた。

「妻子もある子を、あんなオジョンゲビにしておいていいんですか。あんたって人は、いったい何をしてるの」

　オジョンゲビとは、仕事もせずにぶらぶらしている人のことで、失業者という意味でもある。

「色のきれいなマンシュウアンズ、名前だけはいい不老草*という言葉があるけど、有力者だとか網元だと言われてこの辺りで知らない人はいないというのに、どうしてそんなに力がないんですか。あたしはあの子のことを思っただけではらわたが煮えくりかえってしょうがないのよ」

　学はなくとも財産があり大きな漁場を所有している呂は、この地方の有力者だ。その息子がどうして職に就けないのかと言うのだが、息子が学校を出て無学な父の恨を解いてくれることを願っていた呂は、学業を放棄した息子に対する怒りが収まらないので見て見ぬふりをしてきた。しかし女房に叱られるまでもなく、やはり決断を下さなければならない。結局は漁場の仕事を継がせるしかないと判断して、モンチに仕事を仕込んでもらうことにした。

「学があってどんな仕事でもこなすし、見てくれは山賊みたいだけれど、漢学が身についているから見習うべきところもある。それに、荒くれ男たちを束ねているのを見ると、並の度胸じゃない。俺が見たところ、あれだけの男はいない。お前も考えてみろ。いつまで親に食わせてもらう気だ？　将来、仕事を継ぐにしても漁場のことを知らなければ学問も役に立たない。何をするにしたって筋道を立ててしなければならんぞ」

東哲は当初、心の中で嘲笑し、侮蔑されたとも感じた。

（学校に通ったこともない奴に見習えって？　息子を何だと思ってるんだ。ちょっと漢字を知ってるぐらいで驚いたんだろうが、それは父さんが無学なせいだ）

実際、そういう面もなくはなかった。文字を知らない呂には学のある部下が必要だった。東哲は父がいつになく強圧的だったので、仕方なく監督するつもりでモンチについて歩いているうちに、すっかり圧倒されてしまった。モンチが拳一つでチンピラたちを身動きできなくさせるのを目撃し、漁師たちが彼の話しぶりに聞きほれている顔を見た。取引はきっちりしていて、海千山千の魚市場の人々をこっそり味方につける手腕があった。モンチは世間を恐れず、どんな手を使ったのか、郡庁や役所の実務者ともうまくやっているようだし、経済係の刑事も彼の顔を見るとにっこりした。

モンチが言うには、泥棒も付き合っておけば使い道があるものだ、まずこんな顔だから人に警戒心を抱かせないらしい、けんかが強いので自分の味方にしたいという心理が働くし、学があるために侮れないのだろうということだった。モンチには人心を掌握するための基礎的な技術が身についているように見えた。彼がそれを山で海《へ》道士や蘇志甘《ソジガム》から教わったとは知らない東哲は、今までに見たことのない人間だと思った。東哲にも親しい友はいた。宝蓮《ポヨン》〈李弘《イホン》の妻〉の弟許三和《ホサムファ》、趙炳秀《チョビョンス》の息子で今は漁具店を経営している南鉉《ナムヒョン》は普通学校の同窓生だ。彼らは統営を出て中学を卒業したけれど、今までずっと親しくしている。後に知ったことだが、漁業組合に通っている時の同僚だった金永鎬《キムヨンホ》はモンチの義理の兄だった。友人知人にはいないような類型の人間であるモンチが、東哲には不思議だった。

不思議なだけでなく、モンチが横にいないともの足りない気がして不安になった。東哲は漁場であれ飲み屋であれ、せっせとモンチについて歩いた。モンチが仕事で釜山《プサン》に行く時もついていった。父は会心の笑みを浮かべた。

「暗いな。こんな所で飲んでもいいのかな」

東哲は、モンチにからかわれると知っていながらもつぶやいた。

「おやおや、度胸がついたと思ったのに、またなくしたのかな。そんなことでは世の中を渡れませんよ。密造酒を飲んだくらいで刑務所に入れられたりはしないでしょ。俺が思うに、小さい網元は、ばくちを始めてから度胸が豆粒みたいに小さくなったんじゃないか」

「おい、今日これで二度目だ。もう一度言ったら、ただじゃおかないぞ。どうして昔のことを持ち出す」

モンチはけらけら笑う。東哲は以前、賭博に手を出して母親を心配させたことがあった。

人の気配がして、部屋の戸が開いた。媌花が酒膳を運んできた。唇がはれ、口の周囲に血のかさぶたができた顔を、モンチはさりげなく観察する。

「大したものもご用意できませんで」

媌花は東哲にそう言うと、出ていった。

「寡婦なのか」

東哲が聞いた。

「俺が知るもんですか」

「常連なんだろ」

「常連だからって、よその家の事情を知ってどうするんです」

「飲もう」

「そうしましょう」

モンチは酒をついだ。ぐっと飲み干した東哲が言った。

「うまいな」

ネギの和え物をつまむ。

「酒がうまくなければこんな所に誘いません。卸問屋の酒よりずっとうまいでしょ？」

「米はどうやって買うんだろう」

「金を出せば闇で買えますよ。米だけじゃない。金さえあれば虎のひげだって買える。だから人は金を稼ごうと必死になるんです」

「どうしてそんなことを言う。うちの父ちゃんに怨みでもあるのか」

「怨みはないけど、残念に思うことはあります」

「……？　怨みはないけど残念に思うってどういうことだ。同じことじゃないのか」

「私的な恨みはないが公的には残念ってことです」

「いよいよわからんな」

「俺は一度、呂さんをぶん殴るつもりです」

「ええっ」

「欲のない人はいないけれど、それも程度問題だ。度を超したら止めるのが道理というものです」

東哲は少し気づいたようだ。

「実際、今の俺があるのはすべて呂さんのおかげです。だからといって、過分な待遇を受けているとは思いません。それに、借りをつくりたくもない。ただ、公平に考えるのが呂さんのためにもなり、仕事もうまくいくと思うんです。呂さんは、よそと同じようにすればいいと言うけれど、呂さんが金を稼げるのは、いったい誰のおかげです。漁師ですか、他の網元ですか」

「……」

「よそよりいい待遇をしてやれば漁師たちはもっとたくさん魚を獲ろうとする。自分のことのように目をかけてやれば、網元自身にとってもいいじゃないですか」

「お前は知らないんだよ」

東哲は初めて真顔になった。

「何を知らないと言うんです」

「賃金統制令のせいで思うようにはできないんだ」

「それぐらい知ってます」

「というと?」

「やりようはいくらでもあります。呂さんを残念に思うのは、まさにそこです。融通がきかない。非公式にしてやれば漁師の心をつかむことができるのに、どうしてそれがわからないんでしょう。みんなで協力すれば、何だってできる。自分の身内のように思えばいい。貧しい人たちはとても気が弱いんです。言っちゃ何だけど、徴用から逃げてきた人をこっそり働かせたりして、そういうのが積み重なったら、後に必ず呂さんが報われますよ。ここだけの話、日本はいつまでも安泰ではいられません。アメリカと戦争し始めてからは、俺たちが見ても日に日に物資が足りなくなっているのに、長持ちするものですか。勝ったと宣伝してるけど、アメリカとの戦争でへとへとになってる。あんな大きな国に勝てるはずがない。子供だってわかることじゃないですか」

「おい、刑務所に入りたいのか」

　東哲がぎょっとした。

「ここだけの話ですよ。同族同士、そんな話もできないんですか。そんなら、東哲さんは親日派なんですか」

「馬鹿な。昼の話は鳥が聞き夜の話はネズミが聞くという言葉も知らないのか」

「そんなの、臆病者の作ったことわざでしょ」

「お前みたいに天方地軸を知らない*のも災いの元だぞ」

「そんなこと言わないで下さいよ。天方地軸を知らないのは、お宅たち父子じゃないですか。天方地軸を知らずに偉そうに振る舞うこともあるけれど、天方地軸を知らないせいで逃げたり隠れたりもして、自ら災いを招くこともあるんです。天方地軸を知っているというのは、万物の理を知っているということであり、万物の理を知っていれば、出るべき時には出て、入るべき時に入る。他人よりも先に時宜を得るんじゃありませんか」

これは海道士の言葉の受け売りだ。

「学があるのも困りものだな」

東哲はそう言うと笑いだした。

「お前の意見が正しいとしても、俺に何度言ったところで仕方ないぞ。実権がないんだから。実権はお前が握ってるんじゃないか」

モンチは酒を飲んで口の周りを拭った。

「そんなこと言わないで下さい。お世辞を言ったつもりなんだろうけど、俺なんか偉そうなことを言ったって、時が来れば出てゆく渡り鳥です。それに比べて呂東哲は、将来、網元になる人間じゃないですか。ちょっとは度胸をつけなさいよ。いつも後ずさりばかりせずに」

「お前が渡り鳥をやめて定住すればいい。父さんは考えがあって、若くて口のうまい奴に俺を預けたんだ」

「俺が呂さんの財産を潰さないとも限りません」

「天方地軸を知ってるんだから、そんなことはしないだろう」

「俺は逆賊になる人相だそうです」

「逆賊になる奴が、自分は逆賊になる人相だと宣伝して回ったりはしない」

飲みながら話しているうちに酔いが回った二人は立ち上がった。部屋を出たモンチは、

「おかみさん、いくらですか」

と言って勘定を払った。

「じゃ、また来ます」

モンチの視線は、金を受け取る媌花の顔にしばらく向けられていた。何か言いたそうに見えたけれど、

「行きましょう」と東哲の背を押した。

「帰るの?」

雄基の祖母が部屋の中から名残惜しそうな顔で言った。

「また来ます。お婆さん、どうかお元気で」

二人が出ていってから、雄基の祖母は小さい部屋からお膳を持って出てきた娘に声をかけた。

「せっかく来たのに、話もせずに」

「何を話せというの」

「さっきのことだよ」

「どうして」

「それは……前にもお前がひどい目に遭った時、助けてくれた人じゃないか」

媌花は何も言わずに台所に入り、しばらくすると夕食を載せたお膳を持って部屋に入ってきた。家族が

一つのお膳を囲んで食事を始める。

「うちは頼る人がいないから、お前がいいなら、あんな人と付き合ってみるのも悪くないだろ」

「何言ってるの。あの人はうちのお客さんよ」

ぶすっとして言う。

「わかってるさ。弟みたいに思って付き合えばいいじゃないか。そんな性格では身内がいなければやってけないよ」

「弟でもないのに、そんなことできるもんですか。食べる物がなければ死ぬのが道理なの。つまらないこと言わないで、食べてよ」

「雄基、はい、あーん」

雄基の祖母は雄基の口にご飯を入れる。

「自分で食べさせなさいよ。まったく、母ちゃんはどうしてそうなの」

「うるさいね。こんなことができるのも生きている間だけだ。あたしが死んだら誰が雄基の面倒を見るのさ。母親が子供を大事にしないから、あたしゃ死んでも死にきれない」

「黙ってったら」

媌花は音を立ててさじを置く。

「わかったよ。わかったから、食べなさい。嘘を言ったのでもないのに……あたしが我慢しなきゃ。当たる相手はあたししかいないんだから」

「祖母ちゃん」

雄基が呼んだ。

「何だい」

「僕、一人でご飯食べる」

「そうだね、お前は母ちゃんより十倍ほど偉いよ。祖母ちゃんが叱られるからだろ？」

「うん」

「ああ、いい子だ」

雄基の祖母が雄基の尻をぽんぽんたたいた時、外から声が聞こえた。

「雄基の母ちゃん」

モンチの声だ。

雄基の祖母がいそいそと立ち上がって部屋の戸を開けると、モンチが中庭に立っていた。辺りはもう薄暗く、空には星が出ていた。

「どうしたの」

そう言う声にうれしさと期待があふれていた。

「いや、大したことじゃないけど、ちょっと聞きたいことがあるんです」

「お入り。ご飯を食べてたから部屋が散らかってて」

媌花はその隙にお膳を持って部屋を出た。部屋に入りながらモンチが言った。

「俺のせいでご飯が食べられなかったんじゃないですか」

「いや、食べ終わってたよ」

雄基の祖母はぞうきんを持ってモンチの座る場所を拭く。雄基はモンチを見上げた。

「座って」

「はい」

モンチが座った。台所で食器を洗う音がする。

「それで、何を聞きたいの」

「ちょっと変だから。雄基の母ちゃんの顔はどうしたんです」

「母ちゃん、殴られた」

雄基が先に答えた。祖母は孫を膝に乗せながら言った。

「子供心に傷ついたんだね」

泣き顔になる。

「殴られた？　誰に？　教えて下さい」

想像はしていたから、モンチは驚きもせずに雄基の祖母を見た。

「他の人と一緒でなければさっき話したんだけど。フンスとかいう酔っ払いが、たまったツケを払わずに、ひどいことを言いながら雄基の母ちゃんを殴って」

すすり泣く。

「隠れてやっている商売だから、それを種にして、あの恥知らずが血を吸うみたいに、何日も。亭主がいればあんなことはできないさ。脚でもへし折ってやっただろうに」

「……」

「飲み屋をやっていた時も、お前がそんな奴をやっつけてくれたという話を聞いて、どれほどありがたかったか。今日もあいつが暴れていったから、お前のことを思い出したよ。あたしと娘は誰一人頼る人もいない土地に来て、味方になってくれる人もいない。雄基の母ちゃんも人当たりがいいわけでもなく、あんなきつい性格だしねえ」

「だからやってられるんですよ」

モンチは上の空で返事をしながら、外の気配を気にしている。

「他の人は簡単に乗り越えられることが、あたしたちにはどうしてこんなに難しいんだろう。冬の凍った地面を木靴で歩くみたいだし、翼の折れた鳥がワシに追われているみたいだ。ほんとに、一日に何度も死にたくなる。雄基がいなければあたしたちはこの汚い世の中に何の希望もない」

「親戚は一人もいないんですか」

「いるけど遠くに離れているから、いないも同然だし、もし近くにいたとしてもうちのことを助けられるような状況じゃない。そもそも親戚に助けてもらえるなら、こんな知らない土地に来るはずがないさ」

「雄基の父ちゃんはどうしているんです」

聞くのをちょっとためらったようだ。

「ひどいもんだ。話せば長いけど、あいつのことを考えただけで恐ろしくてどきどきするよ」

子供はいつの間にか眠っていた。雄基の祖母は子供を横たえて枕を当ててやり、布団をかけてとんとんたたいた後、部屋の戸を開けて外を見る。

「雄基の母ちゃん」

台所にいる娘を呼んだ。

「何」

返答だけした。

「お酒を持っておいで。今夜はあたしも一杯やりたい」

雄基の祖母はそう言って戸を閉め、

「忙しいかい？」

とモンチに聞いた。

「忙しくはないけど」

媌花が入ってきて酒膳をぞんざいに置いた。

「飲みながら思い切り愚痴でも言いなさいよ」

怒ったように母親に言うと、ふいと出ていってしまう。酒用のご飯を炊いたから、麹を混ぜてかめに入れる作業が残ってはいた。

「あんな性格だからねえ。誰に似てあんなにきつい子になったのか……」

雄基の祖母は舌を鳴らす。だがモンチはわかっていた。媌花は気恥ずかしく、きまりがわるく、自分がみじめに見えるのがいやなのだ。雄基の祖母はモンチの碗に酒をついだ。そして酒の入ったやかんをモンチに突き出した。

「あたしにもついでおくれ」

「あ、はい」

モンチはやかんを傾けて酒をつぎ、体をひねって雄基の祖母から顔をそむけるようにして酒を飲んだ。*

雄基の祖母も半分ほど酒を飲んだ。

「あたしたちの身の上話をしたら、夜どおし話しても足りないほどだけど、したところで何の自慢にもならないし……人様に迷惑をかけるようなことはしないで生きてきたのに、どうしてこんなに運がないんだろう。あんたが息子のように思えるから話すんだけど」

雄基の祖母はまた涙を流す。「お前」が「あんた」に変わったところからも、その深刻さがうかがえる。

「先祖のことなんか今更言っても仕方がない。貧しいのが罪で、貧しいのが悪いんだ。あたしが知ってるのは、うちがあまりにも貧乏で、金持ちがご飯を食べるのと同じ回数ぐらいご飯を抜いたということだけだ。母ちゃんが子供を産んでも乳が出なくてみんな育たなかったというのに、あたしだけは命を授かって生まれたのか、生き残って……その代わり母ちゃんが死んだ。父ちゃんは死のうと思ってあたしを抱いて山に行ったらしい。首をつろうと。だけど目のきらきらした赤ん坊のあたしを見て大声で泣いて、山を下りたそうだ」

雄基の祖母は碗に残った酒をあおった。好きでもないのに気分を出すために飲んでいるらしい。目が妙に光っていた。自分の言葉に酔うムーダン*のように。

「あたしはそんなふうに寂しい家で育って、金持ちの爺さんの妾になった。沈清《シムチョン》*になったわけだ。上の男の子と女の子は二人ともハシカで死んでしまって、雄基の母ちゃんだけが助かった。その悲しい歳月は、とても言葉にはできない。うちの事情をよく知っていた爺さんが土地を残してくれたから、爺さんが亡くなってからは、その家の奥さんや子供たちとは絶交した。そんなんで、いい縁談が来るわけがないだろ。その時に会ったのが、毒蛇みたいな雄基の父ちゃんだ。初めは、素性もわからない哀れな流れ者に見えた。そんな人なら、あたしたち親子を大事にしてくれるだろうと思った。頼れる人がいなかったからね。だけど、火薬を背負って枯れ草に飛び込んだようなものだ。わかってみれば、そいつはあたしたちの財産を奪うつもりだったんだよ。よそに別の女がいた。最初は遠慮がちだったが、そのうちに堂々と土地や家の文書を……」

喉が詰まるのか、言葉が途切れた。

「何かしなければ親子で物乞いをしなければいけなくなるから、残った物を処分して、夜逃げしてたどり着いたのがここだ。来てから、娘の腹にあいつの子ができているのがわかった。最初は憎い奴の子供ができて嘆いたけれど、生まれてみれば自分の孫だ。今では、あたしたちはあの子がいるから生きてるんだよ」

「ええ、生きなきゃ。それよりひどい運命でも、人間は生きなければいけません」

「雄基の母ちゃんは元から無愛想ではあったけれど、そうなったのも、考えてみれば原因はあった。子供の頃、本妻や腹違いの兄ちゃんたちにひどくいじめられたからね。大きくなると歯向かうようになって、いよいよ憎まれた。それに亭主が悪い奴だったし、食べていくために飲み屋をやっているうちにいっそう性格が駄目になった。今はまだ、年寄りとはいえあたしがいるからいいけど、あたしが死んだらあの子たちはどうなるのかと思うと、目の前が暗くなる」

「でも、雄基の母ちゃんは駄目になってはいませんよ」

「何、駄目になってないって？　あんな性格で無事に生きていけると思う？　今日だってそうだ。犬みたいな酔っ払いだとわかってるんだから、避けるとか、うまく言いくるめて追い返すとかしなきゃ。女が男とけんかして勝てるわけがない。罵られ、殴られるだけだ。訴えることも弁償させることもできないさ」

雄基の祖母は、昼間我慢していた怒りが突然こみ上げて爆発しそうだ。顔が赤くなり目が険しくなった。

「雄基の母ちゃんは駄目な人間には見えません。踏みつけられて強くなったんでしょう。ああやって強がるからこそ誰もが一目置くんです」

「そんなことを言ってくれるのはあんただけだよ」

「俺は、雄基の母ちゃんが包丁を振り回した話を聞いて、荒れ地に放り出されても生き延びる人だと思いました」

モンチは少し声を上げて笑った。

「心配いりません。俺がフンスに会って、二度とそんなことをしないように釘を刺しておきます」

「ほんとかい？」

「本当です」

「そうしてくれれば、どんなにありがたいか」

雄基の祖母の顔が明るくなった。

「あんたに一つ頼みがあるんだけど」

「何ですか」

「雄基の母ちゃんはたぶんあんたより二つ三つ年上だろうけど、姉ちゃんみたいに思ってくれないかね。独り身だから、あんたみたいな弟がいたら安心するよ」

モンチがひどくうろたえた。

「そ、それは」

モンチは尻込みするように立ち上がりかけた。

「何がそんなに難しいんだ」

哀願するような目でモンチを見上げる。

「他人同士だって義兄弟の契りを交わしたりするじゃないか。何がそんなに難しいのさ」

「心配しないで下さい。フンスは俺が」

「そんなことを言ってるんじゃない。そうじゃなくて、雄基の母ちゃんに、あんたみたいな頼りがいのある弟がいたら……あたしは明日死んでも構わない。そうしてくれるね？」

「俺には姉ちゃんが二人もいるんです。契りなんか交わさないでも、面倒を見ればいいじゃないですか」

雄基の祖母はがっかりして視線を落とした。

「雄基の母ちゃんが飲み屋の女だからかい」

「ち、違います」

「飲み屋の女を姉ちゃんと呼ぶなんて格好悪いと思ってるんだね。心はきれいなんだけど。まあ、飲み屋の女なんて人聞きが悪いのは確かだ。アイゴ」

雄基の祖母は拳で胸をたたいた。

「違う、違うんです。そんなこと言わないで下さい。そうじゃなくて、ああ、そうじゃないんで。お、俺、これで失礼します」

モンチは慌てて部屋を出た。外は真っ暗になっていた。明るい所から出てきたためにそう感じるのだろう。靴を履いて振り向くと、中庭に媌花が立っているのがぼんやり見えた。

「おや」

ぎょっとしたモンチは、枝折戸に向かった。宙を歩いているようだ。媌花がついてくる。モンチは走り出したい衝動を抑える。

「あの」

「何です」

「母ちゃんがつまらないことを言ったでしょ？」

「……」

「義理の弟になってくれと言ったはずです」

「……」

「頼りがいのありそうな男を見るとそんなことを言うのが母ちゃんの癖なの」

「……」

「聞き流してちょうだい」

「そ、それでも、困ったことがあったら、俺に言って下さい」

「お客さんに迷惑をかけたくはありません」

「ちぇっ、そんなら弟なんかじゃなく、亭主をつくればいいじゃないですか」

腹を立てたモンチは急いで枝折戸を出た。少し歩いていると目が暗さに慣れたのか、路地が白っぽく浮かび始めた。にぎやかな船着き場に出たが、以前とは違って、行き交う人は多くても寂しい感じがした。堤防を背にして並んでいた雑貨商が一つも目に付かない。セルロイドのせっけん箱、タオル、風呂敷、財布、靴下、手袋、手鏡、ハサミ、小さなナイフ、化粧品。そんな色とりどりの、だが実は安物の品物を照らしていたガス灯も見えなかった。シュッシュッと音を立てるガス灯の後ろにはいつも、商売を始めたばかりとおぼしい間抜けそうな男がいたのだが。堤防と向かい合った道端の商店からは明かりが漏れていたけれど、そこもがらんとしていた。旅客船を降りた人や、久しぶりに陸に上がった船乗りを相手に夜だけ商売をしていた露天商たちは、いったいどこで何をしているのだろう。モンチの脳裏を、ふとそんな疑問がよぎった。

モンチが山奥を出て初めてこの港に来た時、ここは驚くべき新天地だった。港じゅうに停泊した小さな船や、輝く光で飾った巨大な汽船が汽笛を鳴らして港に入る光景。どの商店も品物をいっぱい積み上げていて夜の雑貨屋は華やかだったし、歓楽街の明かりも魅力的だった。しかしモンチはすぐにそんな恍惚とした思いに別れを告げ、潮水のしみたぼろぼろの服を着て波に翻弄された。波が寄せれば後ろに、波が引けば前に傾きながら魚群を追う船。果てしない海に浮かぶ木の葉のような船。漁業はそれこそ闘いの場で、興奮のるつぼだった。モンチは命懸けで生きる現場を愛した。数万頭の猛獣の咆哮《ほうこう》にも似た波に立ち向かうのが痛快だった。海の男たちのがらがら声や血走った目、筋張った赤銅色の腕や、素っ気ない言葉、悪罵で情を示し、ことわざで皮肉を言う男たち。彼は汚い服を着たままマッコリとクッパで腹ごしらえをして港町を歩くと気が大きくなった。恐いものなどない。恐怖はとっくの昔、風の音しかしない山奥で父の遺体を見守った時にすべて経験していた。

「恐いものなどあるものか。たった一人で一度きりの人生だ。男が汚い生き方をするわけにはいかない」

よくそうつぶやいていた。

山の動物の鳴き声と、山奥にいるすべての生霊《せいれい》〈生命〉たちがささやき合う森の中を走り、崖をよじ登りながら風と太陽に育てられた子。蘇志甘は知識を授け、海道士が世の理《ことわり》を教えた。輝《フィ》は友誼《ゆうぎ》を、栄善《ヨンソン》は姉のような愛情を教えてくれた。そうしてつくられた肉体と霊魂が波にぶつかり海に投げられ、弱さと邪悪さ、善良さと狡猾さ、愚かさと知恵、情熱と冷淡さといったさまざまな性質を持つ人々の中で、人間としての幅を広げながら適応しているのだ。

夜の街をうろついたあげく、ようやく焼酎一本を買ったモンチは、ソムン峠の輝の家に向かった。家は留守宅みたいに静かで、内房は暗かったが小さい部屋に明かりがついている。

「姉さん」

小さな部屋の戸を開けて輝が顔を出した。

「モンチか？」

「どうしてこんなに静かなんです」

「誰もいないんだ」

「え？」

「子供たちと山に行った。寒いから入れ」

「じゃあ、兄さんだけ残ってるんですか」

「ああ。行かなくてもいいのに、行くと強情を張るから行かせた」

「何かあるんですか」

部屋に入りながらモンチが聞いた。

「お祖母さんの祭祀《チェサ》*と父さん〈カンセ〉の誕生日が重なってるうえに、母さんの具合が悪いらしい……。正月まで山にいると言っていた」

「二、三カ月は独り身ですね」

「気楽だが寂しくもあるな。ところで、お前、お姉さんの家には寄らなかったのか」

「行くたびに嫁をもらえと言うから面倒で」

「そう言うのも無理はない。元気なのに婚期を逃そうとしているんだからお姉さんも黙っていられないさ。俺もお前の気持ちがちっともわからない。もう落ち着いたんだし、家庭を持ってもいいだろう。どうしていやなんだ」

「兄さん、ちょっと待ってて下さい。酒の支度をしてきます」

モンチは輝の話をさえぎるようにして外に出た。やがてキムチの小鉢一つに箸と杯を置いたお膳を持って戻ってきた。

「俺は昔から酒の支度だけは上手だったでしょ。だけど、キムチしかつまみがないな」

「ジャコの炒め物や常備菜があるのに、探せなかっただけだ」

「泥棒はどうやって探すのかな」

モンチは歯で栓を抜いて杯に酒をつぐ。

「焼酎なんかどこで買った」

飲みながら輝が聞いた。

「行く所に行けば買えますよ」

「大したもんだな」

「焼酎でも密造酒でも、言ってくれれば買ってきます」

「密造酒はこの近所でも造っている家があるから、時々買って飲んでる」

「ところで兄さん、花心《ファシム》のせいで姉さんが山に行ったんじゃないでしょうね」

「馬鹿なことを言うんじゃない。気は確かか。あり得ないぞ」

輝が腹を立てた。

「あの女は浮気して、妾をクビになったそうですね」

「俺より詳しいな」

「また料亭に出てるそうです」

「今でも料亭なんかやってるのか」

「偉い人たちだけが通う秘密の料亭はあるでしょう」

「それ、どこで聞いた」

「ちょっとは気になるようですね」

「木石ではないから……」

と言いかけた輝が慌てる。

「だが変な想像はするな。前世で何か縁があったみたいな気がして、可哀想になっただけだ。花心とは付き合ったこともない」

「うちの網元の息子が、ちょっと遊び人でね。昔、花心にほれたこともあったそうです」

輝の顔が、かすかに動揺する。

「それで」

聞いてから、後悔するような表情をした。

「その人から、花心が料亭に出ていると聞きました」

「……」

「兄さんは昔からもてたじゃないですか。山でも、死ぬの生きるのと騒ぎになったし」

「……」

「兄さん」

「何が言いたい」

「俺、後家さんか出戻りの女でも一人、さらってこようかな」

「何だと」

「冗談だと思うんですか」

「結婚したくないと言いながら、どうして後家や出戻りを連れてくるんだ」

しかしモンチはそのことについてそれ以上話さなかったから輝も冗談だと思った。酒膳を片付け、ほろ酔いの二人は布団を敷いて横になった。

「さっきの話は本気ですよ、兄さん」

天井をじっと見つめながらモンチが言った。

「突然、何を言い出す」

「いくらいい靴でも足に合わなければ履けない。わらじだって、俺の足に合ったのでなきゃ」

輝は身を起こした。

「つまり後家だか出戻りだか、実際にいるってことか」

問い詰めるように言った。

「います」

「いつから？」

「ずっと前から知ってるけど、俺の気持ちは話したことがありません」

「この野郎、気は確かか。お姉さんが許すわけがない。冗談もほどほどにしろ」

「姉ちゃんは姉ちゃん、俺は俺です。相手がいいと言ったら一緒に暮らしますよ」

「大変なことになった。先生〈海道士〉がどう言うか、考えてみたのか」

「俺が決めたことは誰もどうにもできません。先生だってそうだ。俺は、金持ちの後家さんを利用しようというのでもなく、妙な考えがあるのでもない。いい人だから俺が女房にしようというのに、何の文句があるんです？　先生は釣り合うかどうか考えて相手を決めろとは言わなかった。先生から何か言われたって我慢しますよ」

モンチはきっぱり言った。輝は言葉に詰まって、また横になる。

「兄さん」

「……」

「まだ決まったわけじゃないから、姉さんやうちの姉ちゃんには黙ってて下さい」

「その後家だか出戻りだかは、いったいどこの誰だ。まずそれを教えてくれ」

「それは、相手がいいと言ったら教えます」

「キツネにでも化かされたのか。そんなら、相手の気持ちも知らずに一人でのぼせあがってるってことだな。さぞかし美人なんだろう」

「美人どころか。相手の気持ちは大体わかってます。いやだと言うなら力ずくでさらってきますよ。さあ、寝ましょう」

二人が眠れそうで眠れないでいる時、外から呼ぶ声がした。かなり遅い時間だ。

「こんな夜中に、誰だろう」

輝はチョゴリのひもを締めながら中庭に出て枝折戸を開けた。

「誰ですか」

「わ、私だ」

意外なことに、趙炳秀が立っていた。

「先生！　こんな時間に、どうなさいました」

輝が仰天する。

「ちょ、ちょっと家に来てくれないか」

炳秀はぶるぶる震えているようだ。

「何があったんです」

「父が亡くなった」

「何ですって」

「家内と私しかいなくて、ど、どうしていいか」

「わかりました。ちょうどモンチが来ているから一緒に行きます。先に帰ってて下さい」

「い、いや、一緒に行こう」

家の陰になっていて暗い路地を、三人はあたふたと歩きだしたが、輝が立ち止まった。

「いや、それより、モンチ」

「何ですか」

「まず、永鎬さんを連れてこい。それがいいだろう」

「わかった」

炳秀と輝が先に家に向かった。髪をほどいて板の間にぼんやり座っていた炳秀の妻が立ち上がった。

「臨終を看取ることもできなかった」

炳秀がすすり泣いた。

「おしめを替えに部屋に入ったら、もう亡くなっていたんだ。ううう」

か細い泣き声を除けば、家の中は水の中みたいに恐ろしい静寂に包まれていた。中庭は木が影を落として、墨汁を振りまいたように真っ暗だ。気温が急に下がり、この地方には珍しいほど寒さが厳しい。

やがてモンチと永鎬が姿を現した。淑《スク》もついてきていた。淑はすぐに台所に走って枕飯を炊く準備をした。永鎬が言った。

「知らせるにしても朝にならなければ」

船着き場で漁具店をしている炳秀の息子夫婦のことを言っているのだ。モンチと輝はヨム*をするために、遺体のある部屋に入った。永鎬は死者の服を屋根の上に投げた。*

目をむいて死んだ趙俊九《チョジュング》の遺体はむごたらしかった。モンチが目を閉じさせた。むごたらしいだけでなく、肉体に存在していた生の機能を最後の一滴までしぼりだした最期の姿はあまりにも悲惨で、髪が逆立つような恐怖心を抱かせる一方、深い憐憫の情も抱かせた。それは命のはかなさに対する憐憫だ。カボチャみたいだった頭はしぼみ、体も縮んで小さくなっていた。開いた指はすべて鉤のように曲がっている。三年以上寝ついていたが、最後の一年は死を生きていたのかもしれない。死後の過程が、生きているうちに進行していたのだから。遺体を清める時、床ずれで壊死《えし》した部分がはがれて腐臭が鼻をついた。寿衣を着せて鉤のようになった指を伸ばし、両腕を真っすぐにして、布で縛った。モンチは汗びっしょりになった。手伝う輝も汗を流した。ヨムを終えて部屋を出た時だ。

「アイゴー、アイゴー」

炳秀の妻が突然、何かに取りつかれたように哭《こく》*の声を上げた。その声は深夜の静寂を引き裂いた。声はまるで一筋の光になって時空を貫き、遥かな黄泉《よみ》の国の真っ暗な三途《さんず》の川まで響くかのように鬼気迫るものがあった。

「アイゴー、アイゴー、アイゴー」

こんどは炳秀が低い声で哭をした。

枕飯を置き、永鎬が近所に走って密造酒を買ってきた。喪主を残したまま、三人の男は離れに移って酒の膳の前に座った。

夜は音もなく過ぎ、鶏がときをつくった。ようやくサイレンの音が夜明けの空を揺らした。それを機に、永鎬は喪家を出た。漁具店を営む炳秀の息子南鉉に知らせるためだ。闇をかきわけて坂道を下りる永鎬は、運命を感じざるを得なかった。どうして、よりによって趙俊九の死をその孫に知らせるために、金平山《キムピョンサン》の孫である永鎬が夜明けの道を歩いているのか。どうして、よりによって平山の孫が、俊九の死の後始末をすることになったのか。どうしてよりによって他郷である統営で趙氏一族に出会い、同じ西外里《ソウェリ》という山のふもとの村に住むことになったのか。永鎬は首を横に振った。こんな偶然には、きっと何か理由があるような気がした。

この村に家を建てた頃、妻である淑を通じて金輝夫妻を知った。そして輝から炳秀の話を聞いた時、永鎬は内心、当惑し、忌まわしいものを感じた。南鉉についてもそうだ。漁業組合と漁具店はつながりがある。漁業組合で顔を合わせた時、南鉉と永鎬は互いに気まずかった。彼らの幼い頃、平沙里《ピョンサリ》ではどちらの家もあまり近所付き合いをしていなかった。特に炳秀一家は荒れ果てた崔参判家で隠れるように暮らしていたから一切交流はなかったけれど、平沙里で生まれ育った彼らがお互いを知らないはずはない。二人とも孤立し、疎外され、罪の意識を持ち、心理的な迫害を受けていた。考えてみれば二人とも祖父の悪行の被害者でありながら、同病相憐れむどころか、互いを避けた。恥辱を感じたからだ。彼らは漁業組合で時折顔を合わせ、道でもたまに出くわしたけれど、互いにぎこちなくすれ違った。栄善と輝が宋寛洙《ソングァンス》の娘とその夫であると知ってから永鎬の態度や気持ちに変化が起きはしたものの、炳秀や南鉉とは相変わらず気まずかった。それに炳秀の家に中風にかかった俊九が亡霊のように寝ていることを思うと、永鎬は痛みと怒りを感じた。

(なんて運命だ)

坂道と細い道が終わり、道路に出た時には明るくなり始めていた。突然、肌を刺すような寒さを感じた。慌てていたので外套も着ないで出てきてしまった。両手をズボンのポケットに突っ込み、背を丸めて歩いていて、ふと思った。

(終わりだ!)

衝撃だった。

(これで終わったんだ!)

すべての偶然は、子孫に祖父たちの罪が残した血の痕跡を拭わせ、洗わせるためにあったのだと思った。店先に明かりが灯っている。運命を支配していたあの暗く陰湿な存在が、永遠に去ってゆくのだ。白々とした夜明けの空を見ながら永鎬は深いため息をついた。

永鎬は固く閉ざされた漁具店の戸をたたいた。しばらくすると、漁具店で働く青年が寝ぼけた顔で戸を開けた。

「ご主人はいるかね」

こんな早朝に漁業組合の人が何しに来たのだろう。まごついた青年が言った。

「家に帰ってます」

「家？　どこだ」

教えてくれた家は、店からさほど遠くない所にあった。南鉉も突然現れた永鎬を、当惑した表情で迎えた。

「ご老人が亡くなりました」

お祖父さんと言わず、ご老人と言った。南鉉は顔をしかめたが、次の瞬間、その老人の死を、どうしてあなたが知らせに来たのかという疑問の表情を浮かべた。そこにはかすかに親近感が漂っているように見えた。

「趙さんが先に行ってて下さい。お父さんが慌てているから」

「は、はい」

「弟さんや妹さんの住所を教えてくれませんか。電報を打たないといけないでしょう？」

「そこまでする必要はありません」

そう言って、また聞く。

「父が電報を打てと言ったんですか」

「いいえ。打つ方がいいだろうと思って」

「ずいぶん寒そうですね」

南鉉は、永鎬が震えているのを見てそう言い、住所を書いた紙と自分の外套を渡した。

「取りあえず、これでも着て下さい」

永鎬はあまりにも寒かったからか、遠慮せずに着て出ていった。南鉉は子供たちを起こして着替えさせている妻に強い口調で命じた。

「子供たちを連れていく必要はない。トクチュンに、店を閉めてここにいてくれるよう言ってくれ」

子供たちに葬式の思い出を残したくないのだ。祖父に対する憎しみは、それほど大きかった。昔の悪行だけでなく、統営に現れてからの醜い姿を、南鉉は思い出したくなかった。

南鉉が西外里の家に行った時、喪服に屈巾《クルゴン》〈喪主が頭巾の上にかぶる布〉をつけ、喪杖《サンジャン》〈喪主がつく杖〉をついた炳秀が、立って哭をしていた。モンチはおらず、輝は離れの縁側にぼんやりすわっていた。近所のおかみさんが二、三人来て淑と一緒に台所で働いているらしい。南鉉は、輝に目で合図をした。

「準備ができていたから、特に難しいことはなかった。ちょうどモンチが来ていて、あいつがヨムをした。永鎬さんと適当にやろうと思ったんだが、真夜中で、先生が動揺してたんでな」

輝は簡単に説明した。

「来る途中で考えたんだけど、訃報を出す必要はない。火葬にしよう*」

南鉉が断固とした口調で言った。輝はしばらく黙った後に言った。

「先生がいいと言うだろうか」

「そうすべきだ」

（まあ、そうだな。家で死ねただけでも身に余る幸せだろう）

輝は心の中でつぶやいたが、顔には出さなかった。しかし、火葬にするかどうかを巡って父子の間で意見が対立した。

「どんな人でも親は親だ。子供としてすべき道理はある」

「それはお父さんの代まででしょう。墓を造ったら、誰が草刈りをするんです。さっぱりと火葬にしなければ」

「お前たちは墓の世話をしたくないというのだな」

「ええ、しません」

「なぜだ」

「子孫に、あの悪行を永遠に覚えていろと言うのですか」

「善良で偉い人だけが親ではない」

「悪いにしても程があります。いっそ忘れてしまうのが孝行かもしれませんよ」

「目連尊者*は悪母の魂を極楽に導くために地獄まで訪ねていったぞ」

「極楽に導く余地がありますか」

南鉉は強硬で、冷ややかだった。

「親の言うことを聞きなさい」

「これだけは従えません」

「こいつめ、親を軽んじる気か」

「違います。お父さんの悲しい歳月を、僕が忘れるはずがない」

南鉉は初めて涙を流し、ついには大声で泣きだした。結局、南鉉が折れた。そうして趙俊九は準備してあった場所に埋葬された。泗川で教師をしている宗鉉《ジョンヒョン》や、嫁いだ娘とその夫はついに現れなかった。

葬式の後、輝の家で南鉉と永鎬は一緒に酒を飲んだ。南鉉は、「いまいましい!」と言っていたが、酔ってくると涙を流した。

「父がどうやって生きてきたか、忘れられるものか。父の体さえあんなふうでなかったら、僕はこれほど悲しくはなかったはずだ」

「もう言うな。永鎬さんにしてもお前にしても、善良な父親を持っただけでもありがたいと思わなければ。もうすべて終わったんだから忘れろ」

輝が慰め、永鎬は南鉉の杯に酒をつぐ。

もうすぐ陰暦の正月だ。市場では中年のおかみさんが買い物かごをのぞき込んでいる。カレイの干物二枚、メバル一尾、貝の干物が少しと青菜やモヤシ、ワカメなどが入っている。

「こんなので何ができるの。買いたくても品物がない。市場をほうきではいたみたい。正月も正月らしく過ごせそうにないね」

そうつぶやくと、背の低い女が吐き捨てるように言った。

「祭祀も何もやめなきゃ。食べるのも難しくなりそうなのに、鬼神の世話なんかできますか」

「めったなことを口にして、神罰が下ったらどうするの」

「世の中がこんなふうだから仕方ないじゃない。ふん、ほんとに鬼神がいたら、崖っぷちまで人を追い詰めたりはしないよ」

「朝鮮の鬼神よりも日本の鬼神の方が恐いからさ。正月も、日本の正月の方が寒かっただろ」

中年の女が意地悪そうに言った。

「膝が擦り切れるほどクンジョルをして先祖や地神やかまどの神様に祈ったって、何になる。あの子は腕が固まっちまったのかね。字が書けるのに、どうして手紙一本寄越さないんだ」

「手紙が書けるなら書くだろう。そんな状況じゃないんだろうさ」

「みんな、よその土地に行っていても、正月には戻ってくるのに」

「あんたも哀れだね。徴用に取られた子が正月に戻れるわけないだろ」

「そんなことぐらいわかってるけど、もどかしいんだよ。ひどいうわさが流れているし、毎晩夢に出てきて、ほんとに血が凍りつきそうだ」

「うわさなんて信用できないよ。自分の目で見るまでは」

「火のない所に煙は立たないんだ。たまに逃げて帰る人がいるそうだが、その人たちの話では」

「大丈夫だよ。先祖が守ってくれるように、祭祀をやめるなんて言わないで、水一杯でも心を込めてお供えするんだね」

「あの時、漁船にでも乗れと言えばよかった。あいつめ、舌を引っこ抜いてやりたい。あいつの口車に乗せられてこんなことになったんだ」

「どういうこと？」

「うちの子が働いていた呉服屋の主人のことだよ。あの倭奴が店をたたむ時に、もう働き口もなくなったから、徴用に応じれば金も稼げるし技術も身に着いて、広い世の中を見ることができるなんてうまいことを言うから、馬鹿な子が信じたんだ」

「あの頃はそそのかされて行ったんだろうが、最近では道で捕まえて連れていくと言うよ。若い人が証明書を持たずに出歩くと大変なことになる世の中だ」

　モンチは歩きながら話している女たちの後ろを静かについていく。

「まったく、あれこれ考えてると正月も何も……子供が生きてるかどうかもわからないのに、ご飯の時間になると食べるんだからねえ」

　人はいつもより多かったけれど、市場は寂しかった。旬は過ぎかけているとはいえ、陰暦の大晦日になると山のように売られていたタラすら見えない。ナツメ、松の実、落花生、串柿といったものも多少はあったが、ひどく値上がりして、懐の寂しい人はとても手が出なかった。果物もいろいろあったけれど、やはり高価だ。地面から吹き上がってくる風の中を二人の女が去っていった。モンチは果物屋でリンゴと梨をかごに入れてもらい、金を払うと、それを持って船着き場の道に戻った。

　風呂に入り散髪もしてこざっぱりしていたが不細工な顔はどうしようもない。彼は今、媌花の家に向かっている。姉の淑とその夫の永鎬は昨日、平沙里に行った。淑は一緒に行って正月を祝おうと言ったが、モンチは用事があると言って断った。輝も一緒に山に行こうと言った。たいていは輝と一緒に山に行き、帰りに平沙里に寄ったのだが、モンチは輝にも用事があるからと言って断った。輝は一昨日、妻子が先に行っている山に向けて旅立った。

「雄基の祖母ちゃん、いますか」

台所から雄基の祖母が顔を出した。雄基も一緒に顔を出した。モンチが来たのは、娘と義きょうだいの契りを結んでくれと哀願した日以来、初めてだ。

「どうしたの。大晦日に」

うれしくないことはなかったけれど、気まずく、腹立たしい気持ちも顔に表れている。

「大晦日だから来たんです」

「故郷には帰らないの」

「俺に故郷なんかあるもんですか」

「故郷のない人がいるのかね」

モンチは暖かそうな日の差す板の間の端に腰かける。

「俺は勝手に生まれて勝手に育ったんです。これ食べて下さい」

モンチはかごを差し出した。

「おや、あたしたちに買ってきてくれたの」

雄基の祖母はモンチが果物のかごを持っているのに気づいてはいたけれど、自分のうちに持ってきてくれたのだとは思わず、果物を買って帰る途中に一杯飲みに来たのだろうと思っていた。だから、喜んだのも無理はない。

「うちにこんな物を買ってきてくれる人がいるんだねえ」

すぐに受け取って台所の棚に載せた。雄基が首を伸ばしてそれを見上げる。

「ありがとうね。正月にこんな物をもらうのは、こちらに来て初めてだよ」

「俺も、こんな物を持ってくるのは初めてです」

「初めてだと？　じゃあ、どうして」

「……」

「人の頼みを、あんなにあっさり断ったくせに」

やはり、うれしいながらも、気まずく恨めしかったことをはっきり言う。それでも雄基の祖母は、勝手に生まれて勝手に育ったという話が気になってたまらなかった。ずり落ちかけたチマを、体を揺らして両手で引き上げながら聞いた。

「この間、姉ちゃんが二人いると言ってたじゃないか。故郷もなく、勝手に育ったって、どういうこと」

「それは」

モンチが微笑する。

「故郷も身元もわからないのに、どうして姉ちゃんが二人いるんだ」

「それなりの理由があるんですよ。俺は身の上話なんてしたくない。ともかく嘘ではありません」

「そう言われると、あたしは恥ずかしいし、心苦しい」

「……」

「だけど、誰にでも身の上話をするわけじゃないよ」

雄基の祖母はふくれっ面で言った。

「それより、雄基の母ちゃんはどこにいるんです」

「大晦日だからツケを回収しに行って、まだ戻らないの」

「じゃあ、酒を一杯下さい」

モンチはそう言って小さい部屋に入る。雄基の祖母は、困ったような顔で閉められた部屋の戸を見た。

「口数が少ないのはいいけど、人の言うことをろくに聞こうとしないのも良くないね。雄基」

「うん」

「リンゴ食べるか？」

「うん！」

雄基の祖母は棚に載せたかごから赤いリンゴを一つ出して洗って拭い、雄基に持たせた。

酒膳を持っていった雄基の祖母は、台所でナムルの準備をする。雄基はリンゴを食べずに持ったままだ。

「どうして食べないの」

「母ちゃんが帰ってきてから食べる」

雄基の祖母は手を止めて、孫を見た。

(母親になついていないように見えて、そうでもないようだね)

一人で微笑した。

「雄基」

「うん」

「食べなさい。全部食べたらまたあげるから。お供えが終わったら母ちゃんや祖母ちゃんも食べるよ」

「お供えって?」

「明日は元旦だから、地神様にお供えしなきゃ。かまどの神様にも」

小さい部屋にいるモンチはもっと酒をくれとも言わず、帰る気配もなかった。しばらくするといびきが聞こえてきた。

「おや、いい度胸だね。よその家で寝るなんて。それも大晦日に」

雄基の祖母がつぶやいた。

媌花はなかなか帰らない。日が暮れてだいぶ経ってから、晩ご飯はどうしたのかと言いながら戻ってきた。

「雄基にだけ食べさせた。リンゴを一つ食べたから、ご飯はあまり食べなかったね。もう寝たよ」

「リンゴ?」

「ああ、モンチが買ってきてくれたんだ。今、小さい部屋でいびきをかいて寝てる」

「どうして」

媌花は真顔で聞いた。その時、ようやく変だと思ったのか、雄基の祖母が戸惑いの表情を浮かべた。

「さあ……故郷もなく、勝手に生まれて勝手に育ったと言って……。お前がどこに行ったのかと聞いてたけど」

「変な人」

雄基の祖母が娘の顔を見る。

「お前、また泣いたね」

「泣いてない」

「目が赤いところを見ると、また海に行って泣いたんだろ」

「涙の跡でもついてるって言うの？」

「それはないけど。ツケは払ってもらえたのかい」

「何軒かはもらった」

「大晦日なんだから、お前だって泣きたくなるだろう。他人の暮らしぶりを見たら悲しくもなるさ」

「やめて。ずっとこうだから今更どうってことないのに。人の暮らしぶりを羨んでたら生きていけないよ。母ちゃんにそんなことを言われたら、いらっとする」

「それはそうと、あの人、どうしよう」

「帰らせなきゃ」

媌花は首のマフラーを取り、小さい部屋に行く。裸電球の明かりがついていた。電気は定時に供給されるから、勝手についたのだろう。

「ちょっと、起きて下さい」

モンチはぐっすり寝ていた。

「起きて下さいったら！　女ばかりの家で寝ていいんですか！」

部屋の戸が開いているので冷たい風が吹き込んだ。媌花の声で起こされたというより、寒くて目が覚めたらしい。

「あれ、寝ちまったのかな」

モンチは目をこすりながら起きて座った。

「突っ立ってないで座って下さい」

腕組みをして立っていた媌花を見上げて言った。

「日も暮れたから、さっさと帰って」

「俺が暇だから来たとでも思ってるんですか。飲みに来たのじゃありませんよ」

「じゃあ、何しに来たんです」

「とにかく座って」

ためらっていた媌花が座ると、モンチは腕を伸ばして部屋の戸を閉めた。

「俺の本名は朴在樹《パクチェス》です。モンチは幼名で、子供の時に両親が亡くなって、山で育ちました。姉が一人いる以外、身寄りはありません」

身上調査に答えるみたいに言った。媌花はぼんやりとモンチを見ていた。

「単刀直入に言いますが、寂しい者同士、一緒に暮らしたらどうでしょう」

「何ですって」

「義きょうだいじゃなくて、夫婦になるのはどうだってことです」

めったなことでは動揺しない媌花の顔色が変わった。赤くなったり青ざめたりした。

「気でも狂ったの？　でたらめなことを言わないで」

「どうしてです」

「駄目に決まってるでしょ」

「どうして駄目なのか理由を教えて下さい」

媌花の顔はいちだんと蒼白になり、瞳が異様に輝いた。

「未婚の男が、子連れの、それも年上の女と一緒になるなんて。からかってるの？」

食ってかかるように言った。

「法律違反だとでも言うんですか」

媌花は追い詰められた動物のようにモンチを見たまま、返答できないでいる。しかしその目には怒りと痛みと、わずかな希望が燃えていた。

「俺の知る限り、嫁をもらえないまま年を取った男が後家さんや離縁された女をさらってきて一緒に暮らすのは、国も黙認していた*そうです。それに女房の方が年上なのは、朝鮮では普通だったじゃないですか。何か違っていたら教えて下さい」

「それは昔の話でしょ。つべこべ言わずに帰って下さい。酔っ払いのたわごとだと思って聞き逃してあげます。酔っ払いに殴られたりもするぐらいなんだから」

媌花は頭から、モンチが本気で言っているとは認めようとしなかった。

「いやだ。このままでは帰れません」

「飲み屋の女なら誰でも簡単にだませるとでも思ってるんですか」

「結婚を申し込まれたのに詐欺だと言う人を初めて見たよ。雄基の母ちゃん、そんなこと言わずに俺の話を真剣に聞いておくれ」

必死に頭をもたげていた毒蛇の力が抜けたみたいに、媌花がうなだれた。

「飲み屋で出会った男だから、一緒に暮らしてみて、いやになったらやめればいい。もっとも雄基の母ちゃんは妓生ではないし、俺だって遊び人でもないけど。とにかく、もし疑うなら、先に籍を入れても構いません」

媌花は何も言わなかったし、モンチもそれ以上言わず、黙って座っていた。どれほどの時間が流れただろう。

「つまらないこと言わないで。嫁になる娘はいくらでもいるのに、どうしてわざわざあたしみたいな女をもらおうとするんです。誰が聞いてもおかしいじゃないですか。それに、悪い星回りの女だから、これから何が起きるかしれません。あたしは二度とあんな目に遭いたくないの」

「ウジが湧くのが恐くてみそが仕込めないってことだね。将来何が起こるかわかってる人なんているもんか。そんなことを言ってたら海にも山にも行けないでじっとしているほかはない。身動きできないなら、いっそ死んだ方がましだ。そうじゃないですか」

「どうしてあたしみたいな女を選ぶのか、何が良くてそんなことを言うのか。それがわからないのよ」

「そりゃ、好きだからです。理由なんかありません。履物は自分の足に合わないといけないんだ。俺の足に合うと思ったんです」

「あたしのことをよく知らないのに……」

そう言いかけて、媌花は顔を上げる。

「あたしは男に情を持てなくなった女です。このまま暮らしたい。でも、このまま暮らすのは、ひどくつらい」

しばらく喉を詰まらせていた。

「世の荒波を乗り越えてきたんだから恥ずかしくて言えない言葉なんてありません。それじゃあ、ヒモにでもなってもらえますか」

媌花はきっぱり言った。

四章　赤と黒

　レンガ色の重そうなドアを開けて石田先生が入ってきた。李尚義《イサンイ》（李家尚義《りのいえしょうぎ》）は読んでいた小説の本を急いで机の中に入れる。教室の中の騒音は、明け方の星のように次第に消えていった。騒音が消える速さは先生によって違う。厳しくて恐い先生や人気のある先生だと騒音はすぐに消えるが、生徒たちが嫌いな先生や、生徒に関心を持たない先生、実力のない先生であれば騒音は長く続いて次第に小さくなる。

「起立！」

　当番の班長が号令をかけると、音を立てて木の椅子を引きながら生徒たちが起立した。

「礼！」

　お辞儀をする。

「着席！」

　全員が座る時に、また木の椅子を引く音が続いた。石田先生は出席簿を開いて出席を取る。退屈な時間の始まりだ。尚義は歴史が好きだけれど石田先生の西洋史は面白くない。先生も授業内容もひどくつまらなかった。石田先生は四十過ぎだ。

名前を呼ぶ時、石田先生の薄い唇がもぞもぞ動いた。眼鏡の奥の小さな目は白目がほとんど見えないので黒豆を連想させた。眉は濃く長い。目だけではなく顔も小さくて顎が短く、かみそり痕の青い頬はこけているから高くもない鼻が高く見える。骨と皮だけみたいに痩せてゲートルを巻いた脚は棒のように細く、骨ばった肩はほとんど直角だ。背はわりに高い。服は一着しかないのだろうか。いつ洗濯するのかわからないが、石田先生は一年中カーキ色の国民服で過ごしている。祝日にはゲートルを巻かず夏は白いシャツを着る程度の変化しかなかった。肋骨が浮き出そうなほど痩せているせいで国民服がだぶだぶしてみすぼらしい。まじめでおとなしそうに見えるが融通がきかなくて、生徒たちの行動に関してもやっていいことと悪いことを機械的に判断していたけれど、口数が少なく、めったに怒ったり興奮したりはしない。声を上げて叱ることもなかった。

出席簿を閉じた石田先生は天井を見上げた後、授業に先立って時局の話を始めた。よくあることで、他の先生も時々そんな話をしていた。

「我々はもっと気を引き締めなければならない。前線では毎日天皇陛下のために大日本帝国の男たちが死んでいる。銃後の我々が安穏としているのは不忠だ。我々はこの聖戦に身命を捧げて勝利に導かねばならず、天皇陛下の聖なる光が世を覆い、生きとし生けるものすべてが陛下の前で感涙にむせぶ世をつくらねばならん。鬼畜米英は遠からずこの地球から消えるであろう。必ずや米英を追い出し、邁進するのみだ。だが最も重要なのは天皇陛下の御心を平安にして差し上げることだ。わが大君は人々の父であり、王であり、現人神であられる。我らは一糸乱れず最後の血一滴まで捧げて国家の安寧はもちろん、八紘一宇《はっこういちう》の理想を完遂し、天皇の玉体を守らねばならぬ……。海行《ゆ》かば　水漬《みづ》く屍《かばね》　山ゆかば　草むす屍　大君《おおきみ》の　辺《へ》にこそ死なめ　顧みはせじ*」

石田先生は目を閉じて歌の一節を暗誦した。『万葉集』の大伴家持の長歌に曲をつけたもので、最近になって学校の行事でもよく歌われるようになった。「海に行けば水中の死体となり、山に行けば草むす死体となって大君の足元に死のう。後ろを振り返りはしない」というような意味の歌だ。太平洋戦争の余波であるらしい。そこまではまだ良かった。石田先生は白いハンカチを出すと、眼鏡をはずして涙を拭き、「おお、天皇様、天皇様」と言い出すではないか。クラスの三分の一ほどいる日本人の子供たちは厳粛な表情で感激していたけれど、朝鮮人の子たちはきょとんと見つめるばかりだ。中には笑いをこらえている子もいた。骨と皮だけの男が泣くのも変だが、天皇様という言葉自体が聞きなれない、おかしな表現だ。もし誰かが「先生様」と言えば、無学で身分の低い人が尊敬を表そうとして言ったのだと思われるだろう。首相様だの大臣様だのとは呼ばないのと同じだ。だが不幸にも教室の隅で、低い笑い声がした。

「誰だ！」

石田先生の薄い唇が大きく開いた。声は雷鳴のようだ。

「笑ったのはどいつだ！」

教室の中は死んだように静まり返った。尚義は息が詰まってしゃっくりが出そうだった。笑ったのは隣の席の玉仙子《オクソンジャ》（玉川仙子《たまかわせんこ》）だ。

「出てこい！」

石田先生はぶるぶる震えながら叫んだ。

「玉川！　お前だろう」

「……」

「笑ったのはお前だな」

「……」

「出てこんか！」

石田先生は仙子の所に走ってくると、制服の胸ぐらをつかんで教壇の前まで引っ張っていった。

「この不忠者！　反逆者！」

何度も頬を平手打ちしたあげく、仙子を壁際に引っ張っていって壁に頭を打ちつけ始めた。倒れると足で踏んだり蹴ったりして、石田は何かに取りつかれたかのようだった。生徒たちは悲鳴や泣き声を上げた。日本人の生徒だけは冷たい目でその場面を見ていた。ひどい暴行だ。仙子の悲鳴と、獣がほえるような石田の声が響いた。

この狂乱する石田の姿こそ日本人の実体ではないか。おとなしい人間、良心や道徳を語る者も、金持ちも貧乏人も、学のある者もない者も、日本人はほとんど皆が神国、現人神について狂信している。日本には真実を見抜く知性がない。万世一系、現人神という荒唐無稽な殻を破らない限り、その地には真実が存在することができず、知識人は干上がった泉のような気持ちにならざるを得ない。日本がどうして性愛の王国なのか。干上がった泉を満たすためであり、それが真実だと錯覚しているからだ。一九二〇年代にはエロ・グロ・ナンセンスが流行った。言うまでもなくグロテスクは刃物、血、怪奇だ。それは必然的にエロティシズムと結合してナンセンスを生み出す。その三つこそは耽美主義文学から肉体文学まで、日本文学が変わらず繰り返してきたテーマだ。かの地の歴史は人々をそんなふうに囲い込んできた。碩学《せきがく》も日本の国体に関わる限り、それが反真実であることは明白なのに、理論の捏造に参加するのが至上の使命だ。その使命のためなら真実は銅の器のごとく必要に応じて変形させる。彼らに歴史意識はない。宗教や哲学が根を下ろせないのが日本だ。

もともとそうなのだ。豊葦原《とよあしはら》〈日本の美称〉は永遠にわが子孫を統治するという以外には何もない、宗教としての備えがない神道に、神仏習合だの神儒習合だのといって仏教や儒教を接ぎ木しようとしたけれど無駄な努力に終わり、明治以後、神道は道徳だの先祖崇拝だのという、あいまいなものになってしまった。知性が真理に奉仕しない例はいくらでもある。江戸後期の国学四大人《したいじん》*の一人、平田篤胤《あつたね》は神代《じんだい》文字*という文字が古くからあったと主張したが、それはハングルに似たものだった。彼は日本の神代文字が朝鮮に伝わって諺文《おんもん》〈ハングル〉になったと言い張った。言語学者金沢庄三郎は『日韓両国語同系論』において朝鮮語と日本語は同一系統の言語であり、朝鮮語は琉球語と同様、日本語の一分派に過ぎないと述べた。これは英訳まで出したが、その底意は明らかだ。彼は真実を探究し学問を愛したのではなく国策に順応した。捏造し欺くことも現人神を頂点とする国体に貢献することであれば、それ自体が彼らには真実であり道徳なのだ。

我々は一九二八年三月十五日の事件を覚えている。その日付はそのまま小林多喜二の小説のタイトルでもあるが、その日の共産党検挙旋風は普通選挙に際して共産党が出した政策の冒頭に君主制撤廃があることに起因しており、その日を期に共産党は現人神の狂信者たちによって完全に孤立させられた。

反戦論者、反君主制を主張する者は生き残れない。そんな枠組みから比較的自由なマスコミも例外ではなく、少し前に東京かどこかで、西洋人の捕虜が車に乗せられてゆく光景を見たある女性が「お可哀想に」と言ったことを、新聞が一斉に報道したことがある。非国民だというのだ。植民地である朝鮮の晋州《チンジュ》にまでそのうわさが届いたのだから、どれほど騒がれたか想像がつく。言葉遣いからして上品な優しい人だっただろうに、その日本女性はどうなったのだろう。南京の三十万人大虐殺については何も言わず、一人の女性の憐憫の情を国賊、不忠と罵るとは。もっともマスコミは軍国主義の尖兵なのだ。今、教室で起こっている悲喜劇も同じで、石田は教育者ではなく天皇陛下の尖兵だ。

この事件は物議をかもした。仙子は停学処分になり、朝鮮人の生徒たちは石田を狂犬とみなした。うわさはすぐに広まり、親たちの間にもさまざまな意見が出た。男の子でもない、もうすぐ嫁に行く女学生を殴るとは。女の子を他の地方の学校に通わせるのはそれなりに勢力のある家だろうに、親が黙っているだろうか。娘を上級学校にやるほどの家では子供をたたいたりしなかったはずだ。一、二度殴っても問題なのに、犬をたたくように何度も殴るなんてありえない。高女〈高等女学校〉では前代未聞の事件だ。石田は教育者ではなく、ならずものだ。そんな非難の声を学校でも意識したのか、家から抗議があったのかどうかはわからないが、停学処分は意外に早く解けて仙子は学校に戻った。

植民地朝鮮に来ている日本人はたちの悪い者が少なくなかった。ずるく冷たく悪辣な者、無知で粗暴な者、中にはぼんやりした愚か者もいた。ずるく冷たい者は朝鮮人を軽蔑し、無知で粗暴な者は力で朝鮮人を支配しようとした。そしてぼんやりした愚か者は朝鮮人を恐れた。共通点は、飛び抜けて優秀な朝鮮人に対しては礼儀正しく低姿勢になることだ。本当に尊敬しているのだが、それはおそらく強者志向の歴史のせいかもしれない。最高の教育を受けた知識人である高女の教師は、ずるく冷たく悪辣な部類に属している。生徒たちも上流階級に属するエリート集団だから殴るなどという野蛮な行為はタブーだ。結局彼らもばつが悪いので停学処分を解いたのだろう。笑ったことだけでは不敬罪の証拠にはならない。ともかく復学した仙子に全校の生徒が注目した。好奇の目で見る者もいたが、胸を痛め、憤慨する生徒も少なくなかった。妙なのは仙子の態度で、何もなかったかのように過ごしていた。

仙子が笑ったのは間違いない。だが石田先生が仙子だと思ったのには理由があった。仙子のいる方から聞こえたのは確かだが、教師たちの間で仙子は不良あるいは問題のある生徒だと思われていてよく職員室に呼び出されていたし、顔に特徴があるので仙子を知らない教師はいなかった。仙子につけられたいろいろなあだ名のうち、代表的なのが「幽霊美人」で、美人は一種の反語だ。仙子はタコなどの軟体動物を連想させる。もう一つのあだ名は「柳美人」で、柳の枝のような体つきを表すものでもあったが、体が弱くて体操や教練の時間はいつも柳の木の下で見学していたからだ。仙子は重心がないみたいにふらふらしながら歩き、体重が軽いせいか足音もなく近づいて他の生徒を驚かせた。人が良くて優しい目をしていた反面、とがった鼻が魔法使いのお婆さんのようで、薄く小さな唇はおしゃべりそうに見えたものの口数は少なかった。時々話す言葉は馬鹿みたいに聞こえ、人を傷つけたりもしたけれど、わざとではない。もう一つのあだ名は「大学生」だ。遅刻と欠席が多く、ろくに勉強しないのに数学の難しい問題を解いた。量の少ない、黄ばんだ柔らかい髪が顔に垂れていた。仙子が問題とされたのは、男子生徒と手紙のやり取りをしたとか、こっそり映画を見に行ったとかいうことではなく、小さな問題をよく起こしたかららしい。

まず、宿題もやらないし日記も書かず、裁縫や手芸の課題も提出したことがない。遅刻、欠席だけでなくこっそり早退したり、授業時間に他の本を読んだりした。叱られることに慣れているから教師たちもお手上げだ。しかし問題は他にもあった。高女によくあるエスに関することだ。上級生が気に入った下級生にプロポーズをして姉妹の契りを結ぶのだが、その相手をエスという。一種の疑似恋愛だから学校では禁止されていたものの、なくなりはしなかった。きれいな上級生や愛らしい下級生にはほとんどエスがいた。そのプロポーズの手紙を伝達するのが仙子で、よく見つかって職員室の床に正座させられていたけれど、それでもやめなかった。頼まれたら喜んで引き受け、時にはかわいい子がいるとクラスの子に勧めることもある。自分は下宿していたからできたのだが、寮住まいで腹をすかせた生徒に、闇商売の餅や飲食店を紹介するのも仙子だ。舎監の手を通さずに投函したい手紙を出してやり、返事を持っていってやることもある。そんなふうに奉仕しているのに、クラスでは仲間はずれにされていて、仙子と友達付き合いをする子はいない。不良のレッテルを張られているので敬遠され、本当の不良たちも、やっていることの性質が違うので仲間に入れてくれなかった。外見からも避けられていた。仙子は孤独で、孤独を楽しんでいるようでもあり超然としているようでもあった。

仙子がまた登校するようになってしばらくすると、すべては元に戻った。最初、彼女に向けられていた同情心が消えると、仙子はやはり疎外され粗末に扱われるようになった。尚義はそんな仙子を見るのがつらかった。尚義も他の子たちと同じ観点から見ていたし、仙子のことは気に入らなかったけれど、心のどこかでそんな自分を非難していた。それに仙子が自分を好いていると感じるようになってからはいっそう仙子を避けるようになり、痛みや自分を恥じる気持ちがよけいに強くなった。

その日も授業が終わり、終礼も終わって帰る準備をしていると、仙子が細く長い腕を尚義に向かって突き出した。

「これ、うちのお兄さんが持ってきたんだけど、あんたにあげる」

手のひらに小さな袋が載っていた。

「何?」

尚義は冷淡な口調で聞いた。

「飴。イチゴ飴。お兄さんが東京のおみやげに持ってきた」

「いらない。どうしてあたしがもらうのよ」

本を包んだ風呂敷を持って急いで教室を出た。

「李家さん!」

誰々ちゃん、遊ぼう!　と叫ぶ子供みたいな声が聞こえた。

「李家尚義さん!」

尚義は早足になった。耳を塞ぎたいほど、その声がいやだった。下駄箱から靴を出して履き、運動場を走るようにして寮に戻った。机の前に座って息をつくと、胸がちくちく痛む気がして耐えがたかった。

（あの子、嫌い……大嫌い！）

尚義は首を横に振った。新京〈満州国の首都。現・中国吉林省長春市〉で小学校に通っている時、友達と一緒に学校を出ると、変な老婆がずっと後をついてきた。恐くなった尚義たちは必死に走って逃げた。尚義はその時のことを思い浮かべた。その老婆は伯母だった。その伯母が大嫌いで、特に金《きん》密輸事件で両親が逮捕された時には、伯母が密告したと思って激怒した。それが誤解だったとわかり、当惑して自責の念を感じたことも思い出した。

（学校を中退して家に帰ろうかな）

みんな帰ってきたらしく、玄関の方が騒々しい。

「アゴナシがあたしたちの方をにらんでない？」

「西山先生が憎いからでしょ」

「西山先生が憎いからって、どうしてあたしたちまでにらむの」

声と共に部屋の前を通り過ぎる足音が聞こえた。

尚義は印象に残った小説の一節を思い出していた。

（愛されないことより愛せないことの方がもっと不幸だ）

（あたしはどうして嫌いなことに我慢できないのだろう。何かを嫌うのはつらいことだ）

十七歳の尚義はＥＳ高等女学校三年生だ。朝鮮に護送された両親の後を追って、弟たちと一緒に母の実家がある統営《トンヨン》に来た尚義はその不運な事件が片付いた後も、母宝蓮《ポヨン》が病気で寝ついたために一年休学した。父は手紙で学校に通うよう命じ、母の弟許三和《ホサムファ》にあてて転校に必要な書類と善処を願う手紙を送った。尚義は、三学期が始まる前に三和に伴われて晋州で転校手続きを済ませES高女の生徒となった。尚根《サングン》も今年ここの中学校に入って学校の寮で暮らしており、新京から晋州に引き揚げた天一《チョニル》はバス会社に就職して晋州と統営を往復するバスを運転している。彼は家も広いから尚義と尚根を預かると言ったけれど、宝蓮はその提案をきっぱり断って子供たちをそれぞれ寮に入れた。

　尚義は昔のような明るい子ではなかった。内向的で病弱そうに見え、本ばかり読んでいた。何事にも消極的で、かつての活発な姿からは想像もつかない。もちろん環境の変化も影響しているが、尚義は新京で両親が手錠をかけられ刑事に連行されたショックから立ち直っていなかった。一年間母を看病し弟たちの世話もしたけれど、尚義を変えたのは何よりも父との別れだ。そして父が商売だけではなく、何かそれ以上のことをしていることもうすうす気づくようになった。そうしなければならない理由も知った。

　幼くして両親と共に満州に行き、そこで育った尚義にとって朝鮮の風土は見知らぬものだった。それでも朝鮮は故国だ。孤立し閉鎖された他国である新京とは違って、至る所に山があるように、どこに行っても朝鮮人がいて朝鮮語が聞こえる。いったい日本は、日本人は、どうしてここで主人のように振る舞っているのか。脳裏にひびを入れるようにそのことを気づかせてくれたのは故国の山河であり人々だった。尚義はイルボンサラム〈日本人〉という朝鮮語をほとんど耳にしなかった。人々は、倭奴、倭奴の野郎、チョッパリなどと言っていた。統営は李舜臣《イスンシン》*が倭敵を全滅させた所で、そうした誇りが脈々と受け継がれている。忠烈祠《チュンニョルサ》*は統営の人々の心の聖地だ。尚義は母方の祖父を訪ねてくる老いた儒者《ソンビ》*や、叔父三和を訪ねてくる友人の憤怒の声を聞いた。漁師、荒っぽい市場の商人、市の立つ日に小さな舟でやってくる島の人たち、船着き場で腕組みをして船を待っている荷物運びの男たちの声も聞こえた。彼らは日本と日本人を恐れるのではなく侮蔑し、露骨に非難した。

「今、裁判所があるのは昔、衙門《アムン》〈王朝時代の官庁の総称〉のあった場所だ。衙門を壊して裁判所を建てる時に、倭奴が何人か急死した」

「営門《ヨンムン》〈朝鮮時代に道の監司が職務を司った官庁〉が壊された時にはみんなで地面をたたいて慟哭した」

「倭奴たちは夜、洗兵館《セビョングァン》*には行けない。鬼神に取って食われそうで恐いんだ」

「あいつらが忠烈祠を取り壊そうとするたびに死人が出るから、手をつけられずに残ってるんだよ」

それは伝説のような話で、長い歴史から来る誇りであり、悲しい身の上話だった。日本人が偉そうに東方遥拝だの皇国臣民の誓詞だのといった漫画みたいなことを朝鮮人に強要し、歴史を歪曲しようと必死になったのも劣等感があったからだろう。尚義は晋州に来て論介《ノンゲ》岩*も見た。妓生が日本の武将を抱いて南《ナム》江《ガン》*に身を投げたという岩の上に立った時、尚義は言い知れぬ感動を覚えた。その上にある矗石楼《チョクソンヌ》と、そのまた上に造られた日本の神社を見た。上にあるほど偉いとでもいうのだろうか。生徒たちは蛇のように長い列を作って晋州の市街地を抜けて息を切らせながら急な階段を上った。そして矗石楼や論介岩を見下ろしながら、神官の合図に合わせて神社の前で頭を下げなければならなかった。晋州は一見のんびりして見えるが、決してくじけない気概を示した民乱〈一揆〉の震源地であり、倭敵に抗戦した気骨は今もはっきり残っていてその雰囲気が日本人を圧倒していると、尚義は肌で感じていた。そして、父がなぜ家族を置いてまた満州に行ったのかを考えるようになった。

尚義を変えたもう一つの要因は読書だ。本を読むようになったのは叔父の三和が本をたくさん持っていたからで、最初は面白そうな小説を借りて読んでいたのが、次第に読書の幅が広がった。三和の蔵書は、そんな尚義の読書欲を満たしてくれた。本の影響は大きく、内気で消極的だと思われている尚義の内部には反抗の情熱が燃えていた。父が恋しい時、父のことが不安になる時、反抗の情熱はいっそう高まって革命家になりたいと夢見た。最近、父の消息が途絶えがちで憂鬱だったところに仙子の事件が起こって尚義を驚愕させた。仙子が好きとか嫌いとかは関係なく尚義は戦慄し、日本と日本人を憎悪した。

「李家さん！」

誰かが部屋の戸をたたいた。

「李家さん、いる？」

「うん」

尚義は気の抜けた返事をした。戸を開けて顔をのぞかせたのは三年二組で五号室にいる南順子《ナムスンジャ》（南順《みなみじゅん》子《こ》）だ。

「一人なのね。他の人は帰ってないの」

「帰ってきて、また出かけたんでしょ」

「外に出ない？」

「どこに」

「みんなでバレーボールやってるよ」

「やらない」

「まったくもう」

順子は何か思ったらしい。

「行こう。ちょっと話がある」

「何？」

「すごいニュース。でも絶対秘密よ。絶対」

順子は尚義の腕を引っ張った。二人が寮の玄関ドアを開けて外に出ると、寮生たちが運動場で円になってバレーボールをやっていた。二寮と三寮は学校の中にあり、尚義のいる二寮はコノテガシワの木に隠れてはいるけれど運動場に直結していた。二階建ての日本式の建物である三寮は塀で囲まれていて門と広い庭があった。樹木や岩などを配したしゃれた日本式庭園だ。三寮には日本人生徒が住んでいる。一寮と四寮は学校の外にある。学校の塀の横の道路を挟んで背の高いポプラの葉っぱが風にちぎれそうに揺れているのがその寮の正門だ。

「あっちに行こう」

尚義の腕を引っ張る順子の手が熱い。何か尋常ならぬことが起こったのだろう。運動場を横切って連れていかれたのは温室の横にあるイチジクの木の下で、それは上級生が密談をする場所だ。放課後の運動場にはバレーボールをしている寮生以外の生徒はいない。

「あんた、うわさを聞かなかった？」

くっきりした二重まぶたの順子が目を輝かせた。

「何のこと。何も聞いてないけど」

「大事件が起こって、今、中学校では大騒ぎになってるって」

尚義はぎくっとした。中学校という言葉で、弟の尚根のことを考えたのだ。尚義の表情が変わったのを見た順子自身も緊張した面持ちで言った。

「これは絶対秘密よ。こんな話をしているのがばれたら、あたしたちも警察に引っ張られる」

「……？」

「学校も警察も、秘密が漏れるのを警戒してるんだって」

「どんな事件？」

尚義がじれったそうに聞くと、順子は声をひそめた。

「奉安殿の前に、誰かが大便をしたというの」

「何ですって」

尚義は飛び上がるほど驚いた。

「ほんと？」

「さあ、あたしも人に聞いただけだから確かなことはわからない」

「ほんとかな」

「今、警察は大騒ぎしてるんだって」

「捕まったの？」

「捕まってないから騒いでるんじゃない？」

「捕まったら殺されるだろうね」

「まさか。懲役刑でしょう」

「いや、殺される」

「警察では外部の人間の仕業か、生徒の仕業か、それも全然わからないらしい。疑わしい人たちを捕まえているんだって」

「拷問するでしょうね」

「だろうね」

奉安殿とは天皇の御真影や教育勅語などを納める場所だ。ES高女には、教育勅語は校長室のどこかに保管されているのだろうが、奉安殿はない。大きな学校にはたいていあるようだ。奉安殿は神社みたいな小さな石造りの建物で、三段ほどの基壇の上に建てられているから、奉安殿の前ならその基壇の上ということだろう。誰であれその前を通る時には一礼しなければならず、絶対に近づいてはならないとされている。その奉安殿の前に大便をしたというのはただごとではない。天皇の顔に大便を垂れるようなもので、大日本帝国にとってそれ以上の侮辱はなく、銃口を向ける以上の事件だから学校当局や警察署が緊張して事実を隠蔽しようと躍起になるのも当然のことだ。

尚義は自分がやったみたいに真っ青になって震えた。順子もそんな尚義を見て恐くなったのか、顔色が変わった。

「南《みなみ》さん、誰にも言っちゃいけないわよ。誰に聞いたのかと追及されたら大変。あたしも誰に聞いたのかなんて聞かないから」

「そ、そうね」

順子は、満州の独立軍指導者は金日成《キムイルソン》だと尚義にささやいたことがあった。神出鬼没、誰も顔を知らない、絶対に写真を撮らせず、集合写真を撮る時も写す瞬間にしゃがんで顔を隠すのだと。順子が尚義にそんな秘密の話をするのは、尚義が新京からの転校生で読書家だかららしいが、二人は特別親しいわけでもない。いつも一緒にいる四、五人の寮生グループの一人ではあったけれど。バレーボールをしていた子たちもいつの間にかいなくなっていた。誰もいない運動場は暗くなり始め、尚義と順子は手をつないで走った。

「ねえ、誰もいないよ」

「遅れたみたい」

その時、一寮の方から食事を知らせるベルが鳴った。二人は慌てて二寮に走り、箸箱を持って出てきた。一寮の食堂に着くと「いただきます」の声が聞こえた。二人は足音を忍ばせて食堂に入った。一寮の舎監でアゴナシというあだ名どおり、あごと首の境がはっきりしない坂本先生がちらりと見たが、二寮の舎監の西山先生は知らないふりをしていた。西山先生は女の先生の中でただ一人の朝鮮人であり舞踊の先生だ。氷というあだ名の、冷たく魅力的な宮島先生は四寮の舎監だ。目も顔も丸く、眼鏡をかけていて馬鹿っぽく見えるほど純真で、生徒たちの前でも口ごもったりする新任の里村先生は日本人生徒が暮らす三寮の舎監だった。四人の舎監と、口が大きく食いしん坊の保健室の看護婦森を合わせて五人が長い食卓の前に座っていた。寮生たちはその周囲に配置された十台ほどの長い食卓についていた。

食事が始まった。尚義は走ってきたからでもあるだろうが、順子に聞いた話のせいで胸がどきどきして、ご飯が喉を通らなかった。食堂の中は食事をする音以外、何も聞こえない。量は少ないけれど米に大麦やキビが混じったご飯だったのでおいしかった。日によっては豆かす〈大豆から油を絞った後のかす〉入りのご飯が出たが、油の臭いがしたから寮生たちは舎監に見つからないよう豆かすをよけながらのろのろと食事をした。夕食が終わり「ごちそうさま」を言った後で坂本先生が言った。

「座ったまま待ちなさい」

舎監の中では坂本先生の職階が一番上だ。

「明日は土曜日ですね」

「はい」

「明日、授業が終わったらお昼を早めに食べて、寮生は一時までに全員運動場に集合して下さい」

寮生たちはいぶかしげな顔で坂本先生を見た。

「果樹園に草むしりに行きます」

視線が先生に集中した。どうして寮生だけが草むしりをしなければならないのだ、と問うような目だった。

「その代わり、帰りにジャガイモをもらえます」

「わあ！」

数人が歓声を上げたけれど、ほとんどの寮生は不満げな顔をしていた。

「だんだん食糧が不足してくるし果樹園では人手が足りないから、お互いに便宜を図ろうということです。仮病を使ってさぼったりしないように。では、もう出てよろしい」

寮生たちはいっせいに食堂を出た。

「李家さん」

その中から尚義を呼ぶ声がした。そして近づいてきて尚義の手に何かを握らせると、すぐに行ってしまった。白鎮英《ペクジニョン》（白川鎮英《しらかわじんえい》）だ。尚義の一番仲のいい友達で、色白で目が少し青みがかっていて髪の毛が茶色い、個性的な美少女だ。大人たちは彼女を女の子らしいと言った。おとなしい優等生で、模範生でもある。尚義の成績は良い方ではないのに、どうして鎮英と仲良くなったのかは思い出せない。尚義は鎮英が大好きだったけれど、いつも鎮英の方が細かく気を配ってくれて、同い年なのに優しい姉のようだった。

彼女は一寮の寮生だ。

尚義が一寮を出ると、闇が迫っていた。風があるらしく木の葉のさやぐ音が聞こえた。時折、通りを行き交う人はいた。学校の赤い塀に沿って二寮に戻る寮生たちがぞろぞろ歩いている。

鎮英がくれたのは輝屋《てるや》の「満月」という晋州名物のまんじゅうだ。昨夜、寮生たちがもらったおやつはリンゴ一つとまんじゅう一つで、既に皆の腹の中で消化されていた。もちろん尚義も昨夜、同じ部屋の子たちと一緒に食べた。食糧事情が極度に悪化して配給に依存して延命している状況でも、寮では一日おきにおやつが出た。時にはなかなか手に入らない満月のようなお菓子もあった。一日おきとはいえおやつが食べられるのは、社会が女学生を大事にしてくれるからでもあったが、保護者の中に社長や商人が多く、舎監の政治的手腕も優れていたからだろう。しかし育ち盛りの寮生たちにとっては象にビスケット一つ与えるようなもので、みんないつも腹をすかせていた。食欲旺盛で度胸のある子たちは炊事係のお婆さんにおべんちゃらを使っておこげをもらい、下品でこらえ性のない子は朝食用に洗ってある米を夜、失敬して食べて他の子たちににらまれた。寮生たちの家はたいていいわりに裕福だから休暇から戻る時にはミスッカル*や油菓《ユグァ》*などを持ってきたが十日もしないうちに食べてしまったし、運悪く舎監に見つかれば叱られた。寮で出される物以外は食べてはいけないという規則があったのだ。運動場に入った尚義は、鎮英が自分では食べないでくれたまんじゅうを一口かじった。

日曜朝の起床ベルは、寮生にとって恨めしいことこのうえない。特に昨日はトッコルまでかなりの距離を歩いて草取りをしたからみんなくたびれていた。それでも、やはり日曜日はうれしい。舎監に預けてあるお小遣いの中からいくらか受け取って外出する、楽しい日だ。

寮を出た生徒たちは小さなグループに分かれた。尚義が天一の家に行くと、尚根が先に来て待っていた。

「姉さん……」

尚根がにっこりしたけれど、その顔はやつれていた。尚根は同じ年頃の子供に比べて背が低い。神社参拝の時、たまに中学校の行列と高女の行列がすれ違ったりすると、一年生の最後尾でせっせと歩いている尚根を見かけた。歩きながら姉の姿を捜すように、高女三年生の列にちらちら目をやっていた。

「尚義、いらっしゃい」

ホヤの母〈天一の妻〉も喜んだが、天一の母はもっと喜んだ。天一が晋州に戻ると、天一の母は平沙里《ピョンサリ》の次男の家から晋州の長男の家に移ってきた。瓦屋根の家で、天一には満州で稼いだ金もあり、バスの運転手という安定した職業に就いている。車を運転しているから田舎で食糧を手に入れることもできた。天一の母はとてもうれしそうで、会う人ごとに、「こんな年になって、やっと何の心配もなくなったよ」と自慢していた。

「尚根」

尚義が呼んだ。

「うん」

「やつれたね。上級生に殴られたの」

「いや」

「ご飯は？　足りないでしょ？」

「僕が小さいからって……ご飯を取られる」

「誰に」

尚根は誰とも言わなかった。

「変わったことはない？」

「ないよ」

尚根の表情に特に変化はなかった。尚義は奉安殿事件のことを聞こうとしてやめた。うわさに過ぎないかもしれないし、尚根は知らないかもしれないと気づいたからだ。

「もうすぐご飯ができるよ。お腹いっぱい食べさせてあげようと思って、おばさんがご飯を炊いてるの。大事な子供たちなのに、学校でお腹をすかせてるなんて」

「お昼は食べました」

尚義の言葉に天一の母が答えた。

「言わないでもわかってるよ。寮で出る三、四さじほどのご飯じゃ足りないだろ。石だって食べられそうな年頃なんだから。うちにいたら、どんなことをしてでもおなかいっぱい食べさせてあげるんだけど。あんたたちのお母さんも頑固だよ。部屋もたくさんあるし、ここにいれば食べるのには困らないのに」

天一の母は舌打ちをしたが、尚義と尚根は黙っていた。

二人は出された昼食をおいしそうに食べる。麦を少し混ぜて上手に炊いたご飯、ネギや青トウガラシをたっぷり入れ、みそとコチュジャンで味をつけた太刀魚の干物のチゲ、ニンニクのしょうゆ漬け、豆の葉のみそ漬け、かむといい香りのするキムチ。日本食の多い寮ではコチュジャンも珍しく、誰かが手に入れてきたトウガラシの粉を日本のしょうゆに混ぜて弁当やご飯にかけて食べてしのいでいたほどだから、今日はたいへんなご馳走だ。天一の母は二人がゆっくり食べられるよう気を使って大きな部屋に行った。そちらで家族が昼食を取っているようだ。

「姉さん、おいしいね」

「うん、ほんとにおいしい。でも三週間に一度よ。約束は覚えてるね？」

「毎週日曜に来いと言うのに。おじさんもお婆さんも」

「だけど遠慮しなきゃ。親しき中にも礼儀ありって言うでしょ。今、食糧事情が良くないのは、どこも同じなんだから」

尚義が言い聞かせる。

「わかった。でも、姉さん」

「何なの」

「どうして父さんから手紙が来ないんだろう。姉さんの所にも来てないだろ？」

「うん。たぶん忙しいんでしょ」

「でも、前はよくくれたじゃないか」

「……」

「何かあったんじゃないかな」

「何が」

ある程度知っていて言っているようなので、尚義はどきっとした。

「僕、あの時、新京であのことがあって以来、よく変な夢を見る」

「……」

「父さんに手錠がかけられる夢」

「何てこと言うの！」

「でも、夢に出てくるんだ」

「あの時、父さんに罪はなかった。潔白だったのよ」

その言葉には、母に対する不満が少し交じっていた。

「それはそうだけど……」

「つまらない心配しないで勉強でもちゃんとしなさい」

「勉強？　何を言うんだよ。勉強する時間なんかあるもんか。一日中、訓練なのに。そうでなければ軍需工場で働かされるし」

「まあ、そうね」

尚義は思わず笑った。

中学生は学生なのだろうか。カーキ色の制服に戦闘帽をかぶり、背嚢《はいのう》を背負いゲートルを巻いて登校し、連日、運動場で木の銃を持って軍事訓練を受ける。完全に戦闘態勢だ。実際、戦争がすぐに終わらなければ彼らは全員、前線に送られるだろう。朝鮮でもいずれ徴兵制が敷かれるという。誰かが、朝鮮人には兵役を実施してはいけない、武装させてはいけないと言い、明治天皇が遺言をしたとかしなかったとか。実際にそうなら、遺言を無視して徴兵制を計画するのは、よっぽど切羽詰まっているのだろう。とにかくこれから中学校の軍事訓練はいっそう厳しくなるはずだ。授業がないのは高女も同じで、以前より教練の時間が増え、体育や舞踊の時間は木刀やなぎなたなど武術に変わった。田植え、麦刈り、稲刈りに動員され、廃品を集め、国債を売り歩き、千人針を作り、工場で軍手の仕上げ作業をした。夏休みの十日間を返上して学校の敷地をならす勤労奉仕もあった。最も面倒でつらかったのは防空演習だ。一昨年の十二月八日に米英と戦争を始めて以来、毎月八日は防空演習があったが、それはひどく滑稽だった。着る物からしてとんちんかんで、真夏でも黒い頭巾をかぶって黒い籠手《こて》をつけ、制服の上衣を着てモンペをはいた。つまり上から下まで黒一色で、戦争か試合に臨む武者のようだ。それに女学生の背丈の倍もある鳶口《とびぐち》〈棒に鉤をつけた物〉や火はたき〈火消しに使うはたきのような物〉をかつぎ、布製のバケツ、担架、救急箱などを持った黒装束の隊列は、呼び笛の号令に合わせて日の照りつける運動場を移動した。スパイを捕まえる芝居もした。学校前の薬局の主人がスパイ役で、捕まえる役の女学生たちが笑うと、教練の先生が叱りつけた。

「姉さん」

「うん」

「明日、合同防空演習があるの知ってる?」

「知ってる」

尚義は短く答えた。

晋州にある中学校、高等女学校、師範学校、農業学校の生徒たちが南江の川原で一緒に防空演習をするのだ。殺伐このうえない行事が生徒たちにロマンチックな感情の波を起こさせるのは思春期の男女だからで、心理的、社会的にもそうだが厳しい学則で隔てられている男女が一堂に会して長時間、互いの姿を眺められるチャンスはめったにない。期待と好奇心で胸が高鳴るのも当然だ。神社参拝でも時折、中学生の行列と高女の行列が道ですれ違うことがある。そんな時にはニキビだらけの中学生たちはどうしても横目で見てしまうし、女学生の列にも、風に木の葉が揺れるように、目に見えない動揺が広がる。すると行列の横を歩いている先生たちはよそ見をするなと叫ぶのだ。双方が見られるのは校旗を持った生徒の顔で、美しいか不細工かはともかくとして、大隊長、中隊長、小隊長の順だ。一つのクラスが一つの小隊になり、長方形になって前の小隊との距離を空けて機械のように行進する。子供の時からずっと、家でも社会でも適齢期あるいは適齢期に近い男女の接触は禁じられていたし、校則も厳しかった。それでもこっそり手紙をやり取りする生徒もいて、それがうわさになると不良だと言われて仲間外れになり、学校当局に知られれば退学になった。それでほとんどの女子はラブレターをもらうことを恐れていた。恥ずかしくもあったが、女としての一生が台無しになるのが恐かった。

保守的な地方から来た寮生は、特にその傾向が強かった。一寮と四寮は学校の外にあり、寮から一歩出れば学校の赤い塀との間に道があった。その道は中学生の通学路だったから行き帰りに顔を合わせる。それで高女の生徒は寮を出る前に名札を制服の胸ポケットの中に押し込み、学校の正門に入るとすぐに名札を出す。いつもそんなことをする寮生の一人が尚義だ。薄氷を踏むような空気の中でもうわさは広がった。片思いしていた中学生が病気になって学校を中退して田舎に帰っただの、手紙のやり取りをして女学生の親に告発されて退学になっただの、月夜に川原で中学生に会っただのというわさがあり、一番たくさんの中学生が片思いをしている相手は白川鎮英だとも言われていた。しかし鎮英は模範的な優等生だったから不良少女とは言われず、被害もなかった。むしろ羨望の的だった。鎮英が目立つのは象牙のように白い顔と茶色っぽい髪、青みがかった瞳の、西洋人形を連想させる美貌のせいだ。おとなしく落ち着いていて清楚なお嬢様といった感じの鎮英は先生たちにも好かれたけれど、偉そうにしないから同級生にねたまれることはない。そしてラブレターに関しては、根拠はわからないが、仙子が仲立ちをしているという風聞があり、それが仙子が避けられる理由の一つになっていた。

「もうやめよう。お腹を壊すわ」

先にさじを置いた尚義が笑いながら言った。尚根は未練を残しながらも満腹になって仕方なくさじを置き、照れたようににこっとした。尚義はお膳を持って部屋を出た。ホヤの母はご飯の器をのぞいた。

「ご飯が残ってるね。どうして全部食べないのよ」

「たくさん入れてくれたから食べきれなかったの」

「まあ、あんたたちはもともと小食だったものね。新京にいた時も、お米のご飯に肉のおかずなのに、あまり食べないからお母さんに叱られてたねえ。小食のあんたたちさえお腹をすかせる世の中になるなんて。いつまでこんなふうなんだろう」

「それでも高女の寮は配給が多い方なんですって」

「そうだよ。だから少ないとはいえ、ご飯が食べられるんだ。他の人たちは配給だけではご飯が食べられなくておかゆを食べてる」

「配給だけで暮らしている人はそうなんですってね」

「おかゆもシレギ*をいっぱい入れて、米粒はほんの少しだから、あたしたちがご飯を食べるのが申し訳ないぐらいだ。近所に知られるのが恐いし、凶作の年に他人の米を盗んで食べているような気になるよ」

ホヤの母は食器を洗いながら、かまどに腰かけた尚義に話を続ける。

「お義母さんは、うちもおかゆにしよう、天が恐ろしいと言うんだ。でも米があればご飯を食べたくなるのが人情だろ。あたしは、あんたたちだけでもしょっちゅううちに来てお腹いっぱい食べてほしいんだけど、ホヤの父ちゃんはあたしが冷たくするせいで来ないと思って文句を言うんだよ。うちが今こうして暮らせるのはあんたんちのおかげだから、あたしが冷たくするはずがないのに」

「外出はあまりできないんです」

「じゃあ、どうして日曜も来られないの」

「それは……用事もあるし。おばさん、心配しないで。飢え死にはしないから」

尚義が笑った。

「尚根が可哀想だ。がりがりに痩せて。食べ盛りなのに、見ていられない」

「背が伸びる時期なんでしょう」

ホヤの母は尚義の顔をじっと見る。

「尚義も考え深い子になったね。この頃、あんたを見ると、すっかり大人になったと思うよ」

板の間ではホヤの祖母〈天一の母〉が尚根に話しかけていた。尚義は台所を出た。ホヤの母も片付けが終わったのか、すぐに台所を出てきた。

「子供たちは?」

思い出したように尚義が言った。

「母ちゃんの実家に行ってる。叔父さんがサーカス見物させてくれると言うから」

ホヤの祖母が言った。

「今でもサーカスなんかできるの」

「小さなサーカス団が村に来たんだろ。あの人たちも稼がないと配給の米が食べられないさ」

するとホヤの母が言った。

「そんなことをしていて徴用されたらどうするんでしょう」

「若い男なんかいない。女と年寄りが出るんだろ。ところで、成煥《ソンファン》の祖母ちゃんが病気だというから心配だ」

「病気って、お義母さん、誰から聞いたんですか」

「トッコルの斗万《ドゥマン》の母ちゃんに市場で会ったんだよ。平沙里に行ってきたそうだ」

ホヤの母は答えなかった。平沙里に行ってきたなら天一の弟の消息も聞いただろうに、ホヤの祖母が何も言わないのが気にかかったのだ。

「一度、行ってみなきゃ」

「行ってきて下さい」

「そうだねえ……」

ホヤの祖母は尚義に顔を向けた。

「尚義、あんたも成煥を知ってるだろ？　鄭《チョン》成煥」

「ええ」

尚義の返答はぶっきらぼうだった。成煥は知っているが、成煥の祖母については話に聞くだけで、はっきり覚えていない。成煥は何度か会ったことがある。転校してきた当初、用事があって晋州に来ていた還《ファン》国《グク》が寮に訪ねてきた。弘《ホン》への配慮だったのだろう。還国も教師だから舎監に話をつけやすかったらしく、土曜日なのに外出が許可された。尚義は還国について崔《チェ》参判家に行って西姫《ソヒ》に会い、その威厳に圧倒された。いつでも遊びに来いと西姫が言ったけれど、尚義はその後一度も行っていない。その時尚義は成煥に会った。中学生と高女の生徒という立場もあるが、尚義は極度に緊張していたので彼に冷たい態度を取り、ひとことも話さなかった。登校する成煥を遠くから見かけたこともあったけれど、尚義は意識的に避けた。二度目に会ったのは去年の秋だ。張《チャン》おじさん〈延鶴《ヨンハク》〉が晋州に来たついでに尚義に面会に来た。おじさんは両親が統営警察署に留置されている時、母の実家に二度も行き、父が満州に行った後も、尚義が一年間母の看病をしている時に三度訪ねてきてくれたから、尚義は親戚のように思っていた。おじさんが寮に来た時には成煥が一緒だった。彼は大学生の制服を着ていた。

「家の来歴を考えれば兄妹も同然だ。成煥ももう大学生だから、尚義もお兄さんだと思いなさい」

おじさんはそう言った。だが尚義は初めて会った時と同様、気が進まなかった。相手に対してというより、制服に抵抗があったのかもしれない。学校の規則や社会の目が恐かったのだろう。何にせよ、若い男女なのだ。ホヤの祖母が成煥の話をするのは今日が初めてではない。

「寝ても覚めても孫のためにつらい歳月を耐えてきて、成煥が大学生になったからお祖母さんも恨が解けただろうに、どうして病気になるんだ。これから長生きしなければいけないのに」

「なりたくて病気になるわけじゃないでしょう」

嫁の言葉がちょっと気に障ったのか、ホヤの祖母は嫁の顔をじっと見た。

「歯がゆいから言うんだよ。大学なんて誰もが行けるもんじゃない。めったに行けないよ。昔で言うなら常奴《サンノム》*が科挙に合格したようなもんじゃないか。少しすれば成煥が卒業して楽になるのに、どうして病気なんかするんだ。あの姉さんがどうやって生きてきたか知ってるさ。あたしも亭主が、あの憎らしい憲兵に撃たれて死んだ後、頼る人もなく、いろんなつらいことを経験したけど、あの姉さんに比べたら何でもない。ああ、気楽なもんだ。子供たちが近くにいるから……尚義」

「はい」

「成煥の家が、昔あんたのお祖父さんが住んでいた家だって知ってるかい」

「知ってます」

「まあ、そうだろうね。尚義と尚根は小さい時に平沙里に来ていたから。尚根は小さくて覚えてないだろうけど」

尚義もぼんやりと覚えている。節穴の開いた板の間で成煥、南姫《ナミ》、そしてひどく乱暴で不細工な貴男《クィナム》と一緒に遊んだ記憶がかすかに残っていた。板の間から下りようとして短い脚を必死に伸ばし、ようやく沓《くつ》脱《ぬ》ぎ石《いし》につま先が触れた時の不安な気持ちも覚えている。ホヤの祖母は話を続ける。

「成煥は男前で勉強ができて落ち着いていて、どこに出しても恥ずかしくない子だ。お父さんに似たんだね。母親に似たらああはならない……気が弱いのが玉にきずだね。親がいないせいか、引っ込み思案なのが心配だ」

成煥は優秀だけれど、顔はホヤの祖母が言うほど男前ではない。引っ込み思案というより無口なのだ。

「錫《ソク》が出ていって何年になるんだろう。ずいぶん経ったはずだ。あの子たちは小さかったから、父ちゃんの顔も知らないだろうね。生きてるのかどうか……子供たちを見たらびっくりするだろう」

「生きてるでしょうか」

詳しい事情を知らないホヤの母が言った。実は天一の一家が新京にいた時、錫は工場に弘を訪ねてきていた。それは天一も知らないことだ。

「生きてなきゃ。ああ、生きてなきゃいけない。女房さえ、まともな女をもらっていたら……悪い女だ。刑事とぐるになって自分の亭主を警察に売り渡したそうじゃないか。普通なら、自分の亭主が人を殺したってそんなことはできないものだ。あの女だって朝鮮人なのに。今も倭奴と暮らしているというんだからね。永八爺《ヨンパル》さんはあの女の話が出たら歯ぎしりをするよ。ともかく、そのせいで錫が逃げて、ずっと消息不明だ」

「こんなご時世だから、生きててもなかなか帰れないでしょう」

尚根はうつらうつらと目を閉じかけては開ける。話している内容もよくわからなかったけれど、食べ過ぎて眠くなったのを我慢しているのだ。尚義は注意深く聞いていた。錫のことを聞いたのは初めてだったが、父と似ている気がした。

「だから成煥の祖母ちゃんも病気になるんだ。崔参判家がなければ、あの一家は生き残れなかったさ。その恩は死んでも忘れられない。崔家の息子さんも威厳があって考え深い。成煥を大学に入れてやるなんて、なかなかできることじゃないよ」

「将来性があるからでしょう」

「それにしたって。父親がいても大学まではやれなかっただろうさ。せいぜい中学校だ。他人がそんなことをしてくれるのに、あの天下の悪女が図々しく現れて、大きくなった南姫をさらっていくなんて。あの姉さんはそんなことが原因で病気になったんだろう。天の神様なんていてるんだろうか。どうして悪い女が元気で、いい人が弱るのかねえ」

「いつか罰を受けますよ。罪は自分に返ってくるんです」

ホヤの母が言った。何でも手際よくこなし、穏やかだった天一の母は、年を取るにつれてしだいにおしゃべりになった。晋州に来て「ホヤの祖母ちゃん」と呼ばれるようになってから、よけいに口数が増えたのは、周囲が静かだからかもしれない。来るべき家に来て、息子や嫁もよくしてくれるし、孫たちもいて、生まれて初めて瓦屋根の家に住み、よその人がおかゆしか食べられない時にご飯を食べ、自分で言うようにのんびりした顔になった。それでも次男夫婦との葛藤があった平沙里が恋しい。みんな知っている顔ばかりで、成煥の祖母、ヤムの母という話し相手がいた。生きてきた来歴はすべて平沙里の山河にある。飽きもせずに成煥の祖母の話をするのも、平沙里が恋しいからかもしれない。今頃は赤いトウガラシが実っている畑を思い、あぜ道に水の流れる音、船頭の歌が耳に響く。

「一度、行ってこなきゃ」

ホヤの祖母の話は、そこで終わった。

尚義は挨拶をして尚根と一緒に外に出た。まだ日は残っていたけれど、たそがれの迫る街はひっそりしていた。日曜日なので往来する人は少ない。

(奉安殿事件は単なるうわさだったのかな)

尚根は何も知らないように見えた。そんなことがあったら姉に話さないではいられないだろう。もしかしたら発見者と学校当局がいち早く極秘にしたのかもしれない。慎重に内部調査をしているなら、特に一年生は知らない可能性が高い。尚義はそう考えた。高女の正門前に来た時、

「遅くなるから、早く帰りなさい」

と尚義が言った。

「つらくても我慢するのよ」

「わかった」

遠ざかる尚根の後ろ姿を見ながら、尚義はもう一度心の中でつぶやいた。

（奉安殿事件は単なるうわさだったのかな）

なぜか物足りなく、失望のようなものを感じる。通りでは外出していた寮生たちが名残惜しそうな顔で、三々五々寮に向かって歩いていた。

翌日の月曜日は授業がなかった。教室ごとに騒ぎながら生徒たちは準備してきた頭巾をかぶり籠手をつけた。モンペは制服みたいにいつも身に着けていたから着替える必要はない。スカートをはくのは祝日ぐらいだ。生徒たちは運動場に出た。集合のベルが鳴り、先生たちも一人二人と出てきて、散らばっていた生徒たちも査閲台*を中心に集まって列を作る。校長がお定まりの訓示をし、教練の先生が注意事項を説明した後、校旗の旗手を先頭にして列が校門を出てゆく。全身黒で武装した隊列は町の中心部を横切る。最後尾では救急薬品の入った赤十字マークのかばんを肩にかけた一年生が、走るようにしてついていく。広い野に出ると、黒の隊列はまるで野原を走る汽車のように見えた。田んぼには花が咲き始めた稲が風に揺れていた。しかし空は低く垂れこめようとしている。

トッコルに行く途中にある、演習場に定められた広い川原近くまで来た時、向かいからカーキ色の隊列が現れた。四校の四つの隊列が四方から白い砂の川原に向かって行進する光景は、実に壮観だった。生徒たちが大きな塊になると合同防空演習についての訓示があり、小隊別に座ってしばらく休んだ。やがて呼び笛の音が響いた。教練の先生のかけ声に従って生徒たちが円をつくり、防空演習が始まった。鳶口隊や火はたき隊が仮小屋に走っていって火を消すまねをするなど大騒ぎだ。一方では川原に長い列が二つできた。バケツで水をくんでバケツリレーで渡し、空になったバケツはもう一列がリレーで水辺に戻す。担架に生徒を乗せて運び、救急かばんをかついだ子が走っていく。数えきれないほどの生徒が川原を行き交い、呼び笛が鋭い音で鳴ったけれど、実は学校単位でやる演習よりもだらだらしていた。教師たちも生徒が多過ぎて統制できないらしく、生徒たちもとっくに遊び気分になっているし、めったにない男女一緒の行事なのでどことなく浮かれている。大人数だから怠けても見つからないだろうと思っているようでもあった。それもそのはず、生徒たちには演習自体が馬鹿馬鹿しかった。空から爆弾が降ったら、裁縫の時間に黒い布で作った頭巾や籠手で頭や手を守れはしないだろうし、鳶口や火はたきを振り回したぐらいで火事が消せるはずもない。川はこの漫画のような行事を黙って見守っていた。空は曇り、川辺の雑草が風になびいている。

とうとう雨が降りだした。それは生徒たちをまとめられずに困っていた教師たちにとって救いだったかもしれない。生徒たちは喜んで雨に打たれ、踊りだしたいような気分になっている。学校ごとに整列し、結局は雨がやまないので合同防空演習は中止された。生徒たちはずぶぬれになって学校に戻った。服がびしょびしょで残り時間も少なく、そもそも勉強道具を持ってきていないから、みんないつもより早く帰宅できた。

「どうして二寮の寮生を目の敵《かたき》にするんだろう。妙に小言を言うし、何でもないことで大騒ぎして。二寮の子全員にそんなふうに当たるんだから、あきれるわ」

寮に戻った生徒たちは服を着替えて雑談を始めた。

「知らないの？　アゴナシが西山先生を嫌っているからよ」

くせ毛の張玉嬉《チャンオキ》（張本玉嬉《はりもとぎょくひ》）が言ったけれど、尚義の部屋に集まった寮生たちがそれを知らないのではなかった。坂本先生と西山先生の間に妙な葛藤があることは、とっくに知っている。西山先生は前任の舞踊の先生がちょっと問題を越こして辞任した後に来た。前にいた先生も、ただ一人の朝鮮人女性教師だった。背が低くてがっしりしていて、賢そうな目をした西山先生とは違って、すらりと背が高かったその舞踊の先生は陰険で荒っぽく、どこかひねくれた感じがしたものの、舞踊の実力には定評があるらしい。事件の発端は学校の裏庭で朝鮮語を使っていた二人の女生徒を摘発し、職員室で正座させる罰を与えたことだ。うわさはすぐに校内に広がって生徒たちが憤慨した。同じ朝鮮人でありながら、どうしてそんなことができるのだ。生徒が朝鮮語を使って先生にばれれば何らかの罰が与えられることになってはいたけれど、罰したのが朝鮮人教師だったために、生徒たちが裏切られた気になった。気づかないふりもできたはずなのに、日本人教師と同じように罰を与えたことが生徒たちを刺激した。生徒たちはまだ若く、おとなしそうに見えても心の中では怒りや反抗心が燃えていたから、出席簿の日本人生徒の名前にしるしをつけたとか、朝鮮人教師の月給がずっと安いとか、会議で朝鮮人教師を仲間外れにしたなどの差別待遇を耳にすると、ひどく敏感に反応した。

岩崎という名の、猫のように音を立てずに歩く国語〈日本語〉の先生は授業中によく、長いきせるが野蛮だ、大通りをがに股でだるそうに歩くのがみっともない、部屋におまるを置くなど不潔だなどと朝鮮人の悪口を言っていた。そんな時、教室にいる生徒たちは黙っていたし何も言わなかったけれど、口の中ではうーむという声が強く響いていた。日本人生徒が少ないこともあっただろうが、ここは朝鮮人の学校だという意識が強く、日本人生徒を居候扱いする傾向もあった。もともとES高女はミッションスクールだったのを朝鮮人が引き継ぎ、朝鮮人教師が教える私立校で、排日感情が濃厚だった。しかし四年前、当局は内鮮共学の旗印を掲げて公立にし、クラスも増設して再出発させた。言うまでもなく校長以下すべての教師は追い出され、学校は完全に日本人の手に渡った。

それはそうと、波紋を広げた舞踊の先生に対して、生徒たちは巧妙に排斥運動を始めた。礼をしない、舞踊の時間にあの手この手で困らせる、グループで歩いていて舞踊の先生に会うと一斉ににらむ、通り過ぎると後ろ姿に向かってからかいの言葉を投げるといったことは、誰かが先頭に立って指示したのでもなく、朝鮮人生徒たちが自発的に団結してやっていた。日本人生徒を除く全員がそんな態度だから舞踊の先生はどうすることもできなかった。かといって日本人教師たちが肩を持ってくれるわけでもない。知識人特有の冷淡さで時には残酷な快感を覚えながら、ただ傍観していた。男性教師の中にも朝鮮人が一人いたが、年配の実業の先生で厳しい人だったから舞踊の先生は彼から慰めてもらうこともできず、結局、学校を辞めた。

西山先生は言動に気をつけていたけれど、主体性がなく傲慢で意地悪な坂本先生は、朝鮮人だという理由で西山先生を初めから軽く見ていた。子供じみた優越感が次第に憎しみに変わったのは四寮の舎監、宮島先生のせいだ。西山先生が赴任する前から宮島先生と坂本先生は仲が悪かった。先にも言ったが、宮島先生は魅力的な女性で、氷というあだ名どおり冷たく早口だったものの、話す内容や声にはある種の余韻があり、透明なほど蒼白な顔、切れ長の目もあいまって独特の雰囲気を醸し出していた。宮島先生を慕う生徒はたくさんいた。男性教師にも人気があり、名門大学出身の若い教頭が宮島先生を好きだといううわさもあった。教頭は自由主義者らしく教育者の枠にはまらず、学校の仕事は軽視しているように見えた。それなのに、何か特別な理由があるのか、年寄りの校長は彼を丁重に扱い、教職員たちも常に敬意を表しているらしかった。そんな教頭が好感あるいは愛情を抱いているなら、重症ではないが結核を患っている宮島先生が勤務成績以外にもさまざまな配慮を受けていることは想像に難くない。

とにかくそんな宮島先生と、兵隊みたいに大柄で健康で鋭い面もある坂本先生との間に職階の差はほとんどなかったから、二人の反目は性格の違いに加え、ライバル意識や嫉妬のせいでもあったのだろう。他の理由もあるのかもしれないが、舎監たちの世界は厚いベールに包まれていて、寮生たちはそれ以上の推測はできない。そんな時に赴任してきた西山先生は、なぜか宮島先生と親しくなった。二人は日ごとに親密になり、宮島先生が病気で寝ついたりすると西山先生が徹夜で看病するほどになった。馬鹿みたいに純真な三寮の里村先生もこの二人について歩き、看護婦の森までグループに加わったから坂本先生は孤立無援になってしまった。宮島先生は冷淡で、教頭の威光もあって坂本先生の手には負えないから、西山先生を憎悪するようになった。二寮の寮生たちを嫌っていると生徒たちが言うのは嘘でも誇張でもなく事実だ。坂本先生は二寮の寮生さえ見れば忌々しく思うらしく、何かといいがかりをつけてなじっている。それは西山先生に対する憎悪の間接的な表現だった。二寮の寮生たちはそれに対抗して西山先生を擁護する空気を醸成し、坂本先生を敵対視した。

「一寮に成田明子《なりたあきこ》（成明子《ソンミョンジャ》）って子がいるでしょ」

順子が言った。

「お婆さんみたいな子？　あの子、アゴナシにひいきされてるんじゃないの」

玉嬉が言った。すると舌足らずみたいなしゃべり方ではあるが、この中では最も大人っぽく知識も豊富で弁舌さわやかな秋京順《チュギョンスン》（秋山京順《あきやまけいじゅん》）が首を傾げた。

「変だな」

「何が」

「成田って子。どうしてひいきされるのかな。勉強もできないし顔もかわいくないのに」

「ほんと。お婆さんみたいだし、瞳が白っぽく濁ってるし、他の子とあまり口をきかないよね」

「使い走りに便利なんでしょうよ。アゴナシのお使いはあの子が全部やってるじゃない。夜も呼びつけて腕や脚をマッサージさせるって言うよ」

「信頼されてるってことだ。最初から雑用を言いつけるつもりで一号室に入れたんでしょ。あの子はいつもまぶしそうな表情をしてるね」

一号室は舎監室に一番近い。

「寮長がいるのに？」

「寮長にさせる用事とは別のことをさせるの。だけど、ほんとにひいきされてるのは白川鎮英だ」

背が低く、ニキビだらけの呉松子《オソンジャ》（呉松子《くれまつこ》）が尚義をちらりと見ながら言った。

「どうしてあたしを見るのよ」

「白川は李家さんの特別な友達じゃない」

皆が笑う。

「とにかくあの子の口から出たらしいんだけど」

順子が言葉を続けた。

「西山先生が寮を空けて四寮に行って宮島先生を看病したことをアゴナシが問題にしたって、みんな知らないでしょ」

「何が問題だと言うの」

「責任者が夜に寮を無断で留守にしたってことじゃない？」

「で、どうなったの？」

全員が緊張の面持ちで順子を見た。

「何の気配もないところをみると、うやむやになったんでしょう。アゴナシは人気がないからね」

その情報は間違っていなかった。坂本先生が職員会議でその話を持ち出したのは事実だ。

「同僚が病気になったら、そうしてもいいんじゃないですか。何の問題もないと思いますが」

男性教師たちはそう反応した。

「でも寮を空けている間に何か起こったら誰が責任を取るんです」

「何もなかったじゃありませんか。舎監にも個人的な事情はあるものだし、場合によっては帰省することもあるのに。そんな時は生徒たちに任せるしかないでしょう」

「つまらない話はやめて会議を終わりましょう」

不愉快になった教頭が言った。それは目の前に人がいるのにドアを閉めるような侮辱だった。

「あの、私が責任者なので報告しないわけにもいかなくて」

坂本先生がもごもごと言った。一寮の舎監がリーダー格なのは事実だが、結果として教頭に憎まれ、男の先生たちには自分の本心がばれてしまった。

宮島先生は私のせいで申し訳ないことになったと言い、西山先生は、これからは気をつけると言って、事件は一段落した。

「悪質ね」

「卑怯だし」

「告げ口をするなんて、何が教育者よ」

「いくら仲が悪いといっても女同士で」

口々に言った。

「アゴナシは授業中も一番差別がひどい。気に入った生徒にはわざわざ机の前まで行って優しく教えてあげるのに、気に入らない子が質問したら、聞こえないふりをするのよ」

坂本先生は裁縫を教えている。

「それだけじゃない。寮でも、相手によって申請どおりにお小遣いを渡してくれたり、金額を減らしたりする。先生のお金じゃなくて、あたしたちの親が送ってくれたお金なのに。お小遣いを全然渡してくれないこともある。闇でお餅を買って食べるつもりだろう、全部わかってるって言うんだって。あたしたち、一寮でなくてよかったよ」

「闇のお餅を買うことを、どうして知ったんだろう」

「スパイがいるんでしょ」

「あんたたち知らないの」

順子が言った。

「何を」

「それには理由があるの」

「どんな」

「休暇から戻った時にアゴナシに絹の座布団を献上したり、家で作ってきたお菓子を献上したりする子がいるのよ」

「よくやるねえ」

「お小遣いをすんなり渡してもらえるのは、そういう賄賂のおかげじゃないかな」

「汚い」

「あたしたちだって、やろうと思えばできるけど、そんなみっともないまねをしたくないね」

「この頃はみんなそんなふうよ。八百屋の娘が班長になったの知ってる?」

順子が言うと、一同はけらけら笑う。

「あの子は実力があるわ」

京順が擁護するように言った。その子と京順は仲がいい。

「あれぐらいの実力がある子はほかにもいるよ。声が大きかったら中隊長もさせたんじゃない。とにかく先生たちはあの子の前でひとこと声をかける。おべっかでなくて何なの」

「食べていくためだから仕方ない、いい野菜を安く売ってくれ、ただでくれたらもっといいってことでしょ。みんながつがつしてる」

「美術の先生が何て言ったか知ってる？　みんなが、点数が厳し過ぎると言ったら、砂糖を持ってくれば甘い点をつけてやるって。冗談みたいだけど本気よ」

「ある通学生がキムチを担任の先生にあげたって。いつもニンニクの匂いにケチをつける岩崎もキムチには目がないらしい」

「岩崎と言えば、三年三組に李家順徳《じゅんとく》（李順徳《イスンドク》）って子がいるでしょ？」

「赤い顔をした、太った子ね？」

「うん。岩崎があの子の前では何も言えないんだって」

「それは聞いたことがある。すごい家なんだってね。李王家と関係があるとか」

「うん。あの子、ソウル言葉だ」

「ニンニクの匂いにケチをつけるくせにキムチに目がなくて、朝鮮人は野蛮だと言いながら身分の高い人にはへいこらして……奴隷根性だわ」

「李家さん、どうして今日はずっと黙ってるの」

京順が話を中断して尚義を見た。尚義は夢から覚めたみたいにうろたえた。

「何?」

「どうして黙ってるの」

「うん、ちょっと別のことを考えてて」

「どんなこと」

「大したことじゃないわ」

尚義は順子の顔を盗み見る。尚義は今まで奉安殿事件のことを考えていて、順子にもう一度確認したくてたまらなかった。

「この子、時々こうなるのよ。考えることがどうしてそんなにたくさんあるの。本を読み過ぎておかしくなる人もいるっていうから気をつけなさいよ」

玉嬉が言った。

「張本さん、ちょっと言い過ぎじゃない？　本をたくさん読んでおかしくなるなら誰も学問なんかしないわ。哲学者がそうなるという話は聞いたけど。うちのお兄さんはいつも、今すぐ役に立たなくとも朝鮮人は勉強するしかない、将来のために蓄えるんだって言ってるわ」

京順が言った。彼女は東京留学中の兄の言葉をよく引用していた。京順の雄弁と博識と文学の話は兄から聞きかじったもののようだ。

「小説も勉強なの？」

くせ毛の張本玉嬉が皮肉るように言った。玉嬉はせっかちで気が変わりやすい。

「じゃあ、小説を読んで発狂した人がいる？」

京順が反撃すると玉嬉は言葉に詰まり、腹を立てた。

「どうしてそんなことを言うの。当の尚義は何も言わないのに偉そうな口をきくのね」

「あたしがいつ偉そうにした？　あんたがいちいち文句をつけるからよ」

京順の声がいっそう舌足らずに聞こえるのは、彼女も怒っているからだ。

「いいかげんにして」

尚義が止めた。その顔は上気し、目が熱を帯びているように見えた。

「偉そうにしていないって？　何かにつけてうちのお兄さんがどうのこうのって。ふん、東京に留学してるのは秋山京順のお兄さんだけじゃないわよ」

京順の顔が真っ赤になった。

「あたしがお兄さんのことをよく話すのは事実だけど、何か間違ったことを言った？　間違ってるのはあんたの方よ」

「やめてったら」

尚義が頭を抱えた。

「いい勝負ね。二人とも弁護士にでもなりなさい」

壁ぎわに退いて座った順子が言った。松子はただ笑っていた。

「ふん！　舌足らずの話は全部正しいのね」

「何ですって」

「舌足らずの話は正しいと言ったの。いけない？」

「ひねくれ者」

「あたしは文学少女でも雄弁家でもない俗物だからね」

「ああ、頭が痛い」

尚義は額をたたいて前向きに倒れた。

「どうしたの」

「この子、気が弱いのよ」

「いや、さっきから顔が赤かった。尚義《サンイ》」

順子が抱き起こす。

「すごい熱だわ」

「雨に打たれて風邪を引いたのね」

「森を呼んできて」

尚義が倒れたおかげで、けんかはいったん収まった。

順子と松子が三寮にいる森のところに行った。

「看護婦さん」

森は一瞬、とがめるような目をした。森先生と呼んでほしかったのだ。だが生徒たちは決して先生とは呼ばなかった。小学校しか出ていない看護婦を先生などと呼べるものか。だが森は一年生に、先生と呼べと言ったらしい。それが笑いの種になった。穏健な生徒はたいてい看護婦さんとも言わずに用件を伝えたり話しかけたりしていた。それなのに看護婦さんと呼ばれたのだから、気分がいいはずはない。森は日本のへんぴな漁村出身というわさで、田舎っぽく教養がなく、どこか薄汚い感じだった。道立病院から出向している看護婦だ。

「李家尚義さんが病気です。来て下さい」

松子が言った。

「あんた、呉松子ね」

突然名前を呼ぶ。

「どうしてそれを聞くんですか」

松子がかっとなった。しかし森は答えない。

「どうせ風邪引いたんでしょ。雨に打たれたから。こんな戦時中に、あれしきの雨に打たれたぐらいで病気になるなんて。精神がなってない」

「お説教を聞きに来たんじゃありません」

「薬をあげるからのませて、寝かせなさい」

「どこが悪いかも診ないで薬をくれるんですか」

「私はお医者さんじゃないから」

「そんな無責任な」

順子が言い放った。

「熱はある？」

「すごい熱です」

「じゃあ風邪だ。薬をあげる。私は今忙しいの」

「何が忙しいのよ」

順子にきつい言葉で問い詰められてぎくっとした森は、少し優しい口調になった。

「解熱剤をあげるからのませて、頭を冷やしてあげなさい。それでも治まらないようならまた呼びに来て」

薬をもらって戻る途中、松子が言った。

「偉そうに、何様だと思ってるんだ」

布団に寝ている尚義に薬をのませた後、氷のうを当てようとすると、尚義はいらないと言った。

「もう大丈夫。さっきはちょっとめまいがしただけ。風邪を引いたみたい」

皆は安心し、松子の話を聞いて口々に森を批判し始め、ひとしきり騒いだ。おかげで京順と玉嬉のけんかはうやむやになった。やがて食事に行けという二寮の寮長の声を聞いて皆は席を立った。

「大丈夫？」

部屋を出る時に順子が聞いた。

「大丈夫だから、行って」

下駄箱の靴を出す音、揺れる箸箱の音、がやがやとした話し声が消えて静かになると、尚義はほっとした。熱が高く頭は痛かったけれど、耐えられないほどではない。

(尚根は風邪を引いていないだろうか)

尚根もトッコルの川原で雨にぬれて帰ったはずだ。上級生の食器を洗い、下着を洗濯する小さな尚根の姿を思い浮かべた。高女の寮でもそんなふうに下級生をこき使う上級生がたまにいる。

(尚根だけでも天一おじさんの家から通学できるように、お母さんと相談してみよう。あの子、大きくなるどころか、だんだん痩せていくみたいだ)

一年間、母の看病だけでなく尚根の世話をしてきた尚義は、母のようなまなざしで弟を見ていた。父が不在だったからでもあり、新京で幼い弟たちを抱いて泣いた記憶のせいでもあっただろう。あの時、尚根が洗濯棒を持ち出して伯母を殴ったことも、時折思い出した。

(伯母さんはどうなっただろう。お父さんが満州に戻ったから、訪ねていってまたお金をせびってるかもしれない。どうして世の中にあんな人が存在するのかな)

伯母が密告したのだと疑ったことに罪の意識のようなものも感じていた。家で父方の祖母に関する話が出なかったのも不思議だ。伯母のことを考えるたびそう思った。父方の祖父については母も父も時々話していた。

「品のいい人だったわ」

母はそう言い、父は祖父の話をする時には目が潤んでいるように見えた。

(どうしてだろう。お祖母さんも伯母さんみたいな人だったんだろうか)

「実の伯母さんじゃないって、それなら何親等になるの?」

「そんなこと知ってどうするのよ」

母は不愉快な表情で言った。気になっていた疑問に答えてくれたのは、当の伯母だ。

「父親が違うんだ。つまり、あたしの母ちゃんがあたしを連れて、あんたのお祖父さんと再婚したの。運が悪くて一人の夫にずっと仕えることができなかったからね。あんたのお祖父さんはあたしにとっては義理の父親なんだよ」

食事が終わったらしく、寮生たちが帰ってくる気配がした。そしてわいわい騒ぐ声が聞こえた。

「先輩のご飯持ってきたわ」

同室を使っている二年生の高《コ》信《シ》愛《ネ》(高《たか》瀬《せ》信《しん》愛《あい》)が部屋に入ってきて言った。その後から順子と鎮英が入ってきた。

「大丈夫?」

鎮英が言った。

「南さんに聞いたわ」

「大したことないのに」

「でも、いちばん仲のいい子に知らせないわけにはいかないでしょ。食事に来なければ、どうせわかるし」

順子はそう言いながらも、妙にねたましくなったらしい。

「先輩、ご飯食べて」

信愛が言った。

「いらない。食べたくないから、あんたたちが食べて」

「ちょっと食べてごらんなさい」

鎮英が言った。

「口の中が苦いの」

「じゃあ、あたし帰るね」

順子が出ていった。鎮英は尚義の額に手を当てて顔をしかめる。

「病院に行かなくていいのかな」

「ただの風邪よ」

室長が入ってきた。

「友達が来たのね。熱は下がった？」

「まだ高いんです」

鎮英が答えた。

「明日は休みなさい。登校せずに。李家さんは意外に弱いみたいね。見た目では白川さんの方が弱そうだけど」

室長は鎮英をまじまじと見た。

「白川さん」

「はい」

「あなたを片思いしている男子生徒がいるって、知らないでしょ？」

「先輩ったら。知りません！」

鎮英の顔が赤くなった。

「私の従兄なんだけど、中学校五年生なの。その子の家はすごい金持ちなのよ。地主で、造り酒屋もやっていて。お嫁に行ったらぜいたくできるわ」

「聞きたくありません。尚義、あたし帰るね」

鎮英は慌てて立ち上がり、室長には挨拶もせずに出てゆく。

「純真だこと」

室長が声を立てて笑った。同室の二年生一人と一年生二人もつられて笑った。だが尚義はひどく気分が悪かった。鎮英が突然、自分とは違う世界にいるように思え、喪失感にも似た悲しみを覚えた。結婚など、鎮英も尚義自身も、現実のこととして考えたことがなかった。室長も金持ちの娘らしく、物を買いだめしているとうわさになっていた。日曜日に外出する時には思い切り買い物をする。最近は買おうにも品物がないけれど、一時期は外出するといろいろなものを買ってきたらしい。嫁入り道具だそうだ。晋州は大都市だから地方では買えないものもあるのだろうが、電球まで買いだめしていると言われていた。電球もこの頃は入手しづらくなってしまったが、以前は四年生になれば化粧品やきれいな食器、電気スタンド、飾り物などを買う人が多かった。

次の日、尚義は学校を欠席した。少し無理をすれば行けないこともなかったけれど、風邪を引いたのをいいことに、のんびり横になった。転校して生まれて初めて寮に入った時には本当につらかった。就寝、起床、食事、自習などの時間が定められていて一日に何度も寮のベルが鳴るのだが、尚義はその音が恐怖だった。ベルの音を聞くたびに驚き、自分が枠の中にはめられていく気がして息苦しく、胸がどきどきした。その症状が限界に達すると、尚義は仕方なく仮病を使って欠席した。その時は一寮にいた。玄関から最後に出てゆく子の気配が消えて静かになると、尚義はまるで自由の天地に来たようにうれしかった。長方形の寮の建物には長方形の芝生の中庭があり、洗面室前のムクゲの木に紫色の花が咲き乱れた。尚義は一人で芝生に転がったり、いろんな部屋を回ったり、小説を読みふけったりしていた。今はその芝生にサツマイモが植えられ、ムクゲの木も切られてしまった。尚義の仮病は、決められた時間どおりに動かなければならず、一人になれる時間がないことから来る憂鬱症の治療法だ。中退することを何度も考え、卒業できずに家にも帰れずにさまよう夢をよく見た。汽車に乗って父のいる満州に行く夢も見た。三年生になると少なくなったけれど、尚義は時々仮病を使う。しかし以前のように小説を耽読するのではなく、文章を書いた。尚義がいちばん欲しいのはノートで、上質のノートをたくさん買ってあった。

運動場では朝礼が終わり、生徒たちは教室に入ったようだ。静寂、澄んだ空気が心の底までしみとおるような静けさ。尚義は喜びに浸る。誰にも邪魔されない大切な時間、いつの間にか流れてしまう時間ではない時間、心臓の鼓動のような時間がすぐそばにあるのだ。尚義はゆっくりとノートを出して机の前に座った。ノートを一ページずつめくると、赤いインクで書いた字で埋まっていた。わざと赤で書こうとしたのではなく、黒いインクがなくなって仕方なく赤いインクを使ったのだが、今はそのまま赤いインクで書いている。このノートは尚義の宝物だ。持ち物検査があるといううわさが広がると、尚義はノートを新聞紙に包んでオンドルの焚き口に隠してから登校した。たまに寮で持ち物検査があった。生徒たちが登校した後に舎監が集まって検査をするのだが、いろいろな物が押収された。一番多いのがミスッカルだ。それは時折おやつの小豆粥の中に混ぜて出された。

尚義はペンに赤いインクをつけてノートに「昨日は」と書いた。昨日の川原での光景はとても印象的だった。雨に打たれながら玉峰《オクポン》を通り過ぎる時、傘で体を隠して立っている少女がいた。列がざわざわした。少し前まで学校の給仕をしていた子だ。学校を辞めて券番《クォンボン》*に入ったといううわさは事実だったらしい。少女は傘に隠れたまま塀にくっつくようにして立ち、行列が通り過ぎるのを待っているようだった。玉峰は妓生屋の多い所だ。生徒たちは雨に打たれて歩きながら、可哀想だとささやき合った。

尚義は文章を書きながら、その奇妙で不吉な黒い行列を思い浮かべた。同時に赤いインクの字がはっきりと目に映った。赤と黒。それは恐ろしいことを予感させた。父にもう会えないのではないかという、ぞっとするような予感。

五章　愛の彼岸

昼間の京仁《キョンイン》線〈ソウルと仁川《インチョン》を結ぶ鉄道〉の乗客はそれほど多くはなかったものの、出札口は少し混雑した。良絃《ヤンヒョン》は外に出て辺りを見回したが栄光《ヨングァン》の姿はなかった。

（来てない）

目の前が暗くなった。

（来てないんだ）

駅の広場に立ったまま、良絃はぼんやりとした視線を投げる。街はまだ秋だ。色づき始めた街路樹の下で、氷の割れる音でも聞こえてきそうな冷たい青空の下で、人々がうごめいている。ぼろきれのような、昆虫のような群像が、それぞれ別の、あるいは同じ方向に歩く。古い箱のようなトラックが走り、牛馬の引く荷車も通り過ぎた。女性は神がつくった花、あるいは自然の果実という言葉があったが、暗い色のモンペ姿は花にも果実にも見えない。男たちは一様にカーキ色で季節感など皆無だ。配給票を食べ物と引き換える現実だけがある。

良絃は歩き始めた。黒いズボンに茶色のジャケットを着てかばんを一つだけ持っている。靴音が、色あせた心に非情な重さでのしかかる。

（電報が届かなかったのかな。あるいは家にいなかったのか）

その考えも良絃にとっては慰めにも救いにもならない。もし栄光がソウルにいなかったらどうするのだ。何が何でも栄光に会わなければならない。仁川で電報を打った瞬間から良絃は、栄光に会わなければならないという考えにとらわれていた。

（どうすればいいの）

路面電車に乗るために道を渡ろうとした時、そこに栄光がいた。良絃の姿をずっと見ていたらしい。

（お兄様……）

言葉は声にならず、心の中に消えた。

「どうしたんだ。電報を打つなんて」

栄光が尋ねた。

「別に」

「別に？」

聞き返した栄光は返答など望んでいないように歩きだした。二人は道を渡り、電車を待つ。

「お兄様」

「……」

「どこか行く所はないかしら」

行く所がない。南山《ナムサン》？　昌慶苑《チャンギョンウォン》？　牛耳洞《ウイドン》？　紫霞《チャハ》の外*？　そんな所も、今は若者が安心して遊びに行ける場所ではない。戦時という意識は、そうした所でいっそう高い障壁となっている。非国民というレッテルを張られてしまうのだ。決戦の年だといって連日新聞が騒いでいるのに、銃後の国民がのんきに遊んでいていいものか。

「いったい、何しに来た」

「お兄様に会いに」

「俺に会ってから晋州《チンジュ》に行くのか」

「……」

電車が来て、二人は乗った。栄光は良絃がなぜ自分に会おうとしたのか知っていた。いつかこんな時が来るだろうということもわかっていた。二人は終点の敦岩《トナム》洞で降りるまで、それぞれ考え込んでいた。

「家に行くの？」

「いや」

栄光は先に立って歩く。

一昨年の秋以来、栄光は敦岩洞に定着したと言っていい。智異山《チリサン》の兜率庵《トソルアム》にいた母がよくよく考え、カンセや延鶴《ヨンハク》とも相談した末に、寛洙《グァンス》の遺産だといって渡された金、実は崔《チェ》参判家が金額を上乗せしていたが、それでソウルの敦岩洞に小さな家を買った。そして放浪者のような生活をしている息子のために、彼が結婚するまでという条件付きでソウルに来ている。栄光も地方公演や慰問公演がある時は仕方なく家を空けるけれど、ソウルにいる時はちゃんと家に帰った。いわば自分の気質を抑えて、わりに安定した生活に適応しつつあった。良絃はソウルにいた時は時折その家を訪ね、栄光の母にも会っていた。還国《ファングク》も鬱屈すると酒を持っていって栄光と飲んだ。良絃は今年の春に女子医学専門学校を卒業し、仁川の個人病院に就職した。学校の付属病院に残ることもできたし、晋州道立病院で働くこともできたけれど、良絃は徳姫《トキ》との約束を守るために仁川に行った。西姫《ソヒ》が激怒したのは言うまでもない。西姫は良絃が卒業して晋州に戻ることを望んでいたし、允国《ユングク》と結婚させることを諦めていなかった。それはひょっとすると、西姫の夢の完成であったのかもしれない。李相鉉《イサンヒョン》と鳳順《ポンスン》の娘良絃と、崔西姫と金吉祥《キムキルサン》の息子允国との結婚は。

直ちに晋州に帰れと言う西姫を説得したのは還国だ。

「学校の付属病院に残ることもできるし、晋州道立病院もあるのに、相談もなくどうしてあんなことをしたのかしら」

「成績がいいから学校に残ることもできただろうけど、道立病院は官立だから、ちょっと問題があるでしょう」

「どうしてわざわざ仁川に行くのよ。それも個人病院だというじゃない」

「個人病院だけど規模はかなりのものです。実は明姫《ミョンヒ》おばさんが幼稚園をやめて建物が空いているから、経験を積んだ後にここで開業したらどうかと良絃に言ったことがあるんです。だから、むしろ個人病院で」

還国が言い終わる前に西姫が言った。

「それは駄目。開業できるようになったら、明姫さんの世話になる必要はないわ」

「それもそうですね」

還国はそう答えながらも内心、母が変わってしまったと思う。世話になる必要がないという言葉は、ひどく感情的だったからだ。

「とにかく当分の間は好きなようにさせてやって下さい。賢い子だから間違った判断はしなかったはずです。家を出て暮らすのもいい経験になるんじゃないですか」

「何か理由があったんじゃないかしら」

「理由なんかないでしょう」

還国はそう言いながら母の顔色をうかがう。

「良絃は理由もなくそんなことをする子ではないわ」

西姫がそう言ってため息をついた瞬間、還国は母が自分と同じことを考えていると確信した。それは、徳姫に原因があるということと、それについては話さないでおこうということだ。

「しばらくは見守って、機会を見て晋州に連れ戻すのがいいでしょう」

還国は以前から徳姫が良絃を良く思っていないことを知っていた。具合が悪いと言って良絃が父の面会に来なかった時、還国は誤解したけれど、そんなはずはないと思い直した。何かの拍子に、明姫が暗示するようなことを言ったこともある。還国は、徳姫の異常な嫉妬と良絃に対する憎悪が危険水位に達しているのに気づいたが、それを口に出せばこじれるだけでなく、良絃にも徳姫にもいいはずがない。特に父が刑務所にいるのに家の中で葛藤が起きることを還国は望まなかった。西姫もそう思っているらしい。だから説得する息子も腹を立てる母も、はっきりと言葉にはしなかった。

「お父さんがああなって気分がどうにも落ち着かないから、せめて良絃だけでもそばにいてほしかったわ」

西姫はごくまれに息子の前で弱音を吐いた。母と長男の黙約が成立し、良絃が仁川で働くことが黙認されてから時が過ぎた。

栄光は良絃がついてきているのかも確認しないいまま、大きなかばんではないとはいえ、持ってやろうともせずにアリラン峠に向かって歩く。

「お兄様、どこに行くの」

「山」

二人が着いたのは敦岩洞にある、木もあまりないはげ山だ。敦岩洞一帯と新設《シンソル》洞まで見える山の峰で、二人は罪人のようにうずくまって景色を見下ろす。ところどころに申し訳程度の野菊が一、二輪、紫色の花を咲かせていた。

「どうして電報を打った?」

ずっと黙っていた栄光が、先に口を開いた。良絃は何も言わずに泣きだした。栄光はたばこを吸う。煙を吐きながら山を眺める。すすり泣く良絃よりも、栄光の方が絶望しているように見えた。良絃がなぜ泣くのか、栄光は胸が痛いほどわかっている。自分もそのことで何日も煩悶した。

(良絃は、俺が何も知らないと思っているのだろう。いっそ知らなければよかった)

煙を吐き出す。少し前のことだ。酒を飲みながら、還国が漏らした。母が良絃を嫁にもらおうとしているんだが、そんなことができるだろうか。そう言ったのだ。その瞬間、栄光は雷に打たれた気がした。良紘に愛を告白したこともなく、結婚を夢見たこともなかった。それでも時折、良紘を所有したい衝動を感じた。それは不可能に対するあがきのようなものだ。

「お兄様」

良紘はハンカチを出して涙を拭いながら恥ずかしげに呼んだ。

「私、お兄様と一緒に暮らしたらいけないかな」

栄光は微動だにしなかった。だが全身で戦慄しているように見えた。

「気でも狂ったか」

詰まったような声は、低く淡々としていた。

「お兄様は私を愛していないの」

栄光の視線が良紘を射た。再び視線を山に移す。

「それは……。愛しているのと、一緒に暮らすのとは別の話だ」

「どうして」

「俺はおそらく、お前を破壊するだろう」

「どうして、どうしてなの、お兄様」

良紘は必死だ。

「俺には、そんなところがある。眠っている暴力がある。それは血であり、刃《やいば》だ」

「違うわ。お兄様はまだ過去の悪夢にとらわれているのよ」

「そうかもしれない。だが、遅過ぎる」

「どういう意味？」

「あるいは、良絃が飲み屋の女だったらよかった」

「そんなこと言わないで」

「俺はお姫様を手に入れるために決闘する騎士ではない」

「それはお兄様の本心じゃないわ。妓生の娘と白丁の息子のどこが違うの？　私たちは人間でしょ」

「ありきたりの話はするなよ。つまらない」

「じゃあ、何？　お兄様、私は時間がないの。つらくて」

「結婚しろ」

「……」

「結婚して幸せに暮らせ。みんなそうしてるじゃないか。人は九十九パーセント常識的な動物だ」

栄光は立ち上がった。

「そんなこと言っちゃいや」

良絃は栄光の腕にすがった。その瞬間、栄光は良絃を抱きしめ、激しい口づけをした。

「愛している。お前を失いたくない」

「……」

「俺は悪い男だ。悪い男だ」

栄光は地面にくずおれた。二人は魂が抜けたようになって山の峰にいつまでも座っていた。辺りが暗くなり始めるまで。

栄光は立ち上がり、置かれていたかばんを持った。

「下りよう」

二人は坂道を下りる。

「恵化洞《ヘファ》に行くんだろ？」

「……」

「恵化洞に行けよ」

「行かない」

「……」

「あの家には行かない」

「どうする気だ」

栄光の目に恐怖が宿る。

「一晩だけ泊めて。お母さんの横で寝るから」

「母はいない」

「え？」

「統営《トンヨン》に行ってる。妹の家に行ったんだ」

「いつ？」

「き、昨日」

栄光はなぜか慌てた。どうしていいかわからない。良絃は栄光のそんな姿を初めて見た。

「ご飯はどうしてるの」

「前の家のお婆さんが持ってきてくれる」

二人はいつしか電車の停留所に来ていた。

「これ」

栄光はかばんを差し出し、良絃を見送ることもせずにそのまま家に戻った。門を乱暴に開けて家に入り、部屋であお向けに寝ころんだ。やがてうつぶせになって両腕に顔を埋めた。

仁川の良絃から電報が来たのは昨日の昼だ。栄光は慌てて母を夜汽車で統営の栄善《ヨンソン》の家に行かせた。母はその電報が統営から来たのだと錯覚したらしく、理由を息子に問いただす暇もなく出ていった。そうしたのはもちろん良絃に会うための空間を作るためだったし、それは良絃を手に入れる最後の手段だった。ほとんど本能的に取った行動で、恥ずかしくみっともないことだったけれど、その時にはわからなかった。良絃を奪い取ろうと必死になるあまり、自分の情熱が燃え盛っていることにも気づかなかった。しかし結局、そうはできなかった。欲望と犠牲の闘い、自分も世間で一人前になりたいという衝動と、世間とは関係なく成り行きにまかせて生きようというエゴイズムとの闘い、執念と諦念の闘いだった。道徳と反道徳。

彼には允国が巨大な城に思えた。それは決定的だった。だから栄光は、自分が血をたくさん流さなければならないと思ったのだ。しかし致命的だったのは、自分を信じられない性格だ。良紘を第二の恵淑《ヘスク》にしてしまうかもしれないという強迫観念がブレーキをかけた。栄光は良紘を愛していたし、これまでで最も強い執念を持っていた。

栄光は起きて座った。電灯はついていた。灰皿を引き寄せてたばこをくわえた。顔は涙にぬれていた。

一方、恵化洞で降りた良紘は明姫の家に向かって歩きながら、栄光に允国の話をしなかったことについて考えていた。口にするのが恐かった。手紙には病院を辞めろ、相談があるからすぐに帰ってこい、允国が東京から帰っていると書いてあった。良紘は最近になって西姫の意向を知った。あり得ないことだ。良紘は一度も允国を兄以外の存在として見たことがない。大好きだけれど、それは兄を愛していたのであって、異性として見るなど考えられない。

「おばさま」

「良紘?」

「はい」

編み物をしていた明姫が顔を上げた。部屋に入ってきた良紘の顔を見て、明姫が驚いた。

「何、その顔はどうしたの」

「痩せたでしょ」

「ひどく痩せたね。他人の家で暮らすのが大変なようね」

「ええ」

「お茶飲む？」

「下さい。朝から何も食べてないの」

「じゃあ、まずご飯にしなきゃ」

「先にお茶を下さい」

明姫は手伝いの子を呼んで言いつけた。幼稚園をたたむ時に洪川宅《ホンチョン》夫婦も辞めさせ、その代わりに女の子を一人連れてきた。明姫は洪川宅夫婦から世の厳しさと裏切られたつらさを、いやというほど味わった。巧妙な手段を弄して横領された金額も少なくなかったけれど、それが暴露されても恥じるどころかいっそう厚かましく、このままでは出ていけない、生活手段を考えてくれと脅迫するように言いつのった険しい顔が夢に出てきそうで恐ろしかった。世の中にはそんなふうに生きる人もいるのだと思ってぞっとした。

「うわさによると園長も夫を捨てて、義理の弟と仲良くしたおかげで遺産をたくさんもらったそうですね。あたしたちは大それたことをしたわけでもないのに、何もくれないで追い出すつもりですか」

洪川宅がずけずけ言い、亭主が脅した。

「駄目なら火をつけてやる。何年か刑務所に入るぐらいは何でもない」

還国や明姫の財産を管理している弁護士が来たおかげで夫婦は勢いをなくし、脅迫などしていないとしらを切ったあげく夜逃げをした。

「仁川から真っすぐ来たの？」

「いえ。ちょっと寄り道しました」

紅茶を飲みながら良絃が言った。

「まだ家に帰ってないのね」

「はい。ここに泊まって、明日の朝、帰ります」

「仁川に？」

「いえ、晋州に」

「お母さんが見たらびっくりするわ。顔がやつれてて」

「朝から食べてないからでしょう」

「きっと、今すぐ病院を辞めろって言うわね」

「それでなくとも、病院を辞めて家に戻れと手紙で言ってきました」

「なぜ？」

「わかりません」

なぜ？　と言いはしたものの、明姫は思い当たる節があった。

（ずいぶん悩んだみたいだ。可哀想に）

食事が運ばれてきた。明姫もまだ夕食を食べていなかったので一緒に食べたが、良絃はさじを何度か口に運んだだけでやめて、鉢一杯分のスンニュン*を飲み干した。

「あなた、どこか病気じゃないでしょうね」

「違います」

「どうしてそんなに力がないの」

「おばさま」

「何?」

「ソウルに来ても行く所がありませんね」

「行く所がないって? みなしごみたいなことを言うのね。うちもあるし、お兄さんの家もあるし、友達もいるじゃない」

「家じゃなくて、遊びに行く所がないの。今は乞食もやっていけないでしょうね」

「そうね、食べ物を恵んでくれる家もないだろうし」

「清涼里《チョンニャンニ》の麗玉《ヨオク》おばさまはどうしてるんですか」

「元気よ。今はソウルにはいない」

「どこに行ったんですか」

「前にいた所に行くって……。すぐに戻るでしょう」

「そんなことをして、また捕まったらどうするんです」

「守ってくれる人がいるから大丈夫よ」

明姫はいたずらっぽく笑ったけれど、どこか寂しそうに見えた。

「おばさまも私と一緒に旅行しませんか」

良紘は明姫の顔も見ないで憂鬱そうに言った。旅行を提案する時は、多少はうれしそうにするものなのに、その言葉は無意識に発せられたように聞こえた。瞳は曇り、思いはどこか遠くをさまよっているようだ。愛を確かめたいという希望を胸に抱いて口づけをした時の感触がまだ唇に残っているのに、絶望の苦痛が胸を締めつけるのには明確な理由があった。良紘は気を取り直そうとしたが、できなかった。

「良紘」

「はい」

「どうしたの。何を考えてるの」

知らんぷりをするつもりだったけれど、良紘が明らかに憔悴しているから黙っていられない。

「それは、その」

良紘はついに泣きだしてしまった。

「おばさま、わ、私、恩知らずなんです」

「恩知らずって」

顔を覆った両手の指の間から涙がこぼれた。

「晋州のお母さんに対して?」

「お兄様にも。ううっ……」

「允国のことね。恩よりも愛に惹かれるということ?」

「……」

「あなた、あの人のことが好きなんでしょう？」

「あ、あの人のせいじゃないの。お兄様と結婚するぐらいなら一生独身でいたい」

良絃が認めた瞬間、明姫はどきりとした。緊張して、決して緩むことのない神経に触れた気がした。良絃はずっと泣いている。明姫は思わず、また編み棒を手にした。

（いつもこんなふうにすれ違う。どうしてだろう。それでも人は生きてゆく。天地が崩れるような悲しみの中でも人は生きてゆくんだから不思議だ。良絃、実は私も今、混乱してるの）

編み物の手を動かしながら、明姫は良絃の運命が自分の運命であるかのような錯覚に陥り、骨の髄までしみるような悔恨の念に襲われた。

（私は生まれてこのかた何も成し遂げたことがないけれど、あなたの涙は何かを成し遂げるために流れている。泣きなさい。思う存分。良絃、あなたは私みたいに自分を欺いて生きたりはしない。あなたの青春は本当に美しい。苦痛も悲しみも、どうしてそんなに透き通っているの。私は抜け殻になって生きてきた。世間の目を恐れ、自分の名誉と潔白だけを信じて。実はそれすら欺瞞に過ぎなかったのに。私は犠牲という美名の下に無風地帯に入り込もうとして、かえって台風に遭ってしまった。どうして私は洪川宅が、義弟と仲良くしていたと言った時、以前のように悔しくなかったのだろう。腹も立たなかった。どうしてかな。自分の名誉や潔白のために、私はひどく傷ついた。人が心配して訪ねてきてくれても、私は自分を守るために、言うことを聞こうとしなかった。その姿は醜悪だったはずだ。何のために、誰のために涙を流して苦しんだのか。今はそれすらわからない。馬鹿みたいな人生。それでも私は何かを成し遂げたと言えるのだろうか。仁実《インシル》もそうだし麗玉も、善恵《ソネ》姉さんも、良紘、あなたも、自分自身より大事なものをちゃんと持っていて、自分を投げ出せる対象がある。生きるって何なのだろう。私には生きた形跡がない。ただその日その日があった。倦怠によく耐えただけ。良紘、私はあなたがお嫁に行く時、花模様の枕やきれいな花嫁衣装を作ってあげたい。でも、それは私がすべきことではないのでしょうね)

「おばさま」

「うん」

良紘は涙を拭う。

「がっかりしたでしょ？　おばさまも私を非難する？」

「なぜ」

「しないの？」

「私にはわからない。ちょっと見かけただけでどんな人かも知らないのに、がっかりしようがないでしょう」

「もし知ったら……」

「あなたを信じてる」

「どうして私が信じられるんですか。おばさまの信じている良紘ではなかったら、どうするの」

「じゃあ、信じるという代わりに、愛していると言わなきゃね」

「おばさまは編み物をしてるじゃない。私は切羽詰まって……」

「泣いてるのに？」

明姫は笑った。良絃の言葉はまだ大人になりきれていない感じがしたからだ。

「私が何を考えていたのか知らないでしょ」

「……」

「良絃がお嫁に行く時、花模様の枕やきれいな花嫁衣装を作ってあげることを空想してた」

良絃は明姫を見た。

（結婚できるだろうか。私にはできそうにない）

良絃はふと、栄光と自分が築いた城がどれほどもろいかに気づいた。崩れる予感がする。いつもそうだ。自分の目に映る栄光は、常に立ち去る人だった。一カ所にとどまらず後ろ姿を見せ、髪をなびかせながら出てゆく姿。近づいたかと思えば、いつの間にか背を向けて歩きだしている。お前を失いたくないという絶叫のような告白が、ひどく不安だった。真実の一瞬は既に過ぎ去ってしまったのか。彼の部屋に、彼はいないのかもしれない。彼は永遠にさまよう魂なのだろうか。良絃は震えた。栄光が崩れ、允国が崩れ、蟾津江《ソムジンガン》*の川辺で花束を投げて実母を呼ぶ自分の姿が大きく浮かんだ。仁川で電報を打ったことからして、自分が正気でなかったと気づき始める。栄光が自分を愛していることは、告白されなくてもわかっていた。しかし、どうしてだろう。良絃が栄光に向かってロープを投げれば、彼はいつでもロープを振り払って逃げてしまう。彼の実体はいつも指の間から水のようにこぼれ落ちた。いつかソウルで公演があった時のことだ。

「お兄様、私、見に行っちゃいけない？　演奏する姿が見たい」

栄光は真っ赤になり、恐い顔をした。

「もし来たら、俺は永遠にサクソフォンを吹かない」

良絃はそれ以上何も言わなかった。ひどく激しい勢いだった。その後、栄光は時々言った。

「良絃が来ているんじゃないかと思うと不安で演奏できないよ。来なかっただろ？」

「行かなかったわ」

翌朝、良絃は汽車で晋州に向かった。来るたびにうれしかった門の前で、良絃はかばんを持ったまま、しばらく門を見ていた。自分がこの家の家族ではないことが、これほど切実に感じられたことはない。家に入った。

「お母様、ただいま帰りました」

部屋の戸を開ける音がして、白いポソンを履いた足が目に付いた。いつもなら、入りなさいと言うのに、西姫は板の間に出てきた。良絃を見て驚いたらしい。良絃も驚いた。互いにひどく痩せていたからだ。

「みんなどこか行ったんですか？　どうしてこんなに静かなんです」

ようやく女中が台所から顔を出して挨拶した。

「お嬢様、お帰りなさいませ」

「みんな勤労動員に出てるわ。すぐに戻るでしょう。車《チャ》書房宅〈安子《アンジャ》〉は病院に薬をもらいに行ってる」

「誰か病気なの？」

靴を脱ぎながら良絃が聞く。

「胃の調子が悪くて」

西姫が答えた。

「お母様が？」

「そう」

部屋に入って向かい合って座り、互いを見た。

「ずいぶん痩せたね」

「汽車に乗って疲れたんです。それよりお母様の方が」

「私は大丈夫。あなた、どこか悪いんじゃない？」

「いいえ。私はどこも悪くありません。病院に行ったんですか？」

「神経から来てるって。この頃、あれこれ気疲れが多いからみたい。あなたも慣れない環境にいるからじゃないの？　でも、ちっともお医者さんに見えないわね」

良絃が笑う。

「最近もうるさく言われるんですか」

西姫はしばらく黙った後、自嘲するように言った。

「お父様を連れていかれたうえに、言うとおりにしているのに……献金しろと言われればして、婦人会に出てこいと言われれば出て」

（お母様はすっかり弱ってしまった。お父様がいれば……）

「病院は辞めた？」

「休暇をもらってきました」

「どうせ辞めないといけないわよ」

「……」

「まず結婚して、それから開業すればいい」

「開業するには、まだ経験不足です」

「それはおいおい考えることにしましょう」

まず結婚しろと言われるのは予想していたけれど、良紘は胸が冷たくなるのを感じた。聞かなかったことにして目を閉じ、うつむいた。

「お兄様はどこかに行ってるんですか」

聞かないわけにはいかなかった。

「智異山に」

西姫は言葉を途切らせた後、少しぎこちなく言った。

「時雨《シウ》と一緒に兜率庵に行ったわ」

「時雨お兄様と？」

「うん」

刻一刻と近づく事態は、まるでプラットフォームに突進してくる機関車のように恐怖と緊張を呼び起こす。これからどうする。どの方向に突破し、どんな方法で反乱を起こすべきか。良絃は息が止まりそうだ。

(お兄様、本当にそうするつもりなの?)

良絃は心の中で叫んだ。允国は今、どこにいるのだ。彼は何を思っているのか、どうして兜率庵に行っていて、病院の仕事で忙しい時雨がどうして同行しているのか。時雨まで動員されたなら具体的な手続きが既に整っているのだろう。時雨の登場は言うまでもなく、允国にとって良絃が完全に他人だったことがはっきりしたということでもあった。李時雨の腹違いの妹、李相鉉の娘である李良絃という身分が明らかにされたのだ。もっとも李家が良絃の婚姻に関わるのは当然のことで、理屈から言えば李家がリードしてもおかしくはない。事態が進展しているのは確かなのに、良絃は反抗の糸口をつかめずに黙っていた。結婚という言葉は出たものの、西姫はまだ具体的なことは口にしなかったし、相手が允国だとも言わなかったからだ。西姫も困っていた。娘として大事に育て、気持ちとしては完全に娘になっていた良絃に、突然他人だと宣告し、嫁になれと言って良絃が混乱するのも心配だった。実のところ、自分も急にそんな気にはなれなかった。允国と良絃の結婚を望んではいたものの、複雑な気持ちになるのは致し方ない。

「出かける時、時雨が、あなたが帰ってきたら兜率庵に来るよう伝えてくれと言ってたわ」

「私に?」

「平沙里《ピョンサリ》に行って張《チャン》さんに連れていってもらいなさい。そして、ずいぶんご無沙汰しているから本家にも行かなきゃ。何日か泊まってもいいわね」

（お兄様、いけないわ。本当にいけないことです）

「良紘」

「……」

「どうしてそんな暗い顔をしているの。何か心配事でもあるの？」

「お母様」

「何」

「お父様が出てきてから結婚しちゃいけませんか」

「何ですって」

「お父様があんなことになっているのに」

それが突破口にならないことはわかっていた。

「何を言ってるの」

そう言いながらも、なぜか西姫の顔色が変わった。

「いつ出てこられるかわからないのに、どうしてそんなことを」

「……」

「私ももちろんそのことを考えたわ。こんなご時世で……薄氷を踏んでいるみたいで夢見も良くない」

西姫は昨夜、夢で吉祥を見た。西姫は允国と良紘の話をしたらしい。

「あの子たちの結婚には賛成できない。自分たちがそうしたいというなら別だが」

「どうして賛成できないのです」

「兄妹のままにしておきなさい。道理に逆らえば副作用が起こるものだ。良絃はお前の娘ではないか」

「あの子にふさわしい縁談がないだけでなく、出自のことをあれこれ言われるんですよ。私はあの子に、そんなことでくじけてほしくないの」

「それは言い訳だ」

「どうしてそんなことをおっしゃるの」

「良絃は李相鉉の娘じゃないか」

「何ですって」

　吉祥は恐ろしい表情になった。目がぎらぎら輝いた。

「崔西姫は李相鉉とのかなわなかった縁を、允国と良絃を通じて成し遂げようとしているのだ。違うと言えるのか。絶対にそうではないと言いきれるか」

「あなた！」

「私は抜け殻と暮らしてきた。あの世にまで及ぶ恨だ。私は自分の人生を生きてはいなかった」

　そう言った途端、白いパジチョゴリ〈パジは民族服のズボン〉を着ていた吉祥が、突然ぼろをまとったみすぼらしい姿に変わるではないか。顔はいつしか九泉《クチョン》〈環《ファン》〉に変わっていた。

「あなた！」

「私が出ていけばいいのだろう。重い寺を動かすより軽い僧が去る方がいいという言葉があるではないか。もっと早く出てゆくべきだった。天地が変わっても崔西姫は変わらないのだから」

「ああ、どうしてそんなことを言うのです。あなたはどうしてそんな姿になってしまったの」

腕をつかもうとしたが、彼は霧のように薄れていった。

「私は崔氏ではない。金氏だ。私の息子は崔氏ではない！」

姿が消え、声だけが響いた。

「ああ、ああ」

腕を振って叫んでいると夢から覚めた。胸がどきどきして全身が汗びっしょりだった。

（ああ、恐ろしい。どうしてあんな夢を見たのだろう。いったい何があったというの）

西姫は午前中ずっと夢のせいで憂鬱になり胃が痛かったので、他の用事のついでに安子を病院に行かせた。安子は死んだ別の下女がしていた仕事もしていた。

普段はそんなことは何も言わず、気配すら見せない夫が、夢の中で残酷なほど正鵠を射たことに驚き、自分でも意識していなかったことを追及されて当惑した。しかしそれよりも、出てゆくという言葉が、まるで焼き印のように胸に焼きついて耐えられない。間違いなく不吉な夢だ。

（あの人の身に、何かあったのではないだろうか）

安子が戻ってきた。良絃が座っているのを見て大げさに驚いて見せ、薬の袋を置いて言った。

「良絃お嬢様、お帰りなさいませ」

「ええ、元気でしたか」

「顔色が良くありませんね」

視線を西姫に移した。

「お医者様は、奥様が神経を使い過ぎるようだとおっしゃってました。この頃は胃腸病患者がずいぶん減ったともおっしゃってました」

家の雰囲気が沈んでいるのを感じて、わざとそんなことを言っているらしい。反応がないので、安子は外に出て水を持ってきた。そして薬の包みを一つ開くと西姫に渡した。西姫は受け取った薬を口の中に入れ、水を飲む。

「良絃」

「はい」

「部屋で休みなさい」

良絃が出ていった。

「行ってきた?」

良絃が出ていくと、西姫は低い声で安子に聞いた。

「はい」

「どうなった」

安子は財布の中から小さくたたんだ紙を出して西姫に渡す。

（陰暦九月十二日……まだひと月以上ある）

「あの、申し上げていいものやら……」

安子はためらっている。西姫は安子の顔を見た。

「相性を見てくれると言うから」

「それで」

「申し上げにくいんですけど」

「良くないと言ってたの？」

「はい。少し悪い兆しが見えるそうです」

西姫はしばらく黙ったあげく、額に手を当てた。

「つまらないことをしたのね。布団を敷いていってちょうだい」

朝、たたんだ布団をまた敷きながら、安子は気まずい顔で言った。

「奥様、申し訳ございませんでした」

安子が出てゆき、西姫は布団に横たわった。昼間に寝ることはめったにない。奈落の底に沈む気がした。寝返りを打つ。整然と編んできた網の目が一気にもつれて、どうすれば元に戻るのかわからない。くたびれはてた。危うい歳月、すべての状況が昨夜の夢によって瓦解した感じだ。吉祥の身を案じ、その不吉な予感を振り払うと、また別の苦痛が湧き上がる。

（本当に、あの人が言ったとおり、私の心の中にはかなわなかった縁についての恨が残っていたのだろうか。そうではない。決して。私は良絃と前世からの縁があると思っていた。あの子の幸福を願う気持ちは純粋だ。今更、どうしろうと言うの。私は何をどう間違ったのだろう）

西姫は再び壁に向かって寝返りを打つ。引き返すべきなのか進むべきなのかもわからないほど混乱していたけれど、事態は既に西姫の思った以上に進展していた。問題はすべて允国にかかっている。允国は良絃を、妹というより一人の女性として愛していた。ずっと内に秘めていた気持ちを西姫が知ったのだ。

（自分たちがそうしたいというなら別だが……）

夢の中で吉祥はそう言っていた。実際、彼は拘束される前、兜率庵で二人の結婚に反対していた。西姫の言葉に、吉祥は激怒した。

「何も失いたくないという自分の欲のために、子供たちまで！　あの子たちは兄と妹として育ったんだ。そんなことはできない」

西姫はその時吉祥が言った言葉を思い出していた。

（欲と言った。欲。それは李相鉉に執着しているという意味だったのだろうか）

意識の深いところに残っていたのかもしれない。両家の縁組を望んでいたのは、祖母である尹《ユン》氏夫人だけではなかった。西姫が望んだ時には、もうどうしようもなくなっていた。しかし西姫はとっくの昔に相鉉を忘れていた。

（戦況が悪化すれば刑務所にいる思想犯は無事ではいられないだろう。うちの子たちだって、どうなるやら）

西姫の思いは、また別の方向に移った。西姫は愛国婦人会の幹部だ。最初は会長になってくれと言われたけれど、吉祥のことを口実に、西姫の方から辞退した。会長にと嘱望されたのは、もちろん西姫が聡明で品があり能力があるからでもあるが、何といっても財力のためで、今まで相当な金額を献金してきた功を無視できなかったからだ。西姫としては夫の救命策であり息子たちを保護するための方策でもあった。以前から助けになりそうな日本人との関係を築いていたけれど、愛国婦人会のつてで重要人物の夫人たちに会う機会ができて、敏感な西姫は彼らの社会の雰囲気が以前とは違うと感じていた。米英との戦争が始まって一年八カ月が過ぎた今、事態は変化していた。新聞紙上でも今年になって日本軍がガダルカナル島から撤退し、四月には連合艦隊司令官山本五十六が飛行中に戦死した*。五月にはアッツ島の日本軍が全滅したと報道されていた。玉砕したという。日本の盟友であるドイツもソ連のスターリングラード〈現・ヴォルゴグラード〉で降伏し、北アフリカ戦線のドイツ軍も降伏した。イタリアのムッソリーニが失脚し、ファシスト党が解散した。日本の敗色が濃いことはもう否定できない。それは希望でもあったけれど、朝鮮人にとっては絶望でもあった。日本は決して黙って引き下がらないだろう。自分たちだけで玉砕するものか。西姫は挺身隊という名で連れていかれる少女たちがどこに行くのか知っていたし、農民や労働者、ひいては都市の中産階級の青年までが、どこに連れていかれるのか知っていた。生徒たちも、いつ前線に送られるかわからない。朝鮮でも徴兵制の実施に備えて、中学校であれほど厳しく軍事訓練をしているではないか。食糧配給の通帳はどこにも逃げ場のない朝鮮の青年、少女、そして中高年の人々の、重いくびきだった。

自分の部屋にいた良紘が戸を開けて出てきた。

「お母様は？」

安子に聞いた。

「お休みになっているようです」

「じゃあ、もし私のことを聞かれたら、時雨お兄様の家に行ったと伝えて下さい」

「兜率庵に行かれましたけど」

「知ってるわ。お義姉様に会いに行くの」

「わかりました。お義姉様に会いに行かれるのですね」

「ええ。じゃあ、行ってきます」

通りに出た。人々は衣食に事欠き、明日を予測できない不安で戦々恐々としているのだろうが、街は平穏に見えた。どうせ人はいつか死ぬのだから、転がる岩の下の鳥の卵みたいな瞬間であってもしぶとく生きるしかないのか。戦争に行った息子が戦死してもモンペ姿の老婆は配給の米をもらいに行き、立派な母として黙って国の表彰を受ける。日本人も人間であり人の母だ。彼らは本気で現人神天皇陛下に子供を捧げることを栄光だと思っているだろうか。いや、それは不可抗力だからに過ぎない。良紘は自分の問題とは関係ないことを考えながら歩く。無意識に自分のことから逃げようとしているのかもしれない。

（お母様が言ったとおり刃の先に立っているような世の中だ。街は何ごともないように平穏だけれど、人は洋銀の鍋まで数日分の食べ物に換えてしまう。結婚？　どうしてしなければならないの。私はお兄様と

結婚しない。絶対に。栄光お兄様ともしない)

良紘が向かったのは、以前、朴孝永《パクヒョヨン》医院だった所だ。腹違いの兄、李時雨がその病院を買い取って開業している。良紘は病院のドアを開けて中に入り、病院の中を通って家に行く。良紘は、廊下が暗いせいもあるが、目の前が真っ暗になってめまいがした。働いている女が前掛けで手を拭きながら出てきた。

「おやまあ」

驚いて、奥に向かって大きな声を出した。

「仁恵《イネ》のお母さん、仁恵の叔母さんがいらっしゃいましたよ」

時雨の妻、貞蘭《ジョンナン》が部屋のドアを開けて出てきた。

「あら、アガシ。いらっしゃいませ」

丁寧に言った。平凡な容貌だが、小柄で敏捷に見える。

「お客さんがいるみたいね」

良紘がためらった。

「ソリムお姉さんよ」

部屋に入った良紘は、顔見知りの楊《ヤン》ソリムに挨拶した。

「お元気でしたか」

「久しぶりね」

ソリムはうれしそうに言ったけれど、少し戸惑っている。ソリムは良紘に会うたびに当惑した。還国の妹として育った良紘は還国を連想させるからだ。ソリムと貞蘭は従姉妹で、夫の職業も同じだったから、よく行き来していた。

「いつ来たの」

貞蘭が聞いた。

「今日、朝の汽車で」

「おめでとう、アガシ」

「……」

「おめでとう」

ソリムも祝いの言葉を述べてにっこりした。良紘はぼんやりと二人の顔を交互に見る。ソリムや貞蘭は、良紘が照れているのだと信じていた。

「うちの人が允国さんと一緒に兜率庵に行ったのは知ってるでしょ」

「聞きました」

「よかったわ。うちの人がどれほど喜んでるか。朝鮮中を歩いても、あれだけの花婿はいないぞって」

「ほんとね。私も初めて聞いた時は、ちょっとまごついた。何だか変な気がして。でも考えてみればちっとも変じゃない。本当にいい話だし、素晴らしいご夫婦になるわ」

ソリムは本心で言った。

「河東《ハドン》の義母もとても喜んでるのよ。これで肩の荷が下りた、もう心配ないって」

良絃は周囲の人々を裏切ることが恐ろしく、胸に岩がのしかかってくる気がした。違うの、そうじゃないんです！　心の中で叫んでも口に出せない。それは良絃のか細い理性のせいだ。母や允国より先に、他人に告白することはできない。そうしてはならない。だから何も言えずに硬直していた。

「学歴も最高よね、お姉さん」

「もちろん」

「大学を出たという人たちもたいてい専門部卒業で、学部をちゃんと出た人は少ないでしょ。専門部を出て徴用を避けるために警察に入って巡査になった人が二人もいるのよ」

話が妙な方向に逸れた。

「それ、ほんと？」

「ええ、ほんとよ。みんなが知ってる人。それもコネを使って入ったみたい」

「あきれた」

話はずっと逸れてゆく。

「世の中がこんなだから、仕方ないわね」

「苦労して、お金をかけて日本に留学したのも意味がないじゃない」

「最初は、まさか巡査になるつもりではなかったでしょうよ。大学の専門部を出たって朝鮮人は就職が難しいでしょ。無職の人がたくさんいるから。学校や会社の雑用係、事務員、巡査がせいぜいで。高等文官試験にでも合格すれば話は違うけれど、そんなのめったに受かるものじゃないわ。教師や医者が最高でしょう。だから仕方ないのよ。ぶらぶらしていて徴用されたら、それでおしまいだもの。生きて帰れないってうわさよ。いっそ軍隊に入るのがましだって」

「それもそうね。徴用に取られないように、わざと足を骨折する人までいるって言うし」

「あれ、どうしてこんな話をしてるのかしら」

二人の女は笑ったが、良絃は笑えなかった。貞蘭が立ち上がり、外に出て、戻ってきた。

「夕食の準備をさせてるから、お姉さんも食べていって。お兄さん〈ソリムの夫、許貞潤《ホジョンユン》〉は遅くなるんでしょ？」

「うん」

「何があるの？」

「何かの会議だとか言ってたわ。終わったら酒の席になるだろうって」

「亭主がいないと気楽ね。お姉さん、そうじゃない？」

「ええ、一年中、同じ屋根の下にいると、息が詰まる時もあるわね」

ソリムは貞蘭の言葉に同調した。

良絃は自分の気持ちを静めようとしていた。ソリムや貞蘭も、良絃が何か深く傷ついていることに気づき始めた。十八の少女でもなく一人前の女医なのだから、結婚が決まったぐらいで浮かれることはないにしても、どうしてこんなに沈み込んでいるのだろう。しかし二人は尋ねることができない。ソリムもそうだが、貞蘭も善良で気が弱かった。

三人の女は大きな食卓を囲んで夕食を食べ始めた。ソリムの手の甲にある醜いこぶがどうしても目に付いてしまうが、ソリムはもうそれを克服したようだ。それは言うまでもなく、結婚生活が順調であることを意味している。

「お姉さん」

「何」

「今もあの女はお兄さんに手紙を寄越すの？」

「ううん」

口いっぱいご飯が入っていたからか、ソリムは喉の詰まった声で答える。

「ひどい女がいたものね」

「あの人が叔母と一緒に来た時、うちの母がひどく冷たくしたの。それを根に持ってるんじゃないかと思う」

「そうだとしてもお姉さんに仕返しするのは変じゃない？」

「ちょっと尋常じゃない感じもする。印象も悪いし。自称芸術家だからかとも思ったけど」

「お兄さんが隙を見せたんじゃない？」

貞蘭はからかうように言って笑った。

「何を言うの。あんな女なんか相手にするもんですか。年も取ってるし、ちっともきれいじゃないし。叔母が連れてきたから、その晩、ちょっとお酒を飲んだだけよ。隙を見せるような時間もなかった」

「お姉さんは純真なんだから。まあ、お兄さんがあんな女に興味を持つはずはないわ」

「叔母も変なのよ。世の中に背を向けたみたいに、やけになって。どうしてあんな人と付き合ってるんだろう」

ソリムは夫をちっとも疑っていなかった。話題になっているのは裵雪子《ペソルジャ》だ。雪子はソウルに戻った後、ソリムに見せつけるように許貞潤に手紙を送ってきた。

「どういうこと?」

ソリムが手紙を差し出して尋ねた時、貞潤ははっとした。あの夜、矗石楼《チョクソンヌ》に行っていたら大変なことになっていたと気づいたのだ。雪子は誘いに乗らなかった貞潤に腹を立て、半ば復讐、半ばいたずらのつもりで、家庭内に騒ぎを起こさせようという意図で手紙を送った。

「頭のおかしい女だ」

貞潤は、雪子が矗石楼で会おうと電話をしてきたと告白した。

「もちろん行かなかったよ。お前も知ってるだろ。あの晩、さっさと寝てしまったのを」

しかし、そのことを知ったソリムの母洪《ホン》氏が激怒して、ソウルにいる妹を手紙で叱りつけた。成淑《ソンスク》は姪のソリムをとてもかわいがっていたから雪子を訪ねていって大げんかしたという。

「貞蘭、お宅の義弟さん〈民雨《ミヌ》〉も、もうお年頃じゃないの」

ソリムは話題を変えた。

「学校を卒業しなきゃ」

「あれ、まだ卒業してなかったの。義妹さんも卒業したのに」

「あの子の行ってた学校が、つまらない私立だったじゃない。うちの人もそれを気にしていたんだけど、去年、試験を受けて早稲田大学に入ったの」

「それはよかった」

「これまで義弟もプライドが傷ついて、お酒を飲むようになって、ちょっと荒れてたからみんな心配してたんです。うちの人は最近、とても機嫌がいいみたい。妹を嫁に出してしまえば、もう何も心配はないって」

「李家の兄弟はみんな仲がいいのね」

「それは確かです。うちの人は早くから家長の代理をしてきたので責任感が強いの。弟が試験に落ちると、本人より先にうちの人が病気になったぐらいで。今度も、病院の仕事も忙しいのに允国さんについていったんですよ。たった一人の妹のことだからと言って」

貞蘭が顔をうかがうと、良絃はうつむいた。

夕食が終わってソリムが帰り、貞蘭が赤ん坊の世話をしている間にも、良絃は帰ろうともせずぼうっと座っていた。かといって貞蘭に話があるのでもない。

「どこか具合が悪いの？」

どうしてそんなに沈んでいるのかと聞けず、そんなことを言った。

「いえ、気分がちょっと良くなくて」

「何かあったの」

貞蘭が緊張したところに、時雨が入ってきた。

「あら、あなた！」

「お兄様」

貞蘭と良絃が同時に言った。

「良絃が来てたのか」

時雨は座りながら上機嫌で良絃を見た。少し酔っている。

「どうしたの」

「どうしたって。允国が帰れと言うから帰ってきたんだ。逆らえるものか。帰れと言われたら帰らなきゃ」

「どうしてそう言ったんでしょう」

貞蘭は少し不安そうだったが、それには答えない。

「良絃」

「はい」

「お前みたいな知性的な女性にはありきたりの言葉のように響くだろうが、お前はとても福の多い子だ。允国は、ただ賢いだけではない。男の中の男だ。この李時雨もかなわないほど優秀な奴だよ」

「はいはい、わかってますよ。それよりあなた、晩ご飯はどうしたの」

「食べなくても腹いっぱいだ」

「この人ったら、そんなことばかり。妹の顔ばかり見て、女房のことはちっとも目に入らないのね」

貞蘭も機嫌よく冗談を言う。

「おい、李府使《プサ》家の長男の嫁がそんなことでいいのか。清廉潔白な官吏を務めた李府使家のしきたりを知らないのかね」

貞蘭はくすっと笑う。

「アガシ、みっともないでしょ」

「おい」

「ご飯の支度をしましょうか」

「途中で、警防団の団長とかいう男にあった。うちの病院の患者だろ」

「それで?」

「一杯やろうと言うからついていった」

「あんなごろつきと仲良くするなんて、あなたも偉くなったものね」

「俺も気分が良くて一杯やりたいと思っていたんだから、断ることはないさ」

「清廉潔白な官吏を務めた李府使家の当主が親日派と仲良くするなんて、ご立派だこと」

「あれ、一人前の口をきくんだな。良絃」

「はい」

「お前、明日、平沙里に行け。允国が待っている」

「はい」

「はいしか言わないんだな。どうしてそんなに元気がないんだ」

「そんなことないわ」

貞蘭は兄妹を見ながら、なぜか不安だ。兄はひどく浮かれていて、妹はひどく沈んでいる。

（血は争えないとは言うけど、並んでいると本当によく似ている。妹の方がずっときれいだけど。幸福の条件がすべてそろっているのに、どうして傷ついた人みたいに憂鬱そうに見えるのだろう）

「とにかく世の中は悪くなる一方なのに、わが家は祝い事の連続で申し訳ない気がするな。亡くなった祖父に申し訳ない。だが、日本はもうすぐ敗ける。その時まで生きてさえいればいいんだ。ああ、允国は頼りになる。最初はちょっと気まずいだろうが、時間が経つとそんなこともなくなるだろう……允国が優秀なのもうれしいが、両家の長い縁を考えれば、とてもいいことだ」

「あなた、ずいぶんおしゃべりなのね。何だか心配だわ」

貞蘭が言うと、時雨は少し恥ずかしくなったようだ。

「女房は亭主がおしゃべりでも無口でも心配するんだ。良絃は見習っちゃいけないぞ。わかったな」

「お兄様、私、帰ります」

「もうちょっとゆっくりしていけよ」

「明日、平沙里に行かないといけないから」

「まあ、それもそうだな」

「家まで送って下さい」

「そうしよう」

時雨はすぐに立ち上がった。

「お義姉様、おじゃましました。心配させてごめんなさい」

良絃は沈んでいる自分を心配そうに見ていた貞蘭に言った。

外に出た兄妹は、並んで夜道を歩く。空には星が輝いていた。繁華街にも明かりは少なく、商店はひっそり闇に埋もれているように見えた。天倫〈親子やきょうだい間の道理〉とは実に神秘的なものだ。もちろん世の中は必ずしもそううまくはいかず、腹違いのきょうだいが憎み合って暮らすのもよくあることだが、時雨は最初から良絃を可哀想に思っていて、李家の戸籍に入れようと強く主張した。民雨は父に幻滅したために拒否反応を見せたけれど、時雨は大切に迎えた。もともとわりに冷淡で意志の強い人間だったが、良絃に対しては父のような憐みを感じていた。良絃も時雨に対しては何の抵抗もなかった。実際、良絃と血がつながっているのは時雨と民雨だけなのだ。

「お兄様」

「うん」

「私、この結婚はできない」

「な、何だと!」

「この結婚はできません。死んだ方がましです」

時雨は足を止めた。闇の中でも狼狽しているのが見てとれる。

「どうしてそんなことに」

独り言のようにつぶやく。

「お兄様もそうだけど、どれほどたくさんの人を傷つけてしまうのかは、よくわかってます。だけど結婚したら、もっと傷つける結果になるわ。取り返しのつかないことに」

「何てことだ」

「もし、家が破産して私を売らなければならないなら、どんなにいやな人にでも売られていきます。でも、この結婚だけはできない。お兄様、わかって下さい」

「理由は何だ」

酔いがさめた時雨は低い声で尋ねた。そしてたばこに火をつける。

「理由を言いなさい」

「……」

「理由があるんだろう。允国が嫌いなのか」

「いいえ。絶対そんなことはありません。でも、お兄様よ。私のお兄様だもの。そんなことはできない。絶対に無理です」

良絃はすすり泣く。

「理由はそれだけか」

時雨は歩き始めた。良絃も従う。

「その気持ちはわからないでもないが、時間が過ぎれば解消することだ。そんなふうに結婚する人もいるじゃないか。允国は一人の女性としてお前を愛している。彼がこれまで結婚しなかったのもお前のためだ。一人でずっと悩んでいたらしい。お前ももう子供ではないのに、考え直すことが、どうしてそんなに難しいんだ」

「……」

「ひょっとして、他に好きな人がいるのか」

時雨はまた足を止めた。返事がないので、焦った。

「言いなさい。どうせ言いかけたことだ」

「います」

その瞬間、時雨は肩を落とした。

「まさか、そんな……」

歩きだそうとした時雨はまた足を止めて、立っている良絃に言った。

「誰だ」

「今は言えません」

「後ろ暗いところがないなら言えるだろう」

「お兄様」

二人は家の近くに来るまで、ずっと黙っていた。

「それなのに、明日平沙里に行くのか」

「避けられないことでしょう。私は何度、逃げ出そうと思ったかしれません」

「行ってどうするつもりだ」

「……」

「あちらのお母さんには話したのか」

「いいえ、お兄様が初めてよ」

「何てことだ。お前から、こんなに失望させられるとは思ってもみなかった。ましてや允国はどう思うだろう。こんなことがあっていいものか」

時雨は大きなため息をついた。

「いったいどんな奴だ。脚をへし折って」

言葉を途中でやめた。

「お兄様」

「……」

「許して。地の果てに一人で立っている気分です。耐えられない。さっきお兄様が喜んでいた時、私は雪みたいに溶けてしまいたかった」

「……」

「いっそ生まれてこなければよかった。生まれても、冷遇されて育っていたら」

良紘はいっそう激しく泣いた。

「家に着いたぞ。入りなさい」

時雨の声は意外に優しかった。

「お兄様」

「これ以上、話しても仕方がない。私にできることは何もない。さあ、入りなさい」

時雨は気が抜けたように帰っていった。良紘は涙にぬれた顔を上げて空を見る。星がきらきらしていた。

（おかあさん！）

その母が西姫なのか鳳順なのか、良紘にもわからない。

（私、あの星の中に消えてしまいたい。永遠に隠れたいの。おかあさん！）

家に入った。

「お嬢様、遅かったんですね」

安子が板の間から下りながら言った。

「お母様は」

「待っていらしたんですけど、さっきお休みになりました」

「具合は」

「ちょっと良くなったみたいです。晩ご飯は召し上がりましたか」

「あちらでいただきました」

良絃は真っ暗な部屋に入って電気をつけた。

翌朝、良絃は平沙里に向かった。

允国がなぜ時雨と共に兜率庵に行ったのか、時雨を帰して一人で平沙里に残った気持ちなど、良絃は深く考えてみる余裕もなかった。とにかく允国に会わなければならない。会わないまま煙のように消えてしまいたい衝動と、会いたいという切実な気持ちで混乱しながら河東で舟に乗ったのは、太陽が中天に昇る頃だ。本家には寄らなかった。平沙里に来る時にはいつもそうだ。河東を通るのに、どうしても本家には立ち寄れない。義理の母朴《パク》氏は寄ってくれたらよかったのにと言ったたし、そう言うのは当然だと思ったけれど、どうしようもなかった。本家を訪問するには平沙里である程度心の準備をしなければならないのだ。いつからか河東の入り江は良絃にとってつらい場所になった。本家を意識するからでもあり、蟾津江に身を投げた実母を思い出してしまうからでもある。成長するにしたがってその傷はいっそう深くなった。

しかし良絃は今、そんなことは頭にない。舟の底に置いたかばんにもたれるようにして座った自分が、ひどくみじめで小さく感じた。歳月が巻き戻されたかのように、だんだん自分が小さくなるようだ。無一文の孤児。大人の女でもなく、女医の社会的地位もどこかに消え、人一倍豊かな暮らしも幻想だった気がする。葉っぱを落としてしまった冬の木、風吹く露地にぽつんと立っている空き家のような自分。

（昔みたいに私のお兄様……小さいお兄様だったら、私はおそらくつらい恋愛問題を相談するために、真っ先に小さいお兄様を訪ねていって打ち明けたはずだ。今、平沙里に向かっているのがそのためだった

ら、どれほどいいだろう。叱られて、もし殴られたとしても、私はこんなに不幸にはならない）

川の水はいつものように深い青だった。空も青く澄み渡っていた。舟の乗客は数人しかおらず、なぜかみんな息を殺すように黙り込んでいた。

（神様はこれまでくれたものを全部返せと言う。一度に……私を祝福するすべての人たち、お母様もお兄様たちも、私は失うのだ。栄光お兄様は、良絃が飲み屋の女だったらよかったと言った。飲み屋の女……）

その瞬間、良絃は栄光がどこかに行ってしまったような気がした。それはふらふらしている自分にとって最後の打撃だった。

（行かないで！）

不安な愛、一歩先が見えない愛、だが良絃は自分がその不安な愛にしがみついていたことに気づく。外部の障害より栄光の内面に潜む障害の方が大きいと、今更ながら痛感する。それは彼の凄絶な孤独であり、その孤独に乗って流れようとする彼の生き方であると。良絃はまるで栄光が横にいるみたいに、彼を引き止めて自分の体温で彼の孤独を解かそうと思ったり、後ろ姿にしがみつく光景を見たりする。永遠に自分の前から姿を消してしまう、あの敦岩洞の通りを目の前に浮かべることもある。

良絃は家の見える坂道を、さまようように上る。今年もエゾギクの花は咲き乱れていた。白、桃色、紫。足を止めて花を見下ろす。栄光と初めて会った時、この花があった。川に流した花。そしてその川辺で妙な男に出会った。

門を押して入ると、大庁《テチョン》*の端にぼうっと腰かけていた允国が、ああ、と言って立ち上がった。しかし次の瞬間、戸惑って首筋から耳たぶまで赤くなった。

「お兄様」

はるか遠くから来た人のように、良絃は息を切らして呼んだ。

「うん」

態度とは裏腹に、無愛想な返答をする。白い麻のパジチョゴリを着た允国はひどくやつれて見え、顔は赤みが消えると蒼白になった。良絃が来た気配を察して、コニの母〈オンニョン〉とその亭主が出てきた。

「お嬢様、いらっしゃいませ」

彼らは明るい表情でうやうやしく挨拶した。それは祝いの挨拶でもあった。コニの母が良絃の手にしていたかばんを受け取った。

「皆さん、お元気でしたか」

その時、舎廊の方から延鶴が現れた。

「来たか」

「はい、おじさん」

コニの母やその亭主とは違い、延鶴はそう明るい顔でもない。

「部屋に入ろう」

「はい」

三人は一緒に大庁に上がった。かばんを内房に置いて出てきたコニの母に延鶴が聞いた。

「昼食はどうなってる」

「もうすぐできますよ」

コニの母は急いで台所に入った。允国はたばこをくわえた。マッチをする手が細かく震えている。興奮と不安の表情だ。延鶴が良絃の様子をうかがいながら言った。

「仁川の病院は辞めたのか」

「いいえ」

「じゃあ」

「休暇をもらって来ました」

「休暇だと」

「……」

延鶴は返答を強要しなかった。

「ソウルの家族がみんな元気かどうかは知らないんだね」

「寄らないで来ました」

「私も近いうちに行ってみようとは思ってるんだが」

すると允国が言った。

「どうして寄らなかったんだ」

「何となく」

允国は憔悴した良紘の姿が気になるらしく、目を伏せた。

「お兄様は……ずっとここにいたの」

「一週間ほどになる」

話はそれで途絶えた。

「この頃、ソウルの人たちはどうやって食べているんだろうな」

沈黙を破るように延鶴が言った。

「配給で生きてるんでしょうよ」

允国がぶっきらぼうに言った。

「配給だけでは全然足りないから疑問なんだ」

「田舎に服や日用品を持ってきて食べ物と交換しているみたいです」

良紘がやっとのことで言った。

「良紘、お前、任《イム》校長の近況は知らないだろう？」

「ええ」

「ずいぶん良くなった。允国、お前も会っただろ？」

「はい。ソウルには帰らないとおっしゃってましたね」

「友達について江南に行くという言葉があるが、山奥に集まって神仙にでもなるつもりかな」

皮肉のようでもあった。允国が苦笑する。

昼食は三人で同じ食卓を囲んだ。良絃はご飯を食べるより水をたくさん飲んだ。喉を通らないご飯を無理に押し流そうとするように。昼食が終わり、少し休めと延鶴に言われた良絃は井戸で手足と顔を洗い、内房に入って横になった。だが、やたらと寝返りを打つから眠れるはずがない。眠りたくて横になったのでもなかったけれど。允国と延鶴は舎廊に行ったらしい。コニの母も食事の後片付けを終えて畑に行ったのか、家の中はひっそりしていた。時計がカチカチと脳髄をつつくような音を立てていた。休むどころか緊張はいっそう高まって胸を押さえつけ、額に冷や汗が浮かんだ。

「議送の入った麻袋ということわざは、まさに張書房のことね」

どういう話の流れだったか、母が下女に言った言葉が唐突に浮かんだ。幼い時だった気がする。

「おかあさま、ぎそうってなあに？　くだもののなまえ？」

母は下女と一緒に笑った。

「お嬢様、それは果物ではなくて、裁判で負けた時、もっと上の人に不服を申し立てる文書のことですよ」

「良絃」

「はい、おかあさま」

「議送の入った麻袋とは、大したことがなさそうに見えるけど実は賢い人のことをたとえた言葉なの」

「はい……」

思いがけず浮かんだ記憶は、それを思い出す契機があったかなかったかはともかく、緊張を緩めるのに役立った。ひょっとすると、自分を助けようとする本能が働いたのかもしれない。

「良絃」

允国の声だ。良絃は息を殺す。

「良絃、寝てるのか」

「いえ」

「ちょっと外に出て風に当たらないか」

「……」

「疲れているなら、いい」

「いえ、行くわ」

良絃は起き上がった。楽な服に着替えて大庁に出た時、中庭に突っ立っていた允国が良絃をちらりと見た。妹の顔さえみればいつもにこにこしていた、あの允国の目ではない、形容しがたい目つきだ。

一緒に家を出た。太陽は西の山にかかっていた。ちょうど吹いてきた風にエゾギクがひどく揺れ、允国の歩調が速まった。良絃のことを気にしていないはずがないのに、まるで意識にないかのように先に立って急ぎ足で歩く。

パジチョゴリを脱いで紺色のズボンとやはり紺色の長袖シャツを着た允国は急いで歩きながら一度も振り向かない。彼が向かったのは川辺の、昔よく淑《スク》が洗濯をしに来ていた場所だ。允国が淡い恋心を抱いた所。そのことはほとんど忘れていたけれど。膝を立てて座り、膝の間の地面をしばらく見ていたが、やがてポケットからたばこを出してくわえた。良絃は砂を踏んで下りていこうとして、ちょっと立ち止まり、允国の後ろ姿を眺めた。允国の後頭部は相変わらず形がいい。晋州の南江《ナムガン》で遊び、日が暮れると允国におぶわれて家に帰った幼い頃のことがよみがえる。良絃は川の下流の方をしばらく眺めてから允国の横に行って、同じように膝を立てて座った。

何という鳥なのだろう。鳥は水遊びをするみたいに、水に足を浸けては舞い上がった。行商人が歌いながら土手を歩く。

「どうしてそんな疲れた顔をしてる」

良絃の方を見もせず、たばこの煙を吐きながら允国が言った。

「仕事がたいへんなのか」

「いいえ」

「じゃあ、何か悩みでもあるのか」

やはり良絃の方は見ない。抑制された声だった。良絃が答えないでいると、膝の間の地面を見ていた允国は、たばこを川に投げた。

「トンボがいっぱいいるな」

そして突然話題を変えた。

「話を聞いてきたのか」

「はい」

「どんなことを聞いたんだ？」

「お兄様は何のことを言ってるの？」

良絃は悲しみがこみ上げた。允国が、本当に他人のようだ。意地悪ですらあった。

「僕たちの結婚のことだ」

「……」

「知らなかったのか」

「いえ」

「じゃあ」

「お母様は何も言わなかった。ソウルのお義姉様が」

「どう思った」

允国の声もそうだが、空気が圧縮されたように固くなり、時間が突然停止してしまったみたいだと良絃は思う。

「お兄様、それはできないわ」

允国はずっと黙っていた。だが動揺した様子は見せない。

「なぜだ」

絶望にうめいているのに、態度はやはり淡々としていた。

「お兄様だもの」

「……」

「私は一度も、お兄様を他人だと思ったことがないわ」

「男として見たことがないということだな」

「……」

「理由はそれだけか」

「それと」

允国は良絃が言い出すことを恐れているように言葉をさえぎった。

「予想していなかったわけではない。良絃、お前が入ってきた瞬間……それを感じた」

「どうしてそんなことができるの。お兄様、もう……私は妹じゃなくなったの？　私たちの縁はこれで終わりなの？」

「呪わしい運命だ」

「ううっ」

良絃は泣きだした。膝に顔を埋めてすすり泣く。允国は石になったように座っていた。心の中では、立ち上がってここを去らなければならないと思いながらも、体が砂に埋もれてしまったように動かなかった。お前が入ってきた瞬間それを感じたと言いはしたものの、允国はそれよりずっと以前からそんな予感がしていた。ひょっとすると良絃を妹ではなく女性として意識し、深く愛していたと気づいた瞬間から、允国は良絃を自分のものにできないだろうというつらい予感にとらわれていたのかもしれない。そして彼も良絃と同じく、そんなことはできないと、何度も考えた。母が良絃との結婚の話を持ち出した時、全身の血が沸騰し、そして全身から血が抜けるのを感じた。それは歓喜であり、ある種の恐怖だった。良絃はいつも彼の心の中で向こう岸に立っていたからだ。そしてまた、得体の知れない不安があった。良絃が誰かを愛しているのではないかという不安だ。しかしその相手については想像のドアを閉ざしてしまった。妄想だ、とんでもないことだと思うことにした。だがその思いは常にうごめいて首を絞めつけた。三、四年の間、東京にいても朝鮮に戻っても、彼はずっと憂鬱だった。もちろんそれは良絃のせいだけではなく父が投獄され、允国の関係している組織が何度も危機に陥ったからでもあった。

その組織は朝鮮人留学生数人を中心に、運動の経験がある労働者出身の人を含めて結成された社会主義に近い秘密結社だったが、既に二人が逮捕され、官憲に追われている者も数名いた。それでも結社の全体像は発覚しなかったので允国にまでは危険が及んでいない。年長者であり農学部を卒業した後、Y大学でまた経済学を専攻している允国は秘密結社の理論的指導者としてかなり深く関与していたから、実のところは結婚など考える状況ではなかったし、結婚のために帰郷していたのでもない。もしできれば婚約しようというぐらいに考えていた。それでも帰ってこいという母の手紙をもらい、しつこくつきまとう妄想を振り払って良絃の気持ちを確認したいと思った。そして良絃を、妹ではなく女性として一度抱きしめてみたかった。緊張が続く殺伐とした日常で、良絃はこの上なく人間的な、純粋なものを支えてくれる存在だった。

「それで、他の理由は何だ」

允国は、結局聞いてしまった。

「その」

「言いなさい。もう大丈夫だ」

そう言ったものの、允国は地獄をさまよう気分だった。

「わ、私、好きな人がいるの。舟で来る途中……そのことを相談するためにお兄様に会いに行くのなら、どんなにいいだろうと思った。お兄様、許して」

「……」

允国はたばこをくわえた。マッチをすると、さっき家でたばこを吸った時よりも、ずっと震えがひどかった。

「お兄様」

「そいつは誰だ」

「その」

「大学生か？　妻子のある男か？　それとも同僚の医者か？」

「ち、違うの。そんなふうに言わないで」

「どうしてさっさと言えない」

「ヨ、栄光……」

言いかけた時、允国は両手で砂を握って立ち上がった。顔は青白いどころか紙のように白かった。目がぎらぎらしている。

「お兄様、許して」

「今、何と言った？　もう一度言ってみろ」

「お願い」

「栄光と言ったのか。宋《ソン》栄光か」

良絃はうなずいた。

「駄目だ。それは駄目だ」

允国が叫んだ。

「あの野郎！　よく聞け。良絃、もし断念できないなら、僕があいつを殺す」

「よしてよ。お兄様、そんなこと言わないで」

「あいつだけは駄目だ。天が裂けたって、あいつだけは駄目だ。あいつは人間以下、悪魔に取りつかれた奴だ。お前を駄目にしてしまう。無茶苦茶にしてしまうぞ。あいつは地獄から来たんだ。淫蕩で無責任で、魂が腐っている」

允国は完全に理性を失っていた。

「お兄様は白丁に対して、ひ、ひどい偏見を持ってるのよ。それじゃいけない、いけないわ。どうかそんなこと言わないで」

允国を見上げながら言う良絃の目に、また涙があふれる。

「自分ではどうしようもないことじゃない。私も妓生の娘なのに。世の中で蔑視される妓生の。そうでしょう?」

「良絃、それは駄目だ」

「どうして駄目なの。なぜ」

「約束しろ。あいつのことは忘れると」

「しないと言ったら?」

「約束するんだ」

「それはできません」

「あいつは前科者だ。一人の女を駄目にした前科がある。悪い奴め。道徳心が麻痺した破廉恥な野郎だ」

允国はまた理性を失う。良絃は戸惑いながら允国を見つめた。

「知らなかったのか。ソウルに行ったら還国兄さんに聞いてみろ」

允国は両手で頭を抱えた。

「ああ、帰れ。家に帰れ。どこかに行ってしまえ。僕の前から消えてくれ」

「……」

「良絃」

「……」

「僕を一人にしてくれ。耐えられない。お願いだ」

良絃はふらふらと立ち上がり、何歩か歩くと、走りだして土手に上がった。その後ろ姿が視野から消えるまで見ていた允国は、座り込んで地面を拳で殴った。

四方は暗くなろうとしていた。いつしか太陽は沈んでいた。巣に帰る鳥たちの姿もなく、川は静かに流れていた。

允国はそのまま河東に出た。

その昔、東学*の軍隊が攻めてきた時、役人たちの首が落ち葉のように転がった川辺の松林に来た允国は、川の方を見た。白い砂が半月の光に照らされ、人が一人動いている。舟が係留されているのも見えた。允国は急いで下りてゆく。

「船頭さんはいませんか」

そう叫んだ。川原に黒っぽい影を見せていた人が振り向く。

「何ですか」

年寄りの船頭だ。

「舟を出してもらえませんか」

「たった今、戻ってきたばかりなのに」

「お礼はたっぷりしますから、出して下さい」

「わかりました」

船頭はあっさり承諾し、舟をつないでいた縄をほどいた。允国は舟に乗った。船頭は長い棒で押して舟

を出しながら、

「酒が飲みたくなったんですかい」

と言って笑う。

「まあ、そうです」

川を渡った所に有名な料理屋が一つある。蟾津江で獲れた魚を出すのだが、鮎の刺身が天下一品だ。去年の夏、允国は民雨と一緒に一度その店を訪れた。

「若い人が出歩くのは危ないから気をつけなさいよ」

棒を引き上げ、櫓《ろ》をこぎながら船頭が言った。

「だから泥棒猫みたいに夜出歩いてるんです」

「面《ミョン》〈村に相当する行政区分〉事務所から通知を出して招集したのも昔の話だ。誰でも彼でも連れていかれるようなご時世では、息子なんかいない方がましだね」

「徴用のことですか」

「連れていかれるのはそれしかないだろ。戻ってきた人はいないよ」

「戦争が終わらなきゃ」

「いったい、いつ終わるってんです。この分じゃ戦争が終わる前に全滅するね」

「それでも生き残る人はいるはずです」

「この前も、背広を着た男が何人か川のそばをうろついていたけど、舟が着くとすぐ、若い人はもちろん、若くない人まで連れていったよ。母ちゃんの薬を買いに来た、用事が終わるまで待ってくれと頼んだって、聞いてくれやしない。若いおかみさんも泣きながら亭主の後を追いかけて、ほんとに見ていられなかったね。死神だってあんなひどいことはしませんや」

「……」

「おかげで面事務所や邑《ウプ》〈地方行政区域の一つ〉事務所の書記〈事務員〉たちは得をしてますよ。あいつらの家には何でもそろってるそうです。みんなが徴用を免除してもらうために、糞のついたパジまで売り払って賄賂を渡すんだからね」

「そんなことをしたって無駄でしょう。どのみち、みんな引っ張られるのなら」

「とにかく小役人たちが喜んでるそうですぜ。さっきも面事務所の書記の奴が、邑事務所の書記を何人か連れて川を渡りましたよ」

允国が舟を降りた。

「もう少しすると、この舟がまた来ます。あいつらに呼ばれたから。ともかく、若い人は気をつけなさい」

「ありがとう」

允国は坂道を上がる。村ではなく、急な坂を上がった丘の、川を見下ろせる場所にぽつんと一軒、店がある。

「いらっしゃいませ」

前掛けをつけた女が言った。けたたましい笑い声が聞こえる。船頭が話していた書記たちらしい。

「お一人ですか」

女が聞いた。

「そうです」

「崔参判家の旦那様ですね」

「どうしてわかるんです」

「去年、李府使家の旦那様と」

「ええ」

独身とはいえ允国はもう三十近いから、旦那様と呼ばれるのも無理はない。小さな部屋に案内された。

「刺身にできる魚があまりないんですけど」

「酒さえあればいいんです」

「隣がちょっとうるさいでしょう」

「そうですねえ」

「ここでは何をしたって見つからないから大騒ぎするんですよ」

やがて酒膳が運ばれてきた。心をこめて準備された感じがする。允国は酒を一杯つぎ、ぼんやりと見下ろした。

（宋栄光は本当に道徳心の麻痺した破廉恥漢なのか。違う。彼は本当に人間以下なのか。それも違う。女をもてあそぶ色魔か。それも違う。悪魔につかれてもいないし地獄から来たのでもない。どうしてそんな

ことを言ったのだろう)

允国は酒をあおった。胃が焼けるように痛かった。

(だけどあいつは駄目だ。足も悪いが、決してまともな人間ではない。どこか病的な……でも、僕は何なのだ。さっき、どうしてあんなに取り乱したんだ)

それは実に変だった。

栄光が初めて平沙里に現れた時、允国はどうしてそんな気持ちになったのだろう。何かに頭を殴られたような気がして、自分でも驚いた。良絃と栄光の態度がぎこちなかったから、二人が顔見知りなのだろうと思って片付けることはできなかった。後に、川で偶然会ったと良絃から聞かされても警戒心は解けなかった。どうしてあんなに驚いたのか。説明を聞いてからも、どうして警戒心を緩めなかったのか。それは決して兄が妹を心配する気持ちではなかった。それに気づいた瞬間、允国は驚き、衝撃を受けた。その年の夏は允国にとって憂鬱な季節だった。ひょっとするとあの時、既に今日を予感していたのかもしれない。その後、允国は時折、得体の知れない喪失感に陥った。

そんな時、彼を揺り動かしたのが運動だ。そして父の拘禁はそんな喪失感を忘れさせてくれた。允国が社会主義の道に足を踏み入れたのは、父を愛し父の信念を尊敬しているからだ。だが允国は父が共産主義者だとは思わない。戦争に狂奔する日本の心臓部東京で、日本の社会主義は陥落した。徹底した軍国主義の統制下にあって允国の関与している組織はごく小さな存在だ。反戦の気配や自由主義の片鱗すら容認しない体制で日本の進歩的人士が多数投獄され、殺され、抹殺される状況で、小さな組織は風前の灯だ。日本の敗亡にのみ希望をかけ、小さいなりに組織を強化し理論武装の方向に向かうぐらいしかない。組織には日本人も二人いた。そうした允国の立場からすれば、宋栄光は批判される余地が十分あった。自由主義者、利己主義者、傍観者、腐敗分子。世間的に見ても栄光は欠陥が多い。

だが純粋に人間として見るなら栄光は軽蔑されるべき人間ではないし、白丁の子孫だということも、允国は非難できる立場ではない。足が少し悪いのは全体の魅力によってカバーされる。大学は出ていなくとも栄光が知識と洞察力、文学的素養を持っているのを允国は知っていた。そんな長所と将来性を捨てることのできた栄光はある意味、精神的に強いとも言える。巡回する楽劇団のサクソフォン奏者の、何が悪い。康《カン》恵淑との関係も還国から聞いて大体のことは知っていた。一人の女を捨てて駄目にしたというのは事実ではない。思春期に手紙をやり取りするのは罪ではないし、それも恵淑の方から接近したのに、彼女の両親によって学校を追放され、白丁の子孫であることが明らかにされて栄光の未来は終わってしまった。日本に逃げた彼はひどく傷つき、自分を放棄した。足が悪くなったのもそのせいだ。栄光を追いかけて日本に行ったのも恵淑だ。やけになった彼は恵淑と同棲し、崔参判家が学費を出すから大学に入れという還国の勧めも断った。傷ついた栄光は結局、恵淑との生活にも耐えられなかった。恵淑が出ていったのは彼を解放してやるためだったが、自分のせいで栄光が駄目になったという気持ちもあった。

允国は酒を飲みながら、自分はひどい偏見を持っているのではないかと考えた。栄光は確かに被害者だ。しかし、いくら公平な目で見ようと思っても、栄光と良絃を結びつけることだけはできないし良絃を失ったことも耐えがたい。本当に良絃を失ったのだろうか。彼は自問した。

（お父さん、ごめんなさい。やっぱり、これは良くありませんね。良絃は僕の妹ですよね。お父さん。僕は妹を失いました。いっそ、あの子が死んだなら、心の中では生き続けていただろうけど……男がどうしてそんなに軟弱なのだ。お父さんはそんなふうに言わないでしょう？）

允国は空っぽの杯に酒をついで一気に飲む。

「うわさによると、若い奴らが智異山にたくさん隠れているというが、放っておいていいものかね。捕まえる方法はないんだろうか」

隣の部屋からそんな声が聞こえた。面事務所の書記、禹介東《ウゲドン》の声だ。

「どうやって。並の山じゃないのに。山奥に隠れられたらどうしようもない。腹が減って自分から出てくるのでもない限り捜しようがないさ」

「軍隊でも動員すれば」

「おい、何を言う。今の状況を知らないのか。前線にも兵隊が足りないんだぞ。朝鮮には兵隊が余ってるとでも思うのか」

「そうだけど、徴用の割り当ては多いのに、人がいないから」

「いないものか。まだ大丈夫だ。若い奴がいなければ年寄りでも送らなきゃ。俺たちの知ったことか。言われたとおりにやればいい。禹書記の家だって兄貴がいるだろ」

がらがら声は誰だかわからないが、わざと怒らせようとしているようだ。

「何てことを。兄が徴用されたら畑はどうするんです。うちの家族が死ぬのを見たいとでも言うんですか」

腹を立てた介東の声だ。

「割り当てが多いとこぼすからだよ」

「世の中の人がみんな徴用されたとしても、うちはいけません。うちの弟は人より先に志願して兵隊に行ったんだ。それぐらいなら、国に十分奉仕したと言えるでしょう。うちが出征家族だってことを忘れたんですか」

「そんなのわかってる。そのおかげで君が書記になれたってことは、みんな知ってるさ。出征家族ねえ……」

「そんなふうに言わないで下さい。俺は許《ホ》主査を尊敬してるのに皮肉を言うんですか」

介東は勢いを失う。

「口先で尊敬すると言われたって仕方ない。食う物がなきゃ。金剛山《クムガンサン》も食後の見物と言うじゃないか。酒を何杯か飲ませただけで買収しようって本心が見え見えだからだ」

「おや、俺はそんな馬鹿じゃありません。あの家が困っているから一役買って出たんですけど、もともと金持ちの家だからただで頼んだりはしないでしょうよ。それはご心配なく」

「ははは、はははっ、好きなようにしろ。お互いのためにいいことだ。すべて俺たちにかかってるんだからな。はははは……」

「そんなことをするから面事務所や邑事務所の書記がいい目を見てるとうわさされるんだ。家には何だってあるらしい、虎の眉毛だってあるんじゃないかと言われるんだよ」

それは別の男の声だった。

「ふん！　おとなしい子犬がかまどに上がる*ということわざがあるけど、自分だけ潔白みたいなふりをしたって駄目だぞ。キジを食べて卵も食べる*というが、配給係が泥棒だってのは周知の事実だろ」

「俺が泥棒だとしても、お前たちは今、何をやってる？　命の取り引きをしてるんじゃないか」

「振り回すのも投げ飛ばすのも同じだ*。みんな生きるためだ。お前も俺も、世の中に従って生きなければならないだろう」

「それはそうと、ここだけの話だが」

突然声が低くなった。

「どうも気分が良くない。戦況が思わしくないようなんだ。報道を見ても撤退とか全滅とか」

「一度や二度の失敗は兵家の常だと言いますよ。心配することはありません」

介東が偉そうに言った。

「山本司令官だって、アメリカの奴らは司令官が乗っていることを知っていて飛行機を撃墜したという話もあるし」

「それは確かに気分の悪い話だ。真珠湾攻撃の時の指揮官だから復讐したのかな。星三つの海軍大将じゃないか。翼が片方折れたってことだ。日本人はラジオでそのニュースを聞いて顔色を変えてたね。ただごとじゃないぞ」

「日本が負けたら俺たちはどうなる」

「縁起でもない。ちくしょう、そうなったらどうしようもできないな。まあ、日本が負けるはずはないだろうが、徴用に取られて死ぬよりはいいさ。明日はひどい目に遭うとしても、今は恐いものなしなんだから」

「イタリアではムッソリーニが降参したというし、ドイツ軍もソ連に降伏したと……」

「日本は絶対に降伏しません。全滅したって降伏するものですか。日本が勢いを取り戻したら、日本に復讐しようとする奴らを野放しにはしないでしょう。そうなったらただでは済みませんよ。絶対に」

「ともかく、金は必要だ」

俺が泥棒だとしてもと言った男の声だ。

(腐った奴らめ)

允国は杯を握り、また酒をあおった。このまま眠ってしまいたい。

(お父さん! また会えますか。生きてお父さんに会えるでしょうか)

もうろうとして、目の前が揺れていた。

(良絃! それはいけない! 本当に駄目だ。行くな。行くな。また僕の妹になってくれ。僕が悪かった。僕が間違っていた)

手にした杯が揺れ、酒がこぼれた。

(宋栄光は、女に好かれるだけのことはあるな。認める。彼には孤独と絶望と虚無主義の濃い陰がある。世の中を許していない。世の中に抱かれようともしない。でも僕はそれを認めることはできない。栄光、あなたは死ななければならない。死ね！　あなたは本当に女を愛せるのか。良紘、上品で頭が良くて能力のある医者を一人選べ。温かい心の男を。ああ、頭が割れそうだ。僕は、僕は……のんきに酒を飲んでいる場合ではない。良紘……）

允国は目を開けた。燃えるように喉が渇いている。手を伸ばして水を探したけれどなかった。部屋の中を見回す。家ではない。しかも、周囲が明るい。布団をはねのけて座った。胸が締めつけられるように痛い。昨夜のことが思い出される。何か心の中で叫んでいるうちに倒れて眠り込んだらしい。

「お目覚めですか」

昨夜の女がのぞき込んで笑った。

「申し訳ないことをしました」

「いいんですよ」

「水をもらえますか」

女はすぐに水の入った碗を持ってきた。允国は時計に目をやり、水を飲む。

（こんな男と結婚するのはどんな女だろう。人が欲しがるものはすべて手に入れていて、あんな男前で。見ているだけでどきどきする）

允国は水を飲み干して器を置いた。

「昨夜、隣の部屋にいたお客さんたちを迎えに舟が来た時、起こそうと思ったんですけど、ぐっすり寝てらしたから」

「あの書記の奴らのことですか」

女が声を上げて笑う。

「ええ、あの書記の奴らのことです」

面白そうに言葉をまねするから、允国も笑う。

主人に勘定を払って店を出ようとした時、女が言った。

「舟はもう少し待たないといけません。舟が来るまでここでお待ち下さい」

「いいえ。川のそばで待ちます」

允国は店を出て川辺に下りた。川の水で顔を洗ってハンカチで拭き、たばこを吸う。遅い朝の川と空と森はまるで思春期のように爽やかで少し悲しげだ。こちら側は山の傾斜がきつくて麓に川が迫っており、あちら側には白い砂原と土手と村がある。水は向こう岸に近い所では白っぽく、こちら側では青緑色に映った。流れない青緑色の川。歳月の苔と自然の厳粛さ。冷淡な影が映っていた。あちらでは日差しが絶え間なく砕け、やつれた人たちの吐息が立ち込めている。允国は此岸に立って彼岸の良絃を眺めていると思う。この川は決して渡れないことを、彼岸に到達することはできないことを、允国はしみじみ悟った。良絃は良絃の道を行き、自分は自分の道を行く。それを受け入れるしかない。自分にも暗い陰がある。死ぬかもしれないし逮捕されるかもしれない。踏んでいる地面がいつ崩落するかわからない。それは現在、朝鮮人の置かれている場所でもあった。せめて心では解放してやろう。良絃を、因習から解放してやろう。偏見からも、世俗的な規範からも。

舟がやってきた。老いた船頭は時折空を見上げてまぶしそうな顔をしながら舟をこいでいた。舟を見たのか、料理屋の女も坂道を下りてきた。昨夜はぼんやりとしか顔が見えなかった船頭は、明るい時刻にまた顔を合わせた允国に笑顔で挨拶した。女は允国に、自分は河東に買い物に行くと言った。ヨモギ色のチマに桃色のチョゴリを着ていた。モンペではない女の姿が珍しいだけに、きれいに見えた。

家に戻ると門の前で延鶴が後ろで手を組んで立ち、村を見下ろしていた。允国が帰ってこないのを心配して村の道を眺めていたらしいが、允国の姿を見て門の中に入ってしまった。允国が中庭に入るとコニの母が裏庭から走り出てきた。目を丸くしていた。

「あのう、良絃お嬢様が朝、出ていかれました」

真っ先に報告しなければならないと思ったのか、慌てて言った。

「そうですか」

允国が平然としているので、コニの母は戸惑い、気恥ずかしくなる。

「心配いりません。晋州に行ったんでしょう」

允国は舎廊の方に回った。延鶴も後ろで手を組んだまま、芭蕉の横でぼんやりしていた。

「あいつのせいで、村中が根絶やしにされそうだ」

最初のひとことがそれだった。良絃が出ていったとか、昨夜どこに泊まったのかなどとは言わない。

「ヨプを送ったのを皮切りに、気に食わない人は誰かれ構わずみんな勤労報国隊*に入れてしまった。あの野郎は、その功労で表彰までされた」

「根絶やしにするんでしょうが、徴用を避けられるようにしてやることもあるんですってね」

「そんな話、どこで聞いた」

「おじさん、僕も耳はあるんです。他人の耳に入ることは、僕の耳にだって入ってきますよ」

允国が笑い、その顔を見ていた延鶴は顔をそむけた。

「昔なら……寛洙兄さんが生きてたなら、介東を放ってはおかなかっただろうが……」

六章　昔の芝生

体にぴったりした国民服を着て古い靴を履いた洪秀寛《ホンスグァン》は、去年より痩せたようだ。服が小さいせいで小さく見えるならともかく、痩せたのに服がぴったりしている理由がわからない。李舜徹《イスンチョル》の助けを得て何とか生計を立てているらしいが、最近では舜徹の事業も開店休業状態だから、書記とはいえ大して仕事はないらしい。

「お母さんはお元気ですか」

歩きながら允国《ユングク》が聞いた。

「まあな」

秀寛は元気のない声で答えた。允国は秀寛に、お母さんはお元気ですかと尋ねるたび、十年以上も前のことを思い出す。中学生のデモ隊を追いかけながら、秀寛、秀寛！　と呼んでいた母親の姿を。

「明日帰るんだろ？」

秀寛が聞いた。

「帰らなきゃ」

「結婚しないで、どうする気だ。独りでいるつもりか」

「朝鮮が解放されたらします」

「いつになるやら……」

秀寛が夢を見るように言った。

「もうすぐですよ」

「俺もそんな気がするけれど、時々信じられなくて頭がどうにかなりそうだ」

秀寛は諦め、妥協し、耳を塞いで生きているように見えた。昔の負けん気も、鋭い面影も消えていた。生活に疲れ、肩をそびやかして街を歩く人たちの目つきにおびえ、歩き方も昔のようにさっそうとはしていない。彼の母は小さな雑貨屋を営んだり他人の家で手伝いをしたりしながら、息子が学校を卒業して月給取りになってくれることを夢見ていた。そして秀寛は優秀な頭脳を持ち、将来を嘱望されていた。光州《クァンジュ》学生事件*の余波が晋州《チンジュ》にまで及んであちこちの学校でデモが行われた時、彼はそのリーダーの一人だった。捕まった時も、朝鮮は中国の属国だったと言う取調官の前で、そうではないと一つ一つ反論した。その秀寛が卒業目前で退学になり懲役刑を終えて外に出ると、居場所がなかった。その時、母は胸を病んだ。

允国は晋州に帰るとたいてい一度は秀寛に会ったし、允国を通して崔家も援助をした。允国が少し前に百貨店を訪ねた時、秀寛は倉庫を片付けていた。食べることすらままならぬ時代にはあまり必要とされない在庫品だ。ちょうど出てきた舜徹が大声で呼んだ。

「允国じゃないか」

「兄さん、元気でしたか」

允国は頭を下げて挨拶した。

「俺は何とかやってるさ。いつ来た？」

「十日ほど前です」

「これからはずっとこっちにいるのか」

「東京に帰りますよ」

「卒業したんじゃないのか」

「まだ一年残っているので来年卒業です」

「学部を一度卒業するだけでも大変なのに。まあ、農学部、経済学部、どちらもいいよな。秀寛」

「はい」

「允国を連れて山紅《サンホン》の所に行ってろ。俺はちょっと急ぎの用事があるから後から行く」

舜徹は急いでそう言うと出ていった。秀寛はもじもじしながら允国の顔を見る。妓生屋に行くのは気が進まないらしい。だが舜徹は一方的に命令して行ってしまった。

「兄さん、行きましょう」

「お前、時々はそんな所に行くのか」

「行ったことはあります。酒を飲みに行くのに、どこだっていいじゃないですか」

秀寛と允国は通りに出た。

「奥さんやお子さんたちは元気ですか」

途絶えていた会話を、允国が再開した。

「俺こそ、結婚したのが間違いだった」

「どうしてそんなことを言うんです」

「家長や父親としての役目も果たせないんだから」

「役目って何のことです。荷物運びの人だって妻子はいますよ。もっとも僕にそんなことを言う資格はないけど」

「いっそ荷物運びでもしてればもっと堂々としていられたさ。母をあんなふうにしてしまったのも俺のせいだ。犠牲を出したのに得られたものは何もない。俺は何もできなかった。偉そうなことを言っただけだ」

「そんなふうに考えちゃいけません。僕たちには未来があります。まだ若いじゃないですか」

「だが……その未来に対する確信が持てない時に狂いそうになるんだよ。生きてる気がしない。わなにかかって少しずつ死にかけているみたいだ」

「……」

「もちろん、そんなふうに感じているのは俺だけではないさ。悔しいのではなく、自己嫌悪だ」

自己嫌悪という言葉に、允国がうなだれる。しばらく歩くとため息をついて、また空を見上げる。

(貧しいのは恥ではない。働いてもろくに食べられないほど痩せた土地に住んでいるのは恥ではない。捕らわれて暮らしていることが恥なんだ。お前は俺の下人だ、奴隷だ。俺はお前に腹が裂けるほど食わせることができれば飢え死にさせることもできる。おもちゃにすることも、膏血《こうけつ》を絞り取ることもできる。お前は俺の蔵を満たすために骨が折れるほど働かなければならない。略奪と殺戮のラッパを吹き、日の丸をはためかせて進軍する時、お前たち朝鮮人は弾除けにならなければならない。お前たちは武器の材料だ。粉砕機で砕いたり、圧縮機にかけて油を搾ったりできる。お前たちの皮をはいで軍靴を作ることもできるし、おりに閉じ込めておいて化学戦の人体実験にも使える。いや、もう使っている。精液の洪水の中で死んでゆく女たち。ああ、お前たちは何にでもなれる。何にでもなれる動物だ！）

行き交う人々の姿がぼやけて見えた。允国は心の中で叫んでいた。曇った目に、背を向けて土手を走り去る良絃《ヤンヒョン》の姿が見える。その姿は昼間に見える半月のように冷たく虚しい。

「生き残らなきゃ。兄さん、僕たちは生き残るべきなんです」

「ああ。その日が来たら俺たちはあの南江《ナムガン》に飛び込んで身を清めよう。汚い倭奴の垢を落とすんだ」

秀寛の顔に微かな微笑と希望の光が浮かんだ。

二人は玉峰《オクポン》にある山紅の家に行った。山紅は気の強そうな三十代の妓生だ。

「李社長は来ないんですか」

山紅は允国を横目で見て聞いた。

「後から来るそうです」

秀寛は古い靴を脱ぎながら言った。

「この頃、商売はどうですか」

秀寛は先に立って部屋に入る山紅に向かって尋ねた。

「どこも似たり寄ったりじゃないんですか。妓生がモンペをはいて訓練を受けたり勤労奉仕に行ったりしないといけないんだから……。玉峰でも、商売してる店はどれほどもありません。あいつらのせいで。ふん！　時局に逆らうなどけしからんと口では言いながら、酒をやめられない旦那たちの……おかげで何とか続けていけるというだけですよ」

山紅は秀寛を信頼して愚痴をこぼしているようだ。小さな町なので秀寛の前歴はたいていの人が知っていたし、あの頃、秀寛は若い女たちの憧れの的でもあった。それに舜徹が山紅の家によく来ていたから、はっきり口に出しはしなくとも山紅と秀寛は互いに相手のことをよく知っていた。運ばれてきた料理をお膳に並べながら、山紅が声をひそめた。

「中学校の奉安殿の前に大便があったってうわさは本当なんですか？」

「さあ、どうだか」

秀寛は淡々と言った。允国が不思議そうな顔で秀寛を見たけれど、彼は説明してくれなかった。

「みんな口には出さないけど、事実だとしたら、生徒たちもなかなかやるわね」

「さあ、子供の仕業なのか大人がやったことかわかりませんよ」

「以前、臨時政府から来た人が軍資金を強奪していった事件も最後まで犯人がわからなかったけど、今度のことも罪のない子たちがたくさん取り調べられているようですね……。隠れろ、髪の毛が見えるぞ！というのが、今の流行語だそうですよ」

「あの時もそんな言葉が流行りましたね」

そう言いながら秀寛が允国を見た。

「じゃあ、ごゆっくり。私は下がっていますから」

気の利く山紅は、自分は必要ないと察したのか、部屋を出ていった。

「奉安殿って、何かあったんですか」

「極秘といっても太平洋で起こった事件でもなし、すぐ近くで起こったことだから秘密が漏れないわけがない……さっきの話のとおり、奉安殿の前に誰かが大便をしたというんだ」

「おや、実に巧妙な発想ですね」

秀寛はにこりとした。山紅の前では口を濁していた彼が、允国の前では事実だと認めた。

「最近の子たちは神出鬼没の戦術を使ってるみたいだ。世の中は変わったよ。俺たちの頃は正攻法だったからな」

「……」

「成果は少なく、犠牲は多かった」

「そうとも言い切れないでしょう。精神的に大きな影響を与えたなら」

「そうでなくともこの頃、子供たちがよく捕まる。現行犯はいない。警察も苦労してるようだ。みんなしらを切るからな。俺はそんなことはしなかった。みんな利口だよ。拷問されてもやってないと言い張るんだ」

「どういう罪名で捕まえるんでしょう」

「今、生徒たちは軍事訓練を受けたり軍需工場で働いたりしてるじゃないか。労働者を扇動したとか、さぼったとか、工場の道具を壊したとか、便所はもちろん、人目に付きにくい所の壁に落書きをしたとかだ。その落書きもいろんなのがあるらしくて、朝鮮独立万歳、鬼畜日本は出ていけ、解放の日が来ればお前たちの首は落ち葉のように転がる、真っ先に親日派の首をひねってやるなど、消しても消しても際限がないから、仕方なく学校ではポケットにチョークや鉛筆が入っていないか調べてから行かせるのに、落書きは減らないんだそうだ。この頃の子たちは決して正面対決をしない」

「大したものですねえ」

「あの子たちを見ていると希望が湧くよ。玉砕するのではなく、持続的に戦っている」

「とにかく奉安殿事件は傑作ですね。実に巧妙だ」

「結局は日本の治安にも穴が開いたということだな」

「限界に達したんでしょう」

「統制するのは治安維持の基本だろうが、実はそれだけの人員を動員しなければならない。最近は日本の人的資源も枯渇して、それが難しくなっている。捕まえるべき人間が増えればその分捕まえる人間を増やすのは当然なのに日本は今、それができない。そうだ、お前、姜秉沢《カンビョンテク》を知ってるだろ?」

「知ってます。僕より一学年下でした」

「今、何してるか知らないだろうな」

「専門学校を卒業したという話は聞きました」

「秉沢は今、巡査をしている」

「え？」

「信じられないか」

「そんな人間ではないのに……どうしてまた、巡査なんかに」

「法律専門学校を出て、何ができる。裁判所の事務員になれればいいが、秉沢のために席を空けてくれているはずもない。募集があったとしても、めったに就職できはしないさ。家が金持ちだからこれまでぶらしていたけれど、徴用の問題が切実になってきただろ。連れていかれないためには仕方ないじゃないか。専門学校出身の新米巡査なんて本人もつらいはずだ。普通学校しか出ていない人たちに交じって目をぱちくりさせていると思うと、気の毒だ」

「兄さんは大丈夫なんですか」

「わかるもんか。舜徹兄さんも悩みが多い。東奔西走しているようでいて、実のところちっとも忙しくない。右往左往しているだけだ。万事そんな調子だ。それは日本人も同じだがな。官公署に残っているのは年寄りばかりで、偉そうにしていても、去勢されたような感じがする。単純な奴らは新聞の報道に青筋を立てて怒っているけれど、何か沈んだ雰囲気だ。配給された物を食べる以外、情熱を傾ける対象がないみたいな。それでも俺は時々絶望する。日本はどこでけりをつけるつもりなのか……」

「まあ、最後は大変でしょうね。どんなにたくさんの朝鮮人を駆り集めるか……どうなっても、兄さん、徴用だけは避けなければいけません。死ぬよりひどいんです。刑務所に入る方がましですよ。ここでは実情をよく知らないからあまり警戒しない傾向があって……東京で、徴用された人たちが従事する所の実態に関する情報をこっそり集めてみたんですが、ひとことで言って地獄です。殴られ、拷問される以上でした。食べ物を与えないで働かせ、動けなくなるとまだ息のある人を生き埋めにしたり、森の中に置き去りにして野獣の餌食にしたりするんです。息をしているのに、鼻からウジ虫が湧くんですよ」

秀寛はぞっとした。話している允国も杯を持って目を閉じた。

「兄さん」

允国は酒をあおり、空いた杯を秀寛に渡して酒をつぐ。

「生き残るためなら何だってできます。生きているならその分働かなきゃ。気をしっかり持って。気持ちで負けたら終わりです。僕たちは何でも見て感じて、社会主義に進まなければなりません。それが歴史の法則です」

允国の声は熱気を帯びていた。

「俺はそうは思わない」

「どうして」

「俺は民族主義だ」

「社会主義は民族主義ではないと言うんですか」

「俺はそう思っている。階級闘争は民族を分裂させる」

その時、外で人の気配がした。

「待たせたな」

戸を開けて入ってきたのは、舜徹だけではなかった。警防団長の金起成《キムギソン》が一緒だった。部屋にいた二人も驚いたが、起成も驚いた。その背後に立っている舜徹は、二人に向かってしきりに目配せをした。

「入れ」

舜徹が起成の背を押す。

「俺の来る所ではなさそうだが」

「何を言う。今日、ここで同窓会をしようと言ったじゃないか。みんな同窓なんだから遠慮はいらん」

舜徹はあっけにとられている允国と秀寛に言った。

「お前ら、何してる」

「……」

「先輩に対して、その態度は何だ。立ってきちんと挨拶しろ。借りてきた猫みたいに縮こまってないで」

ひどく顔をしかめて何度も目配せをする。何か魂胆があるらしい。

「あ、はい」

二人はのそのそと立ち上がった。

「先輩、お久しぶりです」

そう言ってお辞儀をする。起成の気持ちは乱れた。秀寛とは同席したくないが允国とは話してみたい気がしないでもない。それは虚栄心のためだ。允国は崔参判家の次男で貴公子というだけでなく秀才として知られており、名門大学の学部をちゃんと卒業した後、また別の大学で別の分野を専攻している。大学に留学したといっても実際は専門部か予科に通っただけという人がほとんどなのに、めったに取れない学士号を二つも取ろうとしている允国は、起成にとって星のような存在なのだ。起成は父である斗万《ドゥマン》とは少し違っていた。

「座れよ。突っ立ってないで。後輩たちが歓迎してくれてるんだから。さあ」

舜徹は起成の腕をつかんで座らせる。最近何を考えているのか、いがみ合っていたはずの起成と仲良くしようとしているのを秀寛も知ってはいた。舜徹は理由もないことをする人間ではない。

料理を載せたお膳が運ばれてきた。舜徹も起成も山紅の常連客であり、いいカモだ。

「あら、金団長、お久しぶり。どうして顔を見せて下さらないの。私が何かお気に召さないことをしたかしら」

山紅が起成の気に障ることをさりげなく言う。

「忙しかったんだ」

「違うと思うわ」

「何を言う」

「不満だったんでしょ？　でも隠してたんじゃないのよ。月花《ウォルファ》のことは、私も本当に知らなかったんです」

「何の話だ」

舜徹が気になって聞いた。

「月花はご存じ？」

「知ってるさ」

「あの子、金団長のお父様の妾になったんですよ」

「そりゃ大変だ」

起成は苦々しい顔をした。

「うちにだけ出ている子じゃないし、私たちも後から知ったんです。そうでなくとも、誤解されたら困ると思ってたんですよ。何日か前に月花に会ったけど、明るい顔をしてましたね。その時も本妻さんに気を使うよう、言い聞かせました。もともと気立てのいい子だから」

怒らせようとしているのか慰めようとしているのか、山紅は目元に笑みを浮かべて色っぽい声で言った。本妻とはソウル宅のことではなく、離縁されてトッコルで斗万の両親と一緒に暮らしている起成の実母マクタルのことだ。

「そのことで家の中がめちゃめちゃになった。頭が痛いよ」

気分を害しながらも起成はその事実を認めた。

「妾を置く年になったんだ。財力からしても……」

舜徹は無難にやり過ごそうとした。

「じゃあ、李社長も年を取ったら妾を置くのね」

山紅がちくりと言った。起成と舜徹が一緒にいるのが気に食わないらしい。

「時代が違うさ」

山紅はお燗をした清酒の酒器を持った。

「貸してくれ」

舜徹は山紅から酒器を受け取る。

「今夜は同窓会だ」

「あら、そう言えばそうね」

「だから山紅は席をはずしてくれないか」

「はいはい、そう致しますわ。だけど、若い妓生はどうしますか、李社長」

からかうように言った。

「いらん。後輩たちの前では威厳を保たなければならんからな」

「はいはい、では私はこれで」

「古ギツネめ」

山紅が出ていくと、酒をつごうとする秀寛の手を押しのけて、舜徹は自分の杯に酒をついだ。

「さあ、それでは我々の未来に乾杯しよう」

舜徹は杯を高く持ち上げ、気まずそうに座っている起成に、杯を手に取れと目で合図した。秀寛と允国は慌てて杯を持った。

気まずい乾杯が終わった。

「考えてみれば、俺たちが仲たがいする理由はないだろう。みんな輝かしい歴史を持つ晋州中学校に五年間通った同窓生じゃないか。秀寛は事情があって卒業はできなかったがな。今は戦時中だ。いつ空襲があるかもわからない非常時で、明日のことは誰も予測できない。互いに協力して暮らしても足りない世の中なのに、つまらないことでいがみ合ってどうする。起成、そうじゃないか」

「俺が何したって言うんだ」

不満そうに言う。その口調には、お前たちが俺をチンピラのように軽蔑して仲間はずれにしたんじゃないか、お前たち秀才が、親の金で名もない大学の専門部に留学した俺を鈍才だと言ったんだ、俺にも意地ってものがある、学校の優等生が社会でも優等生になるとは限らないぞ、秀寛を見てみろ、というような抗議が込められていた。それも一理ある。

「何をどうしたというより、互いに疎遠だったのは事実だ。年を取ればわかるという言葉があるように、もうそんなことではいけないと俺は思う。お前たちも俺も東京留学生じゃないか。そして地方とはいえ、朝鮮人社会で先に目覚めたと言えるし、指導的立場にいるだけに状況を把握することも必要だ。起成、そう思わないか」

「……」

「賢い後輩の忠告を聞く度量と、困っている後輩を助ける義理もなければならないだろう。それに後輩は後輩なりに、先輩が困った時には力になってお互いに助け合わなければ生きていけない。お前たちもそうだ。どんな時にも先輩は先輩だ。先輩を尊敬することがお前たち自身の力になる。引っ張り、支え合ってこそ、何かができる。それが人間ってものだろ。過去のことは水に流さなければ。親の世代のことに俺たちが縛られることはない。俺たちは俺たちのやり方があるさ。違うか？」

親の世代のこととは、自分と起成と允国の家が関わっていた、臨時政府軍事資金強奪事件のことだ。允国は舜徹の意図に気づいた。

「ええ、そうですとも。舜徹兄さんの言うことは正しい」

允国が同意したから、起成は少し意外だというようにその顔を見る。

「口先だけじゃいかんぞ。先輩の杯が空になってるのに何してるんだ」

「はい」

今度は秀寛が起成の杯に酒をついだ。

起成がチンピラであることは間違いない。彼が虚栄心が強いわりに単純なのは、成長過程に原因があった。ソウル宅が本妻から夫と息子二人を引き離すために取った策略の一つが起成と起東《ギドン》を手なずけることで、実の母はみすぼらしく無学で恥ずかしい存在だと教え込み、歓心を買うためにどんな要求でも聞き入れてやった。その結果、起成は自己中心的で忍耐力に欠け、怠惰で享楽的に生きる人間になった。だが実母を軽蔑し、どんなに困っても実母を助けなかった起成がソウル宅に愛情を持っていたのかといえば、そうでもなかった。うわべでは母として接していたものの気持ちは冷淡だった。父に対してもそうだ。昔、自分の家が崔参判家の奴婢《ぬひ》*だったという劣等感のせいで崔家を憎んでいる斗万とは違って、起成はそんな感情を持っていない。起成は崔家の優秀な兄弟に劣等感を持っていた。舜徹に対してもそうだ。見返してやりたいという気持ちがある反面、彼らと仲良くしたいという、憧れにも似た気持ちを持っていた。利害関係のために熱烈な親日派として振る舞ってきた父にもあまり関心がなかった。起成は父の金を使える立場だったから国家や民族についての意識が薄く、かといって日本に忠誠を誓って将来を切り開こうという野望があるわけでもない。警防団長になれたのも父のおかげで、起成はただ威張っていればよかった。

「お父さんが苦労してるそうだね」

起成は允国に何か話しかけなければならないと思ったようだ。

「はい」

「大変だな。こんなご時世だから、なかなか出てこられないだろうし」

積もり積もった感情がすぐに解消されるわけではないが、一歩踏み出してみた起成は悪い気がしない。だが人あしらいにかけては舜徹の方が一枚上手で、允国や秀寛もそれなりに世の荒波を渡ってきたから感情を抑制することには慣れている。

「お前、弟は今どこにいるんだ」

舜徹が聞いた。

「釜山《プサン》だ」

「就職したのか」

「うん、鉄道局に」

「それはよかった」

「何とかやってるよ」

起成は弟にもあまり興味がないらしい。

「さっき山紅が弁解してたところからすると、お前は月花が気に入ってたんだな」

話題に窮してそんなことを言い出した。

「やい舜徹、よくもそんなことを」

起成は怒るふりをしながらも笑っていた。つまり、そういう関係ではないらしい。

「山紅があんなことを言ったのは、うちにもめごとが起こったからだ。ともかく困ったことだ。親父が妾をつくって喜ぶ子供がいるものか」

「今、一緒にいる人だって妾じゃないか」

「それは事情が違う。ちゃんと入籍したから妾とは言えない」

「だけど実の母親じゃないんだろ」

「そんなの、考えるのも面倒だ。肉親……肉親に対する情というのも、考えてみれば習慣じゃないのかな」

起成の平べったい顔に、罪の意識や悔恨のようなものがかすかに浮かんだ。

「習慣とも言えるだろうが、太古の昔から続いてきた習慣だ」

「しかし育った環境も無視できないだろう。ともかくそれは親の責任で、俺たちは被害者だ」

「そうかな。だとしても、息子も父親に似て浮気者であることには違いないぞ」

允国と秀寛が苦笑した。起成の女遊びは有名だったからだ。

「俺は派手なうわさが立っているだけで、実は大したことはない。しかし親父の場合は問題だ」

「どうして」

「百八十度変わってしまったんだよ」

「まだ還暦にもなってないだろ」

「うむ」

「虚しいからだろうさ。金があっても使い道がなくて」

「虚しいからだろうというのは、俺も同感だ。お前も知ってるだろうが、商売はできなくなるし、金《かね》の価値は日に日に下がる。不動産の売買でもできればいいが、土地は供出させられるし、戦争は不利になるし……現在を実感するのに、女以外に何かあるか。俺もそうだ。やりたいことがない。俺はそもそも野望などなかったからな。お前らみたいな秀才とは違う。その日その日を楽しむだけだ。どうせ死んだら土の中で腐るんだから」

允国は彼らの話を聞き流しながら杯を傾ける。良絃の姿や、宋栄光《ソンヨングァン》の憂鬱な顔が浮かんでは消えた。

「先輩」

秀寛が舜徹を呼んだ。

「何だ」

「允国は明日出発するから、俺たちはそろそろお暇《いとま》します」

「明日帰るのか」

起成が允国に聞いた。

「ええ」

「日本の事情はどうだ」

「似たようなものですよ」

「疎開が始まったと聞いたが」

「つてのある人は田舎に行ったりするようです。でもまだ疎開命令が出たわけではありません」

「もし命令が出たら、お前も東京にはいられないだろう」

警防団長だけに、そうした情報は早いらしい。

「その時に考えますよ」

「それはそうと、今、日本は何を考えてるんだろうな」

舜徹が起成に言った。

「何のことだ」

「イタリアは既に降伏し、ドイツもスターリングラードと北アフリカの前線で降伏したから、挽回は難しいだろう。ドイツが負けるのは時間の問題だと思われているが、日本も撤退、全滅を続けているのだから……いざとなったら本土決戦も辞さない覚悟なのか、覚悟しているとすれば、対策はあるのかどうか」

「アメリカ軍の本土上陸は、日本国民全員の玉砕を意味するんじゃないか」

そんな話になった時、秀寛が慌てて立ち上がった。

「先輩、俺たちはこれで」

「ああ、気をつけてな」

秀寛と允国は挨拶をして出ていった。

「さあ、俺たちだけで飲もうや」

舜徹は山紅を呼んだ。

「もう先輩としての体面を気にしなくてもいいわね」

山紅が笑いながら入ってきた。

「酒がないぞ」

「酒問屋でもあるまいし、お酒が無尽蔵にあるわけじゃないのよ」

「酒問屋の酒も底をついたさ」

起成が言った。

「完全に廃業したの？」

「まあ、廃業寸前だ」

「でも、これまでたくさんもうけたわよね。そうでしょ、金団長」

「もうけなかったとは言わないが、父の仕事だから俺はよく知らない」

「一時、金団長が継いだとうわさされてたけど」

「それはでたらめだ。親父が俺に任せると思うか。トッコルの土地を売ってまでして始めた商売だ。そのことで叔父とつかみあいのけんかになって、そのせいで俺はトッコルに足を踏み入れることもできない」

「秋玉《チュオク》に入れあげてた時のことね」

「どうして昔の話をする」

「昔の話は、金団長が先に始めたんじゃない」

「まあ、何をしたってどうにもならない。それで、秋玉は元気なのか」

「ええ、お爺さんが、とても大事にしてくれるんだそうですよ」

「若い俺を差し置いて爺さんの所に行ってしまうなんて、気が知れないよ」

「年は取ってるけど、あの人は風流人だわ」

「俺は風流がわからないってことか」

「わかるの？」

「わからないさ。ははは、はははっ……」

「風流って何だ」

　舜徹が聞いた。

「モッ*のことよ」

「モッ？　モッて……？」

「東京留学生にはわからないのね。新式だから」

「つまり妓生は旧式を好むということだな」

「そうでもないわ。モッは新式にも旧式にも通じるものだから。日本にはモッというものがないそうね。だから日本の芸者は体を売って、朝鮮の妓生は心を売るの」

「物知りだな。たいしたものだ」

「聞きかじっただけよ」

「つまり、晋州の妓生はみんな論介《ノンゲ》ってことか」

「黄真伊《ファンジニ》*もいますよ」

「ああ、そうだな。日本には官妓というものがない。官妓は、儒者の相手をするものだ。刀を振り回す奴らとは違うさ。はははっ……。起成、そうじゃないか？」

「そうだな」

「俺たち東京留学生は刀を振り回す奴らの下で勉強したからモッがないってことだ」

飲みながら雑談し、山紅の家を出た二人はもつれあうようにして歩いた。別れた時には十二時を過ぎていた。

家に戻った起成はそのまま倒れて寝てしまった。どれぐらい寝ただろうか。

「ちょっと、起きて下さい」

妻の今玉《クモク》に揺り起こされた。

「うるさい」

起成は妻の手を振り払って寝返りを打つ。

「大変なの」

ようやく目をこすりながら起き上がった。

「どうした」

「内房に行って下さい。お義父さんとお義母さんが大変なの」

「何だと」

起成が急いで中庭に下りると、夜が明けようとしていた。

「あたしを殺せ！　殺しなさい！　この野郎」

ソウル宅の甲高い声が耳をつんざく。

「身の程知らずめ、誰に向かってそんな口をきくんだ。お前が奥方様だとでも言うのか」

「道具袋をかついで歩いていた大工の奴が、誰のおかげでここまで来れたと思ってるのさ！　あんたを殺してあたしも死ぬ」

ソウル宅がそんなことを言うのはこれが初めてではなかった。殴る音、泣き声。起成が戸を開けて部屋に入ると床に包丁が落ちていて、斗万とソウル宅が取っ組み合って転がっていた。

「どうしてそんなみっともないまねをするんです。いっそ別れてしまいなさいよ」

起成はそう言いながら止めた。髪を振り乱したソウル宅は小さな悪鬼のようだ。斗万は熊のように太った体で荒い息をしている。

「あたしの一生は無駄だったんだね。こんなふうに裏切られるなんて。死んでも復讐してやる。ただで引き下がるものか。別れろだって？　起成！　あんた、よくそんなことを言えるね。あたしがあんたたち兄弟を育てるのに、どんなに苦労したことか。別れろって？　どうしてあたしが別れるのさ。出ていけ！　この家の稗《ひえ》一粒だってあたしの物だ。あんたたちの物じゃないよ」

「ちゃんちゃらおかしい。こいつ、狂ったな」

「狂ったって？　ああ、そうだ、狂ったよ！　街を歩きながら呪ってやる！　ああ、ああ、こんなふうでは生きていけない。火をつけてやる。みんな一緒に死ぬんだ」

　ソウル宅は目が血走って、怒りのせいで小さな体まで燃えているようだ。彼らは完全に他人だった。三十年近く苦楽を共にしてきた男女の情はどこにも残っていない。

　斗万は月花の家に泊まり、明け方に帰ってきた。一晩中歯ぎしりしながら包丁を横に置いて待っていたソウル宅は部屋に入ろうとする斗万を見た瞬間、包丁を振り回した。しかし男の大きな手はソウル宅の手をひねり、包丁は床に落ちた。

　ソウル宅が怒るのも当然かもしれない。ソウル宅がいなければ、これほど豊かな暮らしはできなかっただろう。斗万がソウル宅に出会わなかったら、ソウル宅が晋州でチョカニ家《や》というビビンバ屋を始めなければ、彼女の言うとおり、斗万は今でも大工の潤保《ユンボ》のように道具袋をかついで放浪していたかもしれない。今日の富の礎を築いたのがソウル宅であることは事実だ。だからソウル宅は横柄になり、仲の良かった一家から斗万を引き離して親に背を向けさせ、糟糠の妻マクタルを離縁させ、学校に通わせるという名目で息子たちを晋州に連れてきて実子のいない自分が独占してしまった。

「俺に包丁を向けておきながら、女房の座を守れるとでも思ってるのか。毒蛇みたいな女め。そうとも知らずに今まで一緒にいたんだな。もう、うんざりだ」

ソウル宅はエビのように背を丸めて座り、斗万をにらみつける。力が抜けて、口も体も思うように動かせないらしい。

「こんなことで安心して家に帰れるものか。こいつは亭主の飯碗にヒ素でも盛りかねない女だ。考えてみればこいつのせいで親や弟と仲たがいし、罪のない女房を離縁した。息子たちはあのざまだ……」

丸まっていたソウル宅の背中がびくっと動いた。電灯の明かりを浴びて立っていた起成が不満そうな口ぶりで言った。

「今更そんなこと言ってどうするんです」

「この期に及んでこんなことを言う自分がおかしいと思うよ。俺が悪いんだ。目にスケトウダラの皮でもくっついてて、よく見えなかったようだな。金が何だってんだ。戦争になれば何の役にも立たない。心の行き所を失った俺が浮気したり、妾を置いたりしたって、たいした罪ではないさ。世の中にあんな凶悪な女がいるか。亭主が死ねと言えば死のうとするほど従順だった女の本性が、あんなに凶悪だとは知らなかった。俺が今日まで来たのはこいつのおかげだとみんなが言うが、あんなビビンバ屋でここまで財産を築けたと思うのか。そんなの、雀の涙だ。こいつがはした金を持ってうろうろしてたら、悪い男に引っかかって金を巻き上げられて捨てられてたぞ。女房の座に収まって偉そうにしてはいられなかったはずだ。

考えれば考えるほど身の程知らずだ。月花は妾になっても妻の座を手に入れようとはしない。こいつは勝手にそう思い込んで騒いでるが」

その瞬間、ソウル宅はばねのように飛び上がり、虎のように走って両手で斗万の髪をつかんだ。

「何をする！」

起成が止めた。

「どっちもどっちですよ。息子がいくらチンピラでも、親としての体面はあるでしょう。いったい何をしているんですか」

朝までそんなふうにもめていた。結局、朝食も取らずに斗万と起成が出ていき、内房は静かになった。時々すすり泣く声がしただけだ。いい家の娘だというだけでもらった嫁の今玉は飯炊き女と一緒に黙って朝食の準備を整え、内房にお膳を持っていった。

「お義母さん、朝ご飯です」

ソウル宅の前にお膳を置いた。

「ご飯が喉を通るものか」

意外に落ち着いた声で言う。

「でも少しは召し上がらなきゃ。昨日の晩ご飯も食べてないのに」

「そこに座って」

「はい」

今玉はおとなしく座る。

「ねえ」

「はい」

「あたしはどうすればいいだろう。話せるのはあんたしかいない……こんなに寂しいなんて。あたしがどうやって生きてきたか、誰に話せばいいんだろう」

実を言うと、今玉は、いかに苦労して今日の財産を築いたかということなど、耳にタコができるほどソウル宅から聞かされていた。

「それはお義父さんだってわかってますよ。腹立ちまぎれに思ってもいないことを言ったんだから、お義母さんが理解してあげないと」

ソウル宅は小じわの多い黄ばんだ顔で今玉を見る。

(ほんとに気がおかしくなったらどうしよう)

今玉はソウル宅の視線をすぐに避けた。

「どうしよう。どうしたらいい」

「時間が経てば」

「変わった。とんでもなく変わってしまったよ。あたしの言うことなら小豆で麹ができると言っても疑わなかった人が、どうして突然あんなに変わってしまったんだろう。もう生きていたくないよ。青天の霹《へき》靂《れき》ってこういうことなのかね。こんなふうに裏切られるなんて。あたしに非があるとしたら子供を産めなかったことぐらいじゃないか。考えてみれば起成もいけないんだ。あたしがどんなに苦労して育てて学校に通わせたのか、実の母は産んだだけで何もしてくれたことがない。いくら父親に口答えできないといっても、別れろだなんて」

「自分のことを棚に上げてお父さんを非難できないからでしょう」

「だけど、育ててもらった恩を考えればそんなことは言えないはずなのに。カモの子は水に帰るというけれど」

「ずっと前からトッコルには行ってませんよ。妻子のことだって気にかけない人なんですから」

「全部無駄だった。あたしは履き古したわらじみたいに捨てられたんだね。誰に頼って生きればいいの。あたしに子供がいれば、こんなに悔しく悲しい思いはしなかっただろうに」

ソウル宅はまた泣きだす。

「昔は、あたしなしには一日も生きられないみたいだったのに。あたしが頼めば天の桃でも採りに行きかねなかったよ。稼いでいる時には夜遅くまで二人で働いて、あたしにいやなことを言う人は目の敵にしていた人が……ああ、もう生きていられない。今になって家族と仲たがいしたのも女房を離縁したのもあたしのせいで、子供の育て方を間違ったって？　あたしがいなけりゃ田舎で麦がゆですら食べられなかったくせに、あたしをさんざん利用したあげくに目の上のたんこぶみたいに扱うんだ。あたし以外の誰があんな不細工な男と暮らすものか。最初から情がなかったんだね。今になってあたしを怨むって？　ほんとに、このままでは死んでも死にきれない。アイゴ！」

すすり泣いて自分の髪をつかむ。

「お義母さん、落ち着いて下さい。そんなことを言ったところで自分が傷つくだけですよ。こういう時ほどちゃんと食べて冷静にならなければいけないんです。私は夫に冷たくされるのももう慣れっこで、何ともありません。帰ってきたら、ああ帰ってきたな、出ていったら、ああ出ていったなと思うだけです。そしたらかえって気が楽になりました」

「あたしとあんたを同じように考えてはいけないよ。飼い犬に手をかまれるにも程がある。ほんとに、こんなことがあっていいものか。天下の男たちがみんな妾を置いても、あいつだけはそんなことをしてはいけない、絶対に。あたしが月花を先に殺してやろうか。あいつの目から血の涙が流れるのを見るまで、あたしは死ねないよ。大工だった頃のみじめな姿に戻してやるまでは、あたしは出ていかない」

そう言いながらもソウル宅はもうこれ以上望むものはないと思っていた。自分が置かれている状況が信じられない。籍を入れて正式な妻になった時、ソウル宅は今、自分の前途を邪魔するものは何もないと思ったのがつい昨日のようなのに、こんなことになるとは夢にも思わなかった。ソウル宅よりも斗万の方がより強く親や弟たちを怨んでいたし、マクタルとの因縁を呪って息子たちにもトッコルに行くなと言っていた。それはもちろん、ソウル宅に対する気遣いだった。

「もう行きなさい。あんたと話したところで気持ちが楽になりはしない」

「ちょっと召し上がって下さい」

「いや。欲しくない。下げておくれ」

そう言ったあとで、また呼び止めた。

「あんた、ひょっとして月花と所帯を構えた家を知ってる？」

「知っているはずがないでしょう」

「もういい。お膳を持っていって」

嫁が出てゆくと、ソウル宅は倒れるように横たわる。体のあちこちが痛みだした。夢でも現実でもない。ソウル宅は自分がどこまでも流されている気がした。かと思えば、風呂敷包み一つ抱えて三叉路に立ち尽くしている自分の姿が思い浮かんだ。遠い昔、斗万に会う前の自分の姿だ。いやみを言う姑や、にらみつける舅の顔がちらついた。話しかけても返事をしない義弟の姿も。それこそ敵陣に閉じ込められた自分の姿だ。

「ああ、やってられない」

ソウル宅はがばっと起き上がって座った。彼らが自分を見て大笑いしている。

(月も満月になったら傾くんだ。他人にひどいことをしておいて、死ぬまで安楽に暮らせるとでも思ったのか)

彼らは自分を見てそう言った。

起きても横になっても落ち着かなかった。すすり泣いても泣きわめいても、真っ黒な絶壁があるだけだ。三十年近く築いてきた、堅固だと信じていた城が崩れた。希望の光は見えない。斗万が若い妓生と浮気していると聞いた時、ソウル宅は真っ青な顔で問い詰めた。

「どうしてそんなうわさが立つの。それだけの理由があるってことでしょ。わかるように説明してよ」

もし事実なら、斗万が必死で謝っても許さないつもりだった。

「男がちょっと浮気したぐらいで何を騒ぐ」

意外なことに、斗万は冷淡に言い放った。

「今、何て言ったの。あたしの聞き間違いじゃないでしょうね」

「三十年間必死で稼いだんだぞ。ちょっと息抜きしてもいいだろう。俺が何か変なことをしたとでも言うのか」

斗万はためらいもなく言った。

「おや、人間の仮面をかぶっていながら、どうしてそんなことが言えるの。あんた一人で稼いだんじゃないよ。一人で財産をつくったとでも言うの」

「誰に向かってそんな口をきく。何だと、人間の仮面？」

「人間なら、そんなことはできないでしょ」

そう言いながらもソウル宅は慌てていた。こんなことになるとは信じられない。

「俺も人間だからそうするんだ。悪いか？　男に生まれたからだ。それがどうした。ふん、ずっと女房の尻に敷かれているとでも思ったか」

ソウル宅は唇を震わせながら応酬しようとしたけれど、そのまま気絶してしまった。気がつくと斗万は家にいなかった。

それこそ青天の霹靂だった。浮気もそうだが、人間があれほど変わるとは想像もしていなかった。たった今起こった出来事が現実だとは思えない。ソウル宅はその後も、斗万が家に帰ってくるたびにけんかをしかけた。信じられなくて、確認するためにけんかをふっかけた。悔しく、腹が立ち、地面をたたいて慟哭し、時には哀願してみたけれど、冷めてしまった心は戻ってこなかった。ひと月ほど地獄に落ちたように苦しんだあげく、行動も言葉も荒っぽくなり、自分自身も以前とは違う人間になっていった。口汚くなり、罵ったりつかみ合いのけんかをしたりして狂乱した。斗万が外泊したのは昨日が初めてだ。脅そうとしたのではない。斗万が現れたら殺してやるつもりだった。包丁を置いて待ち続けたのは、愛を失った絶望というより喪失感のせいだった。所有するために、長い歳月をかけてきた。一人の男を、夫を、財産を所有するために、他人より優越し、他人の上に君臨するために、自分の立場を確保しなければならなかった。それは愛ではなかったのかもしれない。相手が斗万でなくても同じことをしただろうから。とにかく、すべてを手にしたのに……。

ソウル宅は太陽が中天にかかった頃、家を出た。訪ねたのは、ずっと前に売り払ったチョカニ家だ。買い取った女は妓生出身で、挨拶程度の付き合いはあった。ソウル宅は店に入らず、おかみを呼び出した。

「どうしたんですか」

「ちょっとね」

「とにかく、入って下さい」

(あんただってあたしと似たようなもんだろ。ちょっと金があるからって偉そうにしてるけど、お里は知

れてるんだよ）

女は内心そう思いながらもうれしそうな顔で迎えた。それは現実であり、強い者に従う人の気持ちだった。何はともあれ、ソウル宅は金持ちの奥様なのだ。

「入る必要はないの。ちょっと聞きたいことがあって」

「何でしょう」

「月花という妓生を知ってる？」

「知ってます」

「どこに住んでいるのかも？」

「どうしてそんなことを聞くんです」

おかみは事情を全く知らないらしい。

「ちょっと会わないといけないの……どこに住んでいるのかを知りたいんだけど」

「私は知らないけど、あ、あの子のお兄さんが市場で八百屋をしているから、そこで聞けばいいですよ」

「さあ、どうしよう」

ソウル宅は迷った。

「ちょっと事情があって頼むんだけど、誰かをお使いにやって聞いてもらえないかしら」

「お安い御用です。うちの従業員に行かせましょう」

「あたしのことは言わずに、お宅が知りたがっていることにしてくれたらありがたいんだけど」

おかみは疑惑の表情を浮かべた。

「お願い。理由は聞かないで……」

おかみは変に思ったようだが、それでも承諾してくれた。

「わかりました」

「ありがとう。恩に着るわ」

「後で知らせにやりますから家で待っていて下さい」

「いや、ここで待つわ」

おかみは店に入った。使いを言いつけているらしい。ソウル宅は地面を見下ろして歯ぎしりした。月花に会って何をしようという考えもなかった。とにかく走っていきたい。

（どうしてあたしをこんな気持ちにさせるの。あたしを。これがあたしの功労に対するお返しだとでも言うの）

やがておかみが現れた。

「酒問屋の裏にある瓦屋根の家です。瓦屋根の家が二つあるけど、大きい方だそうです」

「わかった。そのうち一度、あたしの所に来てちょうだい」

ソウル宅は背を向けて歩きだす。

（酒問屋の裏？　図々しくも、すぐ近くに隠してたんだね）

夕食も朝食も食べていないのに力が湧いてきて、ソウル宅は小走りに歩く。

（一日中そこにこもっていたんだな。雷に打たれちまえ。どうやってこの怒りを鎮めよう）

斗万が月花に買ってやった家はきれいでこぢんまりとしていて、胸に抱かれた女のようになまめかしい。ソウル宅が門を押し開けて中庭に入ると板の間に風呂敷包みが二つあり、出かける準備をしているのか、藍色のチマに空色のチョゴリを着た月花の後ろ姿が見えた。

「どちら様ですか」

雑用をする女の子が聞いた。その時、振り向いた月花がひどく驚いた。

「ここは金斗万の家かい？」

ソウル宅は月花をにらみながら言う。

「そうですが」

月花は目を伏せた。軽薄な女には見えない。

「じゃあ、あんたは誰だ」

「わかってらっしゃるんでしょう。どうして聞くんですか」

いつもは黄ばんでいるソウル宅の顔が真っ赤になった。

「誰の許しを得て金斗万の家に入ってきたんだ！」

「誰かの許しが必要ですか。旦那にここで暮らせと言われたんです」

「何だと、こいつめ！」

走っていって月花のチマの裾をつかんだ瞬間、マルギ〈チマの上部に付いている帯状の布〉が取れてチマがずり落ちた。月花はその手を振り払う。

「何てはしたない。どうしてこんなことをするんです」

「何だと。お前は上品だから年寄りの妾になるのか」

「昔、トッコルの本妻さんにもこんなことをしたんですか」

斗万は小さい女と暮らす運命だったのか、二十七歳の月花も体格が小さい。だが、弱そうに見えてもしっかりしている。

「誰に向かってそんなことを」

そう言いながらもソウル宅は既に押され気味だ。

「妓生が妾になるのは普通のことじゃないですか。不満があれば亭主に言えばいいのに、私がどうこう言われることはありません。ふん、トッコルの本妻さんならまだしも。私もたいがいだけど、お宅も鉄面皮だわね。そうじゃありませんか」

「あたしは籍を入れた正妻だ。それを知らないで言ってるの？」

「知ってますよ。でも私は籍を抜けとは言わないから、ご心配なく」

十数年も妓生をやっている月花と言い合いになったらソウル宅はとてもかなわない。そんなふうに押し問答していると、大柄な男が駆け込んできて怖い目でソウル宅をにらみながら聞いた。

「どういうことだ」

「トッコルに行こうとしてたら、この方が来て。見ればわかるでしょ」

「うっかり家を教えた後で、変だと思ってビビンバ屋に行ったんだ」

月花の兄はそう言いながら、ぼんやり突っ立っているソウル宅に視線を移す。

「何しに来たの。店をほったらかして」

男は月花の言葉には答えない。

「妹に妓生をさせているくせに何を言うんだと非難されても当然ですが、お互いみっともないから帰って下さい。月花も食べてゆくためには仕方ないんです。所詮は妓生なんだから、責めたってどうしようもないじゃありませんか」

月花の兄は穏やかな態度に出た。

「お宅だって月花にそんなことが言える立場ではないはずです。月花を責めるより、家に帰って旦那を説得するのが上策ですよ」

「何しにトッコルに行くのさ」

泣き叫ぶソウル宅の声は、笛の音のように響いた。

「それが道理でしょう。明後日は秋夕《チュソク》*だから。妾には妾としての道理があるんです」

「勝手なことを!」

悲惨だった。それを感じたのか、月花の兄は挑戦的な表情をやめた。彼が駆けつけたのは、何人もの人が月花に暴行を働いたり家具を壊したりしているのではないかと思ったからだ。チマが裂けているところを見ると多少のいざこざはあったのだろうが、一対一なら若い月花は負けてはいなかったはずだ。

「お互いに悲しい運命だからこうなったんじゃありませんか。意地になったところで解決する問題ではありません。もう帰った方がいいですよ。月花、お前も同じ女なんだから強く当たったりするな。過去のことはどうあれ、俺たちはそれについてとやかく言える立場ではない。それは男にかかっていることだ。こうなったからには、月花、まずお前が折れるのが順序だ」

月花は兄をちらりと見た。ソウル宅は呆然としていた。最近ソウル宅は、騒いだ後によくぼんやりする。

「トッコルには行かずに家でじっとしてろ。そんなことをして何になる。千年も万年も旦那と暮らすつもりか。正式に結婚したって別れたりするのに、ましてや妓生なんだから……」

彼はポケットからたばこを出し、急いで火をつけた。貧しいとはいえ、月花の兄は市場では立派な常識人だと思われていた。彼は妹を妓生にしたことを常に恥じていた。だが突っ立っていたソウル宅は何も言わずにいつの間にか消えていた。

「あれ、帰っちゃったな」

「兄さんが来たから、殴られるかもしれないと思ったんでしょ」

兄はたばこを何回かふかして捨てた。

「月花」

「何」

「どうしてトッコルに行くなんて話をわざわざしたんだ」

「ウジが湧くのが恐くてみそを仕込めますか」

「そんなふうに言ってはいけない。あの女の立場もお前の立場も似たようなものじゃないか。他人に害を与えたという点では同じだ。むしろ、お前の方が何もせずに旦那のおかげでぜいたくできているんだから、あの女が不満に思うだけのことはある。あの女が必死で稼いだおかげであの家が金持ちになったというのは、晋州では誰もが知っていることだ。他人をねたむのは人の常だ。こっそりトッコルに行ってくればいいのに、わざわざ言う必要があるのか。それは良くないことだぞ」

「兄さんったら」

「まあ、妹を妓生にしてしまった俺には何も言う資格はない。俺がしっかりしていたらお前は妓生にならずに済んだのに」

兄妹はしばらく黙っていた。家も静寂に包まれていた。赤レンガの低い塀で囲ったかめ置き場に季節外れのトンボが一匹飛んでいる。

「帰る」

兄が立ち上がった。

「兄さん」

「……」

「旦那が、市場の店が一つ空いたら兄さんにやるって」

「そんな必要はない。今の露店でも家族は何とか食べていける。それより自分の将来を考えろ。いつまでも若いままではいられないんだぞ」

そう言うと、門を開けて出ていった。

月花は板の間の端に腰かけて思いにふけっていた。トッコルに行くかどうか迷っていたのだ。昨日、夕食の後で眠くなったのか、横になって息をついていた斗万に、トッコルに行ってくると言った。返事はなかったけれど、いやだとは思っていない様子だった。

(どうしよう)

兄に忠告されたからだけではなく、ソウル宅に気分を害されたからでもない。ソウル宅が来る前も、手土産を板の間に出して着替えている最中にも、月花はためらっていた。トッコルにはひと月ほど前に一度行った。

「あの子とはとっくの昔に縁を切ったの。カクシ*があの馬鹿とどんな関係なのかは知らないが、うちに来てもらう理由もクンジョルをしてもらう理由もないね」

白髪になった斗万の母は、月花のクンジョルを拒絶して背を向けた。

「お義母さんったら。せっかく来てくれたのに」

起成の母〈マクタル〉は困った顔をした。彼女の髪にも白髪が交じっている。年を取って背はいっそう低くなり、顔は黒かった。斗万の母は嫁の言葉でちょっと態度をやわらげた。

「あの悪党が、カクシに行けと言ったのかい」

やはり気にはなったらしい。

「いいえ。私の意思で来ました。それが道理だと思って」

「道理を知っている人が妾になったの」

痛いところを突く。

「家が貧乏になって……妓生なんだからどうしようもないじゃありませんか」

そう言いながら、月花は喉が詰まった。斗万の母はそれ以上何も言わなかった。起成の母はお昼を食べていけと言ってくれた。

帰りは舟に乗らず歩いた。その途中、誰もいない川原に立って真っ赤な夕焼けを眺めながら涙を流した。道理を知っている人が妾になったのかと言われるぐらいの非難や侮辱は日常茶飯事で、今更どうということはないはずなのに、泣いた。真っ黒な顔で白髪交じりになった中年の女、本妻だと偉そうにするどころか、人見知りをする子供のようにうつむいていた斗万の本妻。その座がどれほど大切なものであるのか、月花は胸にしみるほど感じたのだ。戸籍はともかく、若い時に正式な妻となって一人の夫に仕え続けた女の威厳を感じた。不細工で、年を取っていて、子供みたいに小さい体のどこからか漂ってくる威厳。人生には目に見えるものと見えないものがあることに気づいた。その人は姑の威光に守られていた。近所の人たちに囲まれ義弟一家に支えられた堅固な城のような立場が羨ましい。それは自分が決して持つことのできない自尊心だ。誰でも手折れる路傍の花のような妓生。情で結ばれて一緒になったのではない。ぜいたくをしているとはいえ、年寄りの世話をする妾であるのが悲しくて泣いた。

結局、月花はちぎれた藍色のチマを黒いチマに着替えて家を出た。斗万の母は初対面の時よりもずっと穏やかで、仕方なさそうな顔をしてクンジョルを受けてくれた。最初に会った時に冷たくあしらったことで、嫁や村の人たちにも体面が保てたと思っているようだ。その光景に、遊びに来ていた近所のお婆さんが言った。

「ああ、そうしなきゃ。そうするのが当然だ」

前に来た時もそうだったが、村の人たちが月花にさりげなく好意を示すのは、言うまでもなくソウル宅に反感を持っているからだ。

「世の中にあんなひどい女はいないよ。起成の父ちゃんはずっと前から来なくなったじゃないか」

「そりゃ、実家に帰ったりしたら死んでやると騒いだからだよ」

口では馬鹿だ悪党だと言いながらも、やはり母親としては息子を親不孝者にしたくはない。嫁の拇印《ぼいん》を力づくで離縁状に押させた時、二度と息子に会わないと決心したのは事実だが、それも時が過ぎると忘れてしまい、正月や祝日、祭祀の日になると、ひょっとして斗万が現れるのではないかと内心では期待していた。だから月花の出現は、戸惑った反面、うれしい気もした。

「それにしたって、息子なら殴り殺されそうになっても親に会いに来るのが道理だ。実家に来ないなんて話にもならない」

「うちの田舎の錫《ソク》の母ちゃんは、息子が生きてるかどうかもわからずに十何年も暮らしてるよ。子供はかわいいものなんだ。子供のいない坊さんじゃないんだから」

「妾を挨拶に寄越すところを見ると、起成の父ちゃんも、親と仲直りすることにしたみたいですね」

「そんな勝手なことはさせないよ」

「四の五の言う必要はないさ。親なんだから大罪を犯したとしても息子が来たら迎えてやらなきゃ」

「そんなこと言わないで下さい。嫁の籍を元通りにするまでは、絶対にいけません」

「他のことはともかく、あの女が天倫を断ち切ったことだけは、口が十個あっても弁解はできないよ。あんな悪い女はいない。どうしてそんなことができるんだ。カクシ、あんたもそれだけは見習っちゃいけないよ。本妻によくしてこそ妾も暮らせるものだ。本妻を泣かせた妾が幸せに暮らしたなんて聞いたことがない。男は寡婦やよその女房と浮気したら本妻を邪険にし、花柳界の女と浮気したら改心して本妻のところに戻ってくるというけれど、それはカクシ次第だよ。ねえ、そうじゃないか、起成の祖母ちゃん」

遊びに来たお婆さんの話が終わるのを待ち切れず、月花が手土産を差し出した。

「お義母さん、これを受け取って下さい」

「何だね」

「服地です」

そう言うと腰をかがめて包みをほどく。

「寸法がわかったら仕立ててきたんですけど、わからなくて」

「そんな心配はいらないよ。ここの次男の嫁は器用で、服の仕立てなんかお手のものだ」

お婆さんが斗万の母を差し置いて言った。

「これはお義母さんに。ヨモギ色はお義姉さん、桃色は弟さんの奥さんのです」

「服なんか別に欲しくないよ。年寄りが、着ていく所もないし」

そう言うと、また老婆が言った。

「そんなこと言いなさんな。年を取るほど、きちんとした身なりをしないとぞんざいに扱われるものだよ。ほんとにきれいだねえ。こんな服地をどこで買ったの」

老婆は羨ましそうに服地を触った。ヨモギ色と桃色の服地はタフタ、白い服地は日本の羽二重で、ふかふかしてまぶしいほど白い。

「最近もこんな服地を売る店があるのかい」

老婆が聞いた。

「店では買えません。前に買ってあった物です」

月花が気乗りしない口調で答えた。

「なるほどね。よっぽど運が良くない限り配給で木綿の布をもらうのも難しいご時世だ。結婚するにも結納にする絹の服地が手に入らないそうだよ。この頃出回っている薄っぺらい絹もべらぼうに高いし、それだってつてがなければ買えない。貧乏人は祭祀に水しか供えられないという言い訳ができて楽ではあるけど。今、こんな上等の服地はどこに行っても手に入らないね。ほんとにきれいだ。起成の祖母ちゃんは福が多いよ」

「そんなこと言わないで。福が多ければ息子と絶縁したりしません」

「だけど首陽山の影が江東八十里を覆う*という言葉があるよ。晋州で金斗万の母親だと言えば、誰も無視できないさ」

「事情も知らないで」

「事情は知ってるさ。子供はみんないい暮らしをしてるじゃないか。麗水《ヨス》に嫁いだ娘だって季節ごとに実家の母親に服を作って送ってくれるし、祝日や祭祀の日には魚や祭祀の費用まで送ってくれる。親孝行だからだろうが、それだって貧しければそんなふうにはできない」

「それはそうですけど」

斗万の母の顔に、ようやく微笑が浮かんだ。

「あの子は小さい時からいい子でした。嫁ぎ先のご両親は福のある子が来たと言って大切にしてくれて。それもそのはず、あの子が嫁入りしてからあちらの家の商売が繁盛したんですよ。でも、何より義理の両親がいい人で、娘夫婦よりもあたしたちを気遣ってくれるんです」

「それは全部、起成の祖母ちゃんの福じゃないか。姑にいじめられて実家に来て泣く娘を持つ母親だってたくさんいるのに」

「麗水の娘のことは何も心配したことがありませんね」

普段、自慢話などあまりしないのに、斗万の母は娘の善《ソン》の話になると、満足そうな顔をする。

「それだけじゃない。起完《ギワン》の父ちゃん〈栄万《ヨンマン》〉も孝行息子だ。兄嫁にもとてもよくしてあげるし、昼も夜も働いて体も達者だから何の心配もない。斗万が成功しても当てにはしない。晋州に出て斗万の弟だと言えば偉そうな顔もできるのに。とにかく起成の祖母ちゃんは大きな福を持って生まれたんだよ。村の人たちがどんなに羨ましがってるか。それなのに心配事が一つもなければ、それはかえって災の元になるんじゃないか」

老婆はひどくおしゃべりだ。

「だけど娘は嫁に出せば他人です。起完の父ちゃんは分家させたから、先祖の祭祀をするのは起成の母ちゃんじゃないですか。起成の母ちゃんはうちの中心です。ひどく苦労もしたし。離縁させられた時のことを考えたら、あたしは今でも目の前が暗くなりますよ」

それは月花に聞かせるために言っているようだ。

「もちろんだとも。ソウル宅は天を恐れなかったのかね。あの女はもう翼の折れた鳥だよ。前にもあたしが言ったじゃないか。カモの子は水に帰るものだ、亭主と子供を奪ったって無駄だ、子供というかすがいがないんだから年を取ったら捨てられるって。そのとおりになっただろ。起東もソウル宅の顔を見るのがいやで釜山に行ったんじゃないのかい？　日陰が日向になり、日向が日陰になるのも、少しの間だ」

「起成は駄目だ。あの子はまともな人間にはなれそうにない」

「それでも、警防団の、何て言ったっけ。親玉だそうだね」

斗万の母は首を横に振ってため息をつく。斗万の次男、起東の態度が変わったのは事実だ。結婚して子供も一人いるが、祝日には妻子を連れてトッコルに帰って実母を慰め、釜山からも時々手紙を送ってきた。

月花は年寄りの話が長くて退屈でもあったけれど、村の人たちが一人二人と集まってくるからよけい居づらくなり、話が途切れた瞬間にすかさず立ち上がった。

「お義母さん、また来ます。今日はちょっと用事があるので」

「帰るのかい」

また斗万の母を差し置いて老婆が言った。

「ええ」

「今度来る時は起成の父ちゃんと一緒においで」

「何を言うんです」

斗万の母が怒ったように言う。

「追い払われるにしても、来なくちゃ」

斗万と一緒に来いという近所の老婆の言葉は、月花を当惑させた。

「あ、はい、そうします」

そんな権利はないのだが、もごもごと言って、他の人たちにも挨拶をし、村人たちの好奇心に満ちた視線を避けるように急いで出ていった。

「どうしてつまらないことを言うんです」

斗万の母が腹を立てても老婆は気にかけない。

「おや、心が狭いねえ。みんな、そうじゃないか?」

村人たちががやがや言い始めた。

「起成の父ちゃんが浮気する日が来るなんて」

「浮気どころか、別の所帯を構えたんだろ。花のつぼみみたいな妓生を妾にしたんだから、ソウル宅がどんなに悔しいか。夜も寝られないだろうさ。敵に他人が仕返しするということわざのとおりだ」

「まったくだ。年を取ってからの浮気は直らないって言うじゃないか。亭主が若い女にほれたらソウル宅は目の見えないアオダイショウが葦原に入ったみたいにもがくだけだ」

「ひどいことをすれば自分の身に返ってくるのさ。昨日自分が他人にしたことを、今日他人からされているんだから文句の言いようがない。それが道理というもので、花は咲いたら散るし、月は満ちれば傾くものだ」

月花が出ていった途端、しゃべりたくてうずうずしていた人たちがそれぞれひとことずつ言い、まるで自分のことのように浮かれていた。そうしている間に、起成の母はかごを抱えて畑に枝豆を採りに行ってしまった。姑のいる前で村人たちと無駄口をきくような性格でもなく、働くことを生きがいにしてきた彼女としては普通のことなので村人たちも特に気にしなかった。しかし斗万の母だけは老婆が言ったことに気分を害していて、村人たちのおしゃべりも気に食わない。

「あんたたち、いい加減にしなさい。めでたいことがあったわけでもあるまいし」

「ソウル宅のせいで病気になって一日中嘆いていたくせに。起成の祖母ちゃんもせいせいしたんじゃないんですか。他人のあたしたちですら、胸のつかえが下りたみたいにすっきりしたのに」

「他人の亭主に手を出して妾になる女なんて、みんな似たようなものだろ。あたしがあの女にお祝いを言うとでも思ったのかい。家が焼けても南京虫が死ぬ方がいいと思えってことかね」

「そんなこと言いなさんな。本心では喜んでるくせに。祝日にちゃんと手土産を持って挨拶に来るんだから、そのうち起成の父ちゃんも来るよ。生きるの死ぬのと大騒ぎして一緒になった男女も、いったん嫌いになったら他人だ。家が焼けてなくなりはしないさ。妓生の妾を置くなんて誰にでもできることじゃない。それだけ甲斐性があるってことだ。若い時の苦労は買ってでもしろと言うが、起成の母ちゃんもこれからは楽になるよ」

「ああ、そうです。これからは起成の祖母ちゃんと起成の母ちゃんが大きな顔をして暮らせるようになりますよ。起成の母ちゃんがじっと我慢して、義理の両親によく仕えてきたんだから、報いられる日がきっと来ます。人は老後が楽でなきゃいけません。起成の母ちゃんはほんとに苦労しましたね」

村の人たちがひとしきり騒いで出ていき、栄万とその女房が現れた。かめ置き場でキムチにする野菜を切っていた起成の母が気まずそうに笑う。

「義姉さん、またあの女が来たんですって？　来ようと思ったんだけど、起完の父ちゃんが止めるから来られなかったんです」

起完の母はチマの裾を持ち上げてしゃがみ、キムチの準備を手伝いながら言った。栄万は女たちから目をそむけて母のいる部屋に入った。

「晋州の女が来たんだって？」

栄万が顔をしかめた。

「ああ」

「何しに？」

「秋夕が近いから挨拶に来たらしい」

「いよいよヤキが回ったな。妓生を妾にするなんて」

「そうだね」

斗万の母は感情を抑えている。

「カエルがオタマジャクシだった頃のことを忘れるというが、あの家はめちゃめちゃになっていくみたいだ。まあ、他人同然だから、俺たちがどうこう言うことではないけれど、人は身の程をわきまえなきゃ。あきれた人だよ」

「悪い女には見えなかったけど、人の心はわからないからねえ」

「その女がいい人か悪い人かはともかくとして、父親と息子が一緒に身代をつぶしそうだ」

「さあ。女房があんまりきついからいや気が差して浮気したのかもしれないね。あの子も年だし……」

「女房のせいじゃなくて、兄貴が家をちゃんと管理できないからだ。義姉さんに合わせる顔がないよ」

斗万の母はしばらく沈黙し、また話しだす。

「あたしもそう思う。だけど今度のことで斗万がちょっとでも思い直して家に帰ってきて……一緒に暮らせとは言わないが、起成の母ちゃんを本妻として扱うようになればいいじゃないか。だから意地を張ってあの妓生に冷たく当たるよりは、うまくなだめて、いい方向に持っていきたいんだよ」

栄万には本心を打ち明ける。

「そんなことをしたって人間は簡単に変わるものじゃないさ」

栄万はちっとも期待していない。

「そう決めつけなさんな。人は年を取ると考えも変わるものだ。あれしきの財産なんかどうでもいいから、家族が昔のように仲良くするのを見たいよ。……あたしももう、先が長くないからね」

「……」

「あたしは、斗万が金持ちだとうわさされるのはいやだ。臨時政府だか何だかの強盗に入られた時もあたしは恥ずかしかった。金持ちになって、どうするんだ。一度にご飯を十杯食べることはできないのに。白米のご飯が苦く感じられる時もあれば、麦だけのご飯だっておいしいと思う時もある。人間ってそんなものじゃないかね」

「……」

「だからお前も兄ちゃんを突き放してばかりいないで、昔みたいに仲良くできないのかい。母ちゃんがどうというより、実の兄弟じゃないか」

「俺だってそうしたいのはやまやまだ。だけど、あちらが財産を狙われるのを警戒して冷たくするから俺も腹が立つ。兄貴は度量が狭いよ。金持ちかもしれないが」

「それは全部ソウル宅の差し金だ。斗万は気が弱くていけない。夜、眠れなくてあれこれ考えると、後悔することもある。あの時、大工の潤保と一緒にソウルに行かせちゃいけなかったような気もするし。この頃、どういう訳だか、昔のことばかり思い出すね」

「ソウルに行かなければ、あの時、みんなと一緒に山に入って戦ったかもしれないな」

「あの子にそんな勇気はないよ」

「すべて運命だろうさ」

「お前の父ちゃんが生前、恥ずかしく思っていたことが一つだけあった」

「山に入らなかったことだろ」

母がうなずく。

「斗万が金を稼いで晋州に出てきたとはいえ、あのことさえなければ、お前の父ちゃんが故郷を捨てるはずはない。あたしもそうだ。いつまで経ってもよそ者のような気がするし、年を取るとよけいに故郷が恋しい。あの頃はよかった。自分の故郷よりいいところはないんだ」

「昔のことを言ってどうするんだよ。遠い外国で暮らす人だっているのに」

「善を嫁に出したのが昨日のことのようだ。脱穀場でお祭りがあったこと、咸安宅《ハマン》がアンズの木で首をつったことも目に浮かぶよ」

栄万はそんな母を心配そうに見る。

「あんなことがあっても漢福《ハンボク》は故郷で暮らしているじゃないか。やぶ蚊に刺されてはれた顔で、牛の引く荷車に乗せてもらって帰ってきていた。今はちゃんと暮らしている……。間違えたね」

「何を」

「お前の父ちゃんが亡くなった時、平沙里《ピョンサリ》にお墓を造ればよかった」

「……」

「あの時は気が動転していて思いつかなかったけど、今になって考えてみれば、間違いだった気がする。平沙里にお墓があればあたしも故郷に骨を埋めることができたのに」

「父さんはそんなことは言ってなかったよ。そう思っている様子もなかった」

「口に出せなかったんだろう。思ってはいても」

その時、母が涙を流した。

「そんなら墓を移せばいい」

「簡単にできるものか」

「大して難しいことじゃないさ」

「お墓はやたらに触るものじゃない。そのために家運が傾くこともよくある……。あたしが思ってるだけだ」

「平沙里の金訓長《フンジャン》家の養子も満州から金訓長のお骨を持って帰ったらしいけど」

「それはあたしも聞いた。両班《ヤンバン》*のしきたりは恐ろしいと思ったよ」

「母さんが望むなら、できないことはないだろ」

「いや、そうまでする必要はない。どうせ斗万が怒るに決まってる。うちの身分の話が出れば、夜中に棒を持って襲いかねない奴だからね。とうてい無理だ」

「兄貴に黙ってやったらいけないかな」

「それは良くないね。それはそうと、栄万」

「はい」

「世の中はどうなりそうなの」

「え？」

「この村でも勤労報国隊に入れられた人がたくさんいる。次々連れていかれるそうだけど、うちの子たちは大丈夫なの」

「勤めているから当分は大丈夫だろう。でも、先のことはわからない」

栄万は素っ気なく言った。長男の起完は師範学校を卒業して居昌《コチャン》の山奥の国民学校で教師をしているし、次男の起泰《ギテ》は農業学校を出て郵便局の事務員として勤めているから徴用されることはなさそうだが、起泰は戸籍が間違っていて実際より二歳も若く記載されているので徴兵制が始まれば対象になる危険があり、二十歳の娘起淑《ギスク》の亭主は同じトッコルで果樹園を経営しているものの徴用される不安はあった。

「栄万」

母は突然声をひそめた。

「もし日本が戦争に負けたら」

「誰かがそんなことを言ってたのか」

栄万は緊張した。

「どうして？　田舎にいるから何も知らないと思ってたのかい。年寄りだから耳も目も悪くてわからないと思ったか」

「そうじゃなくて、めったなことを口にしたら、ひどい目に遭うかもしれないし」

「あたしがめったなことを口にすると思うの」

「……」

「つまり、もしそうなったら、斗万はどうなるだろう」

栄万がぎょっとした。

「みんなあの子のことを親日派と言ってるじゃないか。あの強奪事件の時も斗万が騒いだんだろ？　陰口をきかれて評判を落とした。やたらにいろんな人のことを警察に告げ口して……。起成もそうだ。警防団長だかをやってるのも悪く言われるんじゃないかね」

母は昔から度量が大きく知恵のある人だったけれど、そこまで考えているとは知らなかった。栄万は最近、まさに同じことを思っていた。それは栄万自身の考えだけでなく、張延鶴《チャンヨンハク》の影響も大きかった。

父の葬儀が終わった日の夜の騒動を、栄万は覚えている。斗万が幼なじみの宋寛洙《ソングァンス》を軍資金強奪事件の犯人だと名指しして怒り狂ったことに端を発して、とうとう永八《ヨンパル》老人と言い争いになった。

「おい、この馬鹿者めが！　恵んでやれないまでもパガジは割るな*という言葉があるが、追われて逃げている男が、どうぞ捕まえて下さいとばかりに晋州に来ていたとでも言うのか！　寛洙は生きてるかどうかもわからないんだぞ」

当初は永八老人もその程度だった。

「ふん、類は友を呼ぶと言うが、似た者同士だから味方するってことは、俺もわかってますよ。義兵だか東学だか、昔は仲間だったってことは知ってるんだ」

「何だと」

「うちの父さんが山に入らなかったことを後悔してるって？　とんでもない。義兵だの東学だの満州の独立運動だの、それはおじさんのことだろ。うちの父さんがどうして後悔するんです。誰がそんな危ういことをするものか」

永八老人はとうとう頭に来て、立ち上がった。

「こいつめ！　この化け物！　ああ、そうだ。俺は東学に加わったし義兵にもなった。満州で独立運動もやった。それがどうした。こんな年寄りの首に腐った縄をかけて倭奴の所に引っ張っていくか？　そしたら賞金をたくさんもらえるぞ。もう棺に片足突っ込んでる身だ。恐いものなどあるものか。この天下のならず者、自分の根本を忘れた奴め」

みんなで引き留めて、永八老人を栄万の家に連れてきた。斗万の母もその時、黙ってはいなかった。

「父ちゃんが息を引き取る時に何て言ったか、もう忘れたのかい。人の心を傷つけるようなことは言うな。それをもう忘れたのか。もう何も言わないからパンスルの父ちゃん〈永八〉と母ちゃん、それにあたしも、警察に引き渡しなさい。独立運動をしたって言いつければいい。そしたら賞金をたくさんもらえて採算が取れるだろ」

「あきれた」

「あきれてるのは、あたしだよ。いくら金が好きでも、罪のない人を警察に突き出したりしていいのかい。

父ちゃんを埋葬して、まだ夜も明けてないんだよ。誠実に生きてきた、父親みたいな年頃の人に向かって何を言うんだ」

「警察に突き出すだなんて。言葉のあやだよ」

「それに、どうして寛洙の名前を持ち出すんだ。貧しい友達を助けてやれないまでも、子供まである人間が、友達を窮地に陥れるつもり?」

母はその時、斗万の胸倉をつかんだ。

十数年前のその晩のことが、つい昨日のことのようによみがえる。栄万も兄を非難した。平素から兄に不満を持っていたし、強奪事件の後、晋州の人々が何を話していたかも知っていた。皆は舜徹の父を称賛し、斗万を軽蔑した。それでなくとも兄に忠告しようと思っていた。

「兄さんは自分のことしか考えていないのですか」

「……」

「自分の代で終わっていいなら、好きなようにすればいい」

「どういうことだ」

「俺は自分の子供や孫にもずっと生きてほしいと思うから、こうなった以上は兄さんと縁を切らなくてはいけない」

「わかりやすく話してくれ」

「じゃあ聞くが、兄さんは倭奴が千年も万年も朝鮮の人たちの上に立ち続けると信じているのですか」

「……」

「朝鮮人が千年も万年も倭奴の下人として暮らすと思ってるんですか」

「先のことなんぞ、わかるものか」

「そうですよね。俺もわかりません。だが一つ確かなのは、もし朝鮮が独立したら、兄さんは逆賊です。それだけは間違いない。お家断絶と言われたら、兄さんの子供達やうちの子たちは助かりません」

「おい、何言ってるんだ。今、何時代なんだよ。この文明の時代に、お家断絶だと？　馬鹿馬鹿しい」

それから兄弟はしばらく言い争った。その時、口を挟んだのが延鶴だ。ずっと口を閉ざしていた彼は寛洙の名が出ると緊張し、斗万を黙らせるために脅すことにした。

「そういう事件では、犯人はたいてい捕まる。本当に臨時政府と関わりがあるのかはわからない。いっそ単なる強盗だったら、後で面倒なことにはならないが」

延鶴が言うと、斗万が不満そうに聞き返した。

「面倒なことって？」

「まず警察がうるさい。臨時政府と内通しているんじゃないかと疑うからな」

「そ、それは俺も考えた。李道永《ドヨン》もそのために警察に呼ばれたらしいし……」

斗万は不安そうな目をした。

「二つ目には、逆にその人たちが捕まったら、そしてお前を親日派だと思って襲っていたなら、水鬼神*みたいにずっとお前を怨み続けるんじゃないか」

それは恐ろしい言葉だった。口をつぐんでいるのが身のためだということだ。数千円を失ったことなど大した問題ではない。斗万はともかく、家族にとっては衝撃的な事件であり、生傷のようなものを残したことは確かだ。

「つまらない心配はいらないよ。倭奴がそんな簡単に敗けるもんか」

栄万が母に言った。

「どんな子だろうとあたしが産んだ子で、お前はその弟だ……他人と同じように暮らしていればよかったのに。金が敵だ」

「金儲けのために親日になったんだろ」

「だから金が敵だと言ってるんだよ」

「目の前に心配事が多いんだから、ずっと先の心配なんかするなよ。じゃあ、俺は帰る」

栄万が出ていくと、母は二人の嫁を呼んだ。

「とにかく持ってきてくれたんだ。あんたたちが使いなさい」

そう言いながら月花が持ってきた服地を渡す。起成の母は黙って受け取ったけれど、起完の母はすぐに開いて服地を触りながらうっとりとした目をする。

「お義姉さん、いい服地ですねえ。最近、こんなのはどこに行っても見られませんよ」

「あたしは着ていく所がない」

「お義姉さんのも、ちょっと見せて」

起成の母が服地を差し出した。

「妓生だから目が肥えてるんだ。ヨモギ色はお義姉さんぐらいの年によく似合いますね」

「あんたにあげようか」

「何を言うんです」

「どうして。桃色は起淑にあげたいんだろ。ヨモギ色はあんたが着ればいいじゃないか」

「どうしてそんなに人の気持ちがよくわかるんです」

起完の母は笑い転げた。姑の前で、兄嫁よりもずっとのびのびとしている。

「くだらない話はやめなさい。服地を見ると秋夕よりは正月向きだね。今度の正月用に仕立てなさい」

「仕立てたって着ていく所がありませんよ」

起完の母が言う。

「どうして？　墓参りに行かないつもりかい？」

「すぐ近くなのに」

「せっかく持ってきてくれたんだから、子供にはやらないで自分の服にしなさい」

「持ってきてくれたとはいっても、お義兄さんの懐から出たお金で買った物じゃありませんか」

「それならもっといい。起成の母ちゃんが生まれて初めて亭主から贈り物をもらったことになる」

「あら、ほんとだ、お義母さんの言うとおりね、お義姉さん」

「……」

「長生きすると、こんなこともあるんですね。その服地、貸して下さい。あたしが一生懸命仕立ててあげるから」

起完の母は上機嫌だ。その時、外で人の気配がした。

「誰もいないの？」

「誰ですか」

起完の母が部屋の戸を開けて外を見た。

「あら、ホヤの祖母ちゃん」

慌てて板の間に出ていく。起成の母もすぐ後に続いた。

「どうしたんです」

起成の母が聞いた。

「特に用事はないよ」

ホヤの祖母はにたりとした。年を取っても身なりはこぎれいだ。

「姉さんいるかい」

「ああ、ここにいるよ」

嫁たちが答える前に斗万の母が部屋から顔を出して言った。

「おや、姉さん！」

「ああ」

「大丈夫ですか」

「まあ、上がりなさい」

「はい」

ホヤの祖母は新聞紙に包まれた物を差し出した。

「あんたたち、これをあげるよ」

「何ですか」

起完の母が受け取った。

「牛肉だ」

「どうしてこんな貴重な物を」

「姉さんにスープを作ってあげなさい」

斗万の母は部屋に入るホヤの祖母を見上げた。

「座って」

「はい」

「どういう風の吹き回し？」

「ホヤの父ちゃんがどっかから牛肉を手に入れてきたから、それを口実に姉さんにも会いたいと思ったの。

具合はどう？　顔色は良さそうだけど」

「もうあの世に行く年を過ぎても生きてるなんて」

「そんなこと言っちゃいけません。起成の母ちゃんは姉さんを頼りに生きてるのに」

「それはそうだね。あたしは今すぐ死んでも構わないけど、起成の母ちゃんのことだけが心残りだ」

「これからは大丈夫でしょう。良くなりますよ。子供たちさえ戻ってくれれば」

「何かうわさを聞いたのかい」

「少し」

「どんな」

「よくけんかしてるそうです。親兄弟との縁を切ったのも糟糠の妻を離縁したのも、すべてソウル宅のせいだと言って……起成の父ちゃんは後悔してるみたい」

「誰から聞いたの」

「起成の奥さんのお母さんがうちの近所にいるんです。あたしが姉さんと親しいと知って、教えてくれたんでしょう」

「……」

「見たところ落ち着いた感じの人で、嘘を言うようには見えません。暮らしは楽ではないけれど……」

「あの腑抜けめ。生きるの死ぬのと騒いで一緒になって、ソウル宅の言うことなら麹は小豆で作ると言われても信じてたくせに。今更、誰を恕むんだ。あいつが後悔してそんなことを言ったとでも思うの。新しい女ができたからだよ。反省するような人間じゃないさ」

「姉さんったら。どうして息子をそんなに悪く言うんです」

「親には子供の将来がわかるんだ。子供の頃もそうだった。漢福がまだ小さくて、母ちゃんの実家から歩いて平沙里に帰ってきた時、やぶ蚊に刺された顔がはれて、言いようもないほど可哀想だった。栄万は可哀想でたまらないと思っていたのに、斗万は人殺しの子供だと言って追い返すから、あたしが叱ってやった。生まれつきの性質なんだろうね。あの子は親にちっとも似てない」

「人は十回変成《へんじょう》する〈生まれ変わる〉と言いますよ。親に似ない子なんていません」

「知らないんだから黙ってておくれ」

　斗万の母が腹を立てた。

「ソウル宅のせいにしちゃいけない。一緒にやったことを、今になって女のせいにするって？　天下の馬鹿者め。まともな男ならそんなことはできない。本当に心を入れ替えたなら自分から謝りに来るべきだ。妾ができたからといって女房を追い出すのか。いくらソウル宅が憎くても、あたしは自分の子が間違ってることぐらいわかるさ」

「理屈ではそうですね」

「人は何百年も生きられはしないのに、どうして人に血の涙を流させるんだろう。自分の嫁だから肩を持つわけじゃないが、長年ずっと起成の母ちゃんを見ていても、人を怨んだり悪口を言ったりすることもなく、裏表がなくて、仕事を生きがいにして、口答え一つしない。可哀想でたまらないよ。みんなが楽しんでいる時に働き、よその人は夫婦仲良く語り合っているのに、夜遅くまで針仕事をして……」

　斗万の母はチョゴリのひもで涙を拭う。

「情けないと思っちゃいけません。そんなだから、みんなが起成の母ちゃんを本妻だと認めてるんですよ。起完の父ちゃんも兄嫁をとても尊敬してるし」

「ところで、あんたんちは秋夕に平沙里に帰るんだろ？」

「ええ。姉さんはどうするんですか」

「うちは帰れないさ」

「まあ、そうでしょうね。起成の祖父ちゃんのお墓はこっちにあるんだから」

「この間の寒食*に起完の父ちゃんが平沙里に行ってきた。まだあたしが生きているからいいものの、あたしが死んだら、故郷を離れている子供たちが先祖の墓に行って雑草を刈って芝の手入れをしたりすることもめったにできないだろう。青い山になってしまうさ。あれこれ考えるとわびしいね。祭祀の日には水ぐらい供えるだろうけど。あんたはそれでも次男が平沙里にいるからいいよ」

「さあ……姉さん」

「何だい」

「どうしてだかわからない。何の心配もなく、息子も嫁もよくしてくれるのに、どうしてこんなにもやもやするのか。今になって思うと、用事が山ほどあって、畑や田んぼでせっせと働いていた頃が幸せだった気がするんです」

「……」

「いやなことがあっても草刈り鎌を持って畑に出たら忘れるし、歌を歌っても誰も文句を言わない。小川の水で顔を洗えば生き返った気がした。ここではいやなことは何もないし何の心配もないのに、どうしてこんなに平沙里のことばかり考えるんだろう。季節が変われば平沙里の野原が思い出されて浮足立つんです」

斗万の母が笑う。

「それは仕事中毒だね」

「仕事中毒？」

「仕立屋が仕立物をしなかったり、行商人が商売に行かなかったりすると全身が痛くなって喉が渇いてたまらなくなるものだ。それは仕事に中毒してるからだよ」

「仕事のせいじゃありません。山にも川にも人にも慣れないからですよ。一日あれば故郷に帰れるあたしがこんな気持ちになるのに、永八爺さんは満州まで行って何年間も、どうやって過ごしたんでしょう」

「死ねなくて生きてたんだろうさ。パンスルの母ちゃんによると、よく泣いていたそうだ。パンスルの父ちゃんは、秋夕になると、両親の墓が雑草に覆われてしまって故郷に帰っても探せないんじゃないか、誰も草刈りをしないからと言って、大声で泣いたらしい。この頃の人はそんなことは考えない。故郷を離れてしまえばそれまでだ。もっとも、出ていきたくて出ていくのでもなく、帰れないでいるんだ。あんた、大工の潤保は知ってるかな」

「知ってますとも。ヨンスゴルで暮らしていた時には、うちに小屋を造ってもらいましたよ。あの辺りで大工の潤保を知らない人はいません。あばただらけの顔が今も目に浮かびますね」

「一度も嫁をもらわず、一年中気のおもむくままに歩いて大工仕事をして死んでしまったけど、祝日や親の祭祀の日には帰ってきてた。だから、金訓長の言うことによく反発していたのに、金訓長は潤保に一目置いてたんだ。潤保は山に入って死に、一緒に行った金訓長も満州に逃げて、遠い異国で亡くなった。すべて昨日のことのようなのに……あんただけじゃないよ。この町に慣れないのはあたしも同じだ。昔の知り合いはいないし……うちだって、あのことがなければ平沙里を離れなかったさ。いくら斗万が成功しても、平沙里に背を向けることはなかった。斗万の父ちゃんはそれが恨になっていた」

「あのことって」

「斗万の父ちゃんは、村の男たちが崔参判家の趙俊九《チョジュング》を殺して金品を奪って山に入る計画を立てているのに気づいて、娘の嫁ぎ先に逃げたんだ。それに、参判家のお嬢様が困っていた時も、うちは何もできなかった」

　斗万の母はため息をつく。

「凶作の年に趙俊九が分けてくれた米ももらった。あれはただの米じゃない。敵と味方を分ける米だった」

「あの時、あたしたちはヨンスゴルにいたから詳しいことは知らなかったけど、それは姉さんだけじゃないでしょう。力のある者には勝てないんだから」

「他のみんながそうしたとしても、うちだけはそうしてはいけなかったんだ。崔参判家のお嬢様は、ご主人だったんだから。奴婢だったのを常民《サンミン》*にしてもらった恩もあるし、子供のいなかったパウ爺さんとカンナン婆さんが栄万を養子にするというので、崔参判家の大奥様が祭祀の費用をまかなうための田んぼを分けて下さった。それも趙俊九に取られてしまったけど」

「どうして田んぼをくれたんですか」

「あの老夫婦は大奥様にずっと仕えていていろいろお世話をしたんだよ。単なる使用人とは違う。うちは遠い親戚だから、栄万を養子にして二人の祭祀をすることになったんだ」

「祭祀のための田んぼの話を聞いたことがあったけど、そういう訳だったんですね」

「今までずっと忌日には水をお供えしてきた。栄万が平沙里に行った時には墓の手入れもするよ」

「昔のことは忘れなさいよ。すべて生きるためにしてきたことなんだから」

「まあ、あの時みんなと一緒に山に入ってたら死んでたかもしれないね。家族がばらばらになって」

「錫の母ちゃんもあの時、ひどい目に遭ったそうですね」

「錫の父ちゃんはどこかに出かけていて、何も知らずに帰ってきた時にあの事件が起こった。みんなが山に入った後だった。村にいたら一緒に山に入ったはずだ。常日頃から錫の父ちゃんを憎んでいた趙俊九が、嘘を言って錫の父ちゃんを殺させたんだ」

第五部　第四篇

純潔と膏血《こうけつ》

一章　山は紅葉しているけれど

雑な造りの縁台で片膝を立て、もう片方の脚はだらんと垂らし、フナが口をぱくぱくさせるみたいにして短いきせるを吸っていたカンセは、煙が出なくなったのを見てマッチを擦る。

「お前の女房は鼻がねじれたのか。どうして来ないんだ」

カンセが言うと、石塀に腰かけていたモンチがぶすっとして答える。

「絶世の美人ではないけど鼻はねじれてませんよ」

「じゃあどうして来ない」

「恥ずかしいんでしょ」

「恥ずかしがる女が、どうして若い男を捕まえる」

「捕まえたのは俺の方です」

「とにかく度胸はあるらしいな」

「度胸がなかったら、とっくに智異山《チリサン》の土になってますよ」

「いちいち口答えするな。おい、いったい海道士《へ》に何を習った？　まあ、お互い様ではあるがな」

「そんなこと言わないで下さい。他のことはともかく、海道士は立派な人材を輩出したんだから」

「おや、天子を自称する気か」

「ええ、俺は天子として生きるつもりです」

「たまげたね。おい、何を信じてそんなことが言える」

「智異山の神霊ですよ。そんなの、気の持ちようじゃないですか」

モンチはけらけら笑った。輝《フィ》は台所に薪の束を運びながら二人の様子を見てにこりとした。

カンセが、鼻がねじれてるのかと聞いたのは媌花《モファ》のことだ。モンチと媌花は春から同居し始めたのだが、媌花は一緒に暮らしていると言い、モンチは結婚したと言う。淑《スク》が大反対したのはもちろんのこと、永鎬《ヨンホ》も、今すぐ別れろと珍しく実の弟みたいに叱った。網元父子もひどく気に入らない様子だった。それでもモンチはちっとも気にしていない。山では蘇志甘《ソジガム》は何も言わず、海道士は半ば賛成するように言った。

「運命だ。止めたって聞くような奴じゃない」

それでもカンセは憤慨した。

「いったいどんな女だ。独身の若い男に手を出すなんて。女はまだしも、変じゃないか。結婚費用がないわけでも嫁に来る娘がいないわけでもないのに。モンチはどこか病気か？　こぶ付きの女なんて話にもならん」

「好きだというのなら仕方ないじゃないか。女は美人でもなく性格もきついけど、道理をよくわきまえていて、曲がったことは死んでもできない性分だそうだよ。モンチは並の人間じゃない。自分なりの考えがあるんだろうから、知らんぷりして放っておきなさいよ」

　輝が言うと、カンセも引き下がった。

「放っておくも何も、俺はあいつの父親じゃないし、姉ちゃんの言うことすら聞かない奴だからな」

　モンチを理解してくれたのは平沙里《ピョンサリ》の漢福《ハンボク》だ。永鎬たち兄弟の母であり自分の妻である女が、もともと河東《ハドン》の市場で物乞いをしていたことを考えたのだ。

「不幸な者同士が互いに慈しみ、頼りあって暮らせばいい。姉としては弟に期待する部分もあるだろうが、モンチと再会できただけでもありがたいと思って許してやりなさい」

　嫁である淑に言って聞かせた。

　モンチは昨夜、秋夕用に魚の干物をたくさんかついで山に帰ってきた。輝はそれよりずっと早く、初夏に統営《トンヨン》の家を処分して山に戻ってきていた。誰も皆生活が苦しく、先の見えない戦時中で指物師の仕事も少ないうえ、徴用される危険があって町を離れなければならなかった。カンセも輝が戻ってくることを願っていた。海道士は重々しい態度で、帰ってこいと命令するみたいに言った。輝は昔のように炭を焼き、火田を拡張して農業もしたけれど、家族が四人増えたので山の生活も楽ではない。統営で稼いだ金があったから何とかやっているのだ。栄善《ヨンソン》は宣児《ソナ》が国民学校に通えなくなったことが、とても残念だった。ともかく山でもそれなりに、間近に迫った秋夕に向けて準備をしていた。

「今年の秋夕は、兜率庵《トソルアム》がにぎやかだろう」

　カンセはきせるの灰を払って立ち上がりながら言った。

「どうしてですか」

モンチが聞いた。

「ソウルからお客さんがたくさん来てるからな」

カンセはそれ以上説明せず、きせるを腰に差して門を出てゆく。

「校長先生の家族が来てるんだ」

輝が付け加えた。

「あの、古い喪輿《サンヨ》〈棺を載せる輿《こし》〉みたいな人の？」

「その言い方を何とかしろ。いつまでそんなひねくれた口をきくんだ」

「兄さんこそ、ソウルの人には遠慮するのかい」

輝はあきれ顔で笑う。

「人間は誰でも同じ五臓六腑を持っているんだから萎縮する必要はないよ。あの老人は今にも死にそうなのに背広を着てステッキを持ってる。新式の学問をするために親の財産をかなり使ったらしい。俺らみたいに苦学した人間とは違う。あまり面白くはないな」

「おいおい、あの人は智異山のモンチ将軍に会うために来たんじゃないぞ。偉そうな口をきくのもほどほどにしろ」

「志甘和尚や海道士先生だって俺たちと同じ山の人間だよ」

「よく言うよ。モンチ」

「何だい」

「そんなふうに大言壮語していると、そのうち山に足を踏み入れることもできなくなるぞ」

「どういうことだ」

「山も昔とは違う」

「妙なことを言うね。説明してくれよ」

「今、徴用を避けて町の人たちがたくさん山に隠れている。みんな気が立ってるから、下手をするとひどい目に遭う」

「俺が？」

「口に気をつけろと言ってるんだ」

「客が主人を追い出すってことらしいけど、兄さんはいつからそんなに気が弱くなったんだ。統営に胆嚢《たんのう》を置き忘れて腑抜けになったのかい」

「馬鹿。それより、お前の方はどうだ」

「もうちょっと状況を見てみなきゃ。油も漁具も足りないから船を出すのも難しくなるし、漁師だっていつまで無事でいられるか。とにかく、ひどい世の中だよ」

「大変なことになった」

「ちょっと前に倭奴のしょうゆ工場の技術者が徴用されるのを見たんだが、臨月になった女房がわんわん泣いてたね。倭奴はしょうゆも魚もいらないってことだな」

「……」

「ところで、山に隠れた人たちは何を食べてるのかな」

「食料が確保できそうだから来たんだろうさ。貧乏人は逃げることもできない。配給通帳に縛られて。だが、早く死ぬか遅く死ぬかの違いじゃないか。お前、いつ統営に帰るんだ」

「明日、朝早く墓参りして、平沙里に寄ってから」

「ちょっと考えてみろ」

「考えたところでどうしようもない」

「そんなこと言わずに、お前も山に戻ってこい」

「それはできない」

「なぜだ」

「俺は統営で頑張ってみる」

「女房がいるからか」

輝はからかうように言い、モンチは目をむいて輝をにらむ。

「俺は胆嚢を抜いて暮らしたくはない」

「おい」

「やられる時はやられるとしても、逃げ隠れするのはいやだ。息が詰まって耐えられない」

「愚かなことだ。お前の目には、世の中が自分の手のひらの上にあるみたいに見えてるんだろうが、青二才だからそう感じるんだ。自分の力だけを信じる奴はたいてい馬鹿だからな」

「人命在天*と言うよ」

「そう言うと思った」

「天が崩れてもはい出る穴はあるとも言うし」

「ああ、そうだとも。お前がはい出る穴はあるだろう。智異山の神霊を信じてるんだから」

輝の家で昼食を食べたモンチは海道士の住む小屋に下りていった。そこで一晩過ごし、翌日、父親の墓を訪れた。倒れて死んだ場所に適当に埋め、海道士が目印をつけてくれた、小さな土まんじゅうだ。モンチが山を出てからも、彼が帰れなければ平沙里にある夫の実家で秋夕を過ごす淑が墓参りをしたから、わりによく手入れされていた。

「父ちゃん、俺、来たよ」

モンチはささやかな供え物を並べ、小さな器に酒をつぐと、クンジョルを三度、パンジョル〈軽いお辞儀〉を一度した。そして墓に酒を振りかけ、墓の側に座って空を見上げる。雲一つない澄んだ秋空。ずっと雨が降っていないせいか、吹き抜ける風は乾いている。きれいに色づき始めた雑木林の木の葉も乾いて、かさかさと紙のような音を立てた。豊かな秋の山が、どうしてこんなに寂しく見えるのだろう。鳥一羽が舞い上がり、向かいの森ではコノハズクが飽きもせずに鳴いている。

モンチは酒瓶を持って残った酒を飲み、干ダラを裂いて口に入れてくちゃくちゃ噛む。歳月を、恨を噛むように。顔は深い悲しみに覆われていた。

「父ちゃん、どうしてあんなに馬鹿な生き方をしたんだ。逃げた女なんか追いかけてどうするんだよ。子供を連れて放浪したあげくにこんな所に埋められて……父ちゃん！」

逃げた女は母だ。モンチは心の中ですら、一度も母と呼んだことがない。

「山奥に……どうして小さい子供を一人残して死んだんだ。父ちゃん！」

墓に来るといつもこうつぶやいていた。

「俺はそんな生き方はしない。そんな馬鹿な生き方はしない。知らない所に残されて、姉ちゃんも俺も生き残ったのは天の助けがあったんだろうな。死人を怨んでも仕方ない。だけど」

瓶を傾けて、また一口飲む。

モンチには、まだ解けない疑問があった。父はどうして山に入ったのだろう。死ぬつもりなら、姉を酒幕に預けたように、人の住む集落に子供を捨てればよかったではないか。人を捜すために山に入ったのか、あるいは火田でも耕して暮らそうと思って山に入り、突然病気にかかって死んだのか……わからなかった。

モンチはその夜のことを忘れることができない。遺体の傍らにうずくまって冷たい露にぬれながら、風に吹かれた木々が髪を振り乱して泣き叫ぶような音を立て、山の動物が咆哮していた漆黒の闇を、彼は決して忘れることができない。

墓参りを終えたモンチは海道士と蘇志甘に別れの挨拶をし、輝と海道士にも分けてあげたので軽くなった干物の束を持って山を下り、平沙里に向かった。

兜率庵には明姫《ミョンヒ》とその兄嫁白《ペク》氏、そして麗玉《ヨオク》が来ていた。明姫と麗玉は剃髪した志甘を初めて見て戸惑った。

「ご住職とはどこかで一度お会いしたような気がしますが」

麗玉が言うと、志甘がにっこりした。

「麗水《ヨス》で。二度お目にかかりましたよ」

「道端で一度、そして埠頭で一度」

「そうです」

志甘は麗玉のことをよく知っているらしい。

「驚きました」

「キリスト教の伝道師が寺に来てもいいのですかな」

少し皮肉が込もっていた。

「山奥なのに、私たちを追い出すおつもりですか」

麗玉も気安い口をきいた。

「寺は来るものを拒みません」

明姫は二人の会話をただ聞いていた。麗玉は完全に健康を取り戻し、明彬《ミョンビン》は普通に生活できる程度に良くなっていた。彼は女が三人も来たのが気に入らず、もう少し下に行けば女性だけの庵があるからそこに行ったらどうかと勧めた。実際、明彬はしばらく滞在しているうちに山の事情も多少はわかるようになり、山の人たちの気質もある程度把握できるようになっていた。困難な状況でも彼らは剛健に生きている。山寺の静謐な雰囲気を乱すということだけでなく、ソウルの金持ちが物見遊山に来ていると思われないか心配だった。良識のある女たちだが、身なりからして山の人たちには特別に見えるはずだ。それに口の悪い海道士や志甘、カンセがどんな毒舌を吐くかとひやひやしていた。実は白氏と明姫は、明彬が山で独り秋夕を過ごすことを考えて食べ物や冬服、賽銭などを届けて帰るつもりだった。だがその頃、麗玉が麗水の崔翔吉《チェサンギル》から手紙をもらった。秋夕の次の日に智異山の兜率庵に行くつもりだ、麗玉も来ないかという内容だった。それで麗玉は明姫や白氏と合流することになったのだ。

「まさに深山幽谷でしょう」

昼食の後、外に出て渓谷の川に沿って山を登りながら、白氏が言った。白氏は一度ここに来たことがあったけれど、明姫と麗玉は初めてだ。ズボンに運動靴を履いた明姫が、地面を見て歩きながら独り言のようにつぶやく。

「私もこんな所で暮らせたらいいな。世間のことは全部忘れて」

「そんなこと言わないでよ。うちの人みたいな病人は静養するために来るけど、いくら好きでもこんな山奥に暮らすなんて、誰にでもできるものではないわ」

「それは気持ち次第ですよ」

麗玉が遮るように言った。

「ソウルから来たという、あの庵の人も十年以上ここに住んでいるそうじゃないですか」

「あの人は尼さんでしょ。ここに住みたいとは思うけれど、出家はしたくない。まあ、お義姉さんの言うように、誰にでも住める所じゃないでしょうね」

明姫が前言を撤回するように言った。

「あの人は尼さんの格好をしているけど、ちゃんとした尼さんではないそうよ。ソウルの名家のお嬢さんで、志甘和尚の従妹だとか……どこかちょっと変みたい。前に一度来た時、どうやって知ったのか、訪ねてきたけど、志甘和尚はあまりうれしくなさそうだった。言うことに脈絡がなくて、和尚さんに詰め寄ったりもしてた。帰る時、自分の庵に遊びに来いと言って立ち上がったんだけど、ふと振り返って、自分はこの山以外に行く所がないと言ったの。それを聞くと、ちょっと胸がじんとしたわ」

明姫はあの南の海辺を思い出していた。二度と崖っぷちのような所で暮らしたくはないのに、なぜここで暮らしたいと言ったのか、自分でもわからない。

「それより、ちゃんとした尼さんではないとはいえ僧形《そうぎょう》の人に、どうして子供がいるんでしょう」

麗玉が言った。昨日、明彬に勧められたこともあって女たちは閔知娟《ミンチヨン》の庵に泊まった。知娟は扱いにくい女で、神経がとがっているように見えることも、呆然とした目つきで黙って座っていることもあった。寝床に入ってからもため息をついて寝返りを打ったり、起き上がって板の間にぼんやり座っていたりした。朝早く兜率庵に戻った女たちは、部屋が狭くて眠れなかったと明彬に告げた。麗玉の言う子供は、その庵で見かけた。

「あの子はあの人の子供じゃなくて捨て子だったそうよ。最初はいやがってたらしい。結婚もしていないのに子供を育てるなんてとんでもないって。でも志甘和尚が育てろと命令したの。今ではかわいくて、あの子なしには生きていけないって言ってる」

「結婚してないんですか」

麗玉が不思議そうに言った。

「してないんですって」

「何か事情があるんでしょうね」

明姫は広く平らな岩の横で立ち止まった。

「ちょっと休みましょう」

三人は並んで岩に腰かける。

「麗玉」

「うん」

「私たちがいると邪魔でしょ？」

「何を言うの」

「崔先生が来たら、私たち帰るわ」

「驚いた」

「何が」

「明姫、あんたも意地悪が言えるのね」

「お義姉様、私、意地悪ですって。実は羨ましいのに」

明姫はくすくす笑うが、白氏は笑えない。

「羨ましいなら、あんたも恋人をつくりなさいよ」

「馬鹿なこと言わないで」

「ずるいんだから。希在《ヒジェ》のお母さん」

「はい」

「こんな義妹と付き合うのは大変でしょう？　自分の本心を必死に隠そうとしているんだから。お互いに腹を割って話し合えば楽なのに。まだ苦労が足りないんでしょうね」

「私は構わないけど。それじゃあ吉《キル》先生はどうして仲良くしてるんですか」

麗玉が声を立てて笑った。

「あたしも一時はそうだったから。明姫はなかなか改心できませんよ。目の前に白馬に乗った王子様が現れても、ぐずぐずしたあげく家に入って自分の用事をするでしょうね」

「それなら麗水の崔先生はあなたにとって白馬の王子様なの」

「……友達よ。求婚されたら考えるけど、あの人はそんなことはしない」

麗玉は正直に打ち明けた。

「琴紅《クムホン》って人、出ていったんだって？」

明姫はおずおずと聞いた。

「崔先生は、あたしには何も言わない。でも別れたみたい」

「じゃあ、結婚しようと思えばできるのね」

「他人はそう思うだろうけど、あたしは友達でも夫でもいいの。生まれて初めて他人に頼る気持ちになったことだけで十分。希在のお母さん、いい年をしてこんなことを言うのはみっともないでしょう？」

「お言葉ですが、私はそんなに旧式の女じゃありません。明姫さんに聞いたけれど、刑務所から麗玉さんをおぶってきたそうね」

「……」

「そんな一途な愛がありますか。理解できるけれど、ちょっと寂しいわ」

「どうしてですか」

「明姫さんが、仲の良い友達を奪われるから」

麗玉はまた笑った。だがちょっと気まずそうだ。

「だからつらいんですよ」

「そんなこと言わないで。申し訳ないことは何もない。あなただけでも普通に暮らせる方がいいもの」

「最後まで自分のことは話さないんだから」

「話さないんじゃないの。私はそんな気はない。それが本当のところよ」

それが本当であることは麗玉も白氏も疑わなかった。だが、それはつらいことだ。

空気が沈んだ。三人は何か話さなければと焦りながらも口を開くことができない。沈黙の時間が続き、いつしかそれぞれの思いにふけり始めた。鳥のさえずり、水の音、風の音、落ち葉の音。森ではさまざまな生霊がうごめいているのに沈黙が続く。

事実、明姫は寂しかった。色あせた服のような自分がやるせなかった。親戚の老人は、子供もいないのに年を取ったらどうするんだ、きれいだった顔もすっかり老けたな、遅くならないうちに再婚しろと言った。園児の母親は、園長先生のような方は再婚しようと思えばいくらだっていい人が見つかりますよ、美しく、最高の教育を受け、財産もあるんだからと言った。それとなく縁談を持ちかける人もいた。そんなことがあるたびに明姫は侮辱されたと思ってぞっとしたけれど、やはり寂しさを感じないではいられない。姜善恵《カンソネ》、麗玉、良絃《ヤンヒョン》も、常にある種の痛みを感じさせた。彼女たちは明姫の大切な先輩、友人、娘のような存在だ。彼女たちは幸福であるかどうかはともかく、皆、大事な人と一緒に大事な人生のただ中に立っている。自分はそんな生き方とは無縁だと思う時、明姫は寂しい。彼女たちと自分の生き方が全然違うと感じる時もそうだ。姜善恵の夫権五松《クォンオソン》は結局、寧越《ヨンウォル》で逮捕された。罪名は不穏思想であり、雑誌『青い鳥』も不穏思想の伝播を目的に発行していたというのだ。それはある意味、事実だった。

「本人は、かえって楽になったと言ってた。不安な毎日を送るよりはましだって」

姜善恵はそう言うと、明姫の前ですすり泣いた。

「善恵姉さんは大変だわ」

沈黙を破って明姫がつぶやいた。

「そうねえ」

白氏がほっとしたように、すぐに相槌を打った。

「すぐ寒くなるのに、刑務所にいる人たちは冬をどうやって過ごすのか心配ね」

白氏がつけ加えた。

「権五松さんは、化け物みたいな女のせいで捕まったんだって？」

麗玉は低い声で言った。

「どうして知ってるの」

「あたしにも耳はあるのよ」

「善恵姉さんはいろいろと運が悪かった。これが初めてではないの」

「それも知ってる。その化け物は上流社会を渡り歩く警察のスパイだそうだけど、明姫、あんたも知ってるの？」

「善恵姉さんに話は聞いてる。前に一度訪ねてきた時、偶然、善恵姉さんと顔を合わせたの。いろんな人が被害を受けてるみたい」

「吸血鬼みたいな女だってね。妹が一人いるけどお姉さんよりはまだ純真で、父親も密偵だったらしい。そのせいで倭奴の警察幹部の情婦になって、手先としてスパイを働いてるんだそうよ」

「どうしてそんなに詳しいの」

だが妙なことに、麗玉はそれには答えなかった。

「善恵姉さんによると、最初、その人をいろいろ助けてやったんだって。舞踊発表会も『青い鳥』の後援ということにしてやったりして。だけど権五松さんを誘惑しようとして拒絶されたから、それを根に持ったの。まったく、世の中には変な女がいるものね」

「上流社会の暇な女たちの心を開かせて、クモが獲物を糸でぐるぐる巻きにするみたいにしてお金を巻き上げたりするるんだろうね。動静を探り、情報も収集して」

「ある程度正体がばれたら関係を断ち切るものなのに、あの人は相変わらず同じ家に出入りしているみたい。どうしてだろう」

「間抜けだね、そんなこともわからないの」

「何のこと?」

「世間の事情を何も知らないいんだね。人間の心理もちっともわからない」

明姫は苦笑した。

「みんな、悪いことをされるんじゃないかと恐いのよ。憎い奴に餅をもう一つやるということわざがあるじゃない。どうしてもう一つやると思う? どうか私に害を与えないで向こうに行ってくれということでしょ。わが国には悪神をなだめる風習もある。ある面では老獪《ろうかい》と言えるけど、いわゆる親日派たちはあの女の背後にとてつもない力があると錯覚して、利用しようとしているのかもしれない。あの女はそう思わせることには非凡な才能を持っているみたいだし。まあ、警察幹部の愛人なら力があるとも言えるけど」

「麗玉、あなた刑務所に入ってから……」

「何よ」

「話し方が変わった気がする。どうしてだろう」

明姫は首を横に振った。

「荒っぽくなった？　誰かを呪うみたいに？　あたしはそんなことはしないのに」

「荒くなったというより、何だか、時々、ちょっと変だ」

麗玉の顔が一瞬緊張し、すぐ元に戻る。

「あんなことを経験したら……取りつくろおうとしないからかな？　単純になると同時に強くなったと言うか。とにかくあたしには刑務所が、高くついたけれど、人生の教習所だった。想像もつかない生き方をしている人たちに出会ったし」

麗玉は話しながら何か考え込んでいるように見えた。

「恐い話はやめてよ」

白氏が眉をひそめた。

「それより、法堂の絵は見た？」

「お義姉様、何のこと？」

明姫が兄嫁の顔を見た。

「私、話さなかったかしら？」

「……？」

「法堂にかかっている観音様の絵のことよ。在永《チェヨン》のお祖父様〈吉祥《キルサン》〉が刑務所に入る前に描かれたそうなんだけど、圧倒されたわ。本当に驚いた」

「あの方が、どうして絵を？」

麗玉が不思議がった。

「子供の時にお寺で絵の勉強をしてらしたみたい。えーと、ク、金魚《クモ》だ。仏画を描くお坊さんを金魚と言うんですってね。将来金魚になるだろうと思われていたのに、運命が変わったのね」

「そう言えば、聞いたことがあるような気がする。還国《ファングク》に聞いたのかな。良絃だったかな」

明姫が首をかしげた。

「その絵が法堂にあるんですか」

麗玉が聞いた。

「そうよ」

「見たいけど、キリスト教徒が法堂に入ったら罰が当たるかもしれませんね」

麗玉が笑いながら言った。

「もうお寺の中に入って、お寺の屋根の下で寝ているくせに。吉先生も意地の悪いことを言うのね」

白氏が意地が悪いというのは、罰が当たらないかという言葉に対してだけ言ったのではなさそうだ。白氏は学生時代から家に出入りしていた麗玉をよく知っていたし、気に入ってもいたが、今日はそんな気分ではない。なぜか麗玉が明姫に精神的な苦痛を与えるように感じる半面、羨ましくもあったのだ。白氏は何とかして明姫に新たな出発をしてほしいと願っていた。明姫を思ってのことだが、一方では明姫に借りがあるような気がしていた。明彬ほど深刻に考えなかったものの、白氏も常に、明姫の不幸は実家のせいだと感じていた。

（教養も容姿も明姫さんほどではないのに、どこであんないい人に出会ったのだろう。まあ、結婚するかどうかはわからないけれど。人のことはわかりそうでわからないものだわ）

「とにかく、人のことはわからない」

麗玉が言うから白氏が驚いた。心の中でつぶやいていた言葉を麗玉が口にしたからだ。

「棺に釘を打つ日に終わるのね。人生には終止符がない。あたしたちが明日どうなるかなんて、誰にもわからない」

その言葉は、話の筋とは何の関係もなかった。意味深長でもあり、何か特別な意味が込められているようでもあった。

「もう行きましょう。もう少し登ってみるか、あるいはお寺に帰るか」

麗玉が立ち上がった。

「お寺に帰ろう。私、疲れた」

明姫も立ち上がりながら言った。その時、山の住民が一人、のしのしと坂を下りてきた。白氏は顔見知りらしく、挨拶をする。相手も気づいた様子だったが、冷たい顔で女たちの前を通り過ぎてしまった。カンセだ。彼はいつものように大股で歩き、すぐに視野から消えた。

「誰でしょう？」

「あの上に住んでいる火田民だか何だか。和尚さんとも親しいし、うちの人とも仲良くしてるみたい。金《キム》壮士《チャンサ》〈壮士は力の強い人の意〉と言ってたかな」

「シルム〈朝鮮相撲〉の選手?」

「さあ。力は強そうだけど」

三人の女が寺に戻った時、カンセは寺の中庭に立って志甘と話をしていた。女たちは避けるように部屋に入った。

「私たちは歓迎されてないようね。兄も冷たいし」

明姫が愚痴をこぼした。

「そうみたい。今夜もあの庵に下りていって泊まらなければならないかな。一部屋に五人、子供も含めて六人が寝るには狭過ぎる」

「それより、あの女の人が喜んでいるようには見えない」

明姫の不平に、白氏が弁明するように言った。

「そうでもないの。人恋しくて、特にソウルから来た人たちとは一緒に過ごしたいと思ってるのに、性格がちょっと変なのよ。ずっと山にいるせいか」

女たちは普段よりおしゃべりになっていた。他人のうわさをして修学旅行みたいに浮かれ、少し子供っぽく見えた。山奥の別天地なので日常の規範を気にしないでいい気楽さもあり、明彬の体調が意外に良かったために深刻な気分にならないで済んだ。何より山は自由そのものだから女たちも自由になったのかもしれない。関知娟は長い間山にいるせいで変なのだろうという白氏の言葉も一理があった。自分の信じるもの以外には見向きもしない性質が高じて頑迷になり、どうにもならない運命と向き合っていることが変な感じを与えるのだが、山では生活感情自体が下界とは違うために、外から来た人たちには妙に思えるのだろう。

「考えてみれば、うちのお嬢様は可哀想な人なんです」

知娟の身の周りの世話をしている召史《ソサ》という女の言葉を、白氏は思い出していた。召史は、なぜ可哀想なのかについては語らなかった。

「私たちは明日帰るけど、麗玉、あなたはどのみちあの人の世話にならないといけないね」

明姫の言葉に、麗玉が驚いた。

「明日帰るって？　何を言い出すの」

「私は帰らないといけないの。用があって」

白氏が言った。

「それなら希在のお母さんは帰るにしても、明姫はもうちょっといなさいよ。ソウルに帰ってどうするのよ。待っている人でもいるの？」

「せっかく崔先生が来るのに邪魔したくないわ」

「え？　どの口が言ってるの？　任《イム》明姫がそんな俗っぽいことを言うなんて」

「いけない？」

「つべこべ言わずに、もう少しここにいて、あたしと一緒にソウルに帰ろう。あんたには、あたしを連れて帰る義務があるの。あたし病人なんだから」

「崔先生が連れて帰ってくれるから心配ない」

「駄目。あんたはあたしと一緒に帰るの」

「そうなさい。せっかく来たんだし。紅葉がもっときれいになるのも見て、ゆっくりしたらいい。お兄様ともあまり話をする暇がなかったし」

「話すことなんかないもの」

「お兄様の方にはあると思いますよ」

「私、お義姉様と一緒に帰る」

「本気?」

麗玉が詰め寄った。

「うん」

「そんなら絶交だ」

「脅したって無駄よ」

その瞬間、麗玉は表情を変えて明姫をまじまじと見た。

「じゃあ」

「……」

「崔翔吉さんが来たら、追い返す」

「何ですって」

「それでもあたしと一緒に残らないつもり？」

「馬鹿なこと言わないで」

明姫は思わず、ある癒しのようなものを感じた。

「さっきあたしが結婚の話をしたからあんたが何か誤解したようだけど、崔先生は本当に友達なの」

「友達じゃないなんて言ってないわよ」

「社会的な通念で考えないで。そういう間柄だったら、あたしはここに来なかった。あんたのお兄さんや志甘和尚もいるのに、どうしてわざわざこんな所に来るのよ。崔翔吉氏もあたしに会うためだけに来るのではないはずだ」

麗玉の真剣な態度がおかしかったのか、明姫が笑い、白氏も笑った。その真剣さこそが不器用で純真に見えた。

「さっき、私に何て言った？」

麗玉がうろたえる。

「世間の事情を何も知らず人間の心理もちっともわからないって、私のことを間抜け呼ばわりしたわよね」

「だから何よ」

「お互い様だと言うの。この間抜け」

「どうして」

「もう、よそう。そこまで言うんだから哀れと思って、いてやるか」

「からかったんだね」

三人は声を上げて笑う。

「今に見てなさい、いつか仕返ししてやるから」

「お義姉様」

「何」

「麗玉を見てると変な気がしない？」

「どんなふうに」

「こうして生きて、目玉を動かしてるのが……奇跡みたい」

「本当ね。あの頃は、助かるとは誰も思わなかった。人命在天という言葉は正しいみたいだわ。人の力では、こうはいかないもの」

白氏は改めて麗玉を見た。

「あの時、私は鍾路《チョンノ》を歩きながら……葬儀用品を売る店の前に立って、棺を見ていたの。棺が二ついると思って。本当に悲しかった。とても寒い日だったわ」

明姫は一年半以上前の、冬の終わり頃のことを話した。だが昌慶苑《チャンギョンウォン》に行って一人で泣いたことは言わない。

「うちの人も、あの時は治る見込みがなかったわ」

白氏が涙を浮かべて言った。

「誰でも、どうせ棺は必要だ」

棺に入るかもしれなかった自分の痩せこけた姿を思い出したのか、麗玉がつぶやいた。

「考えてみれば、とても幸運だったのかもしれない」

「幸運だと思うのは不安だからよ。不幸は苦痛で。さっきも言ったけど、人のことは棺に釘を打つ日が最後で、人生には終止符がない。明日どうなるか、誰にもわからないよ」

「だから不安なの？」

「まあそうだね。謙虚にならなければいけないということでもあるし」

「ともかく、あなたは崔先生の恩を忘れてはいけないわ。友達であれ恋人であれ。結婚することになったとしても」

「ほんとにそう。あんな誠実な人はいませんよ」

「あれは……あれは崔翔吉さんの良心です。キリスト教徒としての……」

「それだけ？」

「それ以上だと考えたら、あたしは傲慢だ」

麗玉が怒ったように言った。

「麗玉、あなたほんとにいい人ね。ちっとも浮かれないで、確固としている」

明姫が思わず麗玉の手を取った。

「とにかく、助かってくれてありがとう」

「何よ、今更」

「どうしてこれまでこのことが言えなかったんだろう」

「感傷に浸ってるのね。よしてよ、恐いから」

「感傷に浸るような人ではないから恐いんでしょう。それより、法堂にあるという絵を見に行かない？」

「……」

「そうね、行きましょう」

明姫と白氏が立ち上がったけれど、麗玉は座ったままだ。

「行かないの？」

「絵なんか見てもわからない。趣味もないし。見たって仕方がないよ。あんたは崔《チェ》参判家と縁が深いから見るべきだろうけど、あたしはちょっと休みたい。疲れた」

明姫は強いて勧めはしなかった。そうする理由がわかる気がしたからだ。

外に出た。その時カンセと明彬が、山の人間ではなさそうな青年と一緒に寺の裏へ回ってゆく後ろ姿が目に付いた。

「どこに行くのかしら」

白氏がつぶやいた。

「どうです、何かご不便はありませんか」

振り返ると、志甘が立っていた。

「和尚さん」

「はい」

白氏はちょっと不満そうに志甘を見た。

「今夜は兜率庵に泊まらせていただきますよ」

「え？　どういうことです」

「あちらは部屋が狭くて……」

「如雲《ヨウン》庵にお泊りになったのですか」

「はい」

「どうしてです」

「……？」

「任校長がそうしろと言ったんですね」

志甘がにたりとした。

「寺に広い部屋があるのに。今日はここでゆっくりお休み下さい」

「和尚さんの指示ではなかったんですね」

「そんなこと言うはずがありません」

「それなら、どうしてうちの人はあたしたちを邪険に扱ったんでしょう」

怨むように言った。実は、夫の意思だということに気づいていなくもなかった。ただ言ってみただけだ。

「三人も来たから、ソウルに連れ戻されると思ったのではありませんかな」

志甘はそう言うと、声を上げて笑った。

「さあ……。私たちはこれから観音様の絵を見に行くところです」

「ええ。ご覧下さい」

明姫と白氏は法堂に入った。明姫はキリスト教徒だがもともと熱心ではなかったし、ずいぶん前から教会にも行かなくなっていた。イエスを信じているのかどうか自分でも確信できない。それで、寺に来たり法堂に入ったりすることに抵抗がなかった。白氏は信心が篤いとは言えないにしても仏教を信じていた。それは習慣のようなものだ。明姫が仏画の前に立った時、白氏は仏像の前で礼拝を始めた。何を祈願しているのか、民族服で礼拝する姿はとても美しかった。

見慣れていないだけでなく、仏画の知識もなく、宗教的な目的で描かれるものというぐらいの認識しかなかった明姫は観音菩薩を見た瞬間、それがきらびやかで繊細なことに好奇心をくすぐられた。宝冠、瓔《よう》珞《らく》、透明な服の裾のなだらかな線。それに包まれた美しい姿態は精巧で、色彩はあでやかだった。そして還国の父であり西《ソ》姫《ヒ》の夫である金《キム》吉祥がこんな才能を秘めていたことに驚いた。

白氏はずっと礼拝を続けていた。五十代半ばの白氏は、家にいる時には古い家具のように目立たないけれど、久々の外出だから服装もいつもとは違って品の良い紫色のチマに白いチョゴリを着ている。民族服を着慣れている感じが、いかにも洗練されたソウルの女性らしい。平凡な女のように見えていたのに、立ち昇る線香の煙と揺れるろうそくの明かりの下、微笑する仏に向かって翼を広げたり閉じたりするように立ち上がったりひれ伏したりする姿は、このうえもなく美しい。仏画から目を離して白氏を眺めていた明姫は、礼拝がなかなか終わりそうもないので再び観音像に目をやった。その瞬間、実に不思議な衝撃を受けた。心の奥で、あれほどきらびやかだった観音像が明姫の額に孤独を打ちつけた気がした。どうしてだろう。気のせいだと思おうとしたけれど、それは何とも形容しがたい感動だった。粛然とした悲しみ、蕭々《しょうしょう》と吹く秋風のように魂を揺さぶる、得体の知れない深い痛みのようなもの。おそらくそれは原初的で本質的な、森羅万象に対する悲しみなのだ。

法堂を出ると、紅葉の鮮やかな赤と向かいの森にまだ残っている緑が澄んだ青空に浮かび上がった。まるで人生の峠を一つ越えたみたいに細いため息がもれた。明姫の胸の中で、金吉祥とは何者なのだという疑問が渦巻いていた。

彼が前に出獄して十数年になるが、明姫が会ったのは還国が結婚して以降、三、四回ほどで、初めて会ったのは還国の結婚式場だ。闘士然とした体格だろうという想像ははずれ、背は高いけれど痩せていて物静かだった。瞑想しているような、現実とはかけ離れた所にいるような印象を受けた。ある時、明彬が言った。

「身分からも活動歴からもかけ離れた人だ。学識があると聞いてはいたけれど、人間の尊厳とでもいうか、冒しがたい何かを持っているように見えて、身分からすれば理解できない。口数も少なく話し方も抑制がきいている。そうしたすべてが生来のものなのか、生きてきた過程で磨かれたものなのかはわからないが、縁というものは神秘的だと思ったな。互いの身分は両極端と言っていいほど違うのに、あれほどお似合いの夫婦はめったにいない。あの方たちの人生こそは壮大なドラマだ」

文学青年時代と変わらない明彬の話しぶりが、明姫は気恥ずかしかった。

「誰の人生だってドラマじゃないの」

「そ、それはそうだが」

日が暮れて夕食が終わった時、山寺は闇に包まれた。修行僧が来て明かりをつけてくれたので、部屋はいっそう広く見えた。

「明姫」

「うん」

明姫は少し疲れたらしく、壁にもたれて座っていた。

「月が出てるはずよ。お月見に行かない？」

「私、疲れた」

「外に出て虎にでも出くわしたらどうするの」

白氏が冗談のように言った。

「虎がいるでしょうか」

「飯炊き婆さんの話では、いるみたいよ。昔は夜になると山小屋の周囲に板を立てたんですって」

「今でもそうするんですか」

「さあ、虎も銃声を覚えて、人家には近づこうとしないんじゃないかしら」

そう言うと、二人の女は訳もなく笑った。だが明姫は話に加わろうとしない。

「昔は虎による被害が多かったんでしょうね。それで『虎の餌として生まれた』という言葉があるんでしょう」

「虎のことを山神霊と呼ぶのは、それほど恐れていたということですね」

「虎は霊物だとも言われていたわね。虎の目を見たら身動きできなくなるそうよ。だから百獣の王と言うんでしょう」

「そんな虎ですら人間に殺されるんだから、人間ほど凶悪な存在はありませんね」

その時、外で人の気配がした。

「園長はいるかい？」

おどけたような言い方だ。

「ええ、お兄さん。入って下さい」

麗玉がすぐに答えた。明彬は部屋の戸を開けて中をのぞき込む。

「明日帰るのか」

立ったまま尋ねた。

「お入りなさいよ」

白氏が不満げな口調で言った。

「明日、ソウルに帰るのか?」

明彬は女たちの様子を見ながら白氏にまた聞いた。三人に冷たくしたことを、少し申し訳なく思っているらしい。

「帰りますからご心配なく。どうしてそんな所に突っ立ってるんです」

明彬はそっと部屋に入った。以前とあまり変わっていない。背の高い痩せた体に大きな頭が不釣り合いなのはソウルで病臥していた頃と同じだが、それでも身のこなしは軽くなった。彼は一日中、山をぶらぶらしているらしい。モンチが古い喪輿みたいだと表現したのも的外れではない。死にかけているのにステッキを持ち背広を着ていると言ったのは、明彬が延鶴《ヨンハク》を訪ねて平沙里に行く時の姿を見たのだ。

「間違いなく明日ソウルに帰りますよ。居座るのではないかと心配して来たのですか」

白氏がまたひねくれたことを言う。

「ひどく怨んでいるようだな。俺の気も知らないで」

「ええ、怨んでますとも。見てなさい。ソウルに帰ったら、ゆっくり仕返しして差し上げますから」

白氏がにらんだ。内心では満足しているのに、わざと怒ったふりをしている。明彬が歩けるようになっただけでもありがたい。ソウルで死を待っていた頃のことを思えば、明彬は、おまけの寿命をもらったも同然だ。白氏の心は不満どころか感謝と平和で満たされていた。

「お兄さん、大変なことになりましたね。家から追い出されるんじゃありませんか」

麗玉が言った。

「誰がソウルに帰ると言った?」

「実際、お兄さんはもうすっかり山の住人になりましたね。なのに、あたしたちは招かれざる客だなんて、ひどいな」

「年を取ると女は図々しくなり男は純真になると言った人がいたが、女が三人集まると言いたい放題だな。旗を振って出迎えると言われても俺はソウルには帰らんぞ。仕返しする機会がなくて気の毒だが」

「大きな口をきく人に限って実行できないものですよ」

「とにかく、俺はソウルには帰らん」

「朝鮮が独立しても?」

「何だと」

明彬が麗玉をまじまじと見る。

「みんなソウルに集まるだろうに、お兄さんだけ山奥にいるつもりですか」

「いつそうなるだろう……。俺の目が黒いうちに見られるだろうか……」

「それはそうと、お兄さん」

「……」

「希在のお母さんは明日帰るけど、あたしたちは残りますよ」

「どういうことだ」

「麗水から崔先生が来るんですって」

白氏が言った。

「崔先生が？」

「ええ」

「どうしてわかった」

「吉先生に連絡があったそうです。だから吉先生も山に来たんですよ」

おおよその事情を知っている明彬は、そのことについてはそれ以上言わなかったが、明姫がくたびれたように黙っていることは気になるらしい。

「明姫、どこか具合が悪いのか」

「ちょっと疲れたの」

「じゃあ、お前もソウルに帰れ」

何を思ったのか、明彬が言った。

「それはいけません！」

麗玉が両手を挙げて強い口調で言った。

「明姫はあたしと一緒に帰ります。やっとそう決めたのに、そんなこと言われては困ります」

いたずらっ子のような麗玉の身ぶりに、一同が笑った。明姫も笑った。

「まったく、手に負えないの」

もたれていた壁から背中を離し、普段の明姫に戻った。

「麗玉、周りの人を困らせてないでさっさと結婚しなさい」

明彬はちょっと深刻な顔で、また明姫の様子をうかがいながら言った。

「お兄さん、薄情なことを言わないで。私にだって兄がいるんだから」

その言葉に一同はまた笑った。

「かなわないな。じゃあ、俺は引き下がるよ」

明彬が立ち上がった。

外に出ると明るい満月が出ていた。寺の中庭がいつになく白く、地面に落ちた寺の影が黒い。冷たい風が首筋に当たる。明彬は服の襟を立てると自分の部屋には行かずに寺を出た。兜率庵からさほど遠くない海道士の小屋では、障子に映った人の頭の影が動いていた。

「こんばんは」

部屋の戸が開き、海道士が顔を出した。月光が顔を照らす。明彬は体を折り曲げるようにして部屋に入る。座っていた青年が立ち上がった。明かりに照らされた青年の顔は刃のように鋭く見えたが、閉じた唇は厚い。

「まだ寝るのがもったいなくて来ました」

「避難してきたんですね」

海道士が言うと、青年がかすかな笑みを浮かべた。

「それは李《ィ》君のことでしょう。同じ集落で、避難も何も」

「奥様の目を逃れたいのかと思ったんですが、違いますか」

「おや、若い人の前で何をおっしゃる」

「山奥が明るくなりました。目の保養をするのも悪くないですね」

「そんなことを言ったって、もう沈む夕日、霜が降りた秋の野花です。鳥だって振り向きやしません。長い歳月が流れました」

　一年以上山で暮らして口のうまい人たちと付き合っているから、明彬もかなり話上手になったようだ。

「それより、どうするんです」

「とにかく明日から探してみます。寒くなる前に大体見当をつけておかなければ」

「適当な場所があるかな」

「場所はいくらでもありますよ。智異山なんだから。どうやりくりするかが問題なんです。李君一人隠れるのはそれほど難しいことではありません」

「まあ、そうですね」

「今も相当な数の人たちが山に入っているんで、これからが問題です」

「もっと大勢来るということですか」

「そうですとも」

海道士が大きくうなずいた。

「そりゃ、隠れられるのなら一人でも多く隠れるのがいいでしょうが」

「できることなら朝鮮人全員が隠れるのがいいでしょう」

「……」

「若い者は山に入りさえすれば、松葉を食べたって生きていけると思うかもしれませんが、そうはいかない。まず食料が問題だし、山が標的になっても困ります」

「そうでしょうな」

「かといって命懸けでやってくる人を止めることもできない」

「……」

「平沙里に、面事務所で書記をしている禹《ウ》という奴がいるんです。そいつが獲物を探すみたいに、何日か前にあちこち捜していきました。始末するのは難しいことではないけれど、ことが大きくなると山の人たちに害が及びそうで」

「一人で捜したって仕方ないでしょう。この広い山を」

「山に入る人の中にスパイが交じっている可能性もあるし、山の住人のうち馬鹿な人が内通しないとも限りません」

「でも今の日本は軍隊を動員できる状況ではありませんよ。警察だって多くの人員を投入して捜索するのは不可能でしょう」

李君と呼ばれた青年が初めて口を開いた。

「私もそれぐらいはわかっている。だからといって彼らが黙っているものか。むしろそれだからこそ、いっそう過激な方法を使うかもしれない。とにかく山ではおとなしくしているのが最善の策だし、もっと隠密であるべきだ。李君の言うこともわかるが、危険を招く行いは避けなければいかんぞ」

どこまで冗談でどこまで本気なのかわからないいつもの口調とは違い、海道士はじっくりと言い聞かせるように言った。青年もその気持ちがわかったらしく、それ以上何も言わなかった。

彼は李範俊《ボムジュン》の父方の従弟で、蘇志甘や閔知娟とも親類に当たる、李範豪《ボムホ》という二十七歳の青年だ。以前から独立運動に加わり、満州で活動している範俊を通じて国内の連絡を担っている。属している組織が揺らぎ始めて分散しなければならなくなったために智異山に来たと言うが、範俊の指示なしに来るわけがない。範俊は晋州《チンジュ》の衡平社《ヒョンピョンサ》運動＊で寛洙《グァンス》と深い縁ができ、軍資金強奪事件の時も深く関与していた。その資金は兜率庵の一塵《イルチン》が満州に運んだ。

範俊は智異山の事情を詳しく知っているはずだ。蘇志甘も範俊を通して寛洙と知り合い、智異山と縁ができた。知娟の婚約者だった一塵が出家前に兜率庵に来たのは、蘇志甘の紹介によるものだった。複雑な人間関係の中で資金を負担してきたのは崔参判家であり、吉祥が中心であることは言うまでもない。しかし彼らは同床異夢だとも言える。山の人間や義兵蜂起に加わった人たち、満州に逃避して帰ってきた人たちは、多少なりとも金環《ファン》と関わりのある人物であり、東学から抗日に転じた民族主義者、いわば朝鮮の土壌から出てきた人々だ。それに対し、範俊は幕間に飛び込んできた社会主義の行動派だ。範俊の組織は別にあって智異山の人たちとの連帯意識は薄く、摩擦や葛藤はなかったけれど、寛洙が死に吉祥が監獄に入って解散した組織を活用しようとするかもしれない。とにかく鄭錫《チョンソク》と一塵が満州で範俊と一緒に活動し、弘《ホン》が彼らを支援しているなら、そんな計画があっても不思議ではない。そうした諸般の事情を知っている海道士は、範豪が山に現れたのは隠れるためだけではないだろうと疑っていた。

海道士の顔から、真剣な表情が次第に消えた。

「風が強ければ草の葉は風がやむまで伏せていなければならず、波が高ければ舟は帆をたたんで波が静まるまで待たなければならないものだ。人間も同じで、勇気も必要だけれどまず知恵が必要だ。こんなことを言うと血気盛んな若者は、のんきなことを言うと笑うだろうが、頭で図面を描くより、まず地面を踏んでみるべきなのだ」

海道士は、占い師かエセ道士みたいな普段の顔を取り戻し、陳腐な言葉を並べた。他の含意があったなら範豪はそれを暴いただろう。海道士は、抗日運動を敢えて阻止する名分はないものの牽制する必要を感じて態度を変えたのだ。

「波や風が荒いのは誰の目にも見えますが、情勢に関する限りそれが強風なのか荒波なのかは、人によって判断が違うでしょう。それに情報をたくさん持っている方が判断に有利でもあるし」

範豪が落ち着いて言った。

「それはそうだ。だが判断とは、終わった後に正しかったかどうかがわかるものだ」

「何もするな、柿の木の下に寝そべって柿が落ちてくるのを待てというふうに聞こえますが」

皮肉な口ぶりだ。範豪はひどく気分を害したらしい。

「そう言っているのだよ。銃弾が降り注いでいる時には伏せていなければ……無駄死にするのは勇気ではない」

海道士は論争の余地を与えないためか、当たり前のことを言った。範豪の顔が赤くなった。二人の話を聞いていた明彬は、自分が口を出すべきだと思ったようだ。

「それなら李君には何か計画があるというのかね」

「計画などありません。ただ考えてみただけです」

「何を。教えてくれ」

海道士はわざと大口を開けてあくびをした。

「さて。将来に備える時が来たような気がして……日本はこれまでわが民族を徹底的に分散させてきました。しかしこの智異山は官憲の手が及びにくいだけでなく、有能な若い人たちが逃げてくる所になったではありませんか。これからもそうした傾向は続くでしょう。その消極的、あるいは消耗的期間を力に変えることができないだろうか。今、日本はひどく弱って人も物も窮乏状態で、治安維持ができているように見えて内実はなく、惰性で進んでいるだけです。でも何より問題なのは、わが朝鮮民族が漫然と恐怖を覚えていることとです。牙の抜けた虎の前でぶるぶる震えていると言えるでしょう」

「そういう面もあるな」

明彬の言葉に、海道士が異議を唱えた。

「そういう面もあるですと？　任先生、それなら漫然とした恐怖がなくなれば三・一運動も独立もうまくいきますね」

「何がそんなに気にいらないんです」

「ふむ」

「占いの結果が良くなかったのかな？」

　明彬がくすくす笑った。

「吉と出るはずがありません。戦う時や隠れなければならない時が最も危険なんですから。意味もなく恐怖する癖は、天が解いてくれなければ。人の力ではできません。木の皮を剥ぐように恐怖を剥がすには鎌もいるし勇士も必要でしょうが、どうやってそれを準備するのです。この山河に住む三千万人の人たちが。導火線だの火種だのと言っても人とタイミングが合わなければいけない。三・一運動や東学の蜂起*は人々の間で機が熟し、それに合わせて導く人が道を開いたから怒濤になったのです。恐怖を剥がす運動は、短期間でできるものではない。それに戦争とは、既に民の手を離れたものです。軍隊の中で反乱や内輪もめが起こったならともかく、戦争は勝とうが敗けようが殺し合いなんだから、武器のない民が恐怖を感じずにいられるものですか。数万人の兵士が南京で三十万人の良民を虐殺したことを知っているのに。殺気だった毒蛇は避けるのが当然で、毒蛇を捕まえるなら、毒が弱って揺れている落ち葉の下にいるのを捕まえるのが賢明なのです。戦争は負けても勝っても殺気立った毒蛇の集団がうごめく無間《むげん》地獄だ。違いますか、任先生」

　海道士は相手を説得するというより、むやみにしゃべり立てているようで、その顔には何の感情も現れていない。

「何か誤解されたようですね」

範豪が海道士の目をじっと見て言った。海道士は手を振り、壁際に退いて座った。代わりに明彬が言った。

「誤解だなんて。李君は初めてだから知らないんだ。あれはエセ道士の常套手段で、わかっていながらでたらめを言ってるんだよ。はははっ……」

「……」

「しばらくは煙に巻かれるさ。やられた者にしかわからない。俺も山に来たばかりの時は何が何だかわからなかった。千年とはいかないまでも五百年生きた智異山のキツネだと思えば間違いない。必要な術は使えないくせに人を化かすことだけ上手いエセ道士だ。最初は様子をうかがっているのが賢明だ。そのうちに何が本当かわかるようになる。キツネだけじゃなく、虎も大蛇もいるぞ。はははは……」

「口がうまくなりましたね」

「ああ、俺の方が先に神仙になりますよ。志甘和尚も後から来たのに法師になったじゃありませんか」

「春でもないのに、だるいな。李君、酒が飲みたくないか。飲みたいだろう」

「ええ、飲みたいです」

海道士は立ち上がって出てゆく時に言った。

「慌ててはならん。山では季節に従って花が咲き葉が落ちる。慌てるのは人間だけだ」

酒碗と酒瓶、つまみを持って海道士が戻ってきた。ソウルから持って来た食べ物を分けてもらったらしいが、華やかな食べ物は土鍋に似つかわしくない。範豪が酒をついだ。

「任先生」

「何でも言ってごらんなさい。準備はできている」

海道士がにたりとした。

「奥さんが来てくれて楽しい夜になるはずなのに、駄目だったんですね。逃げてきたところを見ると。気の毒に」

「そんな態度では寿命をまっとうできませんぞ」

そう言いながらも明彬は困った顔になる。

「正直、女房はいなければいけない。はははっはっはっ」

ひとしきり笑った。

「李君、君は結婚してるのか」

「いえ、まだです」

「どうして。いい年なのに」

「何となくこうなりました」

「だからあれこれ慌てるんだ」

「え？　僕は慌ててますか？」

「違うか？　天地万物は陰陽が合ってこそ人としての役目を果たすものだ。国事に関わっているからといって妻帯しないのは道理ではないぞ。道理に逆らって、国事も何もあるものか」

「そろそろ器でも割るんじゃないかな。気は確かですか？」

明彬が言った。

「どうしてです」

「六十過ぎの独り者が三十にもならない独身男に向かって妻帯しろだなんて、おかしいじゃないですか」

「私が三回も結婚したのを、任先生はご存じないのかな」

「百回結婚したことがあったって独り者には違いない」

「三回して駄目なのは、先祖や神霊がよせと言ってるからです。それ以上嫁をもらおうとするのは道理ではありません」

海道士はそう言ってけらけら笑った。

「どうして俺を見つめる。社会主義の理論に合わないとでも言うのか」

「い、いえ」

範豪は否定しながらも、内心では面白くない。この人たちはいったい何を言っているのだ。

「李君」

「はい」

「俺の話はつまらないと思うのだろうが、君の信じている、西洋から来た社会主義、あれはいかん」

範豪の顔色が変わった。山に来て海道士に会ってからどれほども経たないが、天井を見上げたり、膝を見下ろしたり、あるいは横目を使ったりと、目が合うことがなかったので範豪は気に入らなかった。その海道士の目が、範豪を見据えて炯炯《けいけい》と光った。だが眼光はすぐに消え、体がぐにゃぐにゃになったような感じがしたかと思うと、市井の輩のように間抜けな笑みを浮かべた。

「山奥の占い師が偉そうな口をきくと思うだろうが、一つ忠告したいのは、そんなものが西洋にしかないという考えは改めるべきだ」

範豪は不快感を顔に出す。

「人の暮らしや道理は、東も西も大した違いはない。人は常に他人の物を欲しがったり羨んだりする本性があるから中身より外見に惑わされがちで、自分のことを知る前によその物に飛びつくのだ」

「ちょっとお言葉が過ぎるようです。理念は物ではありません」

「天地万物の道理は一つだ。識者はそれぞれ違う服を着せて別ものだと考えるが。話を最後まで聞きなさい。それなら、その服とは何か。いわゆる理論だ。理論とは継ぎを当てたり枠に入れてはみ出たところを切ったり、空いているところを埋めてきれいにしたものだが、それで人の道理がすべてわかるか？ わからないだろう。限りなく敷衍《ふえん》したとしても、真理が明確になるだろうか」

「本論に入るまでに峠をいくつ越えないといけないのかな」

明彬がため息をついた。範豪はむっつりしている。

「もう一つ、昔の儒者や新式の学問をした若者の悪習が何だかわかるか。それは簡単なことを難しく言う癖だ。いや難しく言うというより、つまらないものに仕立て上げ、無駄に上塗りして、かえってわかりにくくする。口が上手いことを日本では立て板に水と言い、朝鮮では青山流水と言う。日本で新式の学問をした若者は特にその傾向が強いが、立てた板のように傾斜が急で場所が狭い。昔の儒者は必ずしも青山流水ではなかっただろうが、休みながら歩いたり、滝になったり」

「それこそ青山流水だ。西洋から来た社会主義が駄目だと言い、そんなものが西洋にだけあるという考えを正せと言いながら、休みながら行くのですか。いったい、いつ滝に着くのです。日も短くなったし、海道士、さっさと進みましょう」

明彬が皮肉った。

「おや、年寄りなのに気が短い。任先生も倭奴の水を飲んだと言いたいのですかな。日が短ければ夜が長くなるものなのに、腐ってしまうのではないかと心配するのですか」

「李君、覚えておきなさい」

明彬は笑った顔を範豪に向けた。

「何をですか」

「海道士は倭奴の水を飲んだ人間、つまり日本に留学した人を見ると目に炎が上がるということだ」

「目に炎が上がるだけじゃない。五臓六腑がよじれるんですよ。持ってくるものを拒むのではないが、自分のものを捨て、先祖の位牌まで捨てるなど腑抜けのすることだ。私は深山幽谷で神仙になりそこねた人間ではあるけれど、そんな輩を尊重して腑抜けになりたくはありません」

「李君、これはまだ序章に過ぎないよ」

「さっき私が、西洋から来たものが駄目だと言ったのは、それが間違っているということではない。みんなが腹いっぱい食べられて仲間外れにされず、軽蔑されることなく幸福に暮らすことを夢見るのは、現代だけの念願ではないだろう。人間に限ったことでもない。天地万物、生きとし生けるものすべての念願ではないか。ちっとも新しくはないさ。人の場合、そのために政治の形態を変えなければならないという意識も古くからあった。東西の差など、どれほどのものでもない。そうじゃないか？　それが我々にはなかった、西洋に始まったものだという考えは根本的に間違っていると言いたいのだ。結果はともあれ、わが国では昔から政治の形態を変えようという志を民が爆発させていたことを、西洋の社会主義を信奉する若者たちが忘れているのが、私としては口惜しいのだ」

海道士は酒で唇を湿した。ぐらついているように見えていたのが、いつの間にかしっかりして、悲しそうに見えた。範豪は好奇心を持ち始めた。彼は海道士が五百年生きたキツネであり人を化かす術に長けているという明彬の言葉を実感した。

「ソ連より先に、朝鮮では東学の戦争があった。東学農民戦争、李君の言葉を借りれば理念だが、東学は単純な権力闘争ではなく、それこそ理念の闘いだった。西洋では口先だけで論じていた時、朝鮮では思想のための戦争があった。学問をした若い奴ら、特に新式の学問をした人たちは東学を何だと思っているのか。天の神を信じる荒唐無稽な迷信で、東学革命はせいぜい宗教戦争だ。李君、君もそう思っているのだろう。違うか」

海道士は射るような目で範豪を見る。範豪は強烈な視線に、少し気おされている。

「そんな考えこそ荒唐無稽なのだ。東学の思想は天に向かっていたのではない。地上に実現しようという念願だった。甑山《チュンサン》*教の姜一淳《カンイルスン》が言ったように、天上ではなく天下公事をやり直すことだった。それは朝鮮民族に残っていた根が再び巨木になって我々の前に現れたものだ。東学は挫折したが……再びよみがえるだろう。天の神は天上にいるのではなく、民の一人一人に、人間のみならず命あるすべてのものの中にいる。その命こそ天の神だからだ」

海道士は空いた器に酒をつぎ、思いにふけりながらゆっくりと飲む。

「それを朝鮮の識者よりも先に、倭奴が気づいた。実にずる賢い奴らだ。あいつらは先に東学の残党を懐柔して骨抜きにし、甑山教を徹底的に弾圧した。もちろん姜一淳の後継者たちの過ちもあったけれど、倭奴が言うような邪教に過ぎないのなら、あれほどしつこく弾圧する必要はないはずだ。表面的には世を惑わす邪教だと言いふらしただけのように見えるが、実は緻密な計算に基づいて、甑山教が根付かないようにするため開明した青年やキリスト教徒を各地方、済州島《チェジュド》にまで送っていたことを皆は気にしていない。名山の頂上に鉄の杭を打つ倭奴たちは邪悪にも、朝鮮で何を断ち切ればいいのかを知っていた。国土を占領するだけではなく魂を殺さなければならないと知っていたのだが、驚くべきことはその下手人が朝鮮人青年だということだ。もちろん彼らは善意でしたことだろうが、数千年前から続いてきたものなら、その歳月は無駄ではなかったはずだ。経験が残っただろう。経験は積もるものだ。それをそっくり埋めてしまうのが生きる道だなど、荒唐無稽もはなはだしい。炊けた飯をひっくり返しておきながら、横文字を習って新しい飯を炊くというのか。自分のものを侮蔑して壊しながら独立運動だと？　自分のものを大切にする気持ちがなければ独立運動などできんのだ。そうしてあたふたしている代表的な人物が李なにがし〈李《イ》光洙《グァンス》〉だ。あいつも独立運動をしなかったわけではないが、今はどうだ。当然いるべきところに立っている。一日にして変節したのではない。自分のものを捨てろ、すべて捨ててこそ生きられる。そう言っていた人間が、最後まで独立志士でいられるものか。結局は見習えと言っていた所に行くのが自然というものだ。当然の帰結だ。つまり、あの」

海道士は軽く咳き込んだ。

「海道士、休みながらお行きなさい」

からかうように言いながらも、明彬の顔は共感と感動を表していた。

「一つ言い忘れたが……」

そう言いながら海道士は意味もなくにやりとした。

「人々が大統領を選ぶ制度を民主主義と言うそうだね、李君」

「はい」

「それも西洋のものかな」

「もちろんです」

「まったく馬の耳に念仏だ。賢いという人間がこの程度だから始末に負えん」

「……？」

「君は普通学校を出たのか」

範豪は気まずそうに笑う。

「それでは、中学は行かずに大学に入ったか」

「まさか。天才でもないのに」

「では、確かに歴史を習っているはずだ。倭奴が作った教科書とはいえ、習ったのだな」

「何のことですか」

範豪はこのキツネが何を言い出すのか興味津々で聞き返した。

「堯舜《ぎょうしゅん》時代*は知っているだろう」

「道士様、何を言うんです」

「山奥の年寄りも堯舜時代を知っているのに、君が知らないはずはない。あれがまさに民主主義だ。黄河を治める人が民に選ばれて帝王になったのだから。国土を正しく管理し民を災難から守り、働いて食べられるようにしたならそれはまさに泰平盛世であり民主主義ではないか。難しくあれこれ継ぎはぎすることはない。はははっ……はははっ……」

海道士は豪快に笑い飛ばした。

(人を化かすのは上手だ。あのエセ道士は百年かけたって洗脳できないだろうな)

範豪は心の中でつぶやいた。

「海道士」

一緒に笑っていた明彬が静かに呼んだ。

「何です、反論でもありますか」

「いや、今日はわりに早く終わったからもの足りない。山道を曲がったり岩を回ったり小川を越えたりしながら行くのだろうと思っていたのに。若い人が相手だから、ずいぶん省略しましたね」

「直行しました。だけど任先生」

「何です、反論でもありますか」

「あの生臭坊主の話し方を見習ったようですが、体に良くありませんよ」

「寺にいれば寺の風俗に従うのが普通でしょう。それもそうですが、志甘和尚だけではありません。山の中には壮士もいれば道士もいて、いろいろたくさん習いました。八十の老人が孫から学ぶこともあると言いますが、私は八十の老人でもなく道士や壮士や和尚は孫でもないから、学ばないはずがありません」

「その調子では山を出ていけそうにありませんね」

「背中を押されても出ていきませんよ」

「とんだ人に出会ったものだ」

「前世の縁じゃありませんか」

「前世の縁で思い出しましたが、任先生の妹さんは、実の妹に間違いありませんか」

その瞬間、明彬の表情が曇った。

「どこかで拾ってきたように見えますか」

「似ていないにも程がある。実の兄妹だとは信じられないからですよ。妹さんは若い頃、絶世の美女だったはずです。なのに任先生はどう見たって美男とは言えないから、誰でも疑うでしょう」

「そんなこと言わないで下さい。年を取ったし、病気をしたからです。私も若い頃はそう悪くはありませんでしたよ」

明姫が話題に上ったのは気に入らなかったけれど、明彬は無理に笑顔で応酬する。しかし毒舌の海道士がまた何を言い出すかと内心、恐れていた。

「妹さんは、お見かけしたところ鶴の相ですな」

明彬の顔から笑みが消える。

「どういうことです」

「孤独ということです。志甘のように。妹さんはいろいろな点で志甘に似ています」

「……」

「新式の言葉で言えば、修道女か尼さんになる運命ということです」

「やめて下さい。海道士に何がわかる」

明彬の顔が赤くなった。

「私が占い師であり人相見であることを知りませんでしたか」

「占い師だろうが人相見だろうが、妹のことを占ってくれと頼んだ覚えはありません」

「ですが見えるものはどうしようもありません。気に入りませんか」

「気分がいいはずはないでしょう」

「あれ、山を下りないと言うのに、肉親の縁は強いんですね」

「とにかく、私のことはどう言われても構わないが、妹のことは言わないで下さい」

「すべて虚像なのです。いいも悪いも、どれほどの違いもありません」

「私は帰ります。もう遅いし、これ以上ここにいたら、また何を聞かされるやら」

明彬は、笑うには笑った。彼が帰った後、範豪が言った。

「道士様、ちょっとひど過ぎますね」

海道士がにやりとして言った。

「まじめな人だが、純真過ぎて面白くない」

海道士は明彬のことをそう評した。

「一つお尋ねしたいのですが」

「何だね」

「道士様は東学だったのですか」

「いや。見ていただけだ」

「では、甑山教を信じていましたか」

「それも違う。ただ見物していた」

「それなら、さっきの話は」

「外部にいたからこそ、よく見えたのだ。明日はたくさん歩くからもう寝なさい」

明るい月に照らされた山道を歩いて帰った明彬は、傷ついた動物のようにしばらく荒い息をしていた。寝床に入っても寝つけるはずがない。山寺の静寂と障子を通して入ってくる月光の中で、怒りは次第に収まった。その代わり苦痛が心の奥をひっかき、喉にこみ上げてくるのを耐えなければならなかった。修道女か尼になる運命だという海道士の言葉は気に入らなかったけれど、それよりも自分が理性を失ったことが気にかかっていた。恥ずかしい。出ていく前に何とか笑顔を作りはしたものの、それで大人げない言動を隠せたとは言えない。海道士が岩のような存在だとするなら、自分は小石に過ぎないという思いに苛まれた。ソウルで彼を悩ませていた、自分は役立たずだという思いがよみがえり、耐えがたいほど恥ずかしい。

（あんなに腹を立てずに、ただ笑って済ませればよかったのに……あの人はいつもあんな言い方をすると知っていながら……俺は人間が小さいな）

明彬は自分が他人に害を与えているとは思わなかったし自分が被害者だと考えたこともほとんどない。しかし明姫に関しては違う。明姫が常に被害を受ける立場にいたということは、明彬の胸の奥に刻まれていた。海道士に対するさっきの態度も、一種の過剰防衛だったのかもしれない。山に来ていくらか落ち着いていた、自分や家族が明姫にとって加害者であるという意識は、再び自責の念を呼び起こして明彬を苦しめる。

（お母さん、私が明姫の運命を狂わせました。どうしたらいいでしょう。私は何もせずにずっとあの子の苦しみをついばみながら、みっともない人生を生きてきました）


範豪は翌朝早く、カンセがくれた輝の服に着替え、海道士について出ていった。白氏も午前中に、修行僧に案内されて花開《ファゲ》の船着き場に行き、見送りについてきた麗玉と明姫に別れの挨拶をして帰っていった。

「お兄さんの機嫌がひどく悪そうに見えるけど、あたしたちが山に残ってるからじゃないの？」

戻る途中、山道を歩きながら麗玉が心配そうに言った。

「兄は時々ああなるの。特に理由もなく憂鬱になる。それが病気なんでしょ」

「あたし、お兄さんのことを、人が良くて、失礼だけどもちょっと愚鈍で、怒らないでよ、図太いと思っていたんだけど。前は」

「そうじゃないわ。いつも感傷的で……。年を取っても感傷的だから私もいらいらすることがある。兄はとても鋭敏で恥ずかしがり屋なの。だから無能なのよ。もっとも、兄の人生ももうほとんど終わりじゃない？　晩年は楽に暮らさないといけないのに……。私のせいだわ。私がこうなった原因が自分にあると思い込んでる。それに、自分は何もできないまま生きてきたという自責の念もあるし」

明姫はため息をついた。

「誰しも自分の人生を生きていて、誰かのために犠牲になってるんじゃないわ。私は自分が選んだ道を歩いてこうなったのに……私は、夢はなくとも落ち着いていて気楽なんだけど」

「あんたたち兄妹を見てると、じれったい。世間知らずという点ではそっくりね」

寺に戻った。誰もいないみたいに静かだ。入ってくるのは気づかなくても出ていったらわかるということわざどおり、白氏がいなくなるとぽっかり穴が開いたようで、明姫と麗玉は妙に沈んでしまう。

「麗玉」

「うん」

「あと何日泊まるの」

「それは崔翔吉さんがいつ来るかによる。退屈？」

「うん、息が詰まる」

「もう？　昨日はここで暮らしたいと言ったくせに」

「人間は習慣の動物なのね。静かなのが突然、負担になってくる。こんなことなら本か編み物の材料でも持ってくるんだった」

「どこにいても哀れな人だね」

「あなたは違うの」

「違う。ただありがたい。時間というものがとても貴重でありがたい」

「……」

「そう思わなければ罰が当たる」

「そうね」

「でも、あんたのお義姉さんは」

「お義姉さんがどうしたの」

「正確に回る時計の針みたい」

「……？」

「あんたのお兄さんも、ただ家族というだけで夫という感じではなく、他人みたいでもある。そうして何十年も暮らしてきたってことでしょ？」

「さっきも言ったけど、兄が恥ずかしがり屋だからよ。仲はいいの。人前ではいつもよそよそしく見えるけど。朝鮮人はたいていそうじゃない？」

花開まで行ってきたのは、二人にとって強行軍だった。明姫は山道に慣れなかったし山歩きが得意だった麗玉も、回復したとはいえ昔のようではなかった。疲れた二人が惰性で何となく話をしている時、みすぼらしい身なりの崔翔吉が日暮れの山門に向かって歩いてきて、ちょうど麓に下りようとしていた修行僧の普信《ポシン》と出くわした。

「崔先生、いらっしゃいませ」

翔吉は志甘に会いに何度か兜率庵に来たことがあったから、普信はうれしそうに挨拶をした。

「ああ。和尚さんはいるかい」

「はい」

「ソウルからお客さんは来たか」

「はい、三人来られましたが、校長先生の奥様は朝、帰られました」

顔の上に舞い落ちた枯れ葉を、首を振って落としながら普信が言った。

翔吉は志甘の部屋の前に行った。

「兄さん」

「入れ」

重く響く声がした。翔吉は部屋に入りながら聞く。

「お変わりありませんか」

「坊主に変わったことなどあるものか」

志甘は読んでいた本を閉じて振り返った。

「ソウルからお客さんが来ているというのに、どうしてこんなに静かなんです」

「さあ……。一人は帰ったし、任先生は具合が悪いのか、まだ起きてこないな」

「もともと病人ですからね」

「かなり良くなって普通に動けるようになっていたのに、どうしたんだろう。ソウルの風が強過ぎて病気になったかな」

志甘はそう言って微笑する。

「お坊さんがそんなことを言っていいんですか」

「どうせ生臭坊主だ。どうだっていいさ」

そう言うと志甘はあごを持ち上げ、手のひらで首を触る。チョゴリの広い襟の中で首がいっそう細い。季節が変わり、彼の姿も秋らしくなった。

「破戒したんじゃないでしょうね」

「妻帯する坊主がはびこる世の中だ。そんなの大したことではない。どうせ肉体は殻だ。執着してもしなくてもすべて無駄なのだ。殻を脱ぎ捨てるようにこの世を去ってしまえばそれまでのこと」

「煩悩を捨てたということですか」

「深刻に受け止めるな。どうしてそれを確かめようとする。それよりお前、何しに来た。女のために来たのか」

「それもありますが……何となく来ました。することがなくて」

「琴紅とはきっぱり別れたのか」

「そういうことです。兄さんに話しませんでしたか」

「聞いとらん」

「……」

「嫉妬深いとはいえ、捨てるなら、初めから一緒にならなければよかったのだ。いくら花柳界の女でも」

「捨てたのではありません」

翔吉はたばこに火をつけ、ゆっくりと煙を吐き出す。

「じゃあ」

「自分で自分に耐えられなくなって出ていったんです」

「耐えられなくなるだけの理由があったのだろう。お前の気持ちがよそに行っているからじゃないか」

「違います。兄さんは吉麗玉のことを言っているんだろうけど、それは誤解です」

だが翔吉はうまく説明できないから困惑の表情を浮かべてくわえていたたばこをかみ、お茶を運んできた普信に言った。

「何か灰皿になるような物はないかな」

普信が小さな土鍋を持ってきた。翔吉はたばこを捨て、話を続けた。

「琴紅の嫉妬は不安と劣等感の表れなんです。あいつは、本家もそうだけど、世間に認めてもらえないと思っていました。崔家の嫁として、ということです。それに、いつか捨てられるだろうという思いもあったんでしょう。それでいっそう独占したがって……病的に執着するようになりました。それだけでなく、自分以外の関係を徹底的に断ち切らせようとし、社会活動まで阻止して僕を孤立させようとしたんです。考えてみれば哀れな女ですよ」

翔吉はそこで言葉を切った。琴紅が家を出てひと月過ぎた時、翔吉は彼女を訪ねていった。帰ってきてほしいとは思わなかったけれど、帰ってこいとなだめた。それは一種の憐憫でもあり良心の呵責であり羞恥でもあった。翔吉はその時のことを思い浮かべた。

「心配しないで。私はむしろ気軽なの。すべて捨ててしまうと楽なのよ。人は自分の身の丈に合った生き方をしなければならないのね。私は人目を気にして暮らすことも、我慢して暮らすことも、押さえつけられて暮らすこともできません。そう思うのはすべて自分の性質のせいだとわかってます」

「……」

「あなたが私のせいでずいぶん我慢していることも、可哀想だから一緒に暮らそうと言っているのもわかっています。でもあなたと一緒にいたら一生同じことの繰り返しで、私も自分の寿命をまっとうできなくなるわ。毎日あなたを責めて、自分も責めて……」

琴紅はそう言って泣いた。

「不細工な金持ちの老人の妾にでもなって気楽に暮らしたいな」

翔吉が帰ろうとすると、琴紅はそう言って笑った。帰り道で、翔吉は肩の荷を下ろしたような自由を感じた。そんな自分を憎みながらも。

「琴紅は今、どこにいる」

志甘が聞いた。

「ちょっと前まで麗水にいましたが、田舎に帰ったようです」

「暮らしの算段は立ててやったのか」

「もちろんです」

「結局、動機は吉麗玉だな」

「今更どうこう言うこともないでしょうが、それは違います。麗玉さんに対する感情……気恥ずかしいけれど、琴紅が出ていったのは、そういう感情を持つずっと前でしたから」

「潜在的にあったんだろう」

「さあ」

「それなのに、どうしてそんなに回り道をしたのだ」

志甘は冗談のように言った。翔吉が初めて笑う。

「全く意識していなかったんです」

「……？」

「吉麗玉という女性に対する感情のことですよ。初めて会った時、彼女は先輩の妹であり友人の妻でした。伝道師として麗水に現れた時も、先輩の妹であり、いっときは友人の妻だった人だから助けてあげなければいけないと思っただけです。それに、会っていても楽で、気を遣う必要のない相手でした。厚顔無恥な友人に対する憤慨もあったと思います」

「ふむ」

「刑務所に入った時も、同じキリスト教徒として、殉教する彼女に対する尊敬の念と自分自身の良心のために助けました。ちょっと変に聞こえるかもしれませんが、彼女に愛情を感じたのは、刑務所から背負って出てきた時です。あんな妙な感情を持ったのは生まれて初めてでした」

「……」

「人間とは思えないような姿で、鳥の羽根みたいに軽い、死にかけた女なのに。自分でも理解できませんでした。心の奥底に血の涙がたまっているような、この人のためなら何でもできる。その時、強烈な愛情が湧いてきました」

「そうか」

しばらく沈黙が続いた。翔吉はたばこを一本取って、照れたようなゆがんだ笑顔を見せる。

「それでは、これからどうするつもりだ。結婚するのか」

「それが恐いのです。兄さんも知っているように、親が決めた最初の妻はあんなことになって……琴紅は僕が自分を持て余していた時に助けてくれました。事情は違っても二度も失敗した僕としては、恐くてなかなか決断できないんです」

「それなら死ぬまで独りでいるのか」

「兄さんは？」

「俺は頭を丸めたではないか」

「それ以前は、どうして結婚しなかったんです」

「それはもう過去のことだ。ははは っ……」

「兄さん」

「うむ」

「兄さんが頭を丸めたのは真実ですか」

「答えはない」

「どうして」

「真実は物差しで測れるものではない」

「だけどそれは兄さん自身の気持ちじゃないですか」

「俺の気持ちを取り出してお前に見せろと言うのか」

「少なくとも、そうだとか違うとかは言えるんじゃありませんか」

「娑婆《しゃば》でのように？　そうだとか違うとか言ってこの道に入ることはできない。そうだとか違うとかいうのは時々刻々変わるものなのだ」

翔吉は詮索するように志甘の目を見つめる。

「お前自身が見て感じたまま……それも一瞬のことだ。なぜならお前も俺で、俺もお前だからだ」

妙なことを言いながら、志甘は冷めてしまったお茶を手に取った。


（十九巻に続く）

訳注

第五部　第三篇

＊一章

【ソウル】日本による韓国併合（一九一〇）以後、首都の名は「漢城《ハンソン》府」から「京城《キョンソン》（日本語読みは「けいじょう」）府」と改められるが、一般的には首都という意味の「ソウル」という呼称もずっと使われた。一九四五年に日本の植民地支配から解放され、ソウルが正式名称となった。

【昌慶苑《チャンギョンウォン》】初代韓国統監伊藤博文の発案により、朝鮮時代の宮殿である昌慶宮《チャンギョングン》に動物園と植物園が造られ、一九〇九年に一般に開放された。一九一一年に呼び名を昌慶苑とした。

【中学校】ここでは高等普通学校のこと。朝鮮人を対象にした学校で、普通学校を終えた後に進む中等教育機関。女子は女子高等普通学校に進学した。一九三八年に高等普通学校は中学校、女子高等普通学校は高等女学校に改められた。

【書房《ソバン》】官職のない人を呼ぶ時、姓の後につける敬称。

【智異山《チリサン》】全羅道《チョルラド》と慶尚南道《キョンサンナムド》にまたがる連山。西姫《ソヒ》たちの故郷である平沙里《ピョンサリ》にほど近い所に位置する。

【間島《カンド》】現在の中国・吉林省延辺朝鮮族自治州に当たる地域。「墾島《カンド》」などとも書かれる。

【沿海州】ロシア帝国が十九世紀後半から二十世紀初頭にかけてシベリアの南東端、アムール川〈黒龍江〉、ウスリー川、日本海に囲まれた地方においた州。プリモルスキー州。

【三・一《サミル》運動】一九一九（大正八）年三月一日から約三カ月間にわたって朝鮮各地で発生した抗日・独立運動で、民衆が太極旗を振りながら「独立万歳」を叫んでデモ行進をした。朝鮮のキリスト教、仏教、東学の流れをくむ天道教の指導者ら三十三人の民族代表が計画し、独立宣言書を発表した。デモはソウルで始まり、朝鮮全土に波及したが、日本軍の過酷な弾圧によって多数の死者、負傷者を出して終わった。当時の日本では「万歳騒擾《そうじょう》事件」として報じられた。

【恨《ハン》】無念な思い、もどかしく悲しい気持ちなどが心の中にわだかまっている状態。

【アガシ】夫の妹に対して使われる呼称。「お嬢さん」という意味もある。

【白丁《ペクチョン》】牛、豚を解体し、食肉処理や皮革加工などをする人々。朝鮮時代は賤民階級に属し、苛烈な差別の対象だった。

【国民学校】朝鮮に設置されていた初等教育機関である普通学校は一九三八年の朝鮮教育令改正で小学校になり、一九四一年には国民学校となった。

【矗石楼《チョクソンヌ》】晋州《チンジュ》城にある雄壮な楼閣。南江《ナムガン》を見下ろす崖の上に建てられている。

【崔承喜《チェスンヒ》】一九九一〜六九。舞踊家。石井漠に師事。朝鮮の伝統舞踊をもとにした創作舞踊で世界的な人気を博し「世紀の舞姫」と呼ばれた。解放後は朝鮮民主主義人民共和国で活動した。

【朴春琴《パクチュングム》】一八九一〜一九七三。政治家。慶尚南道に生まれ渡日して一九二〇年に労働者団体相救会を結成、翌年には親日融和団体相愛会に改組して副会長となった。一九三二年、朝鮮人として初めて衆議院議員選挙に当選し、朝鮮人や在朝日本人の参政権と朝鮮人志願兵制度を請願した。一九四五年六月にはソウルで大義党を結成して独立運動家を一掃しようとしたが失敗した。

＊二章

【スニン】チマに付けられる幅二十センチほどの飾り布。主に竜や鳳凰などの模様に金箔が施されている。

【ケッキチョゴリ】紗などの薄い布を袋縫いした夏用チョゴリ。

【トルチャンチ】子供が満一歳になった時の誕生会。親戚や友人を招待して盛大に行う。

【カラムシ】イラクサ科の多年草。茎の皮から繊維が採れ、織物にする。

【疑夫症《ウイブチュン》】夫が浮気をしているのではないかと異常なまでに疑う性癖。疑妻症《ウィチョチュン》はその逆。

【越房《コンノンバン》】板の間《マル》を挟んで内房《アンパン》の向かいにある部屋。

【クンジョル】目上の人に対して行う丁寧なお辞儀。男性の場合は膝を折って両手を床に当て、頭を下げて額を手の甲に近づける。女性は立ったまま目の高さで両手を重ね、ゆっくり尻をつけて座って深くお辞儀をし、再び立ち上がって軽いお辞儀をする。

【友人について江南に行く】自分の意思ではなく他人に連れられてどこかへ出かけること。この江南は揚子江の南の地域を指す。

【南道《ナムド》】忠清道《チュンチョンド》、全羅道、慶尚道《キョンサンド》をまとめて言う言葉。

＊三章

【色のきれいなマンシュウアンズ、名前だけはいい不老草】見た目や名前はいいけれど実質が伴わない。

【天方地軸を知らない】思慮分別がなかったり、慌てるあまりでたらめにふるまったりすること。

【体をひねって……酒を飲んだ】朝鮮の伝統的な礼儀作法では目上の人と真正面に向き合って酒を飲んではいけない。

【ムーダン】民間信仰の神霊に仕え、吉凶を占ったり、クッ（神に供え物をし、歌や踊りを通して祈る儀式）を執り行ったりする巫女。

【沈清《シムチョン》】日本の浪曲に似た伝統芸能のパンソリで語られる有名な物語「沈清伝」の主人公で、盲目の父に孝行を尽くす沈清という娘。

【祭祀《チェサ》】先祖を祭る法事のような儀式。

【ヨム】死者の身を清め、寿衣（死に装束）を着せた後、全身を布で包んで縛る儀式。

【死者の服を屋根の上に投げた】招魂の儀式の一つ。

【哭《こく》】人が亡くなった時や祭祀の時に、死を悼んで泣き叫ぶ儀式。

【火葬にしよう】儒教を重んじた朝鮮時代に火葬が禁じられて以来、朝鮮では親が亡くなると土葬にして墓を造り祭祀を行うのが〈孝〉であるという考えが主流となったが、植民地時代になると火葬が奨励された。

【目連尊者】目犍連《もくけんれん》。釈迦の十大弟子の一人。強い神通力を持つと言われた。目連尊者が餓鬼道で苦しむ母を救うため僧に供養をしたのが、盂蘭盆会の始まりとされる。

【嫁をもらえないまま年を取った男が……国も黙認していた】女性の再婚が禁じられていた朝鮮時代には、妻にするために寡婦を誘拐する「ポッサム」という奇習があった。十七巻訳者解説参照。

＊四章

【海行《ゆ》かば……顧みはせじ】太平洋戦争時にラジオで玉粋を報道する際に流されたために広く知られるようになった信時潔作曲の歌曲「海行かば」（一九三七）の歌詞。なお、ほぼ同じ歌詞に東儀季芳が作曲した歌曲（一八八〇）は海軍の儀式で演奏された。

【国学四大人《したいじん》】江戸時代の国学の四大家とされた荷田春満《かだのあずままろ》、賀茂真淵、本居宣長、平田篤胤《あつたね》。春満のかわりに契沖を入れる場合もある。

【神代文字《じんだいもじ》】漢字渡来前から用いられていたという文字。江戸時代に論争があったが、現在では偽作とされている。

【李舜臣《イスンシン》】一五四五〜九八。朝鮮時代の武官。一五九二年、壬辰倭乱の時に朝鮮水軍を率い、自ら改良した亀甲船で戦って日本水軍を撃破した。

【忠烈祠《チュンニョルサ》】壬辰倭乱で活躍した李舜臣を祀った祠。一六〇六年建立。

【儒者《ソンビ》】学識はあるが官職についていない人。

【洗兵館《セビョングァン》】李舜臣が閑山島《ハンサンド》に設置した軍営である統制営の客舎。

【論介《ノンゲ》岩】論介という妓生《キーセン》にちなんで名づけられた、南江の川岸にある岩。義岩《ウィアム》、イヘミ岩とも言う。豊臣秀吉の朝鮮出兵で日本軍が晋州城を占領した際、その祝宴にはべった論介は日本の武将の一人を崖の上に誘い出して抱きかかえ、共に南江に身を投じた。

【南江《ナムガン》】慶尚南道咸陽郡《ハミャングン》西上面《ソサンミョン》から、山清《サンチョン》、宜寧《ウィリョン》などを経て洛《ナク》東江《トンガン》に流れ込む川。下流には晋州平野などが広がっている。

【ミスッカル】米や大麦などを炒って粉にしたもの。

【油菓《ユグァ》】餅米の粉をこね、俵形に成形して乾かしてから油で揚げて蜂蜜や水飴などを塗り、ゴマなどをまぶした伝統的なお菓子。

【シレギ】大根の葉や白菜の外側の葉などを干した物。

【常奴《サンノム》】身分の低い男に対する蔑称。

【査閲台】査閲官が軍事教練を見るための台。

【券番《クォンボン》】妓生が籍を置いた組合。歌舞を教えて妓生を養成した。また、妓生を料亭に派遣し、花代を受け取るなどの仲介をした。

＊五章

【紫霞《チャハ》の外】ソウルの城郭の北小門である彰義門《チャンイムン》近辺は昔、紫色の霞がよくかかっていたため「紫霞門」と呼ばれ、その外の一帯は紫霞の外と呼ばれた。

【スンニュン】ご飯を炊いた後、釜の底に残ったお焦げに水を注いで煮立てた、お茶の代わりの飲み物。

【蟾津江《ソムジンガン》】平沙里、河東《ハドン》を流れる川の名。全羅北道《チョルラブクト》の八公山《パルゴンサン》に源を発し、慶尚南道と全羅南道の境界を流れて海に注ぐ。

【四月には……戦死した】一九四三年四月十八日、連合艦隊司令長官山本五十六が前線視察のために搭乗した飛行機がアメリカ軍戦闘機に撃墜された。アメリカ軍は事前に日本軍の暗号電文を解読し、山本の行動予定を把握していた。

【大庁《テチョン》】小さな農家などの庶民住宅の場合、板の間は部屋の前に造られた生活空間だが、比較的大きな屋敷の中央にある広い板の間は大庁とも呼ばれ、部屋と部屋をつなぐ廊下のような役割を果たすとともに、応接間、祭祀のための空間としても使われる。

【東学】一八六〇年に崔済愚《チェジェウ》が創始した新興宗教。民間信仰、儒教、仏教、道教などの要素を採り入れている。西学と呼ばれたカトリックに対抗する意味で東学と名づけられ、信者（東学教徒）の団体は東学党と呼ばれた。

【おとなしい子犬がかまどに上がる】 おとなしく見える人が大胆なことをする。

【キジを食べて卵も食べる】 一挙両得。

【振り回すのも投げ飛ばすのも同じだ】 どっちみち結果は同じだ。

【勤労報国隊】 朝鮮人の労働力を収奪するためにつくられた組織。徴用された人は建設工事などに派遣された。

＊六章

【光州《クァンジュ》学生事件】 一九二九年十一月三日、光州の通学列車内で朝鮮人女学生をからかった日本人中学生と朝鮮人男子学生が衝突した際、警察が朝鮮人学生だけを検挙したことに憤った学生たちが起こした反日運動。デモや同盟休校は全国に拡大し、数カ月続いた。

【奴婢《ぬひ》】 朝鮮王朝の身分制度において賤民階級に属する下男や下女のこと。

【モッ】 気品、洗練、風流、風雅な趣などを表現する言葉で、「恨《ハン》」同様、さまざまなニュアンスを含んでおり適当な訳語がない。日本語では「粋《いき》」と訳されることが多いが、朴景利《パクキョンニ》は、日本語の「粋」は「精神的な美意識が全面的に排除されたエロチシズムとグロテスクが濃厚な一種の美意識である。極めて現世的で快楽的なものである」（「生命と霊魂の律動としてのモッ」『コリアナ』一九九八年秋季号）と「モッ」との違いを述べている。

【黄真伊《ファンジニ》】 生没年不詳。朝鮮王朝十一代王、中宗《チュンジョン》の頃に活躍した名妓。才色兼備で、朝鮮の伝統的定型詩である時調《シジョ》の名人としても知られる。

【秋夕《チュソク》】 仲秋。陰暦八月十五日に新米の餅や果物を供えて先祖の祭祀を行い、墓参りなどをする、伝統的な祝日。

【カクシ】 妻、花嫁、若い娘などを意味する言葉。

【首陽山の影が江東八十里を覆う】 誰か一人が成功すれば親戚や友人までその恩恵にあずかる。

【両班《ヤンバン》】 高麗および朝鮮王朝時代の文官と武官の総称であるが、後には特に文官の身分とそれを輩出した階級を指すようになった。両班の特権は、法律上は一八九四年に廃止された。

【恵んでやれないまでもパガジを割るな】 助けてやれないにしても、せめて妨害はするな。パガジは乾燥させたヒョウタンの実を二つ割りにして作った器で、ここでは乞食が物乞いする時に差し出す器のこと。

【水鬼神】 人や舟を水中に引きずりこむ鬼神。

【寒食】冬至から百五日目の日で、この日に墓参りをする。

【常民《サンミン》】両班階級よりも低い身分に属する平民階級。

第五部　第四篇

＊一章

【人命在天】人の寿命は天がつかさどっている。

【衡平社運動《ヒョンピョンサ》】一九二三年四月に晋州で始まった、白丁に対する差別撤廃運動。

【東学の蜂起】甲午農民戦争（一八九四〜九五）。東学農民運動などとも呼ばれる。

【甑山教《チュンサン》】甑山は東学が挫折した後の混乱の中で甑山教を創始した姜一淳《カンイルスン》（一八七一〜一九〇九）の号。死後に夫人高判礼《コパルレ》が公式に教団を設立し、それが分裂していくつもの教団ができたが、それらを総称して甑山教と呼ぶ。

【堯舜時代《ぎょうしゅん》】中国、古代の伝説上の帝王で、徳をもって天下を治めた理想的な帝王とされる堯と舜の時代のこと。

訳者解説

十八巻ではソウル、智異山《チリサン》、統営《トンヨン》、晋州《チンジュ》などを舞台に一九四二年二月頃から一九四三年秋までの物語が語られる。

第三篇四章で尚義《サンイ》は晋州で高等女学校に通っている。勉強に興味が持てず、規則の厳しい寮生活にもなじめずに一人でノートに文章を書き綴っている尚義は、若き日の朴景利《パクキョンニ》自身の姿なのだろう。学友や教師についての描写がひときわ細やかなのも、実際に周囲にいた人物をモデルにしているからではないだろうか。

朴景利は一九四一年四月、晋州公立高等女学校（当時は四年制）に入学し、一九四五年三月に卒業した。この学校が、一九二五年に設立された晋州一新《イルシン》女子高等普通学校（一九三八年に晋州鳳山《ポンサン》高等女学校、一九三九年に晋州公立高等女学校と改称。現在は晋州女子高等学校）から発展した学校であることを考えれば、尚義が通う学校の名前が〈ＥＳ高女〉（原文ではＥＳ여고）という略称で記されていることの謎も解けそうだ。つまり〈ＥＳ〉は〈イルシン〉を〈Eel Shin〉と表記した場合の略称であると推定できる。

晋州一新女子高等普通学校およびその後身の晋州鳳山高等女学校は民族教育のために有志が設立した一新財団が経営する私立学校だったのを、一九三八年に朝鮮教育令が改正されたのを機に、翌年〈内鮮共学〉の公立学校にされてしまったものらしい。作中には、「もともとES高女はミッションスクールだったのを朝鮮人が引き継ぎ、朝鮮人教師が教える私立校で、排日感情が濃厚だった。しかし四年前、当局は内鮮共学の旗印を掲げて公立にし、クラスも増設して再出発させた。言うまでもなく校長以下すべての教師は追い出され、学校は完全に日本人の手に渡った」という記述がある。一新女子高等普通学校がミッションスクールだったという記録は見つからないが、それ以外は事実に近いのではなかろうか。作者は母校が民族学校であった時代の名称を暗示したかったのだろう。

朴景利自身は経済的に豊かではない子供時代を過ごしたようだが、ES高女は比較的裕福な家庭の子たちが通う「上流階級に属するエリート集団」の学校であり、食料不足の時代なのに寄宿舎では甘いお菓子がおやつに出されたりする。その他にも狂信的に天皇を崇拝する教師の痴態、日本人教師と朝鮮人教師の微妙な関係、合同防空演習などという殺伐とした行事の最中に年頃の男女が互いを盗み見て胸をときめかせる様子などが、実感を持って描かれている。

朝鮮人生徒たちは学校で日本語使用を強制されていたとはいえ、教師の目の届かない所では朝鮮語で会話していたはずだ。それでも互いを呼ぶ時にはなぜかたいてい日本式の名前を使っていて、李尚義《イサンイ》は学友から李家尚義《りのいえしょうぎ》さんと呼ばれている。〈李家〉は、一九四〇年から始まった〈創氏改名〉による〈設定創氏〉だ。元来の姓が玉《オク》なら玉川《たまがわ》、南《ナム》は南《みなみ》というように、物語に登場する朝鮮人学生たちは日本式の姓を使っている。改名は任意で、日本風の名前にすることが推奨されたものの、尚義《しょうぎ》や鎮英《じんえい》というふうに本名の漢字を日本式に読み直して使えば問題はなかったようだ。順子、松子などは、最初からそう名づけられたのかもしれない。植民地時代に生まれた女性には〈子〉のつく名前が少なくないが、女の子の名前に〈子〉を使うのは朝鮮の伝統ではない。

四章で〈一種の疑似恋愛〉と説明されている〈エス〉は〈シスター〉の頭文字で、女学生たちの隠語だ。日本の女学校において同性愛的な友情関係は明治時代から見られ、そうした少女たちの心理を繊細に描いた〈少女小説〉が戦前の女学生の間に流行した。少女小説の代表的な作家といえばまず吉屋信子だろうが、川端康成にも「乙女の港」という少女小説がある（実際には中里恒子との合作であったという）。女学校に入学して間もない三千子が教室に戻ると、机の上に二人の上級生からそれぞれ別に送られた手紙が置いてあり、三千子はそのうちの一人である五年生の洋子を「お姉さま」と呼んで親しく付き合うようになるが、同時にもう一人の差出人である快活な四年生の克子にも心を惹かれるという物語だ。

調布女学校校長川村理助は一九二六年に、「私は、殆んど年中全国を行脚して、各地の女学校に於て女学生と接する機会が非常に多いので、常に若い乙女達の心理の観察を怠りませんが、殆んど七八割の女学生は、皆この同性愛に陥っているという驚くべき事実を見出しているのであります」(赤枝香奈子『近代日本における女同士の親密な関係』〈角川学芸出版、二〇一一〉から引用)と述べているから、この流行はかなり広範囲であったと見てよい。そしてそれがそのまま朝鮮の高等女学校にも及んでいたのだ。

良絃《ヤンヒョン》の腹違いの兄である時雨《シウ》の妻貞蘭《ジョンナン》は、従姉ソリムとの会話で、「大学を出たという人たちもたいてい専門部卒業で、学部をちゃんと出た人は少ないでしょ」と言っている。この〈専門部〉について少し説明しよう。当時、朝鮮に〈大学〉は京城《けいじょう》帝国大学しか存在しなかったから、大学に進学しようとする学生の大半は日本に留学した。一方、日本国内で大学令に従って正式に認可された私立大学にはそれなりの施設と教授陣が要求されたが、予科や学部本科は文部省の定める厳格な入学規定があるので入学者を大幅に増やすことはできなかった。そのため各私立大学は、学位は得られないけれど簡単に入学できて本科生と同じ勉強ができる選科、別科などを設けたり、従来からの〈専門学校令による大学〉を専門部として存続させたりして学生数を増やして収入を確保した。〈選科〉などは高等普通学校中退でも入れた。明治時代の日本に〈洋行帰り〉という言葉があったように、日本で何年か大学に通って帰国すれば、たとえ本科でなくても、中退でも、それなりのハクが付いたようである。ましてや大学専門部卒業なら、当時としては結構な学歴だ。
五章では「良絃は今年の春に女子医学専門学校を卒業し、仁川《インチョン》の個人病院に就職した」とある。良絃が卒業した学校のモデルとなったのは、一九三八年五月に開校した四年制の京城女子医学専門学校だ。アメリカ人医師ホール（R. S. Hall）が一九〇〇年代初め頃に朝鮮女子医学講習所を開き、ホールの帰国後は金鐸遠《キムタグォン》が京城女子医学講習所と名を改めて経営していたのを金鍾翊《ジョンイク》が譲り受け、京城女子医学専門学校として開校した。一九四一年には附属病院もできている。第一回卒業生四十七名を輩出したのは一九四二年九月だ。卒業生は大変なエリート女性であったに違いない。

第四篇一章で、「破戒したんじゃないでしょうね」という崔翔吉《チェサンギル》の言葉に対し、志甘《ジガム》は「妻帯する坊主がはびこる世の中だ。そんなの大したことではない」と答えている。植民地時代には妻帯する僧が増加したが、それは日本仏教の影響を受けたもので、もともと朝鮮では僧は結婚しないものとされていた。韓国仏教最大宗派である曹渓宗《チョゲジョン》の僧は現在でも結婚しない。一九四五年に日本の植民地支配から解放された後、僧の妻帯を禁じる〈浄化運動〉が行われたこともあって、韓国では妻帯僧に対してはあまり良いイメージを持たない人が多いようだ。それでも一九七〇年に発足した太古宗《テゴジョン》という宗派では僧の妻帯を許している。

明姫《ミョンヒ》を心配させた麗玉《ヨオク》や明彬《ミョンビン》の体調はひとまず落ち着いたようだ。老いて病みついてもなお毒を吐き続けていた趙俊九《チョジュング》の死は、家族を始め周囲の人々に大きな心境の変化をもたらした。戦況は日に日に悪化し、何とか無事に暮らしている人たちですら、徴用されるのではないかという不安を振り払うことができない。そうした目の前の状況も過酷なのだが、遠からず日本が戦争に敗けるだろうといううわさはもう田舎の年寄りにまで届いていて、人々はそれぞれの立場で、朝鮮が独立し、日本人が出ていった後のことを考え始めている。

二〇二三年七月

吉川凪

◉監修

金正出（きむ　じょんちゅる）

1946年青森県生まれ。1970年北海道大学医学部卒業。
現在、美野里病院（茨城県小美玉市）院長。医療法人社団「正信会」理事長、社会福祉法人「青丘」理事長、青丘学院つくば中学校・高等学校理事長も務める。著書に『二つの国、二つの文化を生きる』（講談社ビーシー）、訳書に『夢と挑戦』（彩流社）などがある。

◉翻訳

吉川凪（よしかわ　なぎ）

仁《イ》荷《ナ》大学に留学、博士課程修了。文学博士。著書『朝鮮最初のモダニスト鄭《チョン》芝《ジ》溶《ヨン》』、『京城のダダ、東京のダダ』、訳書『中庚林詩選集 ラクダに乗って』、『都市は何によってできているのか』、『アンダー、サンダー、テンダー』、『となりのヨンヒさん』、『広場』など。キム・ヨンハ『殺人者の記憶法』で第四回日本翻訳大賞受賞。

完全版 土地 十八巻

2023年9月30日 初版第1刷発行

著者…………………… 朴景利
監修…………………… 金正出
訳者…………………… 吉川凪
編集…………………… 藤井久子
ブックデザイン…… 桂川潤
DTP …………………… 有限会社アロンデザイン
印刷…………………… 中央精版印刷株式会社

発行人 …………… 永田金司 金承福
発行所 …………… 株式会社 クオン
〒101-0051 東京都千代田区神田神保町1-7-3 三光堂ビル3階
電話 03-5244-5426 ／ FAX 03-5244-5428
URL http://www.cuon.jp/

ISBN 978-4-904855-58-4 C0097

平沙里《ピョンサリ》周辺の地図

絵：キム・ボミン

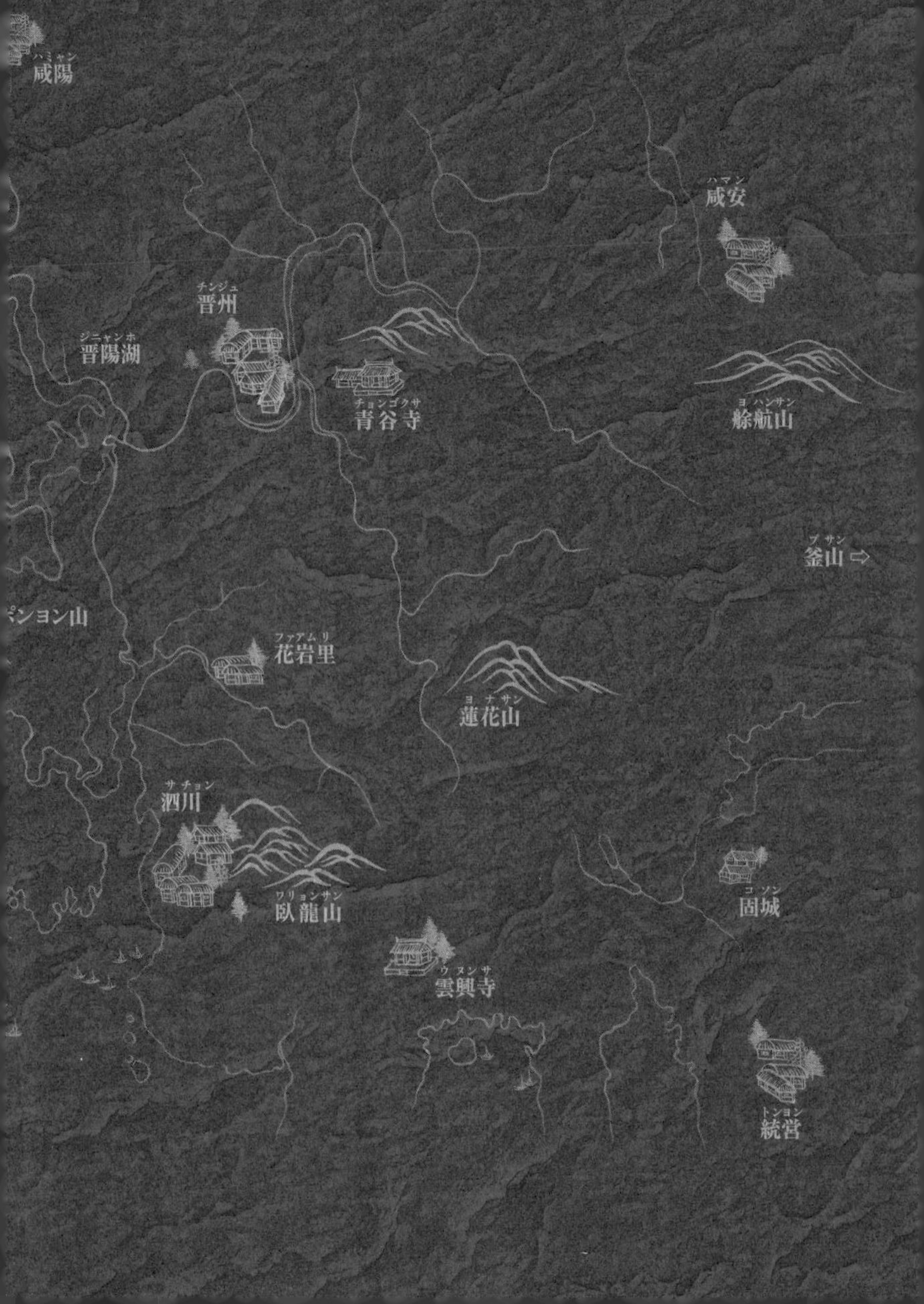